Kerstin March
Die Zeit der Apfelblüten

Kerstin March

Die Zeit der Apfelblüten

Roman

Ins Deutsche übertragen von
Barbara Först

LYX
EGMONT

Die Originalausgabe erschien 2015
unter dem Titel *Family Trees*
bei Kensington Publishing Corp., New York, NY, USA.

Deutschsprachige Erstausgabe November 2015 bei LYX
verlegt durch EGMONT Verlagsgesellschaften mbH,
Gertrudenstraße 30–36, 50667 Köln

Published by arrangement with Kensington Publishing Corp.,
New York, NY, USA.
Dieses Werk wurde vermittelt durch die Literarische Agentur
Thomas Schlück GmbH, 30827 Garbsen.

1. Auflage
Redaktion: Ralf Schmitz
Satz: KCS GmbH, Stelle | www.schriftsetzerei.de
Printed in Germany (670421)
ISBN 978-3-8025-9955-2

www.egmont-lyx.de

MIX
Papier
FSC FSC® C083411

Für David, in Liebe

Dies sagen: Leb wohl an der Dunkelheit Rand,
Und der Frost in dem Obststück, so jung noch im Stand,
Gemahnt mich an viel, was geschehn kann an Harm
Einem Obststück weit weg an dem Ende der Farm.

»Leb wohl und bleib kalt«
Robert Frost

1

Blaumachen

Als Shelby Meyers nach ihren Schlüsseln griff, sah sie den Brief auf dem Tischchen im Hausflur. Die violetten Buchstaben in der vertrauten, unregelmäßigen Handschrift starrten sie höhnisch an. Sie zögerte, dann nahm sie den weißen Umschlag mit der geknickten Marke vom Tisch. Nachdenklich mit den Fingerspitzen über die spitzen Kanten streichend, erwog sie, das Geschreibsel einfach in den Müll zu werfen.

Im Laufe der Zeit war der Briefwechsel mit ihrer Mutter zu einem erbarmungslosen Schlagabtausch geworden. Die Erfahrung hatte Shelby gelehrt, keine freundlichen Worte mehr quer durchs Land in irgendeine Stadt zu schicken, die ihre Mutter gerade zufällig ihre Heimat nannte. Denn zurück kamen unweigerlich Gedankenlosigkeiten. Die Bemerkungen ihrer Mutter waren zu heftig und zu gut gezielt, als dass Shelby sie hätte ohne Weiteres parieren können. Schon in jungen Jahren hatte sie zu akzeptieren gelernt, dass ihre Mutter eine Gegnerin war, die sie offensichtlich nicht liebte. Spiel, Satz und Sieg: Und wieder einmal hatte Jackie Meyers über ihr einziges Kind triumphiert.

»Bist du das, Shelby?« Mit der Stimme ihrer Großmutter drang ein Duft nach gebratenem Schinken in den Hausflur.

Selbst an einem Samstagmorgen im August war sie vor Sonnenaufgang wach und kümmerte sich um ihren Haushalt.

»Bin hier, Gran.«

Obwohl Shelby wusste, dass der Brief ihr nur weitere Enttäuschungen bereiten würde, schob sie ihn in einem Anfall von Erwartung in ihren Rucksack. Vielleicht hatte ihre Mutter dieses Mal den Schläger beiseitegelegt und war bereit, ihrer Tochter am Netz friedlich die Hand zu schütteln. Vielleicht hatte sie dieses eine Mal liebevoll geschrieben.

»Für dich ist ein Brief gekommen. Von deiner Mutter.« Ginny Meyers kam Shelby entgegen, während sie sich die nassen Hände an ihrer verblichenen Paisley-Schürze abwischte. Ginny glaubte an harte Arbeit und Bescheidenheit, an Dankbarkeit und Ehrlichkeit. Sie war immer noch schlank und straff von Jahren harter Farmarbeit, aber ihre Wangen waren rundlich und rosig, ihr Gesicht von Freundlichkeit und Fürsorge erfüllt. Die Augen mit den schweren Lidern waren braun wie die Erde und voller Güte, dennoch blitzte aus ihnen mehr als nur ein Fünkchen Übermut.

»Yep, hab ihn schon gefunden«, sagte Shelby.

»Na gut.« Ginny schaute auf den leeren Tisch, wo sie Jackies Brief am Vorabend hingelegt hatte. »Sie meint es ja nicht böse.«

Shelby warf ihrer Großmutter einen Blick zu. Beide wussten es besser.

»Du weißt doch, wie viel sie immer zu tun hat. Ist doch nett, wenn sie sich trotzdem meldet.« Ginny nickte mit Nachdruck, als wollte sie unbedingt, dass Shelby ihr beipflichtete.

»Kann man so sagen.«

»Genau. Also … Sie wird es schon noch begreifen. Da bin ich sicher.« Sie seufzte schwer und ließ die Schultern fallen.

Dann zog sie Shelby in ihre Arme und drückte ihr einen Kuss auf die Wange. »Alles bloß eine Frage der Zeit.«

Shelby schloss die Augen und entspannte sich in den liebevollen Armen der Großmutter. »Ich muss allmählich los.«

»Willst du denn gar nicht frühstücken?«

»Sorry, keine Zeit. Ich will die erste Fähre erwischen.«

»Ja, natürlich. Dann ab mit dir!« Ginny machte die Haustür auf und schob Shelby zärtlich aus dem Haus, das von Geburt an ihr Zuhause gewesen war. »Versprich mir, dass du an diesem Wochenende Spaß haben wirst!«

»Hab ich nicht immer Spaß?«, fragte Shelby über die Schulter.

»Soll ich dir darauf wirklich eine Antwort geben?«

»Hab dich lieb!«

Leise fiel die Haustür hinter Shelby ins Schloss. Sie trat auf die Veranda in das Licht des frühen Morgens hinaus. Tief atmete sie die frische Luft ein, nahm deren heilende Kräfte in sich auf, die vertrauten Düfte von Springkraut, Wildblumen, Weymouthkiefern und feuchter Erde von der Apfelplantage ihrer Großeltern. Ein Geruch, der Shelby stets die Verbundenheit mit diesem Ort oberhalb der Uferklippen von Bayfield in Wisconsin spüren ließ.

In der Stille waren nur ihre Schritte zu vernehmen. Im nahen Wäldchen entstand eine Bewegung. Wachablösung: Die nachtaktiven Tiere suchten ihren Bau auf, während die sonnenliebenden Kreaturen sich eben zu regen begannen.

Shelby ging zu ihrem 84er Chevy-Pick-up, einem rostfleckigen, ursprünglich weiß lackierten Gefährt. Sie öffnete die quietschende Fahrertür, schwang sich leichtfüßig auf den Sitz, legte den Sicherheitsgurt an und startete den Motor. Nachdem sie den Gang eingelegt hatte, rollte der Wagen eine

Schotterstraße an langen Reihen knorriger Apfelbäume entlang, passierte die Kelterei und schließlich das handgemalte Schild, das die Besucher in »Meyers Orchard« willkommen hieß.

Die Straße, die sich hügelabwärts nach Bayfield schlängelte, führte an anderen Plantagen vorbei, an Überbleibseln rostiger, achtlos an den Straßenrand geworfener Vehikel, und einem ausgedienten Fischerboot, das kieloben in einem Heufeld lag. Da Shelby wusste, dass die Sonne um diese Tageszeit einen rosigen Schimmer über den See warf, freute sie sich jetzt schon auf die Aussicht an ihrem Lieblingspunkt. Dort, an der höchsten Stelle der Küstenstraße, würde einen Augenblick lang die ganze Chequamegon Bay vor ihr ausgebreitet liegen. Es war keine bewusste Entscheidung, an dieser Stelle das Tempo zu drosseln, doch Shelby nahm jedes Mal den Fuß leicht vom Gaspedal, um den Anblick noch einen Moment länger zu genießen.

Der See enttäuschte sie niemals. Während Shelby ihre Fahrt in Richtung Stadt fortsetzte, betrachtete sie mit Ehrfurcht die gewaltige Menge Wasser. Lake Superior erstreckte sich bis zum Horizont und schmückte sich mit dem Archipel der Apostle Islands. Möwen kreisten über einem auslaufenden Fischkutter, der ruhig durch das spiegelglatte Wasser glitt.

Ihr Pick-up glitt im Leerlauf durch die Kurve, bevor er das letzte gewundene Stück Straße hinunter zum Hafen nahm. An der Marina wimmelte es von Seglern, die ihre Decks schrubbten und die Leinen prüften. Manche liefen bereits aus und bahnten sich einen Zickzackkurs durch die stahlblaue Bucht, die das historische Städtchen von den Inseln trennte.

In Bayfield lebte eine bunte Mischung aus Künstlern, Handwerkern und Seeleuten. An diesem Ort reichte die Chippewa-Kultur so tief wie der See. Weiß getünchte, schindelgedeckte Häuser und Lattenzäune erinnerten an die ersten Einwanderer aus Europa, die ihren Lebensunterhalt mit Fischerei, Holzfällen und Sandsteinabbau bestritten hatten. Hier waren Familien beheimatet, die das Land, ihre Kinder und ihr Leben liebten. In dieser Gemeinschaft zog man sich im Winter warm an und trotzte der unfruchtbaren Ödnis, der zugefrorenen Bucht, die nur über Eisstraßen befahrbar war, und der bitteren Kälte. Zum Ausgleich gab es herrliche Sommer mit lavendelfarbenen Lupinenfeldern, schimmernden Pappeln und der überreichen Blüte der Apfelbäume.

Die gewaltige Kraft hinter allem war der See. Lake Superior war so lieblich und launisch wie eine Frau, konnte seine Bewunderer in einem Moment blenden und im nächsten voller Grimm zuschlagen. In ruhigen Phasen ließ er Kajaks auf seiner blitzenden Fläche tanzen. Doch wenn er seine Launen bekam, dann raubte er einem Mann den Atem und zog ihn in eisige Tiefen.

Dies war Heimat. Shelby konnte sich nicht vorstellen, woanders zu leben.

Sie passierte die Marina und fuhr weiter zur Main Street. So früh am Morgen gab es reichlich Parkplätze auf der Hauptstraße, denn das Städtchen war wie ein träger Teenager, der erst am Vormittag aus den Federn kommt. Unter den ausladenden Ästen eines Ahorns sah Shelby einen wohlbekannten alten Pick-up stehen und schwenkte in die Lücke daneben ein.

»Hey, Gloria!«, rief sie der Frau zu, die auf der Ladefläche aus winzigen Kisten mit Blaubeeren einen provisorischen

Obststand baute. Es war ein Wunder, dass Glorias Truck überhaupt noch lief. Rostige Teile baumelten bedenklich von einer Karosserie, die den Eindruck machte, als würde sie lediglich von ein paar Yards Hühnerdraht und silberfarbenem Klebeband zusammengehalten.

»Morn«, gab Gloria zurück, sah kurz auf und zeigte beim Lächeln ihre schadhaften Zähne. Sie war eine leicht schäbig aussehende Person, die aufgrund ihres harten Lebens doppelt so alt wirkte.

»Du verlierst wirklich keine Zeit mit dem Verkauf, wie?« Shelby warf sich den Rucksack über die Schulter, drückte den Türknopf herunter und schlug die Wagentür zu.

»Du weißt doch, früher Vogel und so weiter.«

»Soll ich dir helfen?«

»Willst du Beeren kaufen?« Gloria wohnte knapp außerhalb des Städtchens in einem verwahrlosten Blockhaus auf zehn Morgen Land. Obwohl das Haus nahe an der Hauptstraße lag, kannte es kaum jemand, da es sich hinter einer Reihe Kiefern verbarg. Das Land war in Glorias Familie vererbt worden, und im neunzehnten Jahrhundert hatte darauf eine Ziegelei gestanden. Wenn sie nicht gerade im Garten zu tun hatte, durchstöberte Gloria ihren Besitz und den dazugehörigen Bach nach alten Ziegelscherben, Keramiken und ähnlichen Schätzen. Sie nutzte, was ihr das Land bot, um ihren Lebensunterhalt zu bestreiten, von Tonscherben der alten Ziegelei über Flechtkörbe und Honig im Herbst bis zu den Weihnachtskränzen, die sie aus zartem Moos und Kiefernzapfen flocht.

»Du kannst Gedanken lesen«, sagte Shelby und näherte sich Glorias bescheidener Auslage. »Ich will heute auf die Insel. Da kommen mir deine Beeren gerade recht.«

Gloria beäugte Shelbys Rucksack. »Du machst einfach so blau?«

»Sozusagen«, erwiderte Shelby, nahm zwei Kistchen mit Blaubeeren und legte einen Fünfer auf die Ladefläche. »Großvater hat das Haus selten genug für sich allein. Wenn ich fort bin, geht Gran Freunde besuchen, und dann kann *er* endlich mal seine Kumpels zum Poker einladen. Vermutlich will er das Geld zurückgewinnen, das er letztes Mal verloren hat.«

Nachdem Gloria die Banknote in ihre Tasche gestopft hatte, beendete sie das Gespräch abrupt mit einem Nicken und wandte sich wieder ihrer Arbeit zu.

Typisch Gloria, dachte Shelby und grinste belustigt, während sie die Main Street hinunterging. Wie üblich war sie eher »outdoor« als modisch gekleidet. Ihre Garderobe bestand hauptsächlich aus verwaschenen Jeans, T-Shirts in neutralen Farben, ausgetretenen Stiefeln, Sandalen und einer Kette mit Türkisanhänger, einem Geschenk ihres Großvaters. Sie tat wenig, um ihre braunen Augen oder ihre von Natur aus schöne Haut zu betonen, und trug ihr langes braunes Haar meist zu einem lockeren Pferdeschwanz gebunden. Doch selbst mit diesem lässigen Stil machte Shelby einen glänzenden Eindruck. Das lag hauptsächlich daran, dass sie sich stets mit heiterer Ungezwungenheit bewegte und ein herzliches Gemüt besaß, das die Menschen zu ihr trieb wie die Möwen zum Wasser.

»Nu' schau dich doch nur an!« Lou Olson kam aus dem Lebensmittelgeschäft, im Mund ein Plunderteilchen und unter dem Arm eine zusammengerollte Zeitung. Mit seinem fassähnlichen Oberkörper, gewaltigen Oberarmen und einem grauen störrischen Bart, der dem Fell eines Timberwolfs nicht unähnlich sah, wirkte Lou eher wie ein Holzfäller und nicht wie der ortsansässige Zahnarzt. Eigentlich hätte er schon vor langer Zeit in den Ruhestand treten sollen, doch selbst nach elf Jahren hatte Lou immer noch nicht genug Vertrauen zu seiner »neuen Assistentin«, um ihr die Praxis zu überlassen.

»Hey, Lou! Ist ja lustig, dass ich dich treffe. Hast du etwa gelauscht?«, fragte Shelby. »Hab gerade von dir gesprochen.«

»Wegen heute Abend? Kann's gar nicht erwarten, bis Olens Arsch am Pokertisch sitzt – 'tschuldige die Ausdrucksweise.« Er grinste, rieb sich die fleischigen Hände und machte ein erwartungsvolles Gesicht. »Muss die Scheine zurückgewinnen, die er mir beim letzten Spiel abgenommen hat. Dieser alte Mistkerl.«

»Aber ich dachte …«

»Bei allem Respekt vor deinem Großvater, aber er ist ein hinterhältiger Hurensohn. War er schon immer.«

»Also, so schlecht –«

»Was sagst du?« Lou drehte ihr sein besseres Ohr zu. »Ein schlechter Verlierer? Hat er mich etwa so genannt?«

»Nein!« Shelby lachte und nahm den Rucksack auf die andere Schulter. »Ich würde sagen, er brennt genauso auf das Spiel wie du.«

»Verstehe. Gut. Dann ist ja gut.« Er zögerte noch, rückte die Zeitung unter seinem Arm zurecht. »Sag mal, wo ich dich gerade hier habe … Ich wollte dir sagen, dass es mir immer noch sehr leidtut, weißt du … was damals passiert ist. Kann es einfach nicht aus dem Kopf kriegen. Besonders, wenn wir uns so unerwartet über den Weg laufen.«

»Oh.« Shelby schaute zu Boden und scharrte mit den Füßen.

»Ich meine eben …« Lou verlor den Faden. »Wir alle hoffen, dass du noch mal so jemand Nettes findest. Verstehst du? Du verdienst es.«

»Lieb, dass du das sagst.« Sie schaute an ihm vorbei auf den See, biss sich auf die Lippen und wollte plötzlich nur noch fort.

»Du weißt ja, dass mein Neffe und sein Sohn diesen Sommer zu Besuch kommen. Ist 'n richtig netter Kerl, der Sohn. Arbeitet bei einer Bank. Vielleicht wärt ihr beide …«, setzte er an, doch Shelby fiel ihm ins Wort.

»Das weiß ich sehr zu schätzen, aber …« Sie richtete den Blick wieder auf Lou und brachte ein schwaches Lächeln zustande. »Mir geht's gut.«

»Genau.«

»Aber trotzdem danke.«

»Also«, sagte er abschließend und beugte sich vor, um sie forschend anzuschauen. »Pass auf dich auf.«

»Du auch. Und viel Glück heute Abend.«

Lou war nicht der Erste, der ihr einen passenden Junggesellen anbot. Shelby dachte im Weitergehen an die Männer, die man ihr im Laufe der letzten drei Jahre angedient hatte, seit Jeff im Sommer vor dem Abschlussjahr am College durch einen Unfall ums Leben gekommen war. Zwar war die Zahl der Männer überschaubar gewesen, und einige hatte sie sogar getroffen. Allesamt nette Menschen. Für andere Frauen gewiss ideale Partner, für sie jedoch nur als gute Freunde geeignet.

Freunde hatte sie mittlerweile genug.

Shelby war es zufrieden zu wissen, was die Zukunft für sie bereithielt. Die kommenden Jahre würden schlicht Variationen ihrer Vergangenheit und Gegenwart sein. Der gleiche

Ort. Die gleiche Routine. Die gleichen Leute. Das Einzige, das sich verändern würde, wären das Kalenderjahr und die Menschen, die in ihr Leben eintreten oder es verlassen würden. Shelby träumte nicht mehr vom feierlichen Gang zum Altar. Sie brauchte keinen Mann, um vollständig zu sein. Sie hatte ihre Großeltern, die Apfelplantage, ein paar enge Freunde und vor allem den See. Das genügte.

Als Shelby am Ende der Main Street angekommen war, hatte sie gerade noch Zeit, um bei West Bay Outfitters vorbeizuschauen, das genau dem Hafen und dem Fähranleger gegenüberlag. Es war ein schlichtes Geschäft, das Outdoor-Ausrüstungen, Miet-Kajaks und geführte Abenteuerwanderungen anbot. Obwohl Shelby für Outdoor-Abenteuer kaum Zeit hatte, war sie eine gern gesehene Kundin. Und das hatte einzig und allein mit dem Inhaber von West Bay Outfitters zu tun, einem gewissen John Karlsson.

»Hey, meine Hübsche!«, rief John, als sie auf die Ladentheke zukam, auf der sich aufgeschlagene Seekarten, Wanderkarten und Broschüren häuften. Wann immer Shelby John anschaute, blickte sie hinter die Fassade des rauen Mannes und erkannte das sanfte, liebe Gesicht ihres flachsblonden Freundes aus Grundschultagen. Und immer wieder war sie erstaunt, dass der schlaksige Teenager mit Zahnklammer, der an Sommerabenden mit ihr durch die Apfelplantage getobt war, jetzt sein eigenes Haus und sein eigenes Geschäft besaß. »Wie geht's meinem Mädchen?«

»John Karlsson, so charmant wie eh und je.« Sie beugte sich über die Ladentheke, um ihn auf den Dreitagebart zu küssen.

»Nur bei dir, Meyers.« John drehte ihr im letzten Moment sein Gesicht zu, und ihre Lippen trafen seinen Mund.

»Strolch!«, schalt sie ihn.

»Du willst mich. Du weißt es bloß noch nicht.« Er schenkte ihr sein unwiderstehlichstes Lächeln.

Shelby stellte ihren Rucksack auf die Ladentheke, zog den Reißverschluss auf und zog Johns schwarze Windjacke heraus. Dann betrachtete sie ihren alten Freund feixend und mit hochgezogenen Augenbrauen.

»Du bist also nicht gekommen, um deine Hände auf mich zu legen?«, fragte er.

»Oh, ich werde schon noch meine Hände auf dich legen.« Sie hob eine geballte Faust. »Du bist wirklich der vergesslichste Mensch, den ich kenne. Ich wette, du hast sie absichtlich liegen lassen, damit Gran mich noch mal herschicken musste.«

»Ich bekenne mich schuldig. Aber komm schon. Gib's zu. Du stehst drauf«, erwiderte er, kam um die Theke herum und legte kurz den Arm um sie, bevor er ihr die Jacke abnahm. »Also, was hast du heute Schönes vor? Arbeit … oder noch mehr Arbeit?«

»Nein, nein«, entgegnete Shelby und entwand sich seiner Umarmung. »Ich hab vor, eine Weile mit Nic abzuhängen.«

»Der Chef hat dir wirklich Urlaub gewährt?«

»Sozusagen. Nic und ich fahren für einen Tag auf die Insel und übernachten bei den Gordons.«

»Ist ja auch der perfekte Tag dafür. Und wie geht es unserer Miss Nicole in letzter Zeit? Mies gelaunt wie eh und je?«

»Sei nicht so eklig.« Shelby ging zu ein paar übereinandergestapelten Kajaks und ließ ihre Hand liebevoll über die glatte orangerote Oberfläche des neuesten Modells gleiten.

»Verrat mir doch, warum ihr so eng befreundet seid.«

»Stopp. Die Frage setzt allmählich Schimmel an. Dass du

sie nicht magst, heißt noch lange nicht, dass sie mir nichts bedeuten darf.«

»Das sagt mir gar nichts.« John stellte sich neben Shelby und legte eine Hand auf das Kajak, das sie bewundernd betrachtete.

»Ich weiß nie, was sie im nächsten Augenblick tun oder sagen wird, und das gefällt mir. Sie fordert mich heraus. Sie ist witzig und verrückt und zäh. Was soll ich noch sagen? Sie macht das Leben irgendwie interessanter.«

»Ich versteh's trotzdem nicht.«

»Na, siehst du. Da habt ihr schon etwas gemeinsam. Sie versteht dich nämlich auch nicht.«

»Autsch!« Er rieb sich die Brust, als hätte er einen Treffer erhalten.

Shelby schüttelte nur den Kopf und schritt, ohne ihre Hand von seiner glatten Oberfläche zu nehmen, um das Kajak herum. »Das gefällt mir total. Wie viel?«

»Zwo-sieben«, erwiderte John. »Hab's grade diese Woche reinbekommen. Fantastisch, nicht wahr?«

»Wunderschön.«

»Solltest es kaufen.«

»Na klar! Bei meinem Gehalt. Außerdem kenne ich einen supernetten Typen, der mich die Demo-Kajaks umsonst benutzen lässt.«

»Echt jetzt! Wer ist das? Der hat die längste Zeit hier gearbeitet!«

»Verflixt! John, tut mir leid – ich muss weg!«, rief Shelby nach einem Blick auf ihre Uhr. Sie schnappte sich ihren Rucksack. »Die Fähre legt gleich ab – hab dich lieb!«

»Ich dich auch«, erwiderte er leise und machte einen Schritt auf sie zu, aber sie lief bereits davon. Sie waren seit ihrer Kindheit befreundet, doch John war anscheinend immer einen Schritt zu langsam gewesen.

Auf dem Weg zum Eingang schaute Shelby noch einmal über die Schulter … und prallte gegen einen Mann, der eben den Laden betrat. Beim Aufprall gegen seine Brust entfuhr ihr ein »Umpf!«. Sie fasste sich aber rasch wieder – und sah sich drei verblüfften, aber durch den Zwischenfall sehr erheiterten Männern gegenüber.

»Oh! Verzeihung! Ich hatte Sie gar nicht gesehen.« Da ihr keiner der drei Männer bekannt vorkam, musste es sich um Touristen handeln. Shelby lächelte höflich und versuchte, sich in dem voll gestellten Eingang an ihnen vorbeizuzwängen. Als sie zu dem dritten Mann kam, der noch in der Tür stand, stutzte sie. Zwar war er ihr völlig fremd, und doch glaubte sie, ihn von irgendwoher zu kennen. Er war ein wenig über sechs Fuß groß, schlank und dabei doch muskulös, hatte breite Schultern und ein sonnengebräuntes Gesicht. Die dunkelbraunen Haare lockten sich an den Ohren. Seine Mundwinkel waren durch sein Lächeln leicht nach oben gebogen. Seine Augen waren auffallend grün.

Shelby schaute den Mann noch einen Moment an, da sie ihn aber nicht einordnen konnte, dankte sie ihm fürs Türaufhalten und verließ hastig das Geschäft. Dann lief sie den grasbewachsenen Deich entlang, den Blick auf die Fähre gerichtet, die gerade anlegte. Und hörte plötzlich eine vertraute Stimme.

»Schie-bie!«, quiekte das Kind, riss sich von der Hand seines Vaters los und wackelte so schnell auf sie zu, wie es einem Dreijährigen möglich war. Shelby ließ sich auf ein Knie sinken und breitete gerade noch rechtzeitig die Arme aus, damit Benjamin sich hineinwerfen konnte. Sie hielt ihn fest, stand auf und schwenkte den Kleinen so ungestüm im Kreis herum, dass seine Beine wie auf einem Jahrmarktskarussell durch die Luft flatterten. Beide kicherten wie verrückt. Shelby bedeckte Benjamins Nacken mit Küssen und atmete seinen Geruch nach Graham-Keksen und Milch ein.

2

Anonym

Beim Betreten von West Bay Outfitters benahmen sich Ryan Chambers Reisegefährten wie die Kleinen Strolche. Zwar lag ihre Zeit an der Columbia University schon sieben Jahre zurück, doch wenn sie zu dritt verreisten, verfielen die beiden unweigerlich in ihre alten Studentenstreiche. Brad Thorson schubste Pete Whitfield und handelte sich dafür einen Schulterknuff ein. Dann streckte Pete die Arme nach hinten und schubste Ryan. Ihre Possen fanden erst ein Ende, als eine schlanke Brünette unsanft gegen Brads Brust prallte.

»Oh! Verzeihung!«, keuchte sie überrascht. »Ich hab Sie gar nicht gesehen.«

»Hey – nein! Unsere Schuld«, erwiderte Pete breit grinsend. Pete war der selbstironische Typ, der ständig Witze darüber reißen musste, wie groß, dunkelhaarig und gut aussehend er war – eine ziemlich eigenwillige Interpretation, denn Pete lag knapp unter sechs Fuß, hatte Haare von bierbrauner Farbe und Gliedmaßen, die nach jahrelangem Rugbytraining eher als stämmig bezeichnet werden konnten.

»Gentlemen, lasst die Lady vorbei.« Pete schob Brad kurzerhand aus dem Weg, während Ryan ihr die Tür aufhielt.

Die Frau musste sich erst an den beiden anderen vorbeidrängen, dann schaute sie Ryan mit leicht gerunzelter Stirn an, als gäbe sein Anblick ihr Rätsel auf. Ryan wappnete sich für das, was unweigerlich kommen musste: dass eine Frau ihn erkannte. Erkannte als Sohn von William und Charlotte Chambers, dem erfolgreichen Ehepaar aus Chicago, den Besitzern eines Medienimperiums, die sich in den höchsten Kreisen bewegten und deren Namen oft in der Zeitung standen.

Zunächst kam das Erkennen. Sodann ein koketter Augenaufschlag. Der Flirt mit dem Ruhm. Ihm hingegen fiel der Part zu, höflich, aber bestimmt jedwede Form von Bekanntschaft abzulehnen. Während des Studiums hatten Ryans Freunde von der Wirkung profitiert, die er auf Frauen ausübte. Inzwischen waren sowohl Brad als auch Pete verheiratet und zeigten wenig Interesse an dieser Frau, sondern gingen weiter, in den Laden.

Ryan schlug unter dem Blick der schlanken Brünetten die Augen nieder und wartete. Auf ihren ersten Satz. Auf ein Lächeln, das einen Flirt einleiten würde. Doch die Frau lächelte nicht einladend. Sie schien ihn wirklich nicht zu erkennen, dankte ihm lediglich dafür, dass er ihr die Tür aufgehalten hatte. Dann eilte sie davon, sprintete in Richtung Fähranleger.

Das war alles.

Ryan spürte, wie die Anspannung aus seinen Schultern wich. Ihre Reaktion oder vielmehr das Fehlen jeglicher Reaktion bestärkte ihn darin, dass er hier den perfekten Zufluchtsort gefunden hatte. In diesem Städtchen konnte er bekommen, was er daheim für alles Geld der Welt nicht kaufen konnte: das Geschenk der Anonymität.

Als er sich wieder dem Laden zuwendete, vernahm er das glückliche Jauchzen eines Kindes. Ryan drehte sich um und sah, wie die Frau einen kleinen Jungen in ihre Arme nahm, wie sie ihn im Kreis herumschwenkte, an sich drückte und auf den Nacken küsste. Der Ausdruck ihrer Gesichter verschlug ihm den Atem. Er sah bedingungslose Liebe. Eine Liebe, die jedes Kind verdiente. Eine Zärtlichkeit, die ein Sinnbild für Mütterlichkeit war. So etwas hatte er oft in den Filmen gesehen, die von der Firma seines Vaters produziert wurden, aber niemals daheim erlebt. Als Erbe eines der erfolgreichsten Medienkonzerne des Landes war Ryan im Scheinwerferlicht und mit der hohlen Bewunderung durch die Öffentlichkeit aufgewachsen, während er sich im Grunde nach der Zuwendung seiner Eltern sehnte.

Der jungen Frau, die ihn ignoriert hatte, gehörte nun seine volle Aufmerksamkeit. Als Ryan sie mit den Augen des kleinen Jungen sah, wurde ihm bewusst, dass er zu sehr mit sich selbst beschäftigt, zu sehr auf seine kostbare Privatsphäre bedacht gewesen war. Denn wie sonst hätte er übersehen können, wie schön sie war?

»Erde an Ryan!«, rief Pete. »Weilst du noch unter uns?« In der Öffentlichkeit war Ryan als William Chambers Jr. oder einfach als Will bekannt. Seine engsten Freunde riefen ihn jedoch mit seinem mittleren Namen.

»Komme schon!« Beim Klang von Petes Stimme wurde ihm bewusst, wie lange er schon da stand und der Frau nachschaute, die sich gerade von dem Kind und seinem Vater verabschiedete. War das ihr Ehemann? Ryan riss sich von ihr los, machte entschlossen die Tür zu und gesellte sich im Laden zu seinen Freunden.

»Gab's was Interessantes zu sehen?«, fragte Pete und schielte ihn an.

»Bloß das Beladen der Fähre«, antwortete Ryan ausweichend. Er mied Petes Blick und streckte stattdessen dem Mann hinter der Theke, der ein T-Shirt mit dem Outfitters-Logo trug und eine mit Schnörkeln verzierte Seekarte glatt strich, die Hand hin. »Sie müssen John sein.«

»Hey, Mr Chambers.«

»Bitte nicht so förmlich«, bat Ryan und hielt dem Mann immer noch die Hand hin. »Ryan.«

»Freut mich.« John schüttelte ihm die Hand.

»Gleichfalls.« Ryan grinste. »Sie haben ja einen tollen Laden hier.«

»Was soll ich sagen? Das Leben ist gar nicht mal so übel, wenn ein Tag im Büro ein Tag auf dem See ist.«

»Kann ich mir vorstellen«, stimmte Ryan zu. Er betrachtete die Seekarte. »Habt ihr schon die Route festgelegt?«

»Ja«, sagte Pete. »John hat uns statt eines Vier-Tages-Törns empfohlen, einen kurzen Trip zur Madeline-Insel zu machen und morgen Nachmittag wieder in Bayfield einzulaufen.«

»Und erst wieder rauszufahren, wenn das Wetter besser wird«, setzte Brad hinzu.

Ryan beugte sich über die Karte und studierte den Kurs, den John mit Bleistift eingezeichnet hatte. »Sturm aus Südwest?«

»Fürchte ja.« John schaute mit zusammengekniffenen Augen aus dem Fenster auf den See, in dem sich die aufgehende Sonne spiegelte. »Wenn der Sturm nicht die Richtung ändert, erreicht er uns morgen Abend gegen sechs.«

»Ich hab schon in Chicago im Wetterbericht gesehen, dass der Sturm diese Gegend treffen könnte. Wie verlässlich ist die Voraussage?«, wollte Ryan wissen.

»Er kommt«, erwiderte John mit Gewissheit. »Und glaubt

mir, wenn es so weit ist, wollt ihr nicht im Kajak mitten auf dem See sein.«

»Einverstanden.« Ryan schaute seine Freunde an und suchte in ihren Mienen nach Zustimmung. »Wir sind auch ziemlich gut darin, unsere Pläne im letzten Augenblick zu ändern.« Ein gemeinsamer Hang zu Spontaneität hatte ihre Freundschaft auf dem College mitbegründet. In Wahrheit jedoch waren die Freunde nicht mehr im gleichen Maß wie früher gewillt, seine impulsiven Ausbrüche aus der Realität mitzumachen. Sie bastelten an ihren Karrieren und Häusern, während Ryan immer noch so spontan lebte wie während ihrer Studentenzeit. Seine Eltern wurden allmählich ungeduldig. Es sei Zeit zu einer Entscheidung, bedrängten sie ihn. Es sei dringend geboten, dass er sich seiner Verantwortung stellte, die Initiative ergriff, die Ärmel aufkrempelte und für das Familienunternehmen sorgte.

Pete nickte.

»Kein Problem«, sagte auch Brad. Er war einer seiner ersten Freunde auf dem College gewesen. Beide hatten sich damals im Prozess der Loslösung von ihren Familien befunden, hatten jedoch keinerlei Übung im praktischen Leben besessen. Während Ryans Mutter den Haushalt und die Erziehung ihres Sohnes von Angestellten besorgen ließ, war Mrs Thorson eine Glucke, die ihrem Brad einfach alles abnahm. Also waren Brad und Ryan gleichermaßen schlecht gerüstet, um in der wahren Welt zu bestehen. Auf dem Campus führte die Bedienung von SB-Waschmaschinen und die Bereitung von Instant-Nudeln in Kaffeetassen dazu, dass die beiden Erstsemester sich aneinander anschlossen. Und als Brad und Ryan einander während eines Streits auf einer Party ihrer Studentenverbindung – bei dem es um ein gestohlenes Bierfass, einen Wrestling-Pokal der Unimannschaft und ein ausgestopftes Gürteltier ging – treu unterstützt hatten, war ihre Freundschaft endgültig besiegelt.

»Noch etwas: Heute findet eine Segelregatta statt. Und darüber hinaus fahren noch eine Menge Rennboote herum, auf die ihr beim Durchkreuzen der Bucht ein Auge haben müsst. Und haltet euch von Fährrouten fern. Die verlaufen hier«, fuhr John fort und zeigte auf eine gestrichelte blaue Linie zwischen Bayfield und dem historischen Städtchen La Pointe auf der Madeline-Insel. »Vorsicht auch an der Südspitze von Madeline. Da kann der See ganz schön kabbelig werden. Auf der Ostseite von Madeline sind die Sandsteinklippen. Ich muss euch wohl nicht sagen, dass Wellen mit Schaumkronen Gefahr anzeigen?«

»Wir wissen die guten Ratschläge wirklich zu schätzen, John, aber auf dem Wasser kennen wir uns aus«, versicherte Pete.

»Wir haben auch unsere Kajak-Scheine dabei«, fügte Brad an.

John legte beide Hände auf die Ladentheke und beugte sich zu ihnen vor. »Bei allem schuldigen Respekt, und wenn ihr Captain Ahab höchstpersönlich wärt. Ihr seid zum ersten Mal auf *diesem* See. Es ist mein Job, dafür zu sorgen, dass ihr Bescheid wisst. Ihr müsst eure Neoprenanzüge tragen und Achtung vor dem Wasser haben. Und haltet auf jeden Fall immer ein Auge auf den Himmel. Das Wetter hier kann sich im Handumdrehen ändern. Und ich hab keine Lust, Kajakfahrer aus dem See zu fischen«, schloss er unverblümt. »Auch keine erfahrenen.«

»Ist ja gut! Ist ja gut!« Pete hob beschwichtigend die Hände.

»Jesus«, brummelte Brad.

»Wir haben's kapiert, John«, sagte Ryan ruhig. Er zollte John Respekt, weil er ihn keinen Deut anders behandelte als die anderen. Tatsächlich schien es ihm völlig egal zu sein, wer Ryan war. »Wir wissen die Ratschläge zu schätzen. Die Jungs wollen damit nur sagen, dass wir schon in eisiger Kälte und völliger Einsamkeit auf dem Meer gepaddelt sind.«

»Wie ihr wollt«, meinte John und öffnete den Seiteneingang, der zum See führte.

John ging voraus und zum Strand hinunter, wo drei Kajaks zum Ablegen bereit im Sand lagen. Während sie auf die Boote zu schlenderten, erkundigte sich Brad betont beiläufig: »Hey John, die Frau eben – kennen Sie die?«

»Wer?« John erschrak und ließ sein Handy fallen. »Verdammt!« Er unterdrückte einen Fluch, dann hob er es auf und wischte den Sand ab.

»Sie wissen schon, die Brünette, die mit uns zusammengestoßen ist?«

John stutzte einen Moment, dann schob er das Handy in die Gesäßtasche. »Nein, kenne sie nicht.«

»Ach was? Sah aber ganz danach aus.«

»Nein.« John schüttelte den Kopf. »Unmöglich.«

Brad sah John neugierig an, doch der wich seinem Blick aus. »Sicher?«, hakte er nach.

»Okay, alles bereit«, verkündete John und klatschte mit der Hand auf das erste Kajak, das einen hohlen Klang von sich gab. »Zeit, dass ihr Jungs aufs Wasser kommt.«

»Wie es scheint, sind wir auf ein Geheimnis gestoßen«, spöttelte Brad, während jeder sich ein Kajak aussuchte und seinen Tagesrucksack in die Decksluke stopfte. »Genau das Richtige für dich, Chambers.«

»Das reicht jetzt. Ab ins Wasser.« Ryan war der Erste, der sein Kajak ins seichte Uferwasser schob. Er zwängte sich in den engen Sitz und nahm das Paddel in die Hände. Vor dem ersten Paddelschlag schaute er über die Schulter zurück und sah John am Strand stehen, die Arme vor der Brust verschränkt. Er stand reglos da, die Füße in den Sand gestemmt. Es war beinahe, als wartete er ab, bis eine Bedrohung ablegen und in den Tiefen des Sees verschwinden würde. Ryan wandte sich dem See zu und machte die ersten Paddelschläge. Dann setzte er das Steuer und paddelte weiter, genoss das Geräusch der klatschenden Wellen am Bootskörper, während er ins Freiwasser hinausglitt.

3

Fels

Da die Fähre bereits voll und bereit zum Ablegen war, rannte Shelby zwischen den beiden Autoschlangen durch, die auf die nächste Fähre warteten, und stürmte über die Rampe auf das Schiff. Wie sie sich gedacht hatte, wartete Nicole »Nic« Simone bereits auf sie.

»Bist heute aber spät dran«, bemerkte Nic, als Shelby atemlos auf sie zukam.

»Ich weiß! Ich wurde abgelenkt«, erklärte Shelby, atmete tief durch und lehnte den Rucksack gegen ihre Schienbeine. Sie warf einen Blick auf den Kai, aber Benjamin und sein Vater waren bereits fort.

»Was du nicht sagst«, murmelte Nic ironisch. Sie folgte Shelbys Blick. »Suchst du jemanden?«

»Hm? Oh, ich habe gerade Benjamin gesehen. Mit seinem Dad.«

»Ich auch. Sonst noch wen?«

»Nein.« Shelby betrachtete einen der Matrosen, der die Hecktaue löste.

»Tatsächlich?« Nic fuhr sich mit der Hand durch ihr wasserstoffblondes streichholzkurzes Haar. Was ihr an Wuchs fehlte, machte sie durch östrogenbefeuertes Draufgängertum wett. Nic konnte den schäbigsten Kerl mit ein paar wohlgesetzten

Worten zum Schweigen bringen. Während die meisten Leute versuchten, nicht mit Nic in Raufhändel zu geraten, hatte Shelby, seit sie einander in der achten Klasse begegnet waren, etwas Besonderes in ihr gesehen. Shelby hatte Nics raue Fassade durchbrochen und Eindruck auf die sanfteren Seiten ihrer Persönlichkeit gemacht. Ein Umstand, der niemanden mehr erstaunt hatte als Nic. Im Gegenzug schenkte Nic Shelby in den unwahrscheinlichsten Momenten einen Schuss Spontaneität.

Shelby zuckte die Achseln. »Komm schon, wir legen ab.« Sie entfernte sich ein paar Schritte von der Rampe. Nic folgte ihr.

»Dann weißt du vermutlich nichts von dem großen Kerl, der dir die ganze Zeit nachgeglotzt hat?« Nic machte mit fragender Miene eine Kopfbewegung in Richtung West Bay Outfitters.

»Wer?« Shelby schaute den Matrosen zu, die sich an der Hydraulik zu schaffen machten, um die Heckrampe hochzufahren.

»Ernsthaft?«, fragte Nic ungeduldig, dann rüttelte sie Shelby an der Schulter, damit die Freundin sie ansah. »Mein Gott, du hast wirklich keine Ahnung, von wem ich rede!«

»Meinst du die Typen in Johns Laden?«

»Sag du's mir.«

Shelby befreite ihre Schulter aus Nics Griff und machte einer vierköpfigen Familie Platz, die aus ihrem Wagen steigen wollte. »Als ich gerade gehen wollte, kamen ein paar Touristen in den Laden. Bin regelrecht mit denen zusammengestoßen.« Sie zeigte auf einen Matrosen, der anscheinend Schwierigkeiten mit dem Lösen des letzten Taus hatte. »Vielleicht solltest du ihm mal helfen.«

»Ach was, der wird schon damit fertig.« Da Nic seit der Highschool-Zeit auf den Fähren der Madeline Island Ferry

Line arbeitete, kam sie mit den Handgriffen an Bord besser klar als manche Männer, die dreimal so viel wogen. »Ich hab dich gern, Shel, aber manchmal bist du echt schwer von Begriff. Ein kleiner Flirt ist doch okay. Ein wenig Aufmerksamkeit zu bekommen. Teufel auch, diese Aufmerksamkeit wenigstens zu *bemerken* wäre schon ein Schritt in die richtige Richtung gewesen.« Sie formte mit den Händen eine Flüstertüte und rief allen in Hörweite zu: »Hey, wer von euch ist auch der Meinung, dass meine Freundin toll aussieht?« Shelby wand sich verlegen, als ein paar »Ho-hos« und Pfiffe aus den offenen Fenstern eines rostigen Lasters drangen. Erbärmlich.

»Ich weiß nicht, was du da gesehen haben willst. Ehrlich. Da war nichts.« Der Mann im West Bay Outfitters war ein Tourist gewesen. Ein Mensch auf der Durchreise. Das Letzte, was sie in ihrem Leben gebrauchen konnte. Shelby hatte das schon zu oft erlebt: Besucher, die einen Kurzurlaub oder auch ausgedehnte Sommerferien in der Stadt verlebten und sich eine Sommerromanze leisteten, deren Feuer spätestens im Herbst verloschen war. Oder, wie im Falle ihrer Mutter Jackie, ein kurzes Abenteuer, das in eine Schwangerschaft mündete. Während ihre Mutter sich wenige Wochen nach Beginn ihres Studiums an einer Universität in Kalifornien die Zukunft verbaute, wuchs Shelby in ihr heran. Vom Augenblick ihrer Geburt an – obwohl sie keinerlei Schuld daran traf, dass das Schicksal ihrer Mutter besiegelt war – hatte Jackie nur höchst widerwillig Mutter gespielt und Shelby hauptsächlich als Mahnung an einen schlimmen Fehler betrachtet.

Einem Touristen schöne Augen machen? Bei diesem Spiel würde Shelby nicht mitmachen. Sollte Nic richtig liegen, dann hatte sich der Mann den falschen Ort dafür ausgesucht.

Der Motor der Fähre startete, und Wasser wirbelte unter dem Schiffskörper auf. Shelby spürte die Vibrationen unter ihren Füßen. Unter lautem Rasseln hievten massive Metallketten das Hubtor hoch. Der Matrose, erkennbar an seinen weiten Khakihosen und dem blauen Hemd der Madeline Island Ferry Line, kam, um das Tor zu verriegeln. »Morgen, Nic!«, rief er ihnen zu.

»Hey, Derrick! Den ganzen Tag Dienst?«

»Yep. Heute die *Island Queen*. Morgen die *Nichevo*. Und du?« Er gesellte sich zu ihnen. Die Fähre nahm Fahrt auf.

»Ich hab ein paar Tage frei«, erwiderte Nic. »Kennst du Shelby noch?«

Derrick wischte sich die Hände an der Hose ab, doch dann verschränkte er sie, als wisse er nicht, wohin mit ihnen, unbeholfen vor der Brust. »Ja, klar – hey, Shelby!«

»Hey.« Shelby erwiderte sein Lächeln, wobei ihr ein Ketchup-Fleck auf dem Kragen seines Hemdes auffiel.

Derrick wandte sich wieder Nic zu. Er wiegte sich auf den Schuhsohlen vor und zurück, während die Fähre aus dem Hafen glitt. »Wann nimmst du endlich mal meine Einladung auf ein Bier an?«

»Hör mal, Romeo, du weißt ganz gut, dass das so bald nicht passieren wird.«

»Immer noch mit Hank zusammen?«

»Immer noch«, bestätigte Nic.

Derrick wandte sich mit jungenhaftem Grinsen an Shelby. »Und, Shelby, wie sieht's bei dir aus? Gehen wir demnächst mal ein Bier trinken?«

»Mit der wirst du's auch schwer haben. Sie geht so gut wie nie aus«, neckte Nic.

Auch wenn Nic recht hatte, versetzte es Shelby doch einen

Stich. »Achte gar nicht auf die, Derrick, du bist ohne sie besser dran«, versetzte sie. »Nett, dich mal wiederzusehen.«

»Dich auch.« Er ging, um die Fahrkarten einzusammeln.

»Wir sehn uns später!«, rief Nic ihm nach. Derrick hob winkend die Hand über den Kopf, dann beugte er sich zum Beifahrerfenster einer silbernen Limousine herab.

Shelby wandte sich dem See zu. Während ihr Blick auf den weißen Schaumkronen hinter der Fähre ruhte, glitten ihre Gedanken zu der Begegnung mit Benjamin zurück. Er kniff die Augen immer so niedlich zusammen, wenn er lächelte, und krauste die kleine, von Sommersprossen gesprenkelte Stupsnase. Und seine blonden Haare waren so fein und flaumig wie Löwenzahnsamen. Die Ähnlichkeit mit seinem Onkel Jeff war unverkennbar – und eine bittersüße Erinnerung an den Verlust, den sie und seine Familie erlitten hatten.

»Kommst du?« Nic bedeutete Shelby, ihr zu folgen. Sie schlängelten sich zwischen den geparkten Autos durch und erklommen eine enge, steile Eisentreppe, die auf eines der Außendecks führte. Jede Stufe gab ein metallisches Scheppern von sich.

Shelby fand Platz auf einer der roten Bänke im hinteren Teil des Decks, während Nic kurz im Steuerhaus vorbeischaute, um dem Kapitän Hallo zu sagen, was sie auf jeder Überfahrt tat. Shelby hatte nichts dagegen. Sie richtete sich auf zwanzig Minuten ruhige Überfahrt nach La Pointe ein.

Sie genoss die warme Sonne auf ihrem Gesicht, die von einer leichten Seebrise ein wenig gemildert wurde. In einiger Entfernung, parallel zum Kurs der Fähre, wurde eine Regatta gesegelt. Es war ein friedliches Bild, aber Shelby wusste aus Erfahrung, wie aufgeheizt die Atmosphäre an Bord werden konnte. Da wurden Kommandos gebrüllt, das Großsegel zu setzen oder die Fock zu spannen, während die Wellen gegen den Bug schlugen und der Wind die flatternden Segel klatschen ließ.

Doch von Shelbys Aussichtspunkt wirkte die Regatta so friedlich wie ein Aquarell, das zufällig in Bewegung geraten war. Die Boote flitzten wie kühne Farbtupfer über die blaue Leinwand des Wassers. Ein leichter Nebel über der Wasseroberfläche schwächte die Konturen der Küstenlinie ab. Shelby verlor sich in dem Anblick. Wie immer befreite sie der See von ihren Sorgen über die Apfelplantage, und ob ihre Großeltern mit zunehmendem Alter noch fähig sein würden, sie zu bewirtschaften. Sie vergaß den unterschwelligen Zorn über ihre Mutter. Die Trauer um Jeff. Und vor allem vergaß sie die Sorge um ihren inneren Kompass, der seine Richtung verloren hatte. Die Nadel zitterte zwischen der Entscheidung, aus Gründen der Familienloyalität in Bayfield zu bleiben oder sich auf eigene Füße zu stellen.

Während die Regatta ihren Fortgang nahm, stellte Shelby sich vor, mit den Segeln, dem Wind und der Gischt davonzugleiten und nicht mehr zurückzuschauen.

Kaum war die *Island Queen* am Fähranleger von La Pointe vertäut, als Nic Shelby an der Hand packte und auf die Beine zog. »Oh ja, es ist Wochenende, Baby!«, jubelte sie, und ihre gute Laune wirkte ansteckend.

Als Shelby die Eisentreppe hinunterging, schaute sie auf und sah Nics Freund Hank Palmer, der am Ende des Kais in seinem Wagen auf sie wartete. Hank war ein stämmiger Mann, der stets eine schwarze Strickmütze auf einem Gewirr schwarzer, widerborstiger Haare trug. Er sah aus wie ein Küstenfischer, aber statt auf einem soliden Schiff unterwegs zu sein, fuhr Hank einen gelben VW-Käfer, den seine massige Gestalt zu sprengen schien.

Die beiden Freundinnen verließen die Fähre und gingen zwischen Fußgängern, Radfahrern und Autos den Kai entlang. Alles strebte auf das skurrile Inselstädtchen zu. Auch wenn Shelby ihr ganzes Leben in dieser Gegend verbracht hatte, staunte sie immer noch, wie die Zeit auf Madeline Island zum Stillstand zu kommen schien. Hier flossen die Tage so leicht dahin wie ein träger Nachmittag am Strand.

»Hey, Babe!«, rief Hank durch das offene Wagenfenster. Während die beiden Frauen ihre Taschen im Kofferraum verstauten, blieb Hank im Wagen sitzen und trommelte auf seinem Lenkrad wie auf einer Snaredrum. Shelby wurde wieder einmal daran erinnert, dass Ritterlichkeit nicht zu seinen Vorzügen zählte. Sie zwängte sich auf den Rücksitz, während Hank Nic zu einem zärtlichen Kuss an sich zog. »Ich hab dich vermisst«, sagte er und knabberte an ihrem Ohr.

»Danke, dass du uns abholst«, sagte Shelby, legte den Kopf zurück und schaute aus dem Fenster.

»Kein Problem. Bin froh, dass ihr endlich da seid. Ich weiß nicht, wie lange ich's noch mit den Gordons ausgehalten hätte. War ein heftiger Abend.« Hank lenkte mit einer Hand und streckte die andere aus dem Fenster. Der Fahrtwind strömte über seine breite Handfläche und peitschte Shelby die Haare ins Gesicht.

»Es war bestimmt *total* anstrengend«, sagte Nic todernst.

»Ich sag's dir, Nic! Die haben Rippchen auf den Grill geschmissen, ein paar kalte Bier aufgemacht …«

»Nur ein paar?« Nic beäugte den Hünen an ihrer Seite.

Shelby genoss das Geplänkel der beiden. Sie bildeten ein ungleiches Paar, das letztlich hervorragend zueinander passte, ungefähr so wie ein Bär und ein Stock voller angriffslustiger, surrender Bienen.

»Was habt ihr denn sonst noch gemacht? Ich meine, was *war* denn so anstrengend?«, fragte Nic.

»Ich musste den ganzen Abend lang am Kamin sitzen und Scrabble spielen.« Die Vorstellung brachte alle drei zum Lachen, während der gelbe Käfer über die Big Bay Road schoss.

Die Mahlzeiten im Haus von Abby und Luke Gordon waren stets denkwürdig, und das Frühstück am nächsten Morgen bildete von dieser Regel keine Ausnahme. Es gab Spiegeleier, Bratkartoffeln mit Chili, Blaubeermuffins und dunkel gerösteten Kaffee. Obwohl noch nicht lange verheiratet, ergänzten sich die beiden Gordons in der Küche, als würden sie schon seit Jahren Gäste bewirten. Sie schienen alles in vollkommener Übereinstimmung zu tun, ob sie nun in ihrer Junggesellenküche kochten oder im Studio hinter ihrem bescheidenen Cottage töpferten und ihre Erzeugnisse brannten. Selbst im Aussehen ähnelten sie sich: karamellbraunes Haar, von der Sonne blond gesträhnt, Birkenstocksandalen im Sommer und Sorelstiefel im Winter, blaue Augen, eckiges Kinn und lange Beine. Und vor allem konnten die Gordons so ansteckend lachen, dass selbst der größte Griesgram aufgeheitert wurde.

»Wer will einen Spaziergang machen?«, fragte Abby, nachdem alle mit Frühstück fertig waren. Ihr Holzstuhl kratzte über die Dielen, als sie ihn zurückschob. »Ich weiß ja nicht, wie's euch geht, aber wenn ich nach einem ordentlichen Frühstück nicht vor die Tür komme, liege ich spätestens mittags flach.«

»Klingt gut.« Hank gähnte und rieb sich das verwaschene Rolling-Stones-T-Shirt, das sich über seinem Bauch spannte.

»Du willst dich freiwillig bewegen?«, fragte Nic überrascht.

»Was? Aber nein!« Er fuhr mit dem Finger über seinen Tellerrand und lutschte ihn genüsslich ab. »Ich rede von dem Mittagsnickerchen.«

»Wohin soll's denn gehen?«, rief Luke vom Spülbecken, wo er warmes Wasser einlaufen ließ. »Was schwebt dir als Ziel vor?«

»State Park?«, schlug Abby vor, während sie ihre Schuhe aus dem Wandschrank in der Diele holte.

»Ich weiß schon, worauf du hinauswillst, Abby«, sagte Nic verständnisinnig. »Ich kenne deine ›Spaziergänge‹. Ich komme mit, aber ich werde ganz bestimmt nicht bis zum State Park joggen, ein Stück wandern und dann den ganzen Weg wieder zurückjoggen.«

»Keine Sorge. So weit geht mein Ehrgeiz heute nicht«, beschwichtigte Abby. »Ich hab eher ans Auto gedacht.«

»Hey, ich weiß noch was Besseres: Wir nehmen die Mopeds!« Nic sprang voller Begeisterung auf. Doch ihr Enthusiasmus ebbte ebenso plötzlich wieder ab, wie er gekommen war, und sie warf Abby einen zweifelnden Blick zu. »Ich meine natürlich, wenn das in Ordnung ist. Ich will ja nicht so tun, als ob ich …«

»Aber du bist doch eine Super-Fahrerin, Nic!«, neckte Abby sie, und alle mussten lachen. Sie legte Nic den Arm um die Schultern. »Klar können wir die Mopeds nehmen. Tolle Idee!«

»Super! Also, wer von euch will mit mir fahren?«, fragte Nic begeistert. Abby schüttelte den Kopf. »Shel?«

Shelby wusste es besser. »Ich würde lieber heil und in einem Stück ankommen. Abby, ich fahre bei dir mit.«

»Feigling«, brummte Nic.

Bevor sie das Haus verließen, ging Abby noch einmal in die Küche. »Eure letzte Chance – seid ihr sicher, dass ihr nicht mitkommen wollt?«

»Fahrt ihr nur. Hank und ich räumen auf und fahren dann zum Boot runter«, erwiderte Luke, der eine Pfanne im Spülbecken schrubbte. Er beugte sich zur Seite und küsste seine Frau, ohne sie nass zu machen.

»Und gucken heute Nachmittag das Spiel«, fügte Hank hinzu. Er saß immer noch gemütlich am Tisch und schlürfte seinen kalt gewordenen Kaffee.

»Na, was für eine Überraschung!« Nic wischte ihm ein paar Brotkrümel aus dem Bart. »Jetzt komm schon, du Faulpelz, steh auf und mach dich nützlich. Du kannst doch nicht erwarten, dass Luke die ganze Arbeit allein macht.«

»Und, später ein Nickerchen?« Er zwinkerte und tätschelte ihren Hintern. »Nur du und ich?«

»Träum weiter, Lover Boy.« Nic zog Hank am Arm, um ihn zum Aufstehen zu bewegen. Er überraschte sie mit einem unerwarteten Sprung, riss sie in seine Arme, begrub sein Gesicht an ihrem Hals und freute sich über ihren erschrockenen Ausruf.

Im Madeline Island State Park stellten Abby, Nic und Shelby die Mopeds am Ausgangspunkt eines Wanderwegs ab. Obwohl es schon auf Mittag zuging, standen nur wenige Wagen am Parkeingang, und sie konnten sicher sein, dass sie bei ihrer Wanderung relativ ungestört sein würden. Der Weg führte durch ein heiteres Wäldchen mit Rotkiefern und Weymouthkiefern, Espen und Ahorn. Er war gut instand gehalten und leicht zu begehen, abgesehen von einigem Geröll und umgestürzten Stämmen, die zum Zerfall liegen gelassen und mit grünen Flechten bedeckt waren. Durch das dichte Laub fielen Sonnenstrahlen und warfen Lichtflecken auf die kleinsten Pflanzen, die auf dem Waldboden einen Teppich bildeten: Büschel von Moosfarnen, blaublättrige Wildblumen und das Orangerot scheuer Pilze.

Im Weitergehen kam eine kühle Brise vom See her auf und verstärkte den Duft des Waldes. Shelby hörte das rhythmische Branden der Wellen an den gewaltigen Küstenfelsen. Sie klangen wie ein schlafender Riese, der in mächtigen Atemzügen Wasser einsog und wieder ausströmen ließ. Vor ihnen, am Waldrand, erwartete sie Lake Superior.

Die Frauen gelangten zu der Stelle des Weges, wo sich die Bäume teilten und den Blick auf die weite Wasserfläche freigaben. Zu ihrer Rechten wand sich der Pfad zurück in den Wald, zur Linken folgte er der gewundenen Küstenlinie und senkte sich langsam zu einem Strand von einer Meile Länge ab, wo das Wasser ruhiger war. Vor ihnen befand sich ein Bretterzaun, der Parkbesucher davon abhalten sollte, einen breiten Vorsprung aus Felsplatten mit tiefen Spalten zu betreten. An seinem Ende fiel der Felsvorsprung steil ins Wasser ab.

»Sollen wir weitergehen?« Abby machte eine Geste zum Strand.

»Kann ich hier auf euch warten? Ich würde gern ein bisschen auf den Felsen sitzen«, sagte Shelby.

Abby warf Nic einen fragenden Blick zu, dann schaute sie Shelby an. »Alles in Ordnung mit dir?«, fragte sie.

»Natürlich«, versicherte Shelby den Freundinnen. »Geht ihr nur runter. Ich warte hier so lange.«

Nic stemmte die Hände in die Hüften und neigte den Kopf leicht zur Seite, als versuchte sie, Shelbys Gedanken zu erraten. »Na schön. Aber geh nicht zu dicht an …«

»… den Rand, schon klar.« Sie lächelte. »Macht euch um mich keine Sorgen.«

Während Abby und Nic dem Weg folgten, kletterte Shelby über den Zaun. Breite Spalten im Sandstein bildeten eine Art natürlicher Treppe bis zum Ende des Vorsprungs. Mit behutsamen Schritten rückte Shelby bis dorthin vor und blieb genau vor der Kante stehen. Sie suchte sich einen sonnigen Platz und ließ sich darauf nieder, zog die Knie an die Brust und schlang ihre Arme darum. Sie saß noch nicht lange, da zog sie einen gefalteten Briefumschlag aus der Hosentasche. Sie strich sorgfältig den Knick glatt und drückte den Brief auf ihrem Oberschenkel platt.

In einer Welt, die in Echtzeit per E-Mail, Chat und SMS kommunizierte, zog Shelby die Vertraulichkeit eines handgeschriebenen Briefes vor. Oder einen Anruf. Und vor allem das Gespräch. Nic warf ihr oft vor, dass sie hoffnungslos altmodisch und überdies schlecht zu erreichen sei, aber Shelby war nicht bereit, sich Handy oder Laptop zuzulegen, solange es das Festnetz und die tägliche Zeitungslektüre gab.

Im Gegensatz zu Pixeln, die sich auf einem hell erleuchteten Computermonitor zu Buchstaben formten, schätzte Shelby den handschriftlichen Brief, gab er doch einen Teil der Persönlichkeit des Schreibenden wieder. Schon als Kind hatte sie die Vorstellung als tröstlich empfunden, dass ihre Mutter sich die Zeit nahm, ihr einen Brief zu schreiben. Das schräge ***S*** und der Kringel unter dem *Q* waren unverkennbare Merkmale ihrer Handschrift. Die Worte am Anfang und am Ende jedes Briefes – »Liebes« und »In Liebe« – bedeuteten Shelby unendlich viel mehr als alle Worte dazwischen. Natürlich waren sie nicht genug. Aber mehr konnte sie von ihrer Mutter nicht erwarten.

Beim Betrachten des Umschlags sah sie, dass die Adresse immer noch die gleiche Straße in Alhambra, Kalifornien, war. Daraus konnte sie schließen, dass ihre Mutter schon seit sage und schreibe zwei Jahren im selben Ort lebte. Welch ein Fortschritt!

Shelby bohrte einen Finger in die Umschlagklappe und riss den Brief so sauber wie möglich auf, dann zog sie ein Blatt heraus, das aus einem linierten Spiralblock gerissen worden war. Sie atmete tief durch, als ihr Blick auf die Worte »Liebe Shelby« fiel, geschrieben von ihrer Mutter.

»Es sind doch bloß Worte«, vertraute sie dem Wind an, der über die Felskante wehte. *Sie ist Tausende Meilen entfernt. Sie kennt mich nicht einmal gut genug, um mir wehzutun. Es sind bloß Worte.*

Liebe Shelby,

ich habe nun schon lange nichts mehr von dir gehört. In deinem letzten Brief hast du zwar nicht danach gefragt, aber ich kann dir versichern, dass in Kalifornien alles bestens läuft. Ich lebe meinen Traum, Baby! Erinnerst du dich noch an Calvin, den Broker? Nun, er ist Geschichte. Sehr alte Geschichte. Er war mir zu ernsthaft, und ich hatte es satt, sein aufgebrezeltes Anhängsel zu spielen.

Aber hier sind echte Neuigkeiten. Ich bin absolut & total in Simon LaFonde verliebt. Dir würde es auch so ergehen. Er ist Franzose. Frankokanadier, um genau zu sein, aber er kann ein bisschen Französisch, und wenn er im Restaurant bestellt, klingt er wie Gérard Depardieu. Crème brûlée. Fondue. Chardonnay. Très sexy, wenn du verstehst, was ich meine. Er arbeitet in Hollywood. Kennt all die Leinwandgrößen. Pitt. Clooney. Streep. Hasselhoff. Es ist bloß noch eine Frage der Zeit, bis ich meine erste mondäne Party besuche. Du wirst mich dann auf den Fotos der Paparazzi sehen können – falls du mal einen Blick in die Boulevardblätter wirfst. Du bist nämlich immer viel zu ernst. Genau wie Calvin. Ein bisschen Celebrity-Klatsch würde dir guttun.

Also, wann wirst du endlich diesen gottverlassenen Obstgarten hinter dir lassen? Langweilst du dich nicht zu Tode in der Pampa? Vielleicht bist du einfach nur feige. Ich weiß wirklich nicht, wie du das aushältst. Tag um Tag. Um Tag. Ich kriege Depressionen, wenn ich nur daran denke. Wenn du mich fragst, dann sollten sie verkaufen. Gott weiß, dass wir das Geld gut gebrauchen könnten – und dir würde es guttun, erwachsen zu werden, einen Mann zu finden und endlich von da wegzukommen.

In Kalifornien sind viele dicke Fische zu angeln, falls du irgendwann den Mut aufbringen solltest, Wisconsin zu verlassen. (Aber wem sag ich das, hm?)

In Liebe
Mom

Shelby schaute von den Zeilen auf und starrte ins Leere. Tränen brannten hinter ihren Augen. *Verflucht soll sie sein. Sie und ihre verfluchten Briefe.* Sie knüllte das Blatt zusammen, bis sie glaubte, die Gefühllosigkeit ihrer Mutter herausgequetscht zu haben. Sie hatte den starken Drang, den Papierball in hohem Bogen fortzuwerfen und hinter der Klippenkante verschwinden zu sehen. Mit geschlossenen Augen stellte sie sich vor, wie er auf die Felsen fiel und alsbald von einer kalten, gnadenlosen Welle verschlungen wurde. Wenn sich das Papier zu Brei auflöste, würde dem Brief ihrer Mutter ein grandioser Untergang beschieden sein.

Shelby spürte, wie tief vergrabene Gefühle an die Oberfläche drängten. Der vertraute Schmerz, zu lieben, ohne wiedergeliebt zu werden. Die Qual der Verlassenheit. Sie zog ihre Knie enger an die Brust und machte sich klein, drückte im vergeblichen Bemühen, die Tränen zurückzuhalten, die Augen auf die Knie.

Gelächter riss sie aus ihren Gedanken. Eine Männerstimme rief etwas, aber Shelby verstand nicht, was sie sagte. Eine andere Stimme schien Antwort zu geben. Sie hob den Kopf von den Knien und blinzelte in die Sonne, in die Richtung der Stimmen, die gedämpft übers Wasser drangen. Und näher kamen die übermütigen Stimmen, hatten fast schon den Strand erreicht. Shelby wischte die Tränen mit dem Handrücken ab, dann hob sie den Arm und beschattete ihre Augen, um gegen das gleißende Funkeln des Sees etwas zu erkennen.

Schließlich entdeckte sie ein rotes Kajak, das sich an einem zerklüfteten Felsvorsprung vorbeischob, gefolgt von zwei weiteren. Die flinken Kajakfahrer bezwangen die rauen Wellen und hielten genau auf ihren Hochsitz auf den Klippen zu.

Shelby löste den Blick von den Männern, schloss die Augen und badete in der Sonnenwärme. Sie benutzte die Stimmen der Kanuten, um den Brief ihrer Mutter zu vergessen. Mit einem heilsamen Seufzer vertrieb sie das Bild ihrer Mutter und ersetzte es durch die schönere Erinnerung an einen Spaziergang mit den Großeltern unter voll behangenen Apfelbäumen, als sie noch ein kleines Mädchen gewesen war. Beide hatten sie liebevoll an der Hand gehalten, und sie hatte gespürt, dass sie ihr sicherer Hafen waren.

Shelby war aus einer lockeren Beziehung ihrer Mutter mit einem jungen Mann entstanden, der ein paar sorglose Augusttage in Bayfield verlebte. Es gab späte Anrufe und geheime Verabredungen, sie badeten nackt, und Jackie kam regelmäßig zu spät heim. Sie war zum ersten Mal seit Beginn ihres Studiums zu Hause und war sich unbesiegbar vorgekommen. Sie würde ihren Abschluss machen und ihre langweilige Heimatstadt ein für alle Mal hinter sich lassen.

Ein paar Monate später waren Jackies Pläne vereitelt. Sie wog ihre Möglichkeiten ab und entschied sich für ihre Unabhängigkeit und gegen die Mutterschaft. Ginny und Olen dagegen wählten ihre Enkelin. Ohne zu zögern, adoptierten sie Shelby und gaben ihr eine Heimat.

Sie schob die Gedanken an ihre Mutter beiseite und schlug die Augen wieder auf. Die Männer paddelten soeben an ihr vorbei. Shelby musste lächeln, da sie nicht wussten, dass sie das meiste ihrer Unterhaltung mit angehört hatte. Auf den Kajaks stand der Schriftzug »West Bay Outfitters«, es waren also Johns Kunden. Ein fittes Team, besonders der Letzte. Sie musterte sein Profil und merkte, dass er ihr bekannt vorkam. *Es könnte der Mann aus* … dachte sie in dem Augenblick, als er den Kopf drehte und sie auf dem Felsen sah. Er neigte den Kopf ein wenig zur Seite, als ob auch er sie erkannte, und hob dann grüßend das Paddel. Shelby hob automatisch eine Hand und erwiderte seinen Gruß. Seinem Blick standzuhalten war ihr nicht unangenehm, denn ihr war, als ob sie ihn von irgendwoher kannte.

Dann spürte sie, dass der Wind wechselte, und der Augenblick war vorüber.

Er tauchte sein Paddel wieder ins Wasser und glitt durch die gleißenden Wellen davon, um seine Gefährten einzuholen.

4

Klick

Vor ein paar Stunden hatten Ryan und seine Freunde ihr Lager an einem abgelegenen Platz auf Madeline Island zusammengepackt und waren durch den Südkanal gepaddelt. Zunächst umrundeten sie eine besonders zerklüftete Felsspitze, die an einen Bären gemahnte, der seinen Kopf aus dem Wald streckte. Als sie ein paar Wanderer sahen, die immer wieder zwischen den Bäumen am Klippenrand auftauchten, wussten sie, dass sie auf der Höhe des State Parks waren. Sie achteten darauf, nicht zu nahe an die Brecher zu geraten, die in die Spalten und Kavernen der Sandsteinfelsen schlugen.

Pete, der an der Spitze paddelte, gab ein schnelles Tempo vor. Brad folgte, während Ryan ein wenig zurückgefallen war, denn er hielt immer wieder an, um Fotos zu schießen. »Nimm dir ruhig Zeit!«, rief Brad über die Schulter zurück. Sobald er und Pete in ruhigerem Wasser waren, ließen sie ihre Paddel ruhen und warteten auf ihren Freund.

Ryan beobachtete Wellen, die unter einen tief hängenden Felsvorsprung brandeten und wie ein Geysir durch eine schmale Spalte nach oben schossen. Gerade als er in das Schott hinter sich greifen und seine Kamera herausholen wollte, nahm er im Augenwinkel eine Bewegung wahr. Sein Blick wanderte zu einer jungen Frau, die hoch oben auf der

Klippe saß. Sie hatte eine Hand an die Stirn gehoben und schien Brad und Pete zu beobachten. Neugierig tauchte Ryan sein Paddel ein und glitt näher heran. Nun wandte sie den Blick von seinen Freunden ab und schaute zum Horizont. Ihre Silhouette wurde von der Sonne klar umrissen. Obwohl Ryan nicht nahe genug war, um ihr Gesicht zu erkennen, stellte er sich vor, dass sie mit geschlossenen Augen die sanfte Seebrise genoss.

Von der Heiterkeit der Szenerie beflügelt, sicherte er sein Paddel und holte seinen Fotoapparat aus dem wasserdichten Beutel im hinteren Schott. Er hob die Nikon an die Augen, stellte den Zoom auf Totale und den Polarisationsfilter so ein, dass die Farben des Sees hervorgehoben wurden, während das Licht, das vom See auf die Frau fiel, abgeschwächt wurde.

Klick.

Dann zoomte er für eine zweite Aufnahme näher heran. Diesmal hatte er die Frau schärfer eingestellt und ließ den Hintergrund zu einem blau-grünen Licht verschwimmen. Als er sie von Nahem sah, bemerkte er ihre braunen Haare, die zu einem lockeren Pferdeschwanz gebunden waren. Sie hatte schöne, volle Lippen. Mit geschlossenen Augen hielt sie das Gesicht der Sonne zugewandt. Sein Künstlerauge erkannte das lohnende Motiv. Dann kam ihm die Erleuchtung.

Klick.

Ryan ließ seine Kamera sinken und saß, von den Wellen sanft gewiegt, wie betäubt da. Er horchte auf das Glucksen des Wassers am hohlen Bauch des Kajaks. Mit einem Mal war er überzeugt, dass dies die Frau von gestern sein musste. Zwei zufällige Begegnungen in zwei Tagen? Er fühlte sich getrieben, näher heranzupaddeln. Mit ihr zu reden.

»Ryan, du liegst schon wieder zurück!«, rief Brad über seine Schulter. Die beiden waren ein gutes Stück voraus.

Ryan schraubte den Deckel wieder auf das Objektiv und legte die Kamera ins Schott, dann packte er sein Paddel und ruderte mit aller Kraft. Mit gleichmäßigen Schlägen gelangte er zu seinen Freunden im tieferen Wasser.

Es dauerte nicht lange und er war nahe genug, um die Frau auch ohne Objektiv deutlich sehen zu können. Sie öffnete die Augen und schaute den drei Männern beim Vorüberpaddeln zu. Sie hob eine Hand, um ihre Augen vor der Sonne zu schützen, und lächelte, offenbar erheitert.

Ryan wollte ihr etwas zurufen. Eine Verbindung zu ihr herstellen. Was war nur das Besondere an dieser Frau? Zuerst war sie bei West Bay Outfitters an ihm vorbeigegangen, ohne ihn zu erkennen. Dann hatte sie das Kind liebevoller in ihre Arme geschlossen, als er jemals von seiner Mutter gehalten worden war. Und dort oben auf dem Felsen wirkte sie wie eine Königin in ihrem Reich.

Die Frau schaute ihn an; ihre Blicke trafen sich. Ryan hob instinktiv sein Paddel, um ihr damit grüßend zuzuwinken. Die Frau. Der See. Die Aufnahmen. Die Kombination war atemberaubend. Eine Idee formte sich in ihm, er griff sie bereitwillig auf. Sollte er nicht auf ein lohnenderes Ziel setzen, statt an der Seite seines Vaters für Chambers Media zu arbeiten und die Rolle anzunehmen, die man ihm seit jeher zuschreiben wollte? War er bereit, Chicago zu verlassen? Konnte er sich auf eine Veränderung einlassen? Ein Wagnis eingehen? Davon hatte Ryan bislang nur geträumt, da er nicht gewusst hatte, wann oder wo oder wie er diesen Wunsch verwirklichen sollte. Bis jetzt.

Ryan war so in Gedanken versunken, dass er nicht bemerkte, dass seine Freunde ihm schon wieder weit voraus waren. Weder spürte er das Umschlagen des Windes noch den Wetterumschwung, der in seinem Rücken drohte. Er hörte die Rufe seiner Freunde nicht, die so schnell wie möglich aufs Festland zurückwollten.

Und er sah auch nicht den zusammengeknüllten Brief mit den Buchstaben in zerflossener violetter Tinte, der wie ein Papierboot auf sein Kajak zutrieb und am Bug hängen blieb.

In diesem Augenblick dachte er nur an die Idee, die ihm durch die Frau eingegeben worden war. Den zündenden Funken, den er gebraucht hatte.

Es hatte … *klick* gemacht.

5

Pie

John Karlsson von West Bay Outfitters hatte mit seiner Wetterprognose richtig gelegen. Am frühen Abend frischte der Wind stark auf, doch in diesem Moment zogen Ryan, Brad und Pete bereits ihre Kajaks aus dem Wasser. Dem Wind folgte ein Sommergewitter, das in dem Augenblick losbrach, als die Männer ihr gemietetes Cottage betraten. Obwohl der Wind wütend an den Fenstern rüttelte und die Donnerschläge die dünnen Wände erschütterten, fielen sie in den tiefen Schlaf der Erschöpfung.

Am nächsten Morgen stieg die Sonne über den Horizont von Lake Superior und schickte ihre goldenen Strahlen zwischen den Kiefern und Pappeln am Ufer auf das von hohen Gräsern und Gänseblümchen umgebene Cottage. An dem abblätternden weißen Anstrich hingen noch ein paar Regentropfen. Eine Fliegentür öffnete sich quietschend und wurde zugeschlagen, dann tapste Ryan in einem engen schwarzen T-Shirt und khakifarbenen Wandershorts barfuß auf die von Flechten überwucherte Veranda. Er ließ sich auf den knarrenden Holzstufen nieder, von denen ein grasbewachsener Pfad zum Wasser führte. Er saß ganz entspannt da, die Ellenbogen auf die Knie gestützt, einen Becher mit heißem schwarzem Kaffee in der Hand.

Obwohl heute Temperaturen von dreißig Grad erwartet wurden, war der Morgen kühl und erfrischend. Beim Blick auf den See staunte Ryan wieder einmal, dass dieses Gewässer die Macht besaß, ihn von jeglichem Stress zu befreien.

Blitzlichtgewitter. Kreischende Hupen. Wütende Pendler. Rumpelnde U-Bahnen. Quietschende Reifen. Erbarmungslose Paparazzi. An dieser kleinen Lichtung am See schien Chicago Millionen Meilen weit entfernt zu sein. Grund genug für Ryan, endlich aufatmen zu können.

Er hatte das Cottage im Internet gefunden und nach Ansicht des Fotos gewusst, dass dieses siebzig Jahre alte Häuschen genau die Privatsphäre bot, die er haben wollte. Er mietete es unter dem Namen Charlie Bucket, ein Pseudonym, das er oft benutzte. Von Kindheit an hatte er die Geschichte von Willy Wonka und dem kleinen Charlie geliebt – Charlie, der in einer Tafel Schokolade eine goldene Eintrittskarte findet und seine Familie damit aus der Armut rettet. Ryan gefiel nicht so sehr der Ausgang, sondern der *Anfang* der Geschichte. Er träumte davon, wie schön es wäre, in einem winzigen Zimmer zu hausen, in warme Decken gehüllt und von Eltern und Großeltern bedingungslos geliebt.

»Den Teufel wirst du tun!« Die wütende Stimme seines Vaters fuhr in Ryans Gedanken wie ein Donnerschlag. Er stellte seinen Kaffeebecher ab und fuhr sich mit der Hand durch die Haare, als könnte er so das Bild seines Vaters vertreiben. William Chambers, CEO von Chambers Media, wäre auf keinen Fall einverstanden, wenn Ryan seine neue Position ablehnte. Es war eine Stelle, die ihm eher aus Nepotismus denn aufgrund von Verdiensten angeboten worden war. Und daher würde er für das Familienunternehmen arbeiten müssen, das ihn gegen seinen Willen in das Licht der Öffentlichkeit gezerrt hatte.

Ryan wusste, dass sorgfältige Planung vonnöten war, bevor er seinen Vater mit seinem Entschluss konfrontierte. Zuerst musste er seine Wohnung in Chicago aufgeben. Seine fotografische Ausrüstung, Kleider und ein paar Kleinigkeiten packen. Den ganzen sinnlosen Luxus würde er nur zu gern hinter sich lassen. Wenn er in einen Ort wie Bayfield zog, konnte er dem Leben unter den Augen der Öffentlichkeit entfliehen. Er würde nicht mehr ständig bangen müssen, beobachtet zu werden. Er konnte der Dauerüberwachung entrinnen, der er als William und Charlotte Chambers' einziger Sohn und angestammter Erbe von Chambers Media ausgesetzt war. Seine Schwester Martha hatte es geschafft, sich von der Familie zu lösen und in South Carolina eine eigene zu gründen. Ryan verstand immer noch nicht, warum *sie* dafür gelobt wurde, ihr eigenes Leben zu leben, während *ihm* die Handschellen der Pflicht angelegt wurden.

Es war höchste Zeit, dass er von dem Weg abwich, den ihm seine Familie vorgezeichnet hatte. Diesmal würde er seinem Traum folgen. Doch zunächst musste er die Sache mit der Frau auf dem Felsen klären. Es kam ihm selbst verrückt vor, dass er der Überzeugung war, seine neuen Pläne seien irgendwie mit ihr verbunden. Mit einer völlig Fremden. Er fühlte sich getrieben, sie wiederzusehen, bevor er nach Chicago zurückkehrte.

Als er hörte, dass seine Freunde sich in der Küche zu schaffen machten, nach Kaffeebechern und etwas Essbarem zum Frühstück suchten, nahm Ryan seine Tasse, stand auf und rief durch die Fliegentür: »Ich fahr in die Stadt. Braucht ihr was?«

»Was zu futtern«, grunzten die beiden unisono. Ryan schüttelte den Kopf und grinste in sich hinein. Manche Dinge änderten sich nie. Outdoor-Aktivitäten, Bier und genug zu essen. Es brauchte nicht viel, um die Löwen zu zähmen.

Nach einer kurzen Fahrt bog Ryan in die Main Street ein, die von der Marina und dem Fähranleger hügelaufwärts führte. Die Gebäude waren hundert Jahre alt, Backsteinbauten und Holzhäuser, die einst eine Volksbank und Handwerksbetriebe beherbergt hatten, nun aber von einer Weinhandlung, Souvenirläden und Boutiquen belegt waren. Sein schwarzer Mercedes erregte die Aufmerksamkeit zweier Männer in mittleren Jahren, die während eines Schaufensterbummels pflichtbewusst hinter ihren Ehefrauen hertrotteten. *Nicht vergessen*, dachte Ryan, *auf der nächsten Reise den Mercedes gegen ein unauffälligeres Vehikel eintauschen*. Zu dieser Stunde waren noch nicht viele Menschen auf der Straße. Er fuhr an einem Touristen mit umgehängter Kamera vorbei, einem Paar, das einen Buggy schob, und einem Teenagerpärchen, das sich an der Taille umschlungen hielt.

Ryan hielt vor dem Lebensmittelhändler an. Als er den Gurt löste, merkte er, dass er von einem älteren Paar beobachtet wurde, das auf einer Bank saß und sich ein Gebäckstück zum Frühstück teilte. Sie leckten sich Zuckerguss von den Fingern und balancierten Styroporbecher mit Kaffee zwischen den Knien.

Beim Aussteigen sah Ryan die wohlgeformten braunen Beine einer Frau, die einen Stapel weißer Gebäckschachteln trug. Ihr Gesicht dahinter war nicht zu erkennen. Sie ging auf den Laden zu und versuchte die Tür mit dem Fuß aufzustoßen, ein Manöver, bei dem die Schachteln gefährlich ins Schwanken gerieten.

»Hey! Warten Sie!« Ryan stürzte zur Tür, um ihr behilflich zu sein. »Lassen Sie mich das machen.«

»Danke!«, ließ sich ihre Stimme hinter dem Schachtelstapel vernehmen, aus dem süße Düfte drangen. »Ich weiß auch nicht, wie ich mir das vorgestellt habe!«

»Warten Sie, ich nehme Ihnen ein paar ab.« Ryan erleichterte sie um ein paar Schachteln. Als ihr Gesicht über dem Stapel sichtbar wurde, stockte ihm der Atem. Wie verrückt war das denn? Er stieß die Tür mit dem Rücken weit auf.

»Danke!«, wiederholte die Frau erleichtert und zwängte sich mit ihrer Last an ihm vorbei. Sie trug weite umgekrempelte Jeans-Shorts, die vom vielen Tragen schon ganz fadenscheinig geworden waren und von einem Webgürtel gehalten wurden. Ihr Gesicht über dem frischen weißen T-Shirt sah weich und strahlend aus.

»Sagen Sie, sind wir uns nicht …?«, setzte Ryan an und suchte in ihren Augen nach einem Schimmer des Wiedererkennens.

»Hm?« Sie blies sich eine Haarsträhne aus den Augen.

»Ich meine – wo sollen die hin?«, fragte er und folgte ihr in den Laden. Es war ein schlichtes Geschäft, das eine Auswahl an allem Notwendigen anzubieten schien. Ein kleines, aber gut sortiertes Kühlregal mit Milchprodukten. Mehl, Tee, Zucker. Kühltheke für Fleisch. Tiefkühlschränke. Eine Kasse. Und durch den ganzen Laden waberte das verlockende Aroma von frisch gebackenem Brot. Der Geruch nach Hefe und knuspriger Kruste lockte die Kunden von der Straße herein.

»Da drüben.« Sie zeigte mit dem Kinn. »Auf die Brottheke.«

»Was auch immer da drin ist, es riecht unglaublich gut!«, sagte Ryan. »Erdbeeren?«

»Ja, Sie haben eine gute Nase«, erwiderte sie und führte ihn eilends zur Rückseite des Ladens. »Auch ein paar Blaubeeren.«

»Haben Sie die gebacken?« *Wie konnte er sie nur so leicht wiederfinden?* Etwas Wertvolles war immer schwer zu finden.

»Ob ich …?« Sie stutzte und biss sich leicht auf die Unterlippe. »Hab ich. Ja.« Sie setzte die Schachteln behutsam ab und spähte über die Theke, die die Backstube vom Rest des Ladens trennte. »Noch mal danke für Ihre Hilfe.« Sie wirkte abgelenkt, hielt über seine Schulter hinweg nach jemandem Ausschau.

»Ryan«, stellte er sich vor und stellte seinen Stapel neben ihren.

Ihr zerstreuter Blick streifte ihn. »Verzeihung?«

»So heiße ich. Ryan.«

»Tja, Ryan. Einen schönen Aufenthalt in Bayfield wünsche ich.« Ihre Augen waren von winzigen Lachfältchen umgeben. »Und danke, dass Sie mich gerettet haben.« Abgesehen von ihrer Nase – die von der Sonne gerötet war und sich leicht schälte – hatte sie eine sehr weiche Haut.

»Woher haben Sie gewusst, dass ich nicht von hier bin?« Mein Gott, dachte er, wie lang war es her, dass jemand ihn einfach als *ihn selbst* sah und nicht als den Mann, der so oft in den Medien zu sehen war?

Inzwischen war sie hinter die Theke getreten, offenbar immer noch auf der Suche nach dem Empfänger ihrer Lieferung. Auf einem Gestellwagen neben ihr kühlten Sauerteigbrote und skandinavische Feinkostbrote aus. Gelassen drehte sie sich zu Ryan um, trat ein paar Schritte zurück und verkündete: »Sie sehen einfach danach aus.« Und damit verschwand sie in der warmen Backstube.

Ryan fuhr mit der Hand durch seine zerzausten Haare und rieb sich den Nacken. Er kam sich blöde vor. Sollte er auf sie warten? Und wenn ja, worüber wollte er mit ihr reden? Darüber, dass sein Vater aus einer Familienklitsche einen bedeutenden Medienkonzern gemacht hatte, der einige der erfolgreichsten Film- und Fernsehproduktionen im Land abwickelte? Dass seine Familie ihre Wurzeln in Chicago hatte, aber auch Domizile in Kalifornien und New York besaß? Dass seine Eltern einen extravaganten Lebensstil pflegten und regelmäßig mit Prominenten verkehrten?

»Verzeihung, stehen Sie an?«, vernahm er die Stimme einer jungen Frau mit einem Baby im Tragesitz, die leise hereingekommen war und nun neben ihm stand. Mit einer Hand stützte sie zärtlich den Kopf ihres Babys, in der anderen hielt sie einen Gallonenkanister Milch.

»Nein, nein, überhaupt nicht«, erwiderte Ryan und trat beiseite, damit sie den schweren Behälter auf die Theke stellen konnte. »Brauchen Sie Hilfe?«

Die junge Mutter hielt mit müden Augen Ausschau nach anderweitiger Unterstützung. »Ich brauch nichts, danke«, sagte sie. »Wollte nur das Weinbrot abholen.«

»Heather!« Der Kassierer winkte ihr vom anderen Ende des Gangs zu. »Hab deine Bestellung hier.« Die junge Mutter entfernte sich und ließ Ryan mit seinen Gedanken allein.

Er wollte auf keinen Fall darüber reden, wie sehr – aus Gründen, die er nie verstehen würde – die Öffentlichkeit auf sein Leben fixiert war. Dass sein Gesicht vor Kurzem in einer überregionalen Zeitschrift unter der albernen Überschrift »Amerikas begehrteste Junggesellen« erschienen war.

Er konnte einer Frau, die er eben erst kennengelernt hatte, kaum erzählen, wie sehr er sich danach sehnte, dass die Scheinwerfer abgeschaltet würden.

Und vor allem konnte er ihr nicht gestehen, dass ihr bloßer Anblick auf Madeline Island ihn dazu angeregt hatte, seinem Leben eine andere Richtung zu geben.

»Machen Sie jetzt die Lieferungen für Ginny?« Ein großer, hagerer Mann mit weißen Haaren, Vollbart und Augen in verwaschenem Jeansblau trat zu Ryan und studierte die auf die Schachtelseiten gedruckten Geschmacksrichtungen.

»Heißt sie so?«

»Rhabarber. Sie müssen unbedingt mal die mit Rhabarber probieren.« Der Mann tippte mit dem Finger auf eine Schachtel.

»Mach ich bestimmt, danke für den Tipp«, sagte Ryan. »Also, die Frau mit der Lieferung … heißt sie Ginny?«

»Yep. Ginny kommt ein paarmal die Woche mit ihren Pies. Erledigt dann auch gleich ihre Einkäufe. Haben Sie gesagt, dass heute ihre Runde ist?« Der Mann sah sich suchend um.

»Weiß ich nicht. Ich hab ihr bloß beim Reintragen geholfen«, sagte Ryan achselzuckend und verschränkte die Arme vor der Brust.

»Ach Gott, ist sie immer noch so schlecht dran! Und ich hab gedacht, sie lässt es jetzt langsamer angehen.«

»Warum?«

»Weil sie 'ne Lungenentzündung gehabt hat, die Ärmste. Wäre fast im Krankenhaus gelandet. Bin echt erstaunt, dass sie schon wieder arbeitet«, erklärte der Mann.

»Lungenentzündung? Das ist aber merkwürdig. Ich meine, ich hab sie ja eben erst kennengelernt, aber auf mich wirkte sie ausgesprochen gesund.«

»Na, dann kommt sie wohl wieder auf die Beine. Ist ja auch 'ne starke Frau. Sind eben widerstandsfähig, die Norweger. Dann ist's ja keine Überraschung, dass sie schon wieder am Arbeiten ist.« Er stutzte und stemmte die Hände in die Hüften. »Aber eigentlich hätte ich gedacht, dass ihr Mann die Lieferung übernimmt.«

»Mann?« *Natürlich ist sie verheiratet*, dachte Ryan und wunderte sich über seine Enttäuschung.

»Yep. Olen. Tolles Paar, die beiden. Einfach toll. Schuften wie die Wilden.« Der Mann redete frei von der Leber weg. »Zu schade allerdings das mit der Tochter. Ein faules Ei, wenn Sie mich fragen.«

Ein faules Ei? Was ist das für ein Mann, der so etwas über ein kleines Kind sagen kann? Gerade als Ryan das unbekannte Kind und die eben erst in sein Leben getretene Frau verteidigen wollte, kehrte sie aus der Backstube zurück.

»Sieh da, hallo, Shelby.« Der Mann legte seinen drahtigen Arm um Shelbys schmale Schultern und drückte sie.

»Shelby?«, entfuhr es Ryan erstaunt, er war gleichzeitig erleichtert und verwirrt. Die Frau betrachtete ihn skeptisch, als wollte sie fragen, was er noch hier verloren habe. Ryan wusste es selbst nicht so genau, also nickte er lediglich und grinste dümmlich. Wenn er doch nur etwas tun könnte, um sich nützlich zu machen!

»Hey, Boots, dich hab ich grade gesucht«, sagte sie zu dem Mann. »Tut mir leid, dass ich die Pies erst so spät geliefert habe. Kannst du mir das verzeihen?«

»Nicht der Rede wert. Weißt du nicht, dass ich in der Kühltruhe immer ein paar in Reserve habe?«, entgegnete Boots. »Aber was ich eigentlich fragen wollte: Sollte Ginny sich nicht noch 'n bisschen schonen?«

»Tut sie doch. Gran ist wieder zu Hause. Und es geht ihr schon viel besser. Sie ist fast schon wieder die Alte. Als ich ging, war sie schon wieder dabei, Doughnuts zu frittieren.«

»Hm, dann war das wohl ein Missverständnis«, sagte Boots, bedachte Ryan mit einem Seitenblick und wandte sich wieder an Shelby. »Dein Freund hier hat mir ein paar Fragen wegen dir gestellt, und ich hab doch glatt gedacht, er redet von deiner Großmutter.«

»Mein Freund?«

»Ryan«, brachte Ryan seinen Namen in Erinnerung. Er fühlte sich zunehmend unbehaglich.

»Stimmt.« Sie löste sich von Boots und stellte die beiden einander vor. »Wir haben uns vorhin kennengelernt. Ryan, das ist Boots. Boots – Ryan.«

Nun war Boots derjenige, der verdutzt wirkte, während sein Blick zwischen Ryan und Shelby hin und her flog. »Na ja, geht mich ja auch nichts an. Grüß deine Großmutter schön von dem alten Boots, ja?« Damit schleppte er ein paar Schachteln in die Küche. Im gleichen Augenblick wandte sich Shelby zum Ausgang.

»Warten Sie! Ich begleite Sie hinaus.« Ryan stürzte hinter ihr her.

»Ist nicht nötig.« Sie hielt eine Hand hoch und ging einen Schritt schneller.

»Einen Moment noch«, bat er und holte sie endlich ein. »Kann ich Sie zu Ihrem Wagen bringen? Ich wollte sowieso gerade gehen.«

Shelby schaute Richtung Ladenfront, hielt vielleicht nach einem Bekannten Ausschau, der sie von Ryan ablenken würde, dann gab sie es auf, drehte sich um und starrte ihn an. Verschränkte die Arme vor der Brust und pustete sich entnervt eine Haarsträhne aus dem Gesicht. »Na schön, aber ich hab's ein bisschen eilig.« Bevor er etwas erwidern konnte, war sie schon wieder auf dem Weg zur Tür.

»Sie … Sie arbeiten also mit Ihrer Großmutter zusammen?« *Sie muss von deiner Konversationskunst geradezu hingerissen sein, Chambers.*

»Yep.«

»Was arbeiten Sie denn so? Ich meine, außer Backen«, fragte er, als sie auf die Straße traten.

»Ein bisschen was von allem, würde ich sagen«, erwiderte sie höflich, aber zerstreut. »Und was machen Sie, abgesehen davon, dass Sie in Ihrem Urlaub bei Lebensmittelhändlern herumlungern? Ein Mann wie Sie hätte auf dem Wasser bestimmt mehr Spaß.«

»Och, ein bisschen was von allem«, wiederholte er in neckendem Ton ihre Worte und brachte sie damit immerhin zum Lächeln. »Nun sagen Sie schon, womit hab ich mich verraten?«

»Hm?«

»Dass ich ein Tourist bin.«

»Ach, das. Nun, zunächst lebe ich schon immer hier, und es ist eine sehr kleine Stadt. Sie sind neu hier. Zweitens, Sie kennen Boots nicht, und den kennen hier alle. Und drittens sehen Sie aus wie einer, der am Wochenende auf Naturbursche macht.« Sie tippte sich aufs Handgelenk, an die Stelle, wo Ryan seine Jacht Master-Rolex trug. »Nehmen Sie's mir nicht übel.«

»Nein, nein, ist schon okay. Sie haben ja recht. Wir sind vor ein paar Tagen aus Chicago gekommen und wollen bis Sonntag bleiben.«

Shelby blieb an ihrem Wagen stehen und fischte die

Schlüssel aus der Hosentasche. »Wunderbar. Ich hoffe, Sie und Ihre … Freundin? Frau?«

»Freunde. Vom College.«

»Schön«, sagte sie, die Schlüssel in der Hand. »Ich hoffe, Sie verleben hier ein paar schöne Tage.«

»Wollen wir nicht etwas unternehmen?« Sobald er damit herausgeplatzt war, wäre er am liebsten im Boden versunken. Er klang schlimmer als ein schüchterner Teenager. Ryan wischte sich den Schweiß von der Stirn, wobei er nicht sicher war, ob es an der Hitze oder an seinen Nerven lag. Was hatte diese Frau nur an sich, dass er nie die rechten Worte fand?

»Wie bitte?«

»Einen Happen essen? Damit ich, Sie wissen schon, ein oder zwei Dinge über Bayfield erfahre, und zwar von einer seiner tollsten Bewohnerinnen?« Sein Versuch, ihr zu schmeicheln, versagte auf der ganzen Linie.

»Nein danke. Ich meine, verstehen Sie mich nicht falsch. Ist 'ne nette Einladung, aber ich muss jetzt wieder an die Arbeit.« Als Shelby die Fahrertür öffnete, kreischte sie zum Erbarmen.

»Natürlich.« Ryan steckte die Hände in die Hosentaschen. »Vielleicht ein andermal?«

»Hören Sie, Brian …«

»Ryan.«

»Ryan. Ich habe einen Freund. Aber ich bin sicher, es gibt genug andere junge Mädchen hier im Ort, die sehr gerne mit Ihnen zum ›Lunch‹ gehen würden.« Sie betonte das Wort voller Sarkasmus. Leichtfüßig schwang sie sich auf den Fahrersitz und zog die Tür hinter sich zu. Als sie sich anschnallte, legte Ryan seine Hand auf den Rand des Seitenfensters.

»Warten Sie mal. Ich glaube, Sie haben mich falsch verstanden. Auch wenn Sie mir die Worte im Mund verdreht haben, war ich tatsächlich *nur an einem Essen* interessiert. Und selbst wenn ich gewusst hätte, dass ich mit Ihnen essen gehen würde – was ich nicht habe –, spielte das auch keine Rolle, denn es wäre immer noch nur ein Essen gewesen. Aber ich verzeihe Ihnen die Mutmaßungen über meinen Charakter, weil ich eine große Schwäche habe und Sie die Einzige sind, die diese Schwäche stillen können.«

»Kann ich mir vorstellen …«, murmelte sie, während sie sich abmühte, den Schlüssel ins Zündschloss zu stecken.

»Pie.«

»Was haben Sie gesagt?« Ihre Hand fiel in den Schoß, und Ryan hörte, wie der Schlüsselbund rasselnd auf den Wagenboden fiel. Gut. Er hatte sie überrumpelt. Er machte noch einen letzten Versuch, um bei ihr einen guten Eindruck zu hinterlassen.

»Ich bin verrückt nach Pie. Als ich vorhin mit Ihnen zusammenstieß, war ich tatsächlich gerade im Begriff, Pie zu kaufen. Und als ich Sie dann im Laden sah und von dem Verlangen, *mit Ihnen essen zu gehen,* überwältigt wurde, hab ich den Pie glatt vergessen.«

Sie hielt sich die Hand vor den Mund, um ihr Lachen zu verbergen. Ryan hatte seinen Fuß erfolgreich in der sprichwörtlichen Tür, bevor sie sie ihm vor der Nase zuschlagen konnte.

»Ich könnte natürlich wieder nach Boots suchen«, fuhr er fort. »Aber ich habe mir gedacht, falls Sie noch Pies übrig haben, könnte ich doch direkt bei Ihnen kaufen. Bei Boots wäre es gut möglich, dass er mir altbackene aus der Kühltruhe verkaufen würde.« Er sah ganz deutlich, dass noch mindestens sechs Pie-Schachteln auf dem Boden vor dem Beifahrersitz lagen.

»Wie wäre es mit zwei?«, schleuderte sie ihm die Andeutung einer Herausforderung hin.

»Warum nicht drei?« Darauf ließ sie ein kräftiges, ansteckendes Lachen hören, das eine Saite in Ryan zum Klingen brachte. Ihr Lachen bewirkte, dass er sich lebendig fühlte. Wie ein neuer Song im Radio, den man nicht oft genug hören kann.

»Okay. Dann eben drei ...« Sie hielt kurz inne. Würde sie sich erinnern? »Ryan.«

Und damit war sie fort. Ryan blieb allein auf dem Bürgersteig stehen und schaute dem weißen Pick-up nach, der an der ersten Kreuzung abgebogen und verschwunden war. Während er da stand, mit drei Pie-Schachteln auf dem Arm, überlegte er, wie er das Brad und Pete verklickern sollte. Sie würden fragen, warum er statt Salami, Käse, Chips und Bier Pies mitbrachte. Aber Ryan hatte keine Lust, noch einmal in den Laden zu gehen und Boots wiederzusehen.

»Haben Sie ihre Nummer gekriegt?« Plötzlich stand ein bärtiger Mann neben Ryan.

»Boots!«, sagte er erschrocken, wich einen Schritt zurück und wäre fast vom Bordstein gekippt. »Jesus.«

»Ich hab gefragt, ob Sie ihre Nummer gekriegt haben?« Boots bohrte seinen dürren Zeigefinger ins linke Ohr und kratzte sich ausgiebig. Die beiden Männer schauten einander nicht an. Boots starrte auf die Straße.

»Ähm, nein.«

»Also ehrlich! Ein gut aussehender Bursche wie Sie, und schafft es nicht mal, ihre Nummer zu kriegen?«

»Nein, ich … Ich hab gar nicht danach gefragt«, gab Ryan zu und fasste die Pie-Schachteln fester. »Es sieht so aus, als ob sie einen Freund hätte.«

»Ach ja?« Verdutzt starrte Ryan den Mann an. »Das wär mir aber neu«, fuhr Boots fort. »Falls Sie sich fragen – und Ihrer Trauermiene nach tun Sie das –, dann kann ich Ihnen sagen, ich glaube, sie ist interessiert.« Boots stocherte mit der Zunge in seinem Mund herum, dann steckte er den kleinen Finger hinein und puhlte mit dem Nagel etwas zwischen den Zähnen hervor. »Sieht so aus, als ob Sie's vermasselt hätten.«

»Wie meinen Sie das?«

»Jung, gut aussehend und dumm wie Bohnenstroh.« Boots schüttelte langsam den Kopf, dann sah er Ryan endlich an. »Hören Sie mal gut zu. Shelby lässt die Kerle normalerweise kalt abfahren. Und dann noch Typen wie Sie, die im Sommer herkommen und versuchen, mit den hübschen Mädels anzubandeln? Vergessen Sie's. Da sind Sie an der falschen Adresse.« Er hielt inne, um den winzigen Bissen zu kauen, den er sich aus den Zähnen gepult hatte. »Aber ich werde Ihnen mal was sagen … bei Ihnen war's anders, da hat was gefunkt.«

»Glaub ich nicht. Sie hat mich eiskalt abblitzen lassen.« Vor ein paar Tagen hätte Ryan sich nicht vorstellen können, dass er auf dem Bürgersteig einer Kleinstadt stehen würde, drei Schachteln mit Erdbeer-Rhabarber-Pie in der Hand, um sich von einem Kerl namens Boots Ratschläge anzuhören.

»Klar hat sie. Damit ist sie groß geworden. Sie lässt sich ganz bestimmt nicht mit einem jungen Großstadtschnösel ein, der hier kurz durchwalzt, da sind Sie nicht der Erste, und Sie werden auch nicht der Letzte sein. Aber was diesmal anders war, ist nicht das, was sie *gemacht hat*, sondern das, was sie *nicht* gemacht hat.«

»Ich kann Ihnen nicht ganz folgen.«

»Sie hat sich von Ihnen helfen lassen. Das Mädel bildet sich gewaltig was drauf ein, dass sie keinen Mann für *nichts* braucht. Hilfe, um ein paar Pie-Schachteln in den Laden zu tragen? Blödsinn.« Boots kicherte, dann ging das Kichern unversehens in Husten über. Er klopfte sich mit der Faust an die Brust, wandte den Kopf ab und spie einen Schleimklumpen auf die Straße. »Ich hab mal gesehen, wie sie mit ihrem Stiefel die Tür aufgetreten hat, während eines Schneesturms. Und da hatte sie noch viel mehr zu tragen und hat trotzdem keine Hilfe gebraucht.« Boots sah Ryan in die Augen. »Und jetzt kommen Sie als Ritter in der Not? Also bitte!«

Ryan schob seine Pie-Schachteln auf den anderen Arm und sah wieder die leere Straße hinauf. Falls Boots recht hatte, dann wäre er ein Dummkopf, wenn er nicht noch einen Versuch wagte.

»Als ich grade aus dem Laden kam, hab ich sie beleidigt abzischen sehen. Weiß nicht, was Sie zu ihr gesagt oder was Sie gemacht haben, Kumpel – aber Sie haben's vermasselt.« Boots schüttelte traurig den Kopf.

»Es gibt also keinen Freund?«, fragte Ryan verwundert.

Boots schüttelte wieder den Kopf. »Seit Jahren nicht.«

»Und das Kind?«, fuhr Ryan fort. Er dachte an den kleinen Jungen, den sie im Kreis herumgewirbelt hatte.

»Nein.«

Er wollte Boots noch fragen, wo er Shelby finden konnte, musste dann aber feststellen, dass der Weißhaarige sich leise davongemacht hatte. Er schlenderte so seelenruhig den Bürgersteig entlang, als habe ihre Unterhaltung niemals stattgefunden.

Ryan schickte sich an, über die Straße zu seinem Wagen

zu gehen, als er auf dem Bürgersteig ein dünnes Metallding in der Sonne aufblitzen sah. Es lag genau an der Stelle, wo Shelby neben ihrem Pick-up gestanden hatte. Er beugte ein Knie, stellte die Schachteln ab und hob den eisblauen Anhänger an einer zarten Silberkette auf.

6

Glücksfall

Zurück im Cottage lehnte Ryan sich an die Küchentheke und trommelte mit den Nägeln auf die Resopalplatte. Er hatte nie an das Schicksal geglaubt, und doch hatte er das unerschütterliche Gefühl, dass es ein Glücksfall war, Shelby so unvermutet wiedergetroffen zu haben. Ihm war auch klar, dass das Interesse möglicherweise einseitig war, trotz der gegenteiligen Meinung eines bärtigen Lebensmittelhändlers namens Boots. Dennoch fühlte er sich zu Shelby hingezogen wie ein Fischadler, der sich getrieben fühlt, den alljährlichen Vogelzug anzutreten. Ryan hörte auf zu trommeln und legte seine Hand flach auf die Platte. Wem wollte er etwas vormachen? Was Shelby anging, so war er beileibe nicht mit dem stolzen Vogel zu vergleichen, der zu seinem Brutplatz fliegt, sondern eher mit dem einfältigen Tier, das seine Schar verlässt und an einer Glasscheibe endet, mit wild schlagenden Flügeln und ohne zu begreifen, dass die Reise zu Ende ist.

Brad und Pete saßen am Tisch, jeder eine aufgeklappte Pie-Schachtel vor sich und langten gewaltig zu. Die Zinken ihrer Gabeln stachen in die Pies wie die Zähne ausgehungerter Wölfe. Ryan überlegte, was ihre Frauen wohl sagen würden, wenn sie ihre Männer jetzt sehen könnten: Zwei erwachsene Männer, die, in den Zustand grunzender Jungs zurückversetzt, direkt aus der Packung fraßen – zwei wilde Jungs, die alle Regeln brachen und sich dabei köstlich amüsierten.

»Wolltest du nicht auch?«, rief Pete Ryan zu. Die Erdbeeren hatten an seinem unrasierten Kinn Spuren hinterlassen.

»Nein, danke.« Ryan grinste.

Wie schwer mochte es sein, sie wiederzufinden? Das Einfachste wäre natürlich, zurück zum Laden zu fahren und Boots zu fragen. Aber er ahnte, dass Boots ihm keine weiteren Informationen liefern würde. Shelby hatte eine Großmutter namens Ginny. Es konnte in einer so kleinen Stadt doch nicht schwer sein, sie zu finden, oder? Andererseits war es gut möglich, dass die Leute hier eher vom Schlage Johns von West Bay Outfitters waren und nicht so mitteilsam wie Boots. Besonders dann, wenn sie es mit einem Fremden zu tun hatten.

»Ryan, diese Pies sind der Wahnsinn! Wo, sagst du, hast du sie her?«, erkundigte sich Pete.

»Aus dem Lebensmittelgeschäft im Städtchen.«

»Aus dem Geschäft? Auf dem Aufkleber da steht aber was ganz anderes.«

Aufkleber?

Ryan ging zum Tisch und klappte den Deckel einer Schachtel zu. Seltsam, dass ihm das nicht aufgefallen war. Doch da, in der unteren rechten Ecke fand er die Antwort, nach der er so dringend gesucht hatte:

MEYERS ORCHARD
BAYFIELD, WISCONSIN
SEIT 1963 IM FAMILIENBESITZ

Ryan ließ seine Freunde und die spärlichen Pie-Reste zurück und raste los, um Meyers Orchard zu finden. Nachdem er mehrere Meilen einer baumgesäumten Landstraße gefolgt war, gelangte er auf den höchsten Punkt der Felsen mit einer grandiosen Aussicht auf Lake Superior. Dort war auch eine Straßengabelung mit einem wunderlichen Wegweiser. Fast ein Dutzend Schilder, jedes in einer anderen Farbe, waren planlos an einen Mast genagelt. Lake View Orchard. Chequamegon Apple Company. Dormer Farms. Ryan überflog sie, bis er ganz unten das Schild entdeckte, nach dem er gesucht hatte. »Meyers Orchard« stand da in sauber gemalten weißen Buchstaben über einem beerenroten Pfeil, der nach links wies. Voller Erwartung legte er den Gang ein, fuhr eine Schotterstraße entlang und erreichte in einer Staubwolke die Farm.

In gemächlicherem Tempo bog Ryan auf die Zufahrt ein und hielt auf dem Besucherparkplatz neben einem einsamen Wagen. Er machte die Fahrertür auf und streckte seine langen Beine, während er sich neugierig umsah. Die Farm, von Apfelbäumen umgeben, bestand aus drei Gebäuden. Eines war ein bescheidenes, weiß getünchtes Wohnhaus mit einer umlaufenden Veranda, einer Hollywoodschaukel und schwarzen Fensterläden. Goldene Ringelblumen schmückten den Plattenweg zur Haustür.

Das zweite Gebäude war eine schindelverkleidete Scheune mit abblätterndem roten Anstrich und weißer Schrift, die dem Schild auf der Straße ähnelte. Es gab eine Wetterfahne aus Kupfer, ein galoppierendes Pferd mit wehender Mähne und Schweif. Die Schiebetüren der Scheune standen weit offen und gewährten Einblick in einen sehr rustikal eingerichteten Wohnraum mit einer eingesunkenen Couch, Apfelkisten, die als Tische dienten, ein paar Campinglaternen und einem Fernseher, der auf einem umgedrehten Fass thronte. Und einem verdrehten Drahtkleiderbügel, der anscheinend als Antenne diente.

Nachdem Ryan alles ausgiebig betrachtet hatte, richtete er seine Aufmerksamkeit auf das Gebäude vor sich. Über der Tür hing ein »Willkommen«-Schild, dessen unteren Rand kleine, mit Schablonen gemalte Äpfel zierten. Als er auf den Laden zuging, kam ein Pärchen mittleren Alters heraus. Einer der Männer trug eine Geschenktüte, während der andere sich lachend bei ihm einhakte.

Beim Eintreten stieg Ryan ein Duft von Zimt und Zedernholz in die Nase. Im Gegensatz zu der erdrückenden Augusthitze ließ dieser intensiv duftende, durch eine Klimaanlage gekühlte Raum eine Ahnung von Oktober aufkommen. Ryan schlängelte sich zwischen handgeflochtenen Körben, Marmeladengläsern und Geschenkartikeln hindurch, die sämtlich dem Thema Äpfel verpflichtet waren. Und da, in der hintersten Ecke des Ladens, hinter einer Glasvitrine voller Beeren-Pies mit Streuseln, Apfelmus-Muffins und gezuckerten Doughnuts, stieß er auf eine zierliche Frau, die ein Teiggitter auf eine Pie platzierte. *Ginny*.

»Hallo«, grüßte Ryan munter.

Ginny Meyers drehte sich um, wischte sich die Hände an ihrer mehlbestäubten, ölbefleckten Schürze ab und lächelte. »Ja, hallo«, erwiderte sie den Gruß, dann hustete sie diskret in ihre Armbeuge. Ihre Haare waren schneeweiß und voll, zu einem kurzen Bob geschnitten, der wie das Röckchen einer Ballerina wehte, wenn sie den Kopf bewegte.

»Es riecht einfach himmlisch hier.« Er beugte sich vor, um die Köstlichkeiten in der Vitrine zu begutachten. »Ich hab den ganzen Tag noch nichts gegessen. Können Sie mir etwas empfehlen?«

»Hier«, sagte sie, griff in die Auslage und holte einen Apfelmost-Doughnut heraus, der großzügig mit Zimtzucker bestäubt war. »Probieren Sie mal.«

Ryan biss in das warme Gebäck, genoss die krachende Kruste und die weiche Gewürzfüllung. Er wischte sich Zuckerkrümel von den Lippen und schwärmte begeistert: »Also, *der* ist gut.«

Ginny räusperte sich und nickte. »Ja, nicht wahr?«

Er konnte nicht umhin zu bemerken, dass Ginny wie Shelby braune Augen hatte. »Davon muss ich unbedingt welche mitnehmen. Ein Dutzend, bitte«, sagte er, dann dachte er an die beiden heißhungrigen Löwen im Cottage. »Sagen wir lieber zwei Dutzend.«

»Na, damit machen Sie auf jeden Fall jemanden glücklich«, meinte Ginny zuversichtlich und füllte zwei Tüten mit den gewünschten Backwaren.

Ryan deutete über ihre Schulter hinweg auf eine Arbeitsplatte. »Was ist denn das? Hinter Ihnen …«

Sie folgte seinem Blick. »Oh, die stehen leider nicht auf der Karte. Das sind nur Teigreste, die stundenlang in der Friteuse geschwommen sind. Sie sind völlig verbraten und schmecken mir gar nicht, aber wie's der Herrgott will, ist mein Mann ganz wild darauf.«

»Was Sie nicht sagen …?«

»Seit wer weiß wie vielen Jahren isst der Mann zum Nachmittagsimbiss Doughnut-Krümel mit einem Glas Milch. Können Sie sich das vorstellen? Er wird sie einfach nicht satt.« Sie reichte Ryan die beiden Tüten, dann nahm sie ein Handtuch, um die Theke abzuwischen. »Wenn Sie mich fragen, ist das sein Geheimtipp. Er ist so gesund wie nur was!«

»Vielleicht hat er da wirklich was entdeckt.«

»Bleiben Sie lange in Bayfield?«, fragte sie und hüstelte hinter ihrem Ärmel. Wieder einmal war Ryan als Tourist entlarvt worden.

»Ich bin noch bis zum Wochenende da. Aber wer weiß, vielleicht kehre ich eines Tages allein wegen Ihrer Doughnuts zurück!« Die Unterhaltung mit ihr gestaltete sich ganz natürlich. Ryan gefiel besonders Ginnys Lächeln, das ihr ganzes rosiges, rundes Gesicht erfasste.

»Seien Sie bloß vorsichtig. Am Ende verlieben Sie sich noch in diese Gegend und wollen gar nicht mehr weg.« Sie kam hinter der Theke hervor und winkte zwei Frauen zu, die eben den Laden betraten. »Hallo, meine Damen! Sagen Sie Bescheid, wenn Sie Hilfe brauchen!«, rief sie freundlich.

»Ich kann verstehen, dass so was passiert«, sagte Ryan und angelte sich noch einen Doughnut aus der Tüte. »Wenn ich fragen darf … wie lange sind Sie schon hier?«

»In Bayfield?«

Er nickte beim Kauen.

Während die beiden Kundinnen sich ohne Eile in dem gemütlichen Laden umschauten, wirkte Ginny vollkommen entspannt und offensichtlich gewillt, die Unterhaltung mit Ryan fortzusetzen. »Oje«, begann sie und starrte an ihm vorbei ins Leere. »1960? Nein – 1961. Da war ich zum ersten Mal hier. Aber 1963 sind wir für immer hergezogen.« Sie führte Ryan zu einem kleinen Gastraum, wo Kunden bei einer Tasse Kaffee und einem Gebäck Platz nehmen konnten. An einer Wand hingen Familienporträts verschiedener Größen in nicht zueinander passenden Rahmen.

»Mein Mann und ich sind in unseren Flitterwochen nach Bayfield gekommen, und später, als wir überlegten, wo wir uns niederlassen sollten, haben wir beschlossen, es hier oben zu versuchen«, erzählte Ginny. »Das war schon ein wunderlicher Einfall. Wir waren noch so jung. Wir wussten nichts – absolut *nichts!* – über das Leben hier oben im Norden, und vom Apfelanbau oder der Bewirtschaftung einer Farm hatten wir erst recht keine Ahnung.« Sie schüttelte den Kopf, als könnte sie es nach all den Jahren immer noch nicht glauben.

»Darauf wäre ich niemals gekommen. Es ist ein wunderschöner Besitz, Mrs …«

»… Meyers. Ginny Meyers.« Sie kam Ryan wie die Art Großmutter vor, die jeder Mensch verdiente. Doch nur wenige hatten das Glück, so eine Großmutter auch zu haben.

»Mrs Meyers.«

»Um Himmels willen – nein!« Sie legte ihm die Hand auf den Arm. »Nennen Sie mich Ginny. Das tun alle.«

»Na gut. Vielen Dank, Ginny.« Ryan wandte sich einem Regal mit Marmeladengläsern zu. Er fuhr mit dem Finger an der Kante entlang und staunte, wie sorgfältig jedes Ball Mason-Glas von Hand beschriftet und mit einem Baumwolltuch gedeckelt war. Schließlich sagte er: »Ich glaube, ich habe heute Morgen Ihre Enkelin kennengelernt.«

»Ach ja?«, erwiderte sie und legte neugierig den Kopf zur Seite.

»Ich bin ihr über den Weg gelaufen, als sie eine Lieferung zu Boots brachte.« Er las die Etiketten. Stachelbeere. Apfelbutter. Blaubeermarmelade.

»Meine Güte! Dann haben Sie ja bereits die wichtigsten Einwohner von Bayfield kennengelernt. Zuerst Shelby, dann Boots«, sagte sie heiter und musterte sein Profil. »Komisch, dass sie nichts davon erwähnt hat.«

»Um die Wahrheit zu sagen, habe ich auf keinen von beiden

einen besonderen Eindruck gemacht. Wahrscheinlich hat sie es nicht für erwähnenswert gehalten.« Schwarzkirsche! Seine Lieblingsmarmelade. Er nahm ein paar Gläser und fügte sie seinem Einkauf hinzu.

»Wirklich? Das fällt mir schwer zu glauben.« Ginny wechselte das Standbein und legte eine Hand an die Wange. »Sie hat Sie nicht erkannt?«, fragte sie und zog ungläubig die Stirn in Falten.

»Wie bitte?« Er wandte sich um und sah sie an.

»Ich meine, hat Sie Ihren offenkundigen *Charme* nicht erkannt? Da war sie wohl mit ihren Gedanken woanders«, setzte sie hinzu, dann griff sie vor Ryan ins Regal nach einem dritten Glas, das sie seinen Einkäufen hinzufügte. »Sie müssen diese Blaubeermarmelade probieren, glauben Sie mir. Die ist zufällig die Lieblingsmarmelade meiner Enkelin.«

Während Ginny weiter über die Farm plauderte, strahlte sie eine Wärme und Offenheit aus, wie Ryan sie selten erlebt hatte. Im Reden deutete sie auf die Fotowand neben dem Marmeladenregal. Ryan ging neugierig näher. Ein Foto fiel ihm besonders auf. Es zeigte ein Mädchen von vielleicht zehn Jahren mit braunen Kulleraugen und einem Wasserfall brauner Haare, die sich um ihre Schultern ringelten. Ein entzückendes Kind mit einem reizenden Gesicht, doch irgendetwas fehlte in seinem Lächeln. Vielleicht irrte er sich ja, aber er meinte darin einen Anflug von Traurigkeit zu erkennen.

Ginny deutete auf eine andere Aufnahme des Kindes. Hier war es ein paar Jahre jünger, trug einen roten Overall und lag mit ausgebreiteten Armen in einem riesigen Hügel Herbstlaub. Und lachte mit sämtlichen Zahnlücken.

»Das ist unsere Shelby. Sie ist nicht nur wunderschön, sondern auch loyal, blitzgescheit und arbeitet härter als alle

Menschen, die ich kenne.« Sie wandte sich anderen Fotos zu. »Hier sind mein Mann und ich bei der Feier unserer ersten Ernte. Mein Gott, was waren wir jung! Und hier haben wir Shelby als Baby. Meine süße Kleine«, seufzte sie. »Hier ist noch ein besonderes Bild. Das war der Tag, als Olen und ich die Farm übernahmen. Sie sehen an der Größe der Bäume, dass sich in den Jahren vieles verändert hat. Die Plantage warf damals so wenig ab, dass wir kaum genug zum Leben hatten. Wir mussten unser Einkommen mit selbst gezogenem Gemüse aufstocken, und Olen hat jede Menge Gelegenheitsjobs angenommen. Das waren harte Zeiten.«

»Ist *das* auch Ihre Enkelin?«, fragte Ryan und zeigte auf das Foto eines Kindes, das einen baumgesäumten Weg entlangradelte.

»Nein, das ist unsere Tochter Jackie«, erwiderte Ginny und tippte mit dem Finger leicht auf das Bild. »Sie sieht Shelby ein bisschen ähnlich. Aber die beiden könnten nicht unterschiedlicher sein.«

»Lebt sie auch hier in Bayfield?« Plötzlich fiel ihm Boots' Bemerkung mit dem »faulen Ei« wieder ein.

»Nein. Sie lebt in Kalifornien.« Die Art, wie Ginny sich von den Fotos abwandte, machte deutlich, dass die Familienpräsentation vorüber war.

»Meine Güte, Sie schaffen es aber, einen zum Reden zu bringen«, sagte sie über die Schulter, während sie Ryan zur Kasse vorausging.

Nachdem er bezahlt hatte, stellte Ryan noch eine letzte Frage. »Ich hab mich gefragt …« Er schob seine Brieftasche in die Hose und bemühte sich um einen beiläufigen Ton. »… ob sie vielleicht zufällig hier ist?«

»Hm?«

»Ihre Enkelin?«

»Na, ich hab mich schon gewundert, wie lange Sie Ihre Zeit verplempern und mit einer alten Dame plaudern, bevor Sie endlich diese Frage stellen.« Ginny richtete sich gerade auf und stemmte die Hände in die Hüften. »Da ich eine Schwäche für gut aussehende Männer habe, werde ich Ihnen was verraten: Wenn Sie um den Laden herumgehen und sich in der Plantage nach Osten halten, werden Sie Shelby finden. Sie arbeitet nämlich heute Nachmittag da draußen.«

»Dankeschön.« Er streckte ihr die Hand hin. »Es war mir eine Freude, Sie kennenzulernen.«

Ginny nahm die dargebotene Hand, doch anstatt sie kurz zu schütteln, behielt sie sie einen Moment lang und tätschelte sie freundlich. »Und sollten Sie noch einmal nach Bayfield kommen, dann tun Sie's Anfang Oktober, wenn die Äpfel reif sind. Wir feiern hier nämlich ein Apfelfest, und da geht es hoch her.«

»Ich werde dran denken.« Er lächelte, ließ ihre Hand los und ging zur Tür.

»Eine Sache noch …?«, rief Ginny ihm nach.

Ryan hielt die Tür auf und schaute zu ihr zurück.

»Wenn Sie sie finden, richten Sie ihr doch bitte aus, sie soll's für heute gut sein lassen. Mein Mann erwartet heute Nachmittag ein paar Käufer aus den Twin Cities und wird den Pick-up brauchen. Ich bin sicher, dass sie für den Rest des Tages eine andere Beschäftigung finden wird.« Entweder zwinkerte sie ihm zu oder sie hatte was im rechten Auge. Da Ginny beim Lächeln ihre Augen fast zukniff, war das schwer zu beurteilen.

»Natürlich.« Ryan bedankte sich noch einmal und verließ optimistisch gestimmt den Laden.

Nachdem er seine Einkäufe im Auto verstaut hatte, schlug er die Richtung ein, die Ginny ihm gewiesen hatte. Er passierte ein Schild mit der Aufschrift »Pflücken Sie selbst« und wünschte sich, es wäre bereits Oktober. Dann hätte er einen Grund gehabt, um unangekündigt auf der Plantage aufzutauchen. Während er durch die Baumreihen lief, fürchtete er, dass sie ihm keine Chance geben würde. Aber es fühlte sich so richtig und aufregend und wirklich an. Vielleicht war es ein Riesenfehler, aber er wollte unbedingt einen zweiten Versuch wagen.

Ryan brauchte nicht lange, um Shelby ausfindig zu machen. Im Gegensatz zu ihrer makellosen Erscheinung am Morgen waren ihre Jeans-Shorts jetzt voller Staub, und ihr T-Shirt klebte auf der schweißglänzenden Haut. Sie sah reizend aus mit ihrem Pferdeschwanz, der hinten aus der Baseballkappe herausfiel. Statt sogleich zu ihr zu stürzen, blieb Ryan im kühlen Schatten eines Baums stehen, um zu überlegen, wie er sich am besten vorstellen sollte. Wieder einmal.

Shelby stand hoch oben auf einer Leiter und schien Äpfel zu begutachten. Neben der Leiter stand ein großer Eimer, in dem sie anscheinend faule Äpfel und Triebe sammelte, die sie vom Baum abgerissen haben musste. Shelby bewegte sich mit müheloser Effizienz. Obwohl es offenkundig eine anstrengende Arbeit war, zumal in der Hitze, schien sie kaum außer Atem zu sein. Ihre Bewegungen waren so rhythmisch, als wäre sie eins mit den Bäumen.

Ryan wusste so gut wie nichts über Apfelanbau, aber soweit er es beurteilen konnte, hatten die Meyers eine reiche Ernte zu erwarten. Die Zweige der Apfelbäume bogen sich unter der Last der Äpfel, die in Büscheln daran wuchsen und sogar von den Zweigenden herabhingen wie Weintrauben. Die

Äpfel waren jung, blassgrün und mit rosa Einsprengseln, nur einige zeigten einen Hauch Rot.

Als Shelby innehielt, um sich mit dem Arbeitshandschuh den Schweiß von der Stirn zu wischen und die Kappe zu richten, sah Ryan seine Gelegenheit gekommen. Er holte tief Luft und trat langsam hinter dem Baum hervor.

7

Erröten

»Hallo?«, tönte die Stimme eines Mannes aus dem Schatten der Apfelbäume. Shelby hielt sich vor Schreck an der Leiter fest und starrte mit weit aufgerissenen Augen in die Richtung, aus der die Stimme gekommen war. Da ihr die Sonne ins Gesicht schien, konnte sie seine Züge nicht erkennen.

»Wir pflücken noch nicht. Es ist zu früh im Jahr!«, rief sie und beschattete die Augen mit der freien Hand, um besser sehen zu können. »Aber auf der Südseite der Scheune finden Sie Beeren.«

»Ja«, sagte er und kam langsam näher. »Ich weiß.«

»Im Laden ist jemand, der Ihnen helfen kann.«

Das plötzliche Auftauchen dieses Fremden machte sie misstrauisch. Nur selten kamen Leute in diesen Teil der Plantage, und einzelne Männer schon gar nicht. Shelby konnte sich nicht erinnern, dass sie *jemals* einen einzelnen Mann hier gesehen hatte. Männer mit Mädchen, das ja. Und Familienväter. Aber einen Mann allein? Niemals. Was also hatte der hier zu suchen? Instinktiv schaute sie sich um, ob jemand in der Nähe war, der ihr zu Hilfe kommen konnte. Da sie jedoch niemanden sah, stieg Shelby langsam die Leiter hinunter.

»Sie sollten lieber zu den Häusern gehen«, sagte sie mit Nachdruck und wies in die Richtung, aus der er gekommen war.

Der Mann hob grüßend die Hand. »Ich bin gekommen, weil ich Sie sehen wollte.«

»Nicht weitergehen!«, befahl sie streng und ging auf ihren Pick-up zu, ohne den Mann aus den Augen zu lassen. Sie schluckte vor Angst. »Sie sollen jetzt verdammt noch mal …« In diesem Augenblick schob sich eine Wolke vor die Sonne, und nun konnte sie das Gesicht des Mannes erkennen. *Er*. Der Tourist, der ihr mit den Pie-Schachteln geholfen hatte. Shelby seufzte vor Erleichterung. Als die Anspannung in Armen und Schultern nachließ, verwandelte sich ihre Angst in Verblüffung. Es war immer noch nicht klar, was ein Mann allein auf der Plantage zu suchen hatte, und schon gar nicht dieser Mann, der in seinem Urlaub Interessanteres zu tun haben musste.

»Tut mir leid, wenn ich Sie erschreckt habe.«

»Das ist noch untertrieben.«

Er schob die Hände in die Vordertaschen seiner Khaki-Shorts und zuckte die Achseln. »Soll ich gehen?«

»Ja, ich meine, nein«, stammelte Shelby. Sie rieb sich den Hals, während sie ihn anschaute, ohne zu merken, dass sie dabei einen Schmutzstreifen hinterließ. »Sie müssen nicht gehen. Ich habe Sie nur zuerst nicht erkannt.« Die Wolke zog weiter, und die Apfelplantage lag wieder in strahlendem Sonnenschein. Shelby zog die Kappe tiefer über die Augen, um sie vor der gleißenden Sonne zu schützen. »Brian, nicht wahr?« Sie wusste, dass er Ryan hieß.

»Eigentlich heiße ich Ryan.« Ein Lächeln erschien auf seinem Gesicht, als er ein paar vorsichtige Schritte auf sie zu tat.

»Ja, Ryan. Sorry. Ich kann mir einfach keine Namen merken.«

»Und Sie sind Shelby. Ich kann's.« Jetzt stand er knapp drei Meter vor ihr.

Sie wusste noch, dass er attraktiv gewesen war, aber hier draußen in der Nachmittagssonne war er geradezu atemberaubend. »Was machen Sie denn hier?«

»Ihre Großmutter hat mir gesagt, wo ich Sie finde.«

»Gran?« Dass ihre Großmutter mit der Sache zu tun hatte, fand Shelby irgendwie beruhigend, denn die verfügte über eine ausgezeichnete Menschenkenntnis. Dieser Ryan musste irgendetwas gesagt oder getan haben, das Ginny dazu bewogen hatte, ihn in die Plantage zu schicken, damit er sie finden konnte. Shelby legte ihren Astschneider auf den Boden und verschränkte die Arme vor der Brust, neugierig auf das, was er zu sagen hatte.

»Ich hoffe, Sie haben nichts dagegen«, sagte er und trat noch einen Schritt vor. »Aber vorhin – im Städtchen – waren Sie so schnell fort. Und da hatte ich keine Zeit, Ihnen das hier zu geben.«

»Mir *was* zu geben?«

Er schob seine Hand tiefer in die Tasche seiner Shorts, die sich locker an seine schmalen Hüften schmiegte. Shelby wandte den Blick ab, bis er das Gesuchte fand und es ihr entgegenhielt. Shelby sah ihren Türkisanhänger von seiner Hand baumeln. Sie zog einen Arbeitshandschuh aus und legte die Hand auf ihr Schlüsselbein. Ihr Hals war nackt. Die Kette schwang an seiner Hand vor und zurück wie eine Uhr, die leise die Sekunden vertickte, bis Shelby endlich Worte fand.

»Ich weiß nicht, was ich sagen soll. Ich nehme an … Ich habe gar nicht gemerkt, dass ich ihn verloren habe.« Shelby streckte die Hand aus und berührte Ryans, als er ihr die dünne Silberkette zurückgab. Eine leichte Röte stieg in ihre Wangen. *Das ist deine Apfelröte, Shel*, hatte Jeff nach ihrem ersten Kuss damals vor vielen Jahren gesagt. Shelby zog ihre Hand zurück und verscheuchte die Erinnerung.

»Danke. Nett von Ihnen, dass Sie den ganzen Weg rausgekommen sind, um ihn mir zurückzugeben.« Sie zog nun auch den anderen Handschuh aus und steckte beide zwischen ihre Knie, während sie sich die Kette umlegte. »Ich hänge sehr an ihr. Sie war ein Geschenk meines Großvaters, und ich weiß ehrlich nicht, was ich gemacht hätte, wenn ich sie verloren hätte.«

»War doch keine Mühe«, sagte er und strahlte übers ganze Gesicht.

»Wo haben Sie den Anhänger gefunden? Und woher wussten Sie überhaupt, dass es meiner war?«

»Ich habe ihn auf dem Bürgersteig gesehen, genau da, wo Sie standen, bevor Sie in den Wagen gestiegen sind. Und da hatte ich eine Ahnung, dass er vielleicht Ihnen gehören könnte.«

»Richtig gute Ahnung.« In den Bäumen raschelte es, eine leichte Brise war aufgekommen und kühlte ihr wohltuend den Nacken.

»Man könnte vielleicht sagen, dass es eine Art Cinderella-Moment war«, sagte er. »Sie wissen schon: Hübsches Mädchen lässt beim Davoneilen etwas fallen, das dann von dem charmanten Prinzen gefunden wird …«

»Charmanter Prinz?« *Hallo, ist dieser Typ echt?*, dachte sie ungläubig. *Tourist*.

»Ihre Großmutter hat mich charmant genannt, also halte ich mich daran«, scherzte er. Beim Lächeln bildete sich in seiner linken Wange ein jungenhaftes Grübchen, das ihr bislang nicht aufgefallen war. »Und bevor sie einander besser kennenlernen können, stellt sie fest, dass es schon furchtbar spät ist, und fährt …«

»… in einem alten Pick-up davon?«, fiel Shelby ihm ins Wort. Sie wusste es zu schätzen, dass er sich so bemüht hatte, ihr einen Gefallen zu tun – wieder einmal –, war jedoch nicht bereit, seinem Charme zu erliegen.

»Ja. In ihrem Fall ein Pick-up-Truck. Und dem armen Kerl bleibt nicht mehr als ein gläserner Schuh.«

»Die Kette.«

»Genau.«

»Also, da muss ich Gran schon beipflichten, Sie sind wirklich charmant. Und aufmerksam, weil Sie sich so viel Mühe gemacht haben. Sie hätten die Kette ja auch Boots geben können.«

»Das wäre lange nicht so interessant gewesen.«

»Vielleicht.« Shelby musste wider Willen lachen. »Also. Noch mal Dankeschön. Erst für heute Morgen. Und jetzt hierfür. Aber ich muss jetzt wieder an die Arbeit.« Sie streifte ihre Handschuhe über, während Ryan den Eimer mit den Trieben und den faulen Äpfeln holte.

»Natürlich«, sagte er. »Aber erst möchte ich Sie etwas fragen.«

»Fragen Sie nur.«

»Wie heißt Ihr Freund?«

»Wie bitte?« Sie musste ihn missverstanden haben. Belustigt feixend reichte er ihr den Eimer. Wie ein Schachspieler, der lässig seinen Turm ihrer Königin näherte und »Schachmatt« flüsterte, hatte er ihr Spiel durchschaut.

»Die Frage war doch einfach genug«, fuhr er fort. »Wohnt er auch im Ort?«

Das ist kein Spiel, dachte Shelby und war sogleich wieder

wachsam. Sie nahm ihm den Eimer ab. »Werden Ihre Freunde sich nicht allmählich fragen, wo Sie abgeblieben sind?«

»Ach was! Die merken kaum, dass ich fort bin«, gab er zuversichtlich zurück. »Ist er ein Fan der Badgers?«

»Was?«

Er zeigte auf ihre Kappe mit dem weißen aufgestickten *W* für Wisconsin. »Ihr Freund. War er in Madison auf der Uni?«

Shelby hob die andere Hand und berührte den zerfransten Schirm. »*Ich* war in Madison.« Mit einem Knall stellte sie den Eimer auf die Ladefläche ihres Pick-ups und ging zum Baum, um die Leiter zu holen. Während sie das alte Gestell zusammenklappte, mit den verrosteten Gelenken kämpfte und die warmen Leitersprossen unter ihrer Hand spürte, schob sie Ryans bohrende Fragen beiseite und erinnerte sich an glücklichere Zeiten.

Es war Herbst und Footballsaison und der Beginn von etwas Neuem. Shelby war zum ersten Mal fort von zu Hause, und die Möglichkeiten des Lebens erschienen ihr grenzenlos. Sie und Jeff waren Erstsemester und saßen im rot-weißen Dress der Badger-Fans im Stadion und jubelten mit der Menge. Jeff hatte ihr die Kappe aufgesetzt und ihre kalte Nase geküsst. An diesem kühlen Oktoberabend hatten sie sich unter dem Flutlicht in eine warme Decke gehüllt und die Wimpel ihres Colleges geschwenkt. Nie war sie glücklicher gewesen.

»Es tut mir leid«, hörte sie Ryan sagen. »Ich verstehe, dass Sie nicht darüber reden wollen.«

Die Erinnerung an Jeffs Gesicht verschwand, als sie ihre Aufmerksamkeit wieder dem Mann in der Gegenwart zuwandte. »Sie scheinen ein netter Kerl zu sein, aber ich kenne Sie kaum, und ich muss jetzt wirklich weitermachen.«

Er bestand darauf, ihr beim Einladen der Leiter zu helfen.

»Ich weiß, dass ich Sie aufhalte, aber ich wollte Ihnen noch etwas sagen. Und ich weiß, dass es sich ein bisschen verrückt anhören wird«, sagte er stockend.

»Ja?«, fragte Shelby und wechselte ihr Standbein, während sie darauf wartete, was er zu sagen hatte.

»Es ist eigentlich nur … Ich hätte gern, dass Sie mir Gesellschaft leisten, ich meine, ich würde gern ein wenig Zeit mit Ihnen verbringen«, brachte er schließlich heraus und verzog ob seiner unbeholfenen Ausdrucksweise das Gesicht.

Shelby schlug die Heckklappe zu, wischte sich die Hände ab und sah ihn an. Wieder waren ihre Wangen gerötet – nun vor wachsender Gereiztheit. »Hören Sie, Ryan, das ist nett gemeint, und, wie ich bereits sagte, gibt es bestimmt eine Menge Mädchen, die Ihnen mit Vergnügen Gesellschaft leisten, solange Sie in der Stadt sind. Aber ich bin nicht …«

»Sie sind nicht so ein Mädchen, das habe ich schon begriffen«, sagte er leise. »Ich weiß nicht, mit welcher Art Männern Sie früher ausgegangen sind, aber ich glaube, Sie haben einen falschen Eindruck von mir. Ich meine, Sie müssen doch zugeben, wie ungewöhnlich das ist, dass wir uns schon so oft über den Weg gelaufen sind.«

»Bayfield ist eben ein kleiner Ort.«

»Okay, das könnte der Grund sein. Oder auch nicht«, fuhr er fort. »Aber wenn Sie Cinderella wären, und ich käme mit dem gläsernen Schuh zu Ihnen, würden Sie mich dann fortschicken? Oder würden Sie noch einmal mit mir tanzen?«

Er ist wirklich charmant, und dieses Grübchen ist unwiderstehlich. Aber er ist genau der Typ Mann, auf den Mom fliegen würde, dachte Shelby und biss die Zähne zusammen.

»Ich werde heute Abend gegen acht auf der Dachterrasse von The Inn sein, und Ihre Großmutter hat gesagt, Sie sollten es für heute mit der Arbeit gut sein lassen. Irgendwas mit Ihrem Pick-up – der würde gebraucht«, sagte er. »Also, wie ist es, kommen Sie?«

Bevor sie ihn stehen ließ und sich auf den Fahrersitz schwang, um zur Scheune zurückzufahren, setzte Shelby das höfliche Lächeln der Leute des Mittelwestens auf. »Sorry, aber ich bin nicht Cinderella«, antwortete sie schlicht.

8

Wasser

Um Viertel vor neun ging es auf der Dachterrasse von The Inn lebhafter zu, als Ryan es an einem Werktag erwartet hätte. Die Gäste scharten sich um Plastiktische und tranken aus Flaschen und Plastikbechern, während die Sonne langsam hinter Hafenpark und Marina unterging. Selbst zu dieser Stunde war es lediglich ein paar Grad kühler. Die Männer wischten sich den Schweiß von Stirn und Nacken, während die Frauen an ihren Blusen herumzupften und sich mit den laminierten Getränkekarten Luft zufächelten. Fast beneidete Ryan seine Freunde im Cottage, die jetzt wahrscheinlich ein kühles Bier zischten und ihre Füße in Kübel mit Eiswasser tauchten. Während er den schmelzenden Eiswürfel in seinem zweiten Gin Tonic betrachtete, bedauerte er, nicht bei ihnen geblieben zu sein, da er nicht mehr daran glaubte, dass Shelby noch kommen würde.

»Was soll das heißen, du fährst auf einen Drink in die Stadt?«, hatte Pete gefragt, als er im Hinterhof des Cottages in eine Rauchwolke gehüllt am Grill stand und über einem rot glühenden Haufen mit Asche bestäubter Grillkohlen die Steaks wendete.

»Ich habe eine Verabredung«, hatte Ryan lässig von seinem Platz auf der Hintertreppe aus geantwortet, in sicherer Entfernung von Petes rauchendem Grill. »Bin aber, ehrlich gesagt, unsicher, ob sie wirklich kommt. Möglich, dass ich bald wieder hier bin.«

»Du triffst dich heute Abend mit einem Mädchen?« Brad stieß mit drei kalten Bier in der Hand die Fliegentür auf und trat auf die Veranda.

»Wie geht's Holly?«, fragte Ryan. Brad hatte die letzte halbe Stunde mit seiner schwangeren Frau am Telefon verbracht.

»Super. Dauert noch fünf Monate, wenn man's denn glauben kann. Ihre Schwester ist gerade da. Aber lenk nicht ab. Mit wem triffst du dich?« Brad ließ sich neben Ryan nieder und reichte ihm ein Bier. »Ich kann mich an keine Frau erinnern. Etwa die Blondine aus dem Café?«

»Nein.« Ryan nahm einen Schluck aus der kalten Flasche.

»Lass es doch«, kam Petes Stimme aus dem Rauch. »Das ist ein Männerwochenende. Das *du* geplant hast. Und da willst du einfach abzischen und 'ne Frau treffen? Da wollen wir aber erst mal Details hören.«

»Scheiße, Pete, lässt du schon wieder das Abendessen ankokeln?« Brad sprang auf und lief zum Grill. Die Steaks waren von hoch schießenden, zischenden Flammen eingehüllt.

»Verzieh dich!« Pete drohte Brad mit der geschwärzten Grillzange. »Lass den Grill in Ruhe und den Meister sein Werk verrichten.«

»Ja, dein Werk kennen wir. Du bist der Meister der verkohlten Kruste und des rohen Inneren«, sagte Brad kopfschüttelnd und setzte sich wieder zu Ryan. »Jetzt mal ernsthaft – was läuft da?«

»Wisst ihr noch, die Frau, mit der wir in dem Outdoor-Laden zusammengestoßen sind?«, sagte Ryan. »An dem Tag, als wir unsere Ausrüstung abgeholt haben?«

»An der Tür?«, hakte Pete nach.

Ryan prostete ihm zu. »Genau die. Sie heißt Shelby.«

»Du hast schon rausgekriegt, wie sie heißt?« Brad blickte erstaunt von Ryan zu Pete. »Warte mal ’ne Sekunde. Warst du deshalb heute unterwegs? Du hast gar nicht nach Charter-Booten geguckt?«

»Nicht ganz.« Ryan pulte an dem Etikett herum, das sich wegen der Feuchtigkeit schon halb von der Flasche gelöst hatte.

»Ich wette, sie war total überrascht, als sie dich wiedergesehen hat«, sagte Pete und holte sich eine Flasche bei Brad.

»Im Gegenteil«, erwiderte Ryan und drehte die Flasche zwischen den Händen, während er an die Begegnung mit den Pie-Schachteln vor Boots' Laden dachte. »Sie hatte keine Ahnung, wer ich war.«

»Tatsächlich?«, hustete Pete. Er stand wieder über den Grill gebeugt und wedelte den Rauch weg, während er die Steaks in einen kühleren Bereich schob.

»Ich mag sie jetzt schon«, sagte Brad.

Ryan nahm einen Schluck Bier und überlegte, wie er seine Gedanken in Worte kleiden sollte, ohne dass es so klang, als habe er den Verstand verloren. »Ich weiß so gut wie nichts über diese Frau, aber sie hat irgendwie was. Ich kann nur nicht sagen, was. Wenn sie mit mir redet, habe ich das Gefühl, dass sie *mich* meint – und nicht einen Mann, über den sie zufällig in der Zeitung gelesen hat.« Er lachte über sich selbst, während er einen Fetzen des aufgeweichten Etiketts zu einem Kügelchen drehte. »In ihren Augen bin ich nicht nur irgendein Kerl, der hier Urlaub macht, sondern es ist klar, dass sie mich nicht mal sonderlich mag.«

»Sie hat also einen guten Instinkt!«, grölte Pete.

»Sie muss irgendwie spitzgekriegt haben, dass du dich nicht binden willst und überhaupt eine furchtbare Nervensäge bist«, witzelte Brad, und die beiden lachten schallend.

Als ihr Gelächter verebbt war, schaute Brad ihn einigermaßen besorgt an. »Okay, jetzt mal im Ernst. Gehen wir mal davon aus, dass sie heute Abend kommt …«

»Unwahrscheinlich«, meinte Pete.

»Aber nehmen wir an, dass sie kommt«, beharrte Brad. »Ihr nehmt ein paar Drinks. Quatscht ein bisschen über dies und jenes. Alles gut und schön. Aber wenn du dich öfter mit ihr verabredest, wirst du nicht mehr verheimlichen können, wer du bist. Ich meine, ich weiß, wie gern du's runterspielst, aber wenn es ernst wird, musst du dich ihr zu erkennen geben.«

»Ich weiß nicht«, meinte Pete, der ein letztes Mal die Steaks umdrehte. Ein strenger Geruch nach rauchender Kohle und versengtem Fleisch waberte durch den Hof. »Ich denke eher wie Ryan. Ist es denn ehrlich, was manche Leute über ihn sagen? Ist es ehrlich, wenn sie ihn bloß deshalb kennenlernen wollen, weil sie ihn in den Medien gesehen haben? Oder wenn es ihnen nur um seine Kohle geht?«

»Das stimmt, und glaub mir, Ryan, wir wissen, was du durchgemacht hast.« Brad legte ihm freundschaftlich die Hand auf die Schulter. Ryan hatte sich noch nicht so recht an Brads sensible Seite gewöhnt, die erst nach seiner Heirat mit Holly zum Vorschein gekommen war. Früher ein Mann weniger Worte, war er nun geradezu schwatzhaft geworden. »Wir wissen, wie oft Frauen dich ausgenutzt haben. Aber wenn diese Frau dich für einen ganz normalen Kerl hält, dann bist du ihr gegenüber unehrlich. Finde ich jedenfalls.«

»Ich versteh dich. Aber ich kann dir gar nicht sagen …« Ryan suchte nach dem richtigen Wort. »… ich kann dir gar nicht sagen, wie *befreiend* es ist, sich mit einer Frau zu unterhalten, ohne dabei den ganzen Chambers-Ballast im Rücken zu haben.«

»Also gehen wir mal davon aus, dass sie kommt. Und dass ihr euch wieder trefft. Was wird dann aus der Sache, wenn wir wieder nach Chicago fahren?«

»Gar nichts wird. Wir fahren halt.« Ryan schnippte die Papierkugel auf den Grill und sah zu, wie sie vom Feuer verschlungen wurde. Obwohl er seinen Freunden bedingungslos vertraute, konnte er ihnen gegenüber noch nicht zugeben, wie sehr ihn diese Frau fesselte. Dass sie in ihm den Wunsch geweckt hatte, sich von seinen Familienbanden zu lösen, zumindest für eine Weile. Er brauchte mehr Zeit, um alles ordentlich zu durchdenken.

»Essen ist fertig!«, verkündete Pete, häufte die verkohlten Steaks auf einen Teller und löschte den Grill.

Brad stand kopfschüttelnd auf. »Irgendwann musst du mal zu Ende bringen, was du angefangen hast«, sagte er zu Ryan.

»Es sind doch bloß ein paar Drinks.« Auch Ryan erhob sich und hielt seinen Freunden die Tür auf, damit sie drinnen den Tisch decken konnten.

Soweit Ryan es beurteilen konnte, blieb er an seinem Tisch in einer Ecke des Dachgartens unbemerkt, verborgen hinter dem Sonnensegel der Bar, die mit Lichterketten in Form winziger Chilischoten dekoriert war. Falls jemand ihn erkannte, behielt er es höflicherweise für sich. Gerade als er sämtliche Hoffnung fahrenlassen wollte, sah er zufällig noch einmal zum Eingang und entdeckte Shelby, die gerade heraufgekommen war. Sie blieb stehen, eine Hand auf dem Holzgeländer, während sie mit der anderen die Falten in ihrem grauen Leinenrock glatt strich und die Gesichter auf der Terrasse musterte. Ryan rührte sich nicht. Das Licht einer Straßenlaterne umstrahlte ihr Haar und den Umriss ihres Körpers, der durch den dünnen Stoff eben noch zu erahnen war. Das Haar hatte sie zwanglos mit einer Klammer hochgesteckt. Ein paar Strähnen ringelten sich um ihre bloßen Schultern, deren Goldbräune mit ihrem frischen weißen Top kontrastierte.

Als Shelby Ryan entdeckte, lächelte sie verhalten und bedeutete ihm mit einer diskreten Neigung des Kopfes, ihr zu folgen. Ohne seine Reaktion abzuwarten, drehte sie sich um und stieg die Treppe hinunter. Zwar hatte er die Einladung ausgesprochen, aber die Oberhand hatte eindeutig sie.

Der wacklige Plastikstuhl blieb an den Dielen hängen und wäre beinahe umgekippt, als Ryan ihn hastig vom Tisch zurückschob. Er ließ neben dem Glas mit den schmelzenden Eiswürfeln ein großzügiges Trinkgeld liegen, dann beeilte er sich, Shelby zu folgen.

»Ich hatte nicht damit gerechnet, dass Sie noch kommen«, sagte er ein wenig atemlos unter der Straßenlaterne auf der Main Street.

»Dann sind wir schon zwei.« Aus dem Lokal drang ein Song der Eagles. Shelby hob den Kopf und schien einen Moment zu lauschen, dann drehte sie sich um und entfernte sich aus dem Lichtkreis der Laterne. »Kommen Sie, gehen wir ein Stück.«

Als sie sich von The Inn entfernten und Richtung See gingen, wurde Don Henleys Stimme zu einem unverständlichen Gemurmel, das von der Band und einer leisen Basslinie untermalt wurde. Nach dem Sonnenuntergang zeigte der Himmel das dunkle Blau der Dämmerung mit einem Spritzer

Rot am Horizont. Die ersten Sterne waren erschienen, und langsam stieg ein wächserner Mond am Himmel auf. Ryan wusste nicht genau, warum Shelby ihn zum See führte, aber er fragte nicht. Shelby verkörperte zugleich Anmut und Stärke. In ihr lebte eine natürliche Anmut. Und Ryan war leicht beklommen zumute, denn sie konnte jeden Moment kehrtmachen und verschwinden. Daher hielt er es für das Beste, ihr schweigend zu folgen.

»Danke, dass Sie gekommen sind«, sagte er schlicht. »Ich hatte schon angefangen, mir Gründe für meine Freunde auszudenken, warum Sie mich versetzt haben.«

»Dafür können Sie sich bei meinen Großeltern bedanken.«

»Bei Ihren Großeltern?«, fragte Ryan erstaunt.

»Wie es scheint, haben Sie großen Eindruck auf Gran gemacht. Und sie muss etwas zu Großvater gesagt haben, denn die beiden haben mich während des Abendessens unentwegt angestarrt. Ich habe gemerkt, dass sie darauf warteten, dass ich etwas über Sie sage. Warum Sie auf der Farm vorbeigeschaut haben.«

Ryan hätte zu gern den Arm ausgestreckt und sie berührt, aber er behielt die Hände in den Hosentaschen. »Ich bin doch bestimmt nicht der Erste, der auf einen Sprung vorbeigekommen ist.«

»Sie sind der erste unbekannte, stadtfremde Mann, der bei uns vorbeigeschaut hat.«

Wie schön, so unbekannt zu sein, dachte Ryan. »Haben Sie ihnen gesagt, dass Sie's nicht abwarten konnten, mich wiederzusehen, oder haben Sie ihnen die Wahrheit gesagt?«

Bevor Shelby antworten konnte, hörten sie ein Paar Sandalen klappern. Ein Mann in einem kurzärmeligen Pullover und Cargo-Shorts wollte sie überholen, stutzte dann und starrte

Ryan an. Er streckte die Hand aus und sah aus, als wollte er etwas sagen.

In Chicago machte sich Ryan stets die Mühe, Leute, die ihn erkannten, zu begrüßen. Aber hier, wo er seine Anonymität und die Gesellschaft einer faszinierenden Frau genoss, wollte er sich nicht den Abend verderben lassen. Ganz gegen seine sonstige Gewohnheit wandte er den Kopf ab und ließ den Mann einfach stehen. Er hoffte nur, dass Shelby nichts davon mitbekommen hatte.

Weit gefehlt. »Kannten Sie ihn?«, fragte sie, als sie weitergingen.

»Nein, Sie?«

»Nein, aber er hat den Eindruck gemacht, als ob er Sie etwas fragen wollte.«

»Ach, tatsächlich? Hab ich gar nicht mitbekommen.« Ryan wollte sich keinesfalls nach dem Mann umsehen. »Wollten Sie mir nicht gerade etwas über Ihre Großeltern erzählen?«

Shelby schaute über ihre Schulter, entdeckte aber anscheinend nichts Ungewöhnliches, also nahm sie den Faden wieder auf. »Gran hat gefragt, ob ich Sie wieder treffe. Und als ich von The Inn und Cocktails sprach, sind sie praktisch von ihren Stühlen aufgesprungen. Ich schwöre, sie sind mir nicht mehr von der Seite gewichen, bis ich versprochen hatte, auch wirklich hinzugehen.«

»Aha. Ihre Großeltern … Und ich dachte schon, Ihr Kommen wäre meiner unwiderstehlichen Persönlichkeit zu verdanken.« Er versuchte es in der Hoffnung, sie würde vielleicht ein wenig lockerer werden, mit Scherzen. »Aber bezahlt haben sie Ihnen nichts dafür, oder? Das würde dem Fass den Boden ausschlagen.« Und, ja, er sah die Andeutung eines Lächelns in ihrem Mundwinkel. Der Anfang war gemacht.

Sie durchquerten den kleinen Hafenpark und blieben vor einer Bank stehen, einer einsamen schmiedeeisernen Bank mit Zierarmlehnen wie Schneckenhäuser.

»Gehen wir zu den Felsen.« Shelby zog ihre Sandalen aus und legte sie neben die Bank, dann kletterte sie barfuß das felsige Ufer hinunter. Ryan sah im schwächer werdenden Licht, wie sie den Rocksaum hob und mühelos einen runden Felsblock überwand. »Kommen Sie?«, rief sie.

»Bin sofort da!«

Ryan warf seine Schuhe neben ihre und folgte ihr wesentlich ungeschickter, bis er ebenfalls am Wassersaum anlangte. Schweigend betrachteten sie den Mond, der noch niedrig stand und sich auf den dunklen, trägen Wellen spiegelte.

»Es ist wunderschön hier.« Ryan wandte sich Shelby zu, er wollte die Berührung ihrer Hand spüren. Er fühlte sich zu ihr hingezogen wie die Wellen zum Strand.

»Das ist einer meiner Lieblingsplätze, besonders in so einer Nacht. Warten Sie ein bisschen, nicht mehr lange, dann stehen eine Million Sterne am Himmel.«

»Macht es Ihnen keine Angst, mit einem Fremden hier draußen allein zu sein?«

Sie neigte ihren Kopf leicht in Ryans Richtung. »Sollte es das?«

»Natürlich nicht.«

»Gut. Wissen Sie übrigens, was man über Kleinstadtmädchen sagt?«

»Was sagt man denn?«

Shelbys Gesicht nahm einen schelmischen Ausdruck an. »Wir schließen unsere Wagen nicht ab, schlafen bei offenem Fenster, trinken aus der Flasche und haben keine Angst vor der Dunkelheit.«

Während die Dämmerung in eine sternenüberglänzte Nacht überging, entspannte sich Shelby allmählich.

»Wo ist für Sie Heimat?«, fragte sie.

»In Chicago.« *Ist das wirklich meine Heimat*?, überlegte er.

»Ich stelle es mir übervölkert vor. Und laut.« Shelby saß auf einem Felsen, gegen den die Wellen schlugen. Sie hatte den Rock über die Knie hochgeschürzt und ließ ihre Füße im Wasser baumeln. »Ich bin nie dort gewesen.«

»Es würde Ihnen gefallen«, sagte Ryan, der neben ihr auf dem flachen Felsvorsprung saß.

»Vielleicht gefiele es mir, anonym zu sein, ein Mensch unter einer Million Menschen zu sein und nicht einer von wenigen hundert. So wie hier.«

Für Ryan war es genau das Gegenteil, er fühlte sich im ländlichen Bayfield anonymer als in Chicago. »Das kann ich Ihnen nachfühlen.«

»Ach ja? Hm«, überlegte Shelby. »Sie kommen mir aber nicht gerade wie ein Einsiedler vor.«

»Bin ich aber.«

»Ich weiß nicht, ob ich Ihnen das glauben soll.«

»Ach, wirklich?« Ryan steckte seine Füße auch ins Wasser … und zog sie sofort wieder heraus. Er bezweifelte, dass er sich jemals an die eisige Kälte des Lake Superior gewöhnen würde, nicht mal während einer Hitzewelle im August. »Sie glauben, dass Sie eine Schublade für mich gefunden haben?«

»Vielleicht.« Shelby schien die Temperatur ganz locker auszuhalten.

»Na schön. Dann schießen Sie mal los.« Es bestand immer noch die vage Möglichkeit, dass Shelby ihn längst erkannt hatte und deswegen zur Rede stellen wollte. Ryan hoffte, dass dies nicht der Fall war.

Sie zog die Füße aus dem Wasser, drehte sich zu ihm um und sah ihn an. »Ihre Armbanduhr ist mehr wert als mein Pick-up, und Sie fahren einen Luxuswagen. Aber Sie sind noch jung. Allerdings kein Jungunternehmer, der schon früh zu Erfolg gekommen ist, denn Sie haben Zeit, Urlaub zu machen. Schauspieler oder Moderator scheidet auch aus, obwohl man sich so was bei Ihnen vorstellen könnte.«

»Soll das etwa ein Kompliment sein?«

Shelby ignorierte die Frage und fuhr fort. »Ich würde sagen, Sie stammen aus einer reichen Familie. Sie waren auf einer Elite-Uni. Gute Ausbildung. Sie sagen, Sie kommen aus Chicago, also nehme ich an, dass Sie sich in der Finanz- oder der Bankbranche hocharbeiten. Vielleicht auch an der Börse …« Sie schöpfte ein wenig Wasser aus dem See, um sich den Nacken zu kühlen. Ryan sah, wie die Tropfen zwischen ihren Schulterblättern hinuntersickerten. Ihre Haut glänzte im Mondschein.

»Ich habe das Gefühl, als ob Sie reisen können, wohin Sie wollen«, fuhr sie fort. »Und da Sie jetzt hier sind, würde ich sagen, Sie haben entweder einen Hang zum Leben im Freien – oder Sie verstecken sich vor der Polizei.«

Ah, ein Scherz, dachte Ryan. Er lehnte sich zurück und stützte die Hände auf den Felsen, erleichtert, dass sie allmählich Zutrauen fasste. »Ich bin beeindruckt. Sie waren nah dran, abgesehen von dem Teil mit der Polizei und der Arbeit im Finanzwesen. Ich kann nämlich überhaupt nicht mit Zahlen umgehen.«

Sie ließ ein leises, kehliges Glucksen hören, das Lust auf mehr in ihm weckte.

»Sie halten mich also nicht für einen Einsiedler?« Seine Frage wurde von dem trillernden Ruf eines einsamen Eistauchers untermalt, der in der Dunkelheit unsichtbar vorüberflog.

»Ich habe das Gefühl, als würden sich die Menschen zu Ihnen hingezogen fühlen«, antwortete Shelby.

»Und deshalb sind Sie hier?«

»Was meinen Sie?«

»Ich weiß es nicht genau.« Ryan beugte sich vor, die Hände auf den Knien. »Ich frage mich nur, ob Sie hier sitzen, weil Ihre Familie Sie zur Tür hinausgeschoben hat, oder weil Sie sich zu mir hingezogen fühlen.«

Shelby setzte sich kerzengerade auf und verschränkte die Arme vor der Brust. Ryan machte sich schon auf eine scharfe Erwiderung gefasst, aber in diesem Augenblick erscholl ein herzzerreißender Schrei.

»Lucas!«, rief eine Frau in höchster Not. »Oh, Gott! Hilfe!« Sie klang so verzweifelt, dass es Ryan kalt den Rücken hinunterlief. Instinktiv sprang er auf und stolperte über die Felsen zum grasigen Ufer hoch. »Bleiben Sie dort!«, rief er Shelby zu, dann lief er in Richtung der Schreie.

9

Rettung

Hierbleiben! Wohl eher nicht!, dachte Shelby, als Ryan lossprintete.

Kaum war er außer Sicht, da rannte sie auch schon los, raffte ihren Rock und spürte die zarte Berührung des Gewebes an ihren Beinen. Während sie am Strand saßen, hatten sich Wolken vor den Mond geschoben und den Park in Dunkelheit gehüllt. Zuerst konnte sie Ryan kaum sehen, dann rannte er durch den Lichtkegel einer Laterne an der Einfahrt der Marina und verschwand im Gewirr der Anleger.

Shelby lief blindlings in die Richtung, aus der die Frauenstimme kam. Sie zuckte zusammen, wenn ihre nackten Füße im Gras auf etwas Hartes oder etwas Spitzes trafen. Obwohl ihr Herz vor Aufregung raste, zwang sie sich, ruhig zu atmen. *Lass nicht zu, dass dieser See heute Nacht wieder ein Menschenleben fordert*, betete sie stumm. Auf dem Steg hämmerten ihre Füße auf die alten Holzplanken, und das Wasser warf den Widerhall zurück.

Endlich kam sie zu einem älteren Paar in Bademänteln, das an einem Liegeplatz für Besucher stand, an dem eine Dreißig-Fuß-Jacht vertäut lag. Shelby wusste nicht, ob Ryan als Erster zur Stelle gewesen war; auf jeden Fall war er derjenige, der ohne zu zögern ins pechschwarze Wasser gesprungen war.

»Da drüben!«, hörte sie den Mann rufen. Shelby lief zu der bezeichneten Stelle und kniete am Rand des Stegs nieder, als Ryan mit dem Kind im nächsten Liegeplatz an die Oberfläche kam. Er hielt den Kopf des Kindes mit einem Arm über Wasser und machte mit dem anderen kräftige Schwimmzüge, um zum Steg zu gelangen. Das Kind hustete und klammerte sich an Ryan.

Im selben Moment zog das Ehepaar mit vereinten Kräften eine Frau aus dem Wasser. Sie klammerte sich an ihre Retter und schrie voller Verzweiflung: »Wer hat Lucas? Wo ist mein Sohn?!«

Es dauerte nicht lange, bis Ryan am Steg angelangt war. »Er ist hier!«, rief Shelby, während sie sich weit vorbeugte, um Lucas' Hände zu greifen. Unter ihr schwamm Ryan auf der Stelle und hielt den Kopf des Jungen über Wasser.

»Hast du ihn?«, keuchte er und ließ den Jungen erst los, als er überzeugt war, dass Shelby ihn fest im Griff hatte. Der triefende Junge, blond, vielleicht sieben Jahre alt, trug gestreifte Pyjamahosen und ein kurzärmeliges *Star Wars* T-Shirt, das an seinem schlotternden Körper klebte. Jemand hüllte das Kind in eine Decke, dann war seine Mutter da, fiel neben ihm auf die Knie, riss ihn in ihre Arme und stammelte Dankesworte.

Shelby sah wieder nach Ryan, der nun versuchte, an den Pfeilern des Stegs Halt zu finden, um sich auf die Planken zu ziehen. Er wollte nicht, dass sie ihm half. Als er es geschafft hatte, lag er völlig außer Atem auf dem Rücken, presste eine Hand auf die Brust und schnappte nach Luft.

»Mein Gott, du frierst ja!« Shelby legte ihre Hand auf seine Schulter und rief den anderen zu: »Schnell! Haben Sie noch eine Decke?«

Die Frau im Bademantel eilte auf die nächstliegende Jacht und kehrte mit einer gelben Fleecedecke zurück, die sie Ryan umlegte. »Das war toll, wie Sie da plötzlich ankamen und ihm hinterhergesprungen sind«, sagte sie voller Bewunderung. »Sie sind ein Engel. Danke.«

Ryan setzte sich auf und zog die Decke vor seiner Brust zusammen. Shelby rubbelte ihm mit beiden Händen den Rücken, damit ihm wärmer wurde. »Sicher, dass du in Ordnung bist?«

»Ja«, erwiderte Ryan zähneklappernd. Vor Kälte zog er die Schultern hoch und steckte die Hände in die Achselhöhlen. Dann fragte er schaudernd, wie es dem Jungen gehe.

»Anscheinend ist ihm nichts passiert«, beruhigte ihn Shelby.

Sie schauten zu dem Kind, das von seiner Mutter gewärmt und getröstet wurde. Ryan stand schweigend auf und ging zu dem verängstigten Jungen. Er kniete vor dem Kleinen nieder, und nahm, nachdem die Mutter zum Einverständnis genickt hatte, behutsam Lucas' Hand. Shelby konnte nicht hören, was Ryan ihm ins Ohr flüsterte, aber die Lippen des Jungen hörten auf zu zittern, und seine Miene hellte sich ein wenig auf. Dann legte das Kind seine Arme um Ryans Hals. Ryan legte seine andere Hand auf den Hinterkopf des Jungen und schloss kurz die Augen.

»Gott sei Dank, dass Sie da waren«, sagte die Mutter, der immer noch das Kinn zitterte. »Als er über Bord fiel, habe ich eine Schwimmweste genommen und bin ihm nachgesprungen. Aber ich bin keine gute Schwimmerin.« Sie begann wieder zu weinen, stammelte nur noch. »Kann's einfach nicht. Ich … konnte uns nicht beide aus dem Wasser ziehen. Ach Gott. Wenn Sie nicht …«

»Sie haben Ihren Sohn gerettet. *Sie* waren es«, versicherte ihr Ryan. »Sie haben um Hilfe gerufen. Sie haben ihn über Wasser gehalten.«

»Wie kann ich Ihnen nur danken?«, fragte die Mutter. Sie war zu erschöpft, um sich die Tränen abzuwischen, die ihr über die Wangen liefen.

»Offensichtlich lieben Sie Ihren Sohn über alles. Das ist Dank genug.« Er nahm die Decke von den Schultern und hüllte Mutter und Kind darin ein. Nach einem letzten beruhigenden Lächeln, das dem Jungen galt, wandte er sich an Shelby. »Gehen wir«, sagte er leise.

Schweigend verließen sie den Schauplatz des Unfalls. Doch sobald sie den Lichtkreis der Laterne am Eingang der Marina passiert hatten und ihre Füße Gras berührten, nahm Shelby Ryans Arm und führte ihn zurück zu dem felsigen Strand unter den Sternen.

»Willst du es nicht für heute genug sein lassen und heimfahren …«, setzte Shelby an, als Ryan sein durchweichtes Shirt auszog und über die Lehne der Parkbank hängte. Der Anblick seiner breiten Brust und seines straffen Bauchs brachte sie ein wenig aus der Fassung. Sie räusperte sich und fuhr fort: »… um etwas Trockenes anzuziehen?«

»Ich bin okay.«

»Ich glaube, ich habe ein Badelaken im Wagen.« Sie machte eine Handbewegung zur Straße. »Ich könnte es holen und …«

»Ehrlich. Ich bin okay.« Er schaute aufs Wasser. Die Wolken hatten sich verzogen, und nur der Mond spiegelte sich in den sanften Wellen. Ryan drehte sich mit müden Augen und einem zärtlichen Lächeln zu Shelby um, bevor er den Weg zu den Felsen einschlug, wo sie vorher gesessen hatten.

»Du hast heute Abend etwas Erstaunliches vollbracht«, sagte sie. »Eigentlich eine Heldentat.«

»Das hätte jeder getan.«

»Ich hab gesehen, wie du reingesprungen bist. Du hast keinen Augenblick gezögert«, sagte sie bewundernd. Sie versuchte, in seiner Miene zu lesen, als er sich viel entspannter als vorher auf den flachen Felsen setzte.

»Was hast du dem kleinen Jungen gesagt? Bevor wir gegangen sind. Du hast ihm doch etwas ins Ohr geflüstert?« Shelby schürzte ihren Rock und ließ sich neben Ryan nieder.

»Können wir bitte über etwas anderes sprechen?«

Da erkannte sie, wie verletzlich er war. Doch der Anblick seiner nackten Haut, leicht gebräunt und glatt über gut definierten Muskeln, war mal eine erfreuliche Ablenkung.

»Ich will noch nicht heim, aber ich möchte mich auch nicht mit dem aufhalten, was heute passiert ist. Verstehst du, wie ich das meine?«, fragte Ryan und starrte blicklos ins Wasser.

»Ja. Natürlich.« Obwohl sie in Wahrheit keine Ahnung hatte. »Worüber würdest du denn gerne reden?«

»Du könntest mir ja etwas über deine Familie erzählen.«

»Meine Familie«, sagte Shelby zögernd, »ist kompliziert.«

Er strich sich das nasse Haar aus dem Gesicht. »Na bitte, da haben wir etwas gemeinsam.«

»Okay. Mal sehen. Meine Familie. Ich versuche es mal mit der Kurzfassung«, begann sie und hob den Saum ihres Rocks, bevor sie die Füße ins Wasser tauchte. »Meine Mutter heißt Jackie. Wie ich ist auch sie ein Einzelkind, in Bayfield groß geworden. Ihre Eltern, meine Großeltern, sind Ginny und Olen – aber das weißt du ja längst.«

»Yep, ich hab die Flitterwochenfotos gesehen.«

»Tatsächlich?«

Ryan nickte.

»Das ist ja komisch. Gran hasst es, den Leuten die alten Fotos zu zeigen. Großvater ist derjenige, der darauf besteht, dass sie an der Wand im Café hängen«, erklärte Shelby. »Auf jeden Fall wollten sie eigentlich viele Kinder haben, aber nachdem meine Mutter geboren war, konnte Gran keine mehr bekommen. Sie haben immer gesagt, dass sie ein schönes Leben hatten, bis Mom ins Teenageralter kam. Ich glaube, es hat sie furchtbar gestört, wie abgelegen Bayfield ist, besonders im Winter. Und deshalb war kein Mensch erstaunt, als sie nach ihrem Schulabschluss nach Kalifornien gegangen ist, um an der Scripps zu studieren.« Sie hielt inne und betrachtete ihre Füße im Wasser. »Mein Gott, warum erzähle ich dir das alles?«

»Jeder hat seine Geschichte. Das ist es, was das Leben interessant macht«, ermutigte er sie sanft. »Weiter. Ich hör dir zu.«

Shelby betrachtete die trägen Wellen, die an die Felsen schwappten, sich um ihre Knöchel kräuselten und sich dann gemächlich zurückzogen, in ewig gleicher, stetiger Bewegung. Es war sehr still. Der einzige Laut war das sanfte Rauschen des Wassers, das sich am Strand brach. Lose Kiesel klapperten wie Murmeln in einem Plastikbecher.

»Und ein paar Monate nach Moms Studienbeginn …« Shelby zeigte auf sich, im Versuch, es harmloser klingen zu lassen, als es war. »… war sie schwanger. Überraschung! Leider wusste sie über meinen Vater nur, dass er in dem Sommer ein paar Wochen mit seinem älteren Bruder auf einem Segelboot gewohnt hatte. Sein Name war Chad.«

Ryan presste die Lippen zusammen und nickte langsam. »Lass mich raten: ein Tourist«, sagte er.

»Yep.« Shelby ließ die Hände in den Schoß sinken. »Sie hatten keine Beziehung. Und zu mir wollte sie auch keine.«

»Das tut mir leid«, sagte Ryan, und sie glaubte ihm. Sie wunderte sich, wie schnell sich ihr Eindruck von diesem Mann im Laufe eines Abends gewandelt hatte. Vielleicht hatten die Großeltern recht: Vielleicht war Ryan einer der Guten. Shelby wusste, dass sie ihn möglicherweise nie wiedersehen würde, aber heute Abend, nach dem Ereignis in der Marina und im Angesicht des stillen Sees hatte sie das Gefühl, ihm Gedanken mitteilen zu können, die sie normalerweise für sich behielt.

»Meine Großeltern waren strikt dagegen, dass sie mich zur Adoption freigab.«

»Und sie haben dich aufgezogen.« Ryan nahm einen Stein und versuchte, ihn übers Wasser springen zu lassen. Doch er sank rasch.

»Ja.« Shelby fand es entzückend, wie er mit der Miene eines entschlossenen Jungen nach einem weiteren Stein griff.

»Besuchst du sie?« Ryan warf den nächsten Stein flacher, und er tanzte im Mondschein über die Wellen.

»Nein, tu ich nicht …«, gab Shelby zu. »Ich meine, ich hab kein Interesse daran, nach Kalifornien zu fahren. Ich reise eigentlich überhaupt nicht. Und selbst wenn ich wollte, hätte ich gar keine Zeit dazu. Meine Freunde könnten dir erzählen, dass sie mich selbst für einen Wochenendausflug praktisch aus dem Haus zerren müssen«, gestand sie, während sie auch einen Stein in die Hand nahm und die kühle, glatte Oberfläche spürte.

»Warum ist das so?«

»Wegen meinen Großeltern. Sie bedeuten mir alles. Sie sind die einzige Familie, die ich habe. Und sie werden älter.

Ich muss da sein, um ihnen zu helfen, mit der Farm und im Haus. Sie brauchen mich.«

»Also kommt deine Mutter zu Besuch?« Er zog eines seiner langen Beine an den Oberkörper und drehte sich halb, um sie anzusehen.

»Hin und wieder in den Ferien, aber lieber im Sommer. Wenn es warm ist. Aber sie bleibt nie lange.«

»Warum nicht?«

»Das habe ich sie mein Leben lang gefragt.« Shelby rieb mit dem Daumen über den Stein. »Warum hast du dein Kind verlassen? Warum hast du deine Eltern vor den Kopf gestoßen und bist vor der Verantwortung davongerannt?« Als sie ihn bei dem Wort »davonlaufen« zusammenzucken sah, fragte sie sich, ob sie einen Nerv getroffen hatte.

»Und, wie ist es so, wenn sie kommt?«

Shelby biss sich auf die Lippen und warf ihren Stein, sah ihn viermal elegant springen, bevor er sank.

»Es tut mir leid«, entschuldigte er sich. »War das zu persönlich?«

Shelby blickte in ihren Schoß, dann strich sie mit den Händen die Falten an ihrem Rock glatt. »Nein, ist schon in Ordnung.« Sie dachte eine Weile nach, bevor sie antwortete. »Meine Mutter ist wie ein kalter Luftzug in einem warmen Zimmer. Wenn man sich wohlig und entspannt fühlt, dann ruft ihre Anwesenheit ein Frösteln hervor. Man will die Füße hochziehen und sich eine Decke um die Schultern legen.« Sie veränderte ihre Haltung und zog ein Bein unter sich.

»Das ist für jeden eine schwere Last, ganz besonders aber für ein Kind«, sagte Ryan. »Wie bist du damit klargekommen?«

»Ich habe angefangen zu schreiben«, erwiderte sie und kehrte in ihre Kindheit zurück. Sie erzählte Ryan, wie ihre

Großeltern sie, als sie noch klein war, vor der Wahrheit beschützt hatten. Das war nicht schwer gewesen, denn Ginny und Olen waren die einzigen Eltern, die Shelby kannte, und deshalb war ihre Mutter lediglich eine Verwandte, die in den Ferien Kurzbesuche oder auch mal einen längeren Sommerbesuch abstattete. Erst Jahre später, als Shelby alt genug war, um die gedämpften Gespräche der Großeltern hinter verschlossenen Türen und die Ferngespräche, derentwegen sie in ein anderes Zimmer gehen musste, zu bemerken, begann sie zu argwöhnen, dass ihre Großeltern Geheimnisse hatten. Doch sie wäre nie auf den Gedanken gekommen, dass diese Geheimnisse mit ihr zu tun hatten.

Zumindest nicht vor dem sechsten Weihnachtsfest ihres Lebens. Die Großeltern waren gerade in der Küche und spülten das Geschirr, während Shelby unter dem Weihnachtsbaum inmitten eines bunten Haufens aus Geschenkpapier und Schleifenresten saß. Sie hielt eine neue Puppe im Arm. Die Puppe hatte wunderschöne blaue Augen, lange Wimpern und Lider, die sich von selber schlossen, wenn Shelby sie schlafen legte. Als sie die Puppe aus dem Karton genommen hatte, hatte sie sie sogleich Polly getauft und verkündet, dass sie ihre Puppe über alles liebe.

»So läuft das aber nicht immer, weißt du?«, hatte Jackie gesagt, die kurz darauf ins Wohnzimmer kam und Shelby mit der Puppe spielen sah. Die junge Frau ließ sich in Olens übergroßen Sessel fallen. Sie sah ungepflegt aus in ihrer Pyjamahose aus Flanell und einem übergroßen Sweatshirt, und das Haar auf dem Kopf war zusammengesteckt wie ein Vogelnest. Obwohl die Lichter des Weihnachtsbaums sich wie ein Regenbogen in ihren Augen spiegelten, wirkte Jackie verdrießlich.

»Was?«, fragte Shelby.

»Dass man sich sofort wie 'ne Mutter fühlt«, antwortete Jackie tonlos. »So wie du mit deiner Puppe.«

»Doch, das tut man«, hatte Shelby im Brustton der Überzeugung entgegnet. *Das tun doch alle Mamis*, hatte sie geglaubt.

»Nein, manchmal dauert es etwas länger. Nicht jede kann gleich von Anfang an eine gute Mami sein.« Jackie schlang die Arme um ihre Knie. »Manchmal wird ein Kind von Menschen aufgezogen, die einfach bessere Eltern sind.«

»Aber du bist doch gar keine Mami.« Shelby hatte kläglich gelacht.

»Gran und Grandpa haben dir nicht die Wahrheit gesagt, kleine Shelby.«

»Was?« Sie schaute zur Küche und wünschte, ihre Großeltern würden ins Wohnzimmer kommen. Weil sie spürte, dass sie Schutz vor dem Geheimnis brauchte, das ihr im nächsten Augenblick enthüllt werden würde.

»Ich rede von mir. Ich bin nicht bloß eine Freundin der Familie, Shelby«, sagte Jackie, setzte ihre Füße wieder auf den Boden und beugte sich vor. »Ich bin deine Mutter.«

Sie streckte die Arme nach ihr aus, doch Shelby schrak vor Jackie zurück und umarmte Polly fester, schützte ihre Puppe instinktiv vor dem Menschen, dem sie vertraut hatte.

»Komm zu mir, Shelby.« Jackies Versuch, mütterlich zu lächeln, wirkte wie Hohn. »Lass dich von deiner Mom umarmen.«

Stattdessen war Shelby aufgesprungen und mit zitterndem Kinn und Tränen in den Augen in die Küche gerannt. Dort stand ihre Großmutter am Spülstein. Shelby schlang ihre Arme um Ginnys Beine, dann kam Olen und nahm sie auf den Arm. Die Arme fest um seinen Hals geschlungen, waren Shelbys Tränen geflossen und hatten sein Hemd nass gemacht. Ihre Großmutter flüsterte ihr etwas ins Ohr. Shelby hörte zu, während die beiden Menschen, die sie am meisten liebte, ihr widerwillig die Wahrheit offenbarten.

Später an jenem Morgen war sie in ihr Zimmer gegangen und mit Polly und einem anderen Geschenk aufs Bett geklettert. Das andere Geschenk war von ihrem Großvater, ein Tagebuch mit einem roten Einband, goldumrandeten Seiten, die Shelby wunderschön fand, und zierlichen goldenen Buchstaben darauf: *Mein Tagebuch*. Das Beste aber war ein Schloss mit einem Schlüssel. Stark genug, so spürte sie, um Jackie vom Ausschnüffeln ihrer Geheimnisse abzuhalten.

In ihrer schönsten Schrift und mit den wenigen Worten, die sie bislang buchstabieren konnte, begann Shelby zu schreiben. Ihre Fragen aufzuschreiben. Ihre Ängste. Ihre Träume. Sie vertraute den Seiten ihres Tagebuchs ihre Wahrheit an.

Selbst noch nach Jahren sollte sie sich an den Klang der Worte ihrer Mutter erinnern, an den Schmerz, den diese Worte ihr bereitet hatten. Shelby lernte, dass ihre beste Verteidigung darin bestand, sich die Stimme ihrer Mutter vom Leib zu halten. Wenn Jackie ihr etwas mitteilen wollte, dann sollte sie das brieflich tun.

»Aber trotz allem ist sie immer noch meine Mom«, sagte Shelby abschließend. »Und die Tochter meiner Großeltern. Ich glaube nicht, dass sie jemals aufhören werden, sich Sorgen um sie zu machen, ob die Entscheidungen, die sie getroffen hat, die richtigen waren. Aber ich werde mich bestimmt nie fragen, wie mein Leben mit Eltern gewesen wäre.«

»Schreibst du noch?«, fragte Ryan.

»Das habe ich …«, begann sie zögernd. Seit Langem hatten

sich nur die Großeltern danach erkundigt. »Ich habe sogar auf der Madison Journalismus studiert. Aber dann ist etwas passiert, und ich …« Shelby brach ab. *Das ist zu viel und zu früh*, dachte sie. *Was hat dieser Mann nur an sich? Wir kennen uns kaum, und schon erzähle ich ihm mein ganzes Leben.*

Ryan sah sie neugierig an. »Du hast aufgegeben?«

»Nicht ganz. Ich musste zurück, um auf der Farm zu helfen«, log Shelby. »Ich bin sicher, dass ich eines Tages zurückgehe und mein Studium abschließe. Irgendwann.« *Oder nie.*

»Ich weiß nicht recht. Mir kommt es so vor, als ob deine Großeltern wollten, dass du deinen Abschluss machst«, sagte er. »Dass du deine Träume lebst, unabhängig von den Wünschen der anderen. Besonders denen deiner Mutter.«

»Ich wünschte, es wäre so einfach. Ich meine, ich erwarte nicht, dass du das verstehst, weil du aus einer Stadt wie Chicago kommst. Sie werden immer älter, und die Farm ist eine Riesenverantwortung, und …«, betonte sie noch einmal, vielleicht eher, um es sich selbst einzureden, »… sie *brauchen* mich.«

»Mag sein«, lenkte er ein. »Aber für mich sieht es so aus, als hättest du in ihnen zwei Menschen, die dich bedingungslos lieben. Und wenn man so eine Unterstützung hat, dann kann man alles erreichen.«

»Ach ja?« Shelby griff sich einen letzten Stein und warf ihn in den See. Sanfte Wellen breiteten sich in Kreisen um den Einschlag herum aus und fingen wie ihre Kindheitserinnerungen den Schein des Mondes ein, als sie sich Shelby näherten.

10

Lichter

»Dein Tisch ist gedeckt«, sagte Ryan und schwenkte den Arm einladend über die Picknickdecke. Ihr erster Abend im Park, der wohl kaum als richtiges Date gelten konnte, war sehr ereignisreich gewesen. Nachdem Ryan sich nach dem kalten Bad abgetrocknet und Shelby, wenn auch zögernd, ihre Zurückhaltung verloren hatte, hatten sie noch lange geredet. Beim Abschied hatte sie sogar gelacht – und eingewilligt, ihn wieder zu treffen.

Das war nun einige Tage her, und seither hatten sie sich täglich getroffen. An diesem Abend hatte Ryan Shelby zu einem kleinen Strand außerhalb des Städtchens gefahren, wo sie inmitten der Dünen ungestört waren und einen tollen Blick auf Madeline Island jenseits der Bucht hatten. Die Woche verging rasch, in zwei Tagen musste er nach Chicago zurück.

»Ich hoffe, du hast ordentlich Hunger mitgebracht, denn ich hab ein bisschen übertrieben«, sagte er mit Blick auf die reiche Auswahl an Käse, Salami, Brot und in Zeitungspapier gewickeltem geräuchertem Weißfisch. Er kniete sich neben Shelby auf die karierte Decke und hielt ihr zwei Pappschachteln hin, eine mit Erdbeeren, die andere mit Blaubeeren. »Ich wusste nicht, welche du lieber magst, also hab ich beide genommen.«

»Erdbeeren, gar keine Frage.« Shelby nahm sich eine tiefrote Beere, drehte den grünen Blütenansatz heraus und biss herzhaft hinein. »Ich bin beeindruckt, du hast wirklich an alles gedacht.«

»Es macht dir nichts aus, draußen zu essen?« Wieder einmal war es ihm gelungen, ein Treffen mit Shelby zu arrangieren, das nicht den Augen der Öffentlichkeit preisgegeben war – sofern man in Bayfield von Öffentlichkeit sprechen konnte.

»Restaurants sind ja immer da, Dinner am Strand bekomme ich dagegen nicht so oft. Eigentlich bin ich erstaunt, dass du ausgerechnet diesen Strand ausgesucht hast … wenn man an die Bären denkt.« Sie wickelte den stark riechenden, geräucherten Fisch aus der fettigen Zeitung.

Ryan war gerade dabei, einen weichen Brie zu zerteilen, der fast auf dem Schneidebrett zerlief. Er hielt alarmiert inne. »Bären?«

»Hast du das etwa nicht gewusst?«

Sein Blick glitt über den einsamen Strand.

»Huch, das überrascht mich aber. Ich dachte, du hättest das bestimmt in einem Reiseführer oder so gelesen.« Shelby legte den Kopf schief und beäugte ihn mit drolliger Miene. »Dies ist ein beliebter Platz, um Bären zu beobachten. Meistens sitzen die Leute drüben an der Straße im Wagen und warten darauf, dass sie herauskommen«, erklärte sie und zeigte in die Richtung, wo Ryan den Wagen abgestellt hatte.

»Ich hätte nie geglaubt, dass Bären an den Strand …« Seine Stimme verebbte, während er einen argwöhnischen Blick über die Schulter warf.

»Nein, vermutlich nicht. Aber wir reden hier von dem Wisconsin-Schwarzbär. Der liebt es, in den Dünen nach Futter zu suchen«, fuhr Shelby unbeeindruckt fort, kratzte die Haut von ihrem Räucherfisch und zupfte einen Happen zartes Fleisch ab. »Beeren, Räucherfisch … und manchmal hat er auch nichts gegen einen guten Pinot einzuwenden.« Sie stopfte sich den Happen in den Mund und deutete nickend auf die Weinflasche neben Ryan. Und dann verbarg sie ihren Mund hinter der Hand und lachte beim Kauen.

»Bären!«, kicherte er und suchte in seiner Tasche nach dem Korkenzieher. »Ich hab dir das keine Sekunde lang abgenommen!«

»Ich weiß nicht … du hattest so einen Ausdruck im Gesicht …«, neckte sie ihn. »Machen Bären dich nervös?«

»*Du* machst mich nervös.«

»Für einen Touristen kennst du dich hier ziemlich gut aus.« Shelby lag auf der Seite, auf den Ellenbogen gestützt und unfähig, noch einen Bissen hinunterzubekommen.

»Mir gefällt es hier.«

»Ist dir eigentlich klar, dass wir in einer Woche mehr unternommen haben als ich vermutlich in einem ganzen Sommer?«

»Ach komm, das kann gar nicht sein.«

»Ich mein's ernst«, erwiderte Shelby und nippte an ihrem Glas. »Nehmen wir zum Beispiel gestern. Ich lebe schon mein ganzes Leben hier, bin aber noch nie in die Höhlen gepaddelt. Gestern mit dir und deinen Freunden war das erste Mal. Oder dieses Picknick – ich kann dir gar nicht sagen, wie oft ich schon an diesem Strand gewesen bin, aber ich bin nie auf die Idee gekommen, auch mal abends herzukommen. Und jetzt schau nur, was ich verpasst habe. Es ist so friedlich hier.«

»Wunderschön«, sagte Ryan, wobei er allerdings mehr an Shelby dachte. »Hättest du was dagegen, wenn ich dich fotografiere, solange noch genug Licht ist?«

»Ich bin pappsatt, ich kann nicht posieren.«

»Bleib einfach liegen und beweg dich nicht.«

Während Ryan in seiner Tasche nach Kamera und Ausrüstung kramte, dachte er darüber nach, wie sehr ihn Shelbys Selbstvertrauen und Leichtigkeit beeindruckten. Bei ihr gab es keine Verstellung. Sie war auf natürliche Weise schön und wollte niemandem imponieren, nicht einmal ihm.

Er trat ein paar Schritte zurück und hob die Kamera an die Augen. Als sie ihm zulächelte, war er hingerissen. *Klick*. Ryan machte Aufnahmen aus unterschiedlichen Winkeln und Entfernungen, während Shelby zunehmend Spaß an einem ausgiebigen Mienenspiel fand: bald ernst und grüblerisch, bald schielend und mit Schmollmund, dann wieder ganz sie selbst. *Klick*. Als Ryan sich auf den Rand der Decke kniete, um im schwächer werdenden Abendlicht ein letztes Bild zu schießen, wurde ihm klar, wie stark diese Fotos ihre kurze Zeit miteinander zusammenfassten. Es herrschte ein perfektes Gleichgewicht zwischen gegenseitiger Achtung und Anziehung. Sie genossen den Tag, ohne an morgen zu denken.

»Mir ist in den letzten Tagen aufgefallen, dass du wirklich gut mit der Kamera umgehen kannst. Wann hast du das gelernt?«, fragte Shelby.

»Auf dem College«, antwortete Ryan, während er den Deckel auf das Objektiv schraubte. »Davor hab ich hauptsächlich gezeichnet. Als Kind habe ich wie ein Wilder Autos gemalt.« Er zog die Kameratasche zu sich heran und packte seine Ausrüstung wieder ein, während Shelby ihm zusah.

»Zeichnest du immer noch?«

»Ein bisschen.«

»Ich würde deine Zeichnungen gern mal sehen.«

Sie hatten nicht darüber gesprochen, wie es mit ihnen weitergehen sollte, wenn Ryan wieder nach Chicago fuhr. Er hatte seine mögliche Rückkehr nicht ein einziges Mal erwähnt. Shelby wischte mit den Händen über die Decke. Dann brachte sie das Thema zur Sprache, das er zu vermeiden gehofft hatte. »In der ganzen Woche hast du kaum über deine Familie gesprochen. Deine Fotos müssen ihnen doch gefallen.«

»Mein Dad sieht darin bloß ein Hobby.« Ryan klappte die Kameratasche zu und setzte sich neben sie. »Er würde mich lieber hinter einem Schreibtisch sehen.«

»Und deine Mom?«

»Sie hat mich unterstützt. Sie hat mir meine erste Kamera geschenkt, als ich dreizehn war. Es war so eine Handkamera. Blau.« Er lächelte versonnen bei der Erinnerung. »Ich glaube, sie wollte mich anregen, den Zeichenstift hinzulegen und etwas zu machen, das mehr Verbindung mit meinem Vater hatte. Da sich seine Arbeit um Video und Film dreht, hat sie wohl gedacht, er würde sich stärker mit mir befassen, wenn ich fotografiere.«

»Und seit den Zeiten der kleinen blauen Kamera hast du dich weiterentwickelt.«

»Das stimmt. Vor der Uni hatte ich Fotografie noch gar nicht als Kunst begriffen. Hast du mal von Vivian Maier gehört?« Ryan wollte im Augenblick eigentlich nicht über Fotografie sprechen. Er musste sich beherrschen, um sie nicht zum ersten Mal zu küssen. Was ihn davon abhielt, war die Tatsache, dass Shelby, obwohl sie einander jeden Tag gesehen hatten, immer noch strikt dagegen war, sich mit einem Touristen einzulassen.

»Nein.« Shelby biss sich leicht auf die Lippen, und er fragte sich, ob sie dieselben Gedanken hatte.

»Ich auch nicht, bis ein Freund mich in eine Ausstellung auf dem Campus schleppte. Es ist eine unglaubliche Geschichte. Verstehst du, sie hat Tausende Fotos gemacht, die in Kisten lagerten und vergessen wurden. Jahre später hat jemand die Kisten mit den Negativen in einem Mietlager entdeckt, sie entwickeln lassen und gemerkt, was für einen unglaublichen Schatz er da entdeckt hatte. Vivian Maier ist von der Kunstwelt erst nach ihrem Tod entdeckt worden.«

»Eine irre Geschichte«, sagte Shelby. »Was hat sie denn fotografiert?«

»Schwarz-Weiß-Aufnahmen von gewöhnlichen Menschen, die gewöhnliche Dinge tun. Aber sie hatte die Gabe, die Geschichten und Gefühle hinter diesen alltäglichen Momenten einzufangen«, erklärte er und versuchte, sich von Shelbys Anziehung abzulenken, indem er ihr Maiers Werk erläuterte. Die Bilder hatten Ryan so bewegt, dass er in der gleichen Woche noch dreimal in die Ausstellung gegangen war und herauszufinden versucht hatte, was diese Aufnahmen so einzigartig machten. War es die Komposition? Das Licht? Der Ausdruck in den Gesichtern der Menschen? Wegen Vivian Maier, einer Künstlerin, die für sich selbst und nicht für die Öffentlichkeit Bilder geschaffen hatte, war Ryans Sicht der Fotografie eine vollkommen andere geworden. Und aus diesem Wandel war seine neue Sehnsucht entstanden.

Als die Sonne hinter dem Horizont verschwunden war, kam das einzige Licht von ein paar Votivkerzen, die Ryan in den Sand gesteckt hatte, von den entfernten Lichtern Madeline Islands jenseits der Bucht und dem aufgehenden Mond. Eine zweite Flasche Pinot stand, noch halb voll, an einen Stein gelehnt. Sie lagen auf dem Rücken und schauten in den Nachthimmel. Ryan überlegte laut, wie lange es her war, dass er sich so wohlgefühlt hatte. Die weiche Decke unter ihm, eine sanfte Brise vom See, der Laut von Shelbys Lachen – all das war berauschender als der Wein.

Er schaute zu Shelby hinüber und sah Farbe über ihre Wangen spielen. Zuerst ein rosenfarbiger Ton, dann ein goldenes Orange, schließlich ein leuchtendes Smaragdgrün. Aus dem Augenwinkel nahm er eine Aufhellung am Himmel wahr. Er schaute nach oben und gab einen Laut des Staunens von sich, schaute ehrfürchtig auf das Kaleidoskop, das sich über ihren Köpfen wandelte und ineinanderfloss. Es war, als dirigierte Gott am Himmel eine stumme Symphonie. Instinktiv griff Ryan über die Decke nach Shelbys Hand, bevor ihm einfiel, dass sie sie fortziehen konnte. Stattdessen flocht sie ihre Finger in seine, und er spürte ein mächtiges Verlangen.

Unter dem Licht der Aurora Borealis, Shelby an seiner Seite … Ryan war sprachlos. Er fühlte sich mit dieser Frau – an diesem Ort – lebendig wie nie zuvor. Weder konnte er vernünftig begründen, wie schnell sie sein Herz gewonnen hatte, noch wieso der Himmel in Flammen stand. Sein Verstand wusste, dass es sich um Sonneneruptionen handelte, während sein Herz sich sicher war, dass er einen Blick in den Himmel auf Erden werfen durfte.

Ryan konnte keinen weiteren Tag mehr vergehen lassen. Er musste jetzt durch Berührung ausdrücken, was Worte nicht vermitteln konnten. Wie soll man die Liebe für einen Menschen beschreiben, wenn der Verstand darauf besteht, dass Liebe gar nicht so schnell wachsen kann? Das Vertrauen eines Menschen kann man nicht an einem Tag gewinnen. Liebe entsteht nicht an einem Abend. Zumindest hatte er das bis jetzt immer geglaubt.

Ryan rollte sich langsam auf die Seite, bis er Shelby beinahe berührte. Die winzige Lücke zwischen ihnen fühlte sich elektrisch aufgeladen an. Er hob die Hand und berührte ihre Wange, so sanft wie ein Hauch. Als Shelby ihn anschaute, spiegelten ihre sehnsuchtsvollen Augen die Sterne wider. Ryan neigte sich zu ihr und spürte ihren rascher werdenden Atem auf seinen Lippen. Kurz streiften sich ihre Nasen in einer neckenden Berührung, bevor seine Lippen sanft auf ihre errötende Wange trafen. Als seine Lippen nicht weiter als ein Flüstern von ihren entfernt waren, lächelte Ryan mit den Augen, berührte ihr Kinn und küsste sie sanft.

Er zog sich wieder zurück, um Shelby zu betrachten. Er würde ihr Bild im Kopf behalten, deutlicher als jedes Foto, und sich daran erinnern, wie lieblich sie in diesem Moment ausgesehen hatte. Der Anblick ihrer glänzenden Augen, die das temperamentvolle Farbenspiel am Himmel spiegelten, überwältigte ihn. Er nahm sie in seine Arme und küsste sie leidenschaftlich. Shelby bog sich ihm entgegen und erwiderte seinen Kuss, während der Himmel sein überweltliches Licht über sie ergoss. Sie lagen auf der Decke in den Dünen und umschlangen einander, bis die Kerzen verloschen und das Nordlicht sich in Schwärze auflöste.

»Komm, ich will dir etwas zeigen«, sagte Shelby an ihrem letzten gemeinsamen Abend. Als Ryan an der Farm angekommen war, hatte sie ihn am Wagen erwartet und seine Hand genommen. Die Sonne ging rasch unter und warf ein Band aus warmem Licht über den Horizont. Shelby führte Ryan zu ihrem Lieblingsplatz, der Scheune. Sie war ihm mit ihren Verzierungen schon beim ersten Besuch aufgefallen. Es war eine Satteldachscheune, rot getüncht und mit weißen Leisten. Während sie zu dem Gebäude schlenderten, erzählte Shelby, dass Ginny sich beim ersten Mal, als sie hier gewesen war, in die Scheune verliebt hatte. Und heute Abend wirkte die Silhouette vor dem frühen Abendhimmel und mit dem gelben Lampenschein von innen geradezu magisch.

»Wirst du mir glauben, dass dies das erste Mal ist, dass ich eine Scheune betrete?«, sagte Ryan.

»Du kommst wohl nicht so oft vor die Tür, was?« Shelby drückte scherzhaft seine Hand.

»Wenn ich mir die Scheune aller Scheunen vorstellen würde, dann müsste es diese sein«, sagte Ryan. Er ließ Shelbys Hand los und sah sich in der Scheune um, schaute zu den hohen Dachsparren hoch, die wie das umgekehrte Skelett eines Schiffskörpers aussahen.

»Die Scheune aller Scheunen. Du bist wirklich ein Stadtmensch!«

Ryan gluckste vergnügt, während er an einem Stapel leerer Lagerkisten vorbeiging.

»Und wirst du mir glauben, wenn ich dir sage, dass diese Scheune per Post bestellt wurde?«, fragte Shelby vergnügt, weil sie ihm den Ort zeigen konnte, den sie so liebte.

»Ernsthaft?« Ryan berührte ein altes Werkzeug, das in einer Reihe zwischen anderen an der Rückwand hing.

»Die ursprünglichen Besitzer haben diese Scheune aus einem Sears & Roebuck-Katalog von 1911 für ungefähr fünfhundert Dollar bestellt. Du stehst hier mitten in dem ›Scheune Nummer Zwölf‹-Baukasten.« Shelby bahnte sich einen Weg um die Kisten herum zu Ryan. »Ich habe mir immer vorgestellt, wie hier ein Riesenpaket ankam, auf dessen Seiten stand: ›Selbstaufbau erforderlich‹.« Sie lachte. »Kannst du dir das vorstellen?«

»Und es hat geklappt«, stimmte Ryan voller Bewunderung zu. »Sie ist immer noch in hervorragendem Zustand. Ich bin froh, dass du sie mir gezeigt hast. Sie ist unglaublich.«

Shelby führte ihn an einem Stapel muffiger Leinensäcke und Verschlägen mit Werkzeugen vorbei zu einem skurrilen Raum direkt hinter den großen Torflügeln.

Ryan lauschte, während Shelby erzählte, warum ihr die Scheune so lieb und teuer war. Nachdem Jackie zur Welt gekommen war, und lange bevor das Wort »Männerhöhle« Eingang in die Umgangssprache fand, hatte Olen sich in der Scheune eine Klause eingerichtet. Wie in einem provisorischen Clubhaus für einen erwachsenen Mann gab es hier ein Secondhand-Sofa, umgedrehte Apfelkisten als Tische, Campinglaternen und einen Fernseher, angeschlossen an ein Verlängerungskabel, das sich an einem Stützpfeiler emporwand, über die angrenzende Wand gezogen war und schließlich in eine Steckdose mündete. Wenn die Arbeit an Sommerabenden getan war und die damals noch kleine Jackie zu Bett gebracht war, ging Olen in seine Scheune, um seine Batterien wieder aufzuladen.

Als er und Ginny Shelby aufzogen, hatte er nicht länger das Bedürfnis gehabt, sich zurückzuziehen. Stattdessen hieß er Shelby in seinem Club willkommen, wie sie Ryan mit offensichtlichem Stolz berichtete. Die beiden verbrachten unzählige Regentage und Sommerabende bei weit geöffneten Türen in der Scheune. Sie schauten Spiele der Packers, mit einer Schüssel Popcorn zwischen sich, spielten im schwachen Schein der Campinglaterne Backgammon, lasen *Little Wo-*

men und Judy Blume und redeten über die Schule. Den See. Sternbilder. Jackie. Kein Thema war tabu.

Ryan nahm auf dem eingesunkenen Sofa Platz, während Shelby eine der Laternen anknipste. »Du hast mit deinem Großvater über alles gesprochen?«, fragte er.

»Tu ich noch.« Die Laterne warf einen goldenen Schein auf ihr Gesicht. Shelby stellte sie auf eine Apfelkiste und ging zu der Werkbank hinter dem Sofa, wo sie eine Flasche Wein und zwei Gläser bereitgestellt hatte. »Als ich klein war, wollte ich über alles reden. Schularbeiten, Apfelanbau, Freundinnen, Jungs«, sagte sie und setzte sich zu ihm aufs Sofa.

»Jungs?« Ryan zog skeptisch eine Augenbraue hoch. »Ich könnte mir solche Gespräche mit meinen Eltern nicht vorstellen, und mit meinen Großeltern schon gar nicht.«

»Da hab ich wohl einfach Glück gehabt«, erwiderte sie lachend. »Wein?«

Er dankte und hielt ihr sein Glas hin, in das sie großzügig einschenkte.

»Sprichst du mit deinen Eltern nicht über die Dinge, die in deinem Leben passieren?«, fragte Shelby und goss sich selber ein, dann stellte sie die Flasche neben die Laterne.

»Eigentlich nicht.«

»Warum nicht?« Sie zog ihre Beine unter sich und drehte sich seitwärts, um ihn anzusehen.

»Das weiß ich nicht.« Ryan starrte auf die Armlehne, während er an einem Faden herumzupfte, der wie ein störrisches Barthaar aus einer Naht herausstach. »Haben wir einfach nicht gemacht.«

»Möchtest du darüber reden?«, fragte Shelby. Aus dem Mitgefühl in ihren Augen schloss er, dass sie erraten hatte, worüber er nicht sprechen wollte.

»An unserem letzten Abend?«, fragte er dagegen. Im Versuch, sie von dem Thema abzulenken, stellte er sein Glas ab und nahm ihre Hand. »Ich könnte mir einen viel schöneren Zeitvertreib vorstellen.«

»Ich sehe dich an und denke, wie viel Glück du hast, deine Eltern noch zu haben.«

»Du hast Ginny und Olen«, gab Ryan leise zurück und verschränkte seine Finger mit den ihren. »Außerdem sind Eltern überbewertet.«

Shelby schüttelte leicht den Kopf. »Das glaubst du doch selber nicht?«

»Du kennst meine Eltern nicht.«

Ryan nahm ihr das Glas ab und stellte es neben seines, dann wandte er sich ihr zu. Vielleicht lag es am Wein. An der lauen Nachtluft, die durch das Scheunentor drang. Oder an dem Ausdruck in Shelbys Augen, der eine Sehnsucht nach etwas verriet, das niemand außer Jackie ihr geben konnte. Was auch immer der Grund war, es war unbestreitbar, dass er sich zu ihr hingezogen fühlte.

»Es tut mir leid, dass deine Mutter nicht für dich da war.« Sanft rieb er mit den Daumen über ihre Handteller. »Trotzdem hattest du zwei Menschen, die dich liebten.« Er hob ihre Hände an die Lippen.

Ryan richtete sich auf einem Knie auf und zog sie an sich. Sie rutschten aufeinander zu, langsam, voller Verlangen, bis sie nur noch einen Atemzug voneinander entfernt waren. Als er sie küsste, lösten sich alle seine Sorgen in nichts auf. Die Verpflichtung seiner Familie gegenüber. Seine Enttäuschungen. Seine Möglichkeiten. Während seine Hand um ihren Nacken glitt und sich in Shelbys Haar grub, hoffte er, die verbalen Geißelungen ihrer Mutter ungeschehen machen zu können. Ryan wollte, dass Shelby sich in seinen Armen ebenso behütet fühlte wie er sich in ihren.

Als ihre Küsse heißer wurden, als sie immer mehr in dem weichen Sofapolster versanken, vergaß Ryan seine bevorstehende Abreise. Er dachte nicht mehr daran, dass Shelby wieder einmal die Verlassene sein würde – diesmal durch seine Schuld. Aber sie hatten einander nichts versprochen. Es gab nur die vage Aussicht auf das, was sein könnte, wenn Ryan es wagte, die notwendigen Schritte zu unternehmen.

»Shelby?«, vernahmen sie auf einmal Olens besorgte Stimme aus der Dunkelheit, unmittelbar vor dem Scheunentor.

Shelby löste sich hastig aus Ryans Armen und zupfte ihre Bluse zurecht. »Grandpa?«

Mist, dachte Ryan. Er kam sich vor wie ein Sechzehnjähriger, der im Keller mit einem Mädchen erwischt wird, das schon längst im Bett sein sollte.

»Ich meine, dein *Freund* sollte jetzt allmählich gehen, nicht wahr?«

»Er wollte gerade aufbrechen!«, rief Shelby zurück und warf Ryan einen zaghaften Blick zu. Sie stand auf und streckte ihm die Hand hin. »Tut mir leid, ich komme mir so albern vor«, flüsterte sie. »Da bin ich in einem Alter, wo ich längst eine eigene Wohnung haben sollte, und Grandpa stellt mich zur Rede. Als wäre ich wieder auf der Highschool.«

»Das macht doch nichts«, versicherte ihr Ryan, der sich ebenfalls erhob.

»Lass dich warnen, wenn du gehst, sag nichts zu ihm.« Shelby stöhnte. »Ich wette, er hat nichts weiter an als weiße Unterhosen und Arbeitsstiefel.«

Ryan musste schallend lachen, auch wenn ihm die Situation peinlich war. Doch als ihm wieder einfiel, dass Olen sie beobachtete, verstummte er schlagartig. Er umarmte Shelby freundschaftlich und flüsterte ihr ins Ohr, dass er verstehe. Bevor sie zusammen die Scheune verließen, blieb sie neben der Apfelkiste stehen, auf der die Laterne stand.

»Das ist dann also unser Abschied.« Sie sah ihm in die Augen, lächelte und schaltete die Laterne aus.

11

Dorftrottel

Es war Mitte September. Vor ein paar Wochen erst hatten sich ihre Wege getrennt, doch Shelby bereute bereits. Sie konnte einfach nicht fassen, dass sie in eine Lage geraten war, die sie vor der Begegnung mit Ryan sorgfältig vermieden hatte. Sich von einem Touristen das Herz brechen zu lassen! Während die Zeit verging, erinnerte sie sich weniger an die schönen Tage, die sie gemeinsam verbracht hatten, sondern warf sich vor, ihre Überzeugungen verraten zu haben. *Herrgott, wir kennen uns doch kaum! Wieso kriege ich ihn nicht aus meinem Kopf?*

Zum Glück hatte sie ihre Arbeit. Bald mussten die Frühäpfel gepflückt werden, und auch sonst gab es auf der Farm genug zu tun, das sie vom Grübeln abhielt.

Der Lupine Hus Inn hatte sich seit seiner Eröffnung vor gut hundert Jahren kaum verändert, im Gegenteil, die Einrichtung wurde sorgfältig konserviert und sorgte für die Beliebtheit des Hotels. Wer hier abstieg, bekam den Eindruck, in einer Zeitschleife gefangen zu sein. Die Gästezimmer im oberen Stock sahen immer noch aus wie zur Zeit der Eröffnung, allerdings war der dunkelrote Teppichboden – im Laufe der Jahrzehnte schon einige Male erneuert – ausgeblichen und fadenscheinig geworden. Das Treppengeländer war von den Händen unzähliger Gäste glatt poliert, und die Dielenbretter ächzten unter jedem Schritt. Im ganzen Haus roch es sauber und dennoch irgendwie altertümlich nach Zitronen und Melisse.

Die Wände des gemütlichen kleinen Speisesaals im Erdgeschoss hingen voller Fotos und Erinnerungsstücke, die sich im Laufe der Jahrzehnte angesammelt hatten. Das Essen wurde an schlichten Holztischen serviert, ein Mobiliar, das in Massenanfertigung gebaut worden war und kaum zur Atmosphäre beitrug. Und jeden Freitagabend, vom Frühjahr bis in den Herbst, gab es in rauen Mengen Fischeintopf, der in einem riesigen Topf über einer offenen Feuerstelle vor sich hin schmorte.

Doch heute war nicht Freitag. Statt sich an Fischeintopf zu laben, ließen sich Shelby und ihre Großmutter an einem Ecktisch BLT-Sandwichs und Tomatensuppe schmecken, als eine Kellnerin namens Margaret Aikin mit einem neuen Fotorahmen hereinkam.

»Wo will Margaret dafür noch Platz finden?« Shelby stupste Ginny an.

»Weiß Gott, diese Wände brauchen nichts Neues mehr«, stimmte Ginny zu, warf Margaret einen Blick zu und widmete sich dann dem Schinkenstreifen, der ihr vom Sandwich gefallen war.

Shelby schaute Margaret zu, die behutsam ein *Bikini Beach*-Filmposter mit Frankie Avalon entfernte und durch den neuen Rahmen ersetzte. Zuerst konnte sie nicht erkennen, was es war, da Margaret ihr die Sicht versperrte. Als Margaret fertig war, trat sie einen Schritt beiseite, um ihr Werk zu bewundern. Jetzt sah Shelby, dass es sich um ein Foto und einen

Zeitungsartikel handelte, nebeneinander in einem cremefarbenen Passepartout. Sie ließ ihren Löffel fallen, der klirrend auf die Tischplatte und von dort auf den Boden fiel.

»Ryan?!«, stieß sie hervor und schob ihren Stuhl so heftig zurück, dass er über den Boden schabte. Ungläubig ging sie auf die Wand zu, während Margaret sich verzog. Er war es tatsächlich. Der Mann, den wiederzusehen sie nicht erwartet hatte, sah sie von der Wand herab an.

Shelby legte die Hand auf ihr rascher schlagendes Herz. Ryans Foto stand neben einem Artikel aus dem *Duluth Herald*, der in der Sonntagsausgabe erschienen was. *Vorgestern*, dachte sie. *Was hab ich am Sonntag gemacht? Kann mich nicht an die Zeitung erinnern. Warum hat mir kein Mensch was davon gesagt?*

Stars erhellen den Norden
von Carl Williams, Lokalredaktion

Duluth Herald
Sonntag, 15. September

Hollywoodstars werfen ihren Glanz auf entlegene Orte in Nord-Wisconsin, worüber deren Einwohner kein bisschen erstaunt sind. Sie wissen nur zu gut, dass auch Berühmtheiten sich in die grandiose Schönheit und den heiteren Lebensstil unseres Staates verlieben müssen.

Bevor der Oscar-nominierte Charles Haven sich auf eine große Ranch in Colorado zurückzog, gab es Gerüchte, dass er sich nach einem Anwesen nördlich von Cornucopia umsehe. Der britische Singer-Songwriter Jimmy Phillips und seine Frau, die Filmproduzentin Ruby Lange Phillips, besitzen schon seit mehr als zehn Jahren ein verschwiegenes Haus am Geneva Lake. Und in den 1990er-Jahren mietete Schauspielerin Brigitte Moreau sechs Jahre nacheinander ein Sommerhaus auf Madeline Island und bezeichnete die Umgebung als »eine wahre Oase«.

Seit Kurzem kursieren Gerüchte in Bayfields Cafés, dass William Chambers Jr. von Chambers Media in Chicago, einer der begehrtesten Junggesellen des Landes, ein paar Tage in dem malerischen Seestädtchen verbracht haben soll.

Während dieser Woche lebte er sehr zurückgezogen und wurde nur gesichtet, wenn er mit Freunden auf dem Lake Superior Kajak fuhr oder im Lupine Hus Inn zu Abend speiste.

Shelby drehte sich zu Ginny um, deutete auf den Artikel und formte mit den Lippen »*Er* ist es«. Ginny zuckte bloß die Achseln und lächelte wissend, dann biss sie in ihr Sandwich und leckte sich Mayonnaise aus dem Mundwinkel. Shelby überflog den Rest des Artikels, in dem Ryans Interesse an Outdoor-Sportarten, sein freundlicher Charakter und seine Vorliebe für unauffällige Reiseziele beschrieben wurden. Da Ryan selbst nicht interviewt worden war, hatte man einige Einwohner Bayfields um ihre Eindrücke gebeten. Shelby war ob der Kürze der Antworten nicht überrascht. Diese Stadt strebte nicht danach, im Rampenlicht zu stehen. Die Zitate reichten von »anziehender Mann«, »war ganz nett« über »hat sich für sich gehalten« bis zu »kam mir ziemlich normal vor«. Shelby las das Ende des Artikels.

»Er wollte eine Spezialität der Gegend probieren, da hab ich ihm Weißfischleber empfohlen«, sagt Margaret Aikin, Kellnerin im Lupine Hus Inn. »Er war sehr höflich, eher still, und er sah richtig gut aus.«

Wer weiß, sagen die Einwohner, vielleicht findet er die Südküste von Lake Superior so schön, dass er eines Tages zurückkehrt?

William Chambers. Wie konnte sie nur so *naiv* gewesen sein? Hatte sie ihn überhaupt nach seinem Nachnamen gefragt? Ihrer Erinnerung nach nicht, aber das konnte doch nicht stimmen. Man fragte einen Menschen doch nach seinem Nachnamen! Oder hatte Ryan ihn zwar gesagt, sie aber den Zusammenhang nicht begriffen? Vermutlich war er der Frage ausgewichen, so wie er auch alles Wichtige über sein Leben bewusst vage gehalten hatte. Ryan aus Chicago. So hatte sie von ihm gesprochen. Ryan aus Chicago. Ist 'ne Woche hier. Tourist. Bloß nicht zu kompliziert. Nachname unnötig. Es war ja nicht so, dass sie ihn wiedersehen würde. Warum also hatte er sie wegen seines Namens belogen?

Shelby starrte wie blind auf den gerahmten Artikel. Sie merkte gar nicht, dass Ginny neben ihr stand.

»Schau mal an, wen haben wir denn da?« Ginny legte Shelby die Hand auf die Schulter. »Nettes Bild.«

Shelby wandte sich so heftig zu ihr um, dass Ginnys Hand von ihrer Schulter glitt.

»Sehr fotogen, nicht wahr?«, fuhr Ginny fort. »Hat 'n entschlossenes Kinn, der Junge.«

»Moment mal!«, rief Shelby – und senkte die Stimme zu einem erregten Flüstern. »Du hast es *gewusst?*«

»Natürlich. Sei nicht so töricht«, gab Ginny zurück. Sie beugte sich vor und studierte den Artikel. »Clever, die Schlagzeile, findest du nicht?«

»Warum hast du denn nichts gesagt?« Shelby gab sich alle Mühe, nicht laut zu werden.

»Was gab es da schon zu sagen? Ein hübscher junger Mann klopft an deine Tür. Brauchst du mich dazu, um Bewegung in die Sache zu bringen?« Ohne Brille musste Ginny die Augen zusammenkneifen, um den Artikel lesen zu können. »Hast du das gelesen, Shel? Haben die vielleicht eine Freundin von dir interviewt? Ich hab so ein Gefühl, als hätte dieser Reporter mit Mary gesprochen … Als ich sie neulich traf, sagte sie nämlich, dass sie sich mit Ryan im Heimatmuseum unterhalten hätte. Hab ich dir schon erzählt, dass sie in der alten Ziegelei Ausgrabungen macht? Jedenfalls kann ich mir gut vorstellen, wie sie ihm ein Ohr abnagt.«

»*Nach draußen*«, zischte Shelby durch zusammengebissene Zähne, nahm Ginnys Hand und zog sie aus dem Speisesaal. Sobald sie draußen auf dem gekiesten Parkplatz standen, legte Shelby los.

»Es ging doch nicht darum, etwas in Bewegung zu bringen! Sondern darum, mich ins Bild zu setzen, dass er – du weißt schon …«

»… berühmt ist?«, sprach Ginny das Offensichtliche ohne Scheu aus, als hätte Shelbys Frage lediglich der Farbe des Himmels gegolten.

Shelby wusste, dass ihre Großmutter die Unbeteiligte spielte, um auf Shelbys Kosten ihren Spaß zu haben, und weiß Gott, es funktionierte prächtig. Wahrscheinlich hatte Ginny den Tag, an dem ihrer Enkelin endlich die Wahrheit dämmerte, gar nicht abwarten können.

»Das ist doch verrückt«, sagte sie kopfschüttelnd.

»Ich sag dir mal, was verrückt ist: dass du so leicht auf die Palme zu bringen bist.« Ginny stemmte ihre Hände in die

Hüften. Sie hatte ihren Spaß gehabt, und nun kam ihre mütterlich-besorgte Seite wieder zum Vorschein. »Wenn du dich mal beruhigen wolltest, würdest du merken, dass es nicht so wichtig ist, *wer* er ist, sondern *was* er ist.«

»Ein Lügner? Ein Betrüger?«

»Er ist der erste junge Mann, der dich dazu bewegen konnte, deinen Hintern von der Farm wegzukriegen, um dich ein bisschen zu amüsieren – denn das hast du seit Jeffs Tod nicht mehr getan.«

»Lass bitte Jeff aus dem Spiel.«

»Du hast sogar wieder gelacht. Großvater und ich geben keinen Deut darauf, wer er ist, solange er dich nur gut behandelt.«

»Grandpa wusste es auch?«

»Selbstverständlich. Ich bin mir ziemlich sicher, dass alle hier ihn erkannt haben«, sagte Ginny amüsiert. »Nun ja, außer dir halt.«

»Alle außer mir haben ihn erkannt. Also das ist einfach perfekt.« Shelby breitete die Arme aus. »Das ändert alles!«

»Und warum?«

»Ich kann nicht glauben, dass ich das gerade dir erklären muss …« Shelby lief, wie ein wütender Tiger im Käfig auf und ab.

»Hat er sich verändert?«

»Nein. Aber er …«

»… ist nicht der, für den du ihn gehalten hast?«

»Ja, aber das ist noch nicht alles, Gran.« Shelby ballte die Hände zu Fäusten und stieß die Worte hervor. »Ryan, verdammt noch mal, er hat mir nicht mal seinen richtigen Namen verraten!«

»Nein.« Ginny griff nach Shelbys Arm, damit sie aufhörte, dauernd hin und her zu tigern.

»Er hat mich getäuscht!«, schäumte Shelby. Sie schob ihre geballten Fäuste unter die Achseln, um sich zu beruhigen.

»Und da haben wir es wieder«, sagte Ginny seufzend. »Ja, er hat dich getäuscht. Es ist wirklich eine Schande. Jetzt bleibt dir nichts anderes übrig, als auf deine übliche Art damit fertig zu werden.«

»Was?«

»Ist schon gut, Shelby. Ich versteh dich. Mach es dir leicht. Schlag ihn dir aus dem Kopf.«

»Was meinst du damit, ich mache es mir leicht?«

»Nichts, nichts. Lass uns wieder reingehen. Mein Mittagessen wird kalt, und diese Unterhaltung bringt uns nicht weiter.«

»Gran, er hat sein Spiel mit mir getrieben. Verstehst du nicht, wie ich mich dabei fühle? Er muss mich ja für komplett bescheuert halten.« *Oh, mein Gott. Das ist es. Wahrscheinlich hat er mich die ganze Zeit ausgelacht. Sie hatten bestimmt jede Menge Spaß, er und seine Freunde, als sie sich über die dumme Tussi das Maul zerrissen haben, die William Chambers nicht erkannte. Wenn er jemals zurückkehrt, werde ich ihm gründlich die Meinung sagen.*

»Das glaube ich nicht«, sagte Ginny beschwichtigend.

Shelby murmelte ärgerlich vor sich hin: »Ein Spielzeug, das man benutzen und dann wegwerfen kann.«

»Du und ich, wir wissen beide, dass du viel zu klug bist, um ein Spielzeug für jemand zu sein. Denk doch mal nach. Dafür haben wir dich nicht aufgezogen.« Ginny wählte ihre Worte sorgfältig. »Wenn du Ryan mit anderen, die dich betrogen oder verlassen haben, in eine Schublade stecken willst, dann tu dir keinen Zwang an. Das meinte ich, als ich sagte, du kannst es dir leicht machen. Aber bevor du ihn beiseiteschiebst, überleg doch erst mal, *warum* er vor dir verborgen hat, wer er ist. Denk nach, Shelby. Was hat dich zuerst an ihm angezogen? Kannst du vergessen, wie nah du dich ihm gefühlt hast? Vielleicht war das alles, was du diesen Sommer gebraucht hast. Vielleicht habt ihr das beide gebraucht.«

Shelby löste ihre Fäuste. »Ich weiß einfach nicht, was ich von ihm halten soll«, gestand sie leise.

»Das wird dir schon noch aufgehen«, tröstete Ginny sie. »Und ich gehe jetzt wieder rein. Kommst du mit? Oder willst du weiter vor Zorn kochen?«

Es mir leicht machen? Ihn in eine Schublade stecken? Gründe?

»Noch eins, Shelby.« Ginny sah ihre Enkelin forschend an. »Warum regst du dich überhaupt so auf? Du selbst hast gesagt, dass zwischen euch alles ganz zwanglos war. Ich weiß, dass du nicht erwartet hast, ihn wiederzusehen. Warum lässt du dir das dann so nahegehen?«

»Ich weiß es nicht. Es sollte ja zuerst nichts Besonderes sein, aber dann ...«, sagte Shelby, mehr zu sich selbst als zu ihrer Großmutter. »Wer weiß? Vielleicht kann ich es mir von der Seele laufen. Sehen wir uns zu Hause?«

Ginny nickte. »Verbuch es einfach unter den kleinen Überraschungen des Lebens.«

Shelby entfernte sich in Richtung Main Street, doch bevor sie den Bürgersteig erreichte, hielt sie noch einmal an, um ihrer Großmutter Dank zuzurufen.

Ginny blieb kurz an der Tür des Inns stehen, nickte und winkte. Dann ging sie hinein.

Shelby, mittlerweile mehrere Blocks entfernt, schritt mit bleiernen Füßen und gesenktem Kopf aus und grübelte. Wie hatte es dazu kommen können, dass sie ihm derart vertraute?

Dass sie so unvorsichtig gewesen war. Und wofür? Eigentlich gab es keinen Grund, so niedergeschlagen zu sein. Kein Schaden war entstanden. Eigentlich war es sogar witzig. Man stelle sich vor: Sie, ein Bauernmädchen aus Nord-Wisconsin, hing mit dem berühmten Will Chambers ab.

Doch dann dachte sie: *Und warum sollte er mich nicht interessant finden?* Sofort kamen Shelby die höhnischen Worte ihrer Mutter in den Sinn: *törichtes Mädchen*, *Landpomeranze*, *ziellos*, *ängstlich*. Worauf sie wieder an sich zweifelte und sich nicht für wert hielt, jemals etwas Wunderbares zu bekommen.

Als Shelby endlich anhielt, wurde ihr klar, wohin sie unbewusst gewollt hatte. Sie stand an der Ecke Broad Street und Washington Avenue, vor der Treppe der Bayfield Carnegie Bücherei, einem hübschen Gebäude aus Ziegeln und Sandstein, das seit 1903 Leihbücher, Landkarten, Telefonbücher, Informationen über Lake Superior und die Geschichte des Städtchens beherbergte.

Sie brauchte Antworten.

Shelby stieg die Stufen hoch, atmete einmal tief durch und streckte die Hand nach dem Messing-Türknauf aus. Sie betrat die historische Bibliothek und stellte erleichtert fest, dass im Empfangsbereich außer der Bibliothekarin niemand zugegen war.

»Hey, Claire, wie geht's?«, rief sie zur Begrüßung.

Wäre Pippi Langstrumpf eine Frau in mittleren Jahren gewesen, dann hätte sie wohl so ausgesehen wie Claire Dollins. Die Bibliothekarin hatte krause rote Haare, die sie immer zu einem schiefen Knoten hochsteckte, Sommersprossen auf den runden Wagen, einen großen Schneidezahn, der ihr ansonsten reizendes Lächeln ein wenig beeinträchtigte, und ein schelmisches Lachen, das sie oft und laut ertönen ließ – und meistens in den unpassendsten Momenten.

»Kann nicht klagen«, sagte Claire fröhlich. Sie freute sich, Shelby zu sehen. »Besser als dir, wie's scheint. Du siehst ein bisschen … durcheinander aus. Alles in Ordnung mit dir?«

»Nicht mein Tag heute, aber das wird schon wieder.«

Claire nahm die lila-grün getüpfelte Brille von der Nase und klappte das Buch zu, in dem sie gelesen hatte.

»Nein, wirklich, es ist nichts«, versicherte Shelby mit gezwungenem Lächeln. »Gran und ich haben uns nur gerade über etwas gestritten, und da hab ich mir gedacht, ich komme her und informiere mich mal über den Grund unseres Streits.«

»Damit du ihr beweisen kannst, dass du recht hast?«

»So was in der Art.«

»Und das ist alles?« Claire trommelte mit einem Bleistift auf ihren Schreibtisch, während sie Shelby gespannt musterte.

»Yep.«

»Ich kenne mich nämlich mit so was aus, deshalb kann ich nicht glauben, dass da nicht mehr dahintersteckt.« Claires Gesicht nahm einen verdrießlichen Ausdruck an, um im nächsten Augenblick zähnefletschend zu grinsen. »War bloß Spaß! Also, wie kann ich dir helfen?«

»Ist das WLAN an?« Shelby versuchte, die Frage möglichst beiläufig klingen zu lassen, obwohl sie jetzt schon unruhig war wegen der Informationen, die sie vielleicht ausgraben würde. Sie hätte auch den alten PC zu Hause benutzen können, aber dann hätte sie ihre Großeltern im Nacken gehabt und sich zudem mit einer schrecklich langsamen Verbindung herumschlagen müssen. Sie wollte die Sache so schnell und vertraulich wie möglich regeln.

»Na klar«, sagte Claire und kam hinter dem Schreibtisch hervor. »Sag es nicht weiter, aber ich hab eben noch auf Food Network Rezepte gewälzt. Ich liebe diesen Bobby Flay! Mein Bruder und seine Frau Candice kommen nämlich morgen Abend von Hayward, und da wollte ich ihnen zu Ehren Bobbys ›ultimative Rippchen‹ machen. Aber dann ist mir wieder eingefallen, dass Candice findet, mein Essen sei zu stark gewürzt. Zu stark gewürzt! Ich kann noch nicht mal ein paar Körner Knoblauchsalz aufs Huhn tun, ohne dass sie mit ihrem ›empfindlichen Gaumen‹ anfängt. Rippchen sind also nicht das Richtige. Ich muss mir was Einfacheres ausdenken. Irgendwas ohne Geschmack. Champignoncremesuppe und eine Scheibe Weißbrot vielleicht. Also, bei Bobby kann ich mir nicht vorstellen, dass er Candice im Fernsehen bloß einen Laib Weißbrot auftischt, du etwa?«

»Ich bin sicher, dass du ein köstliches Mahl zaubern wirst, Claire«, sagte Shelby und folgte der Bibliothekarin zu dem einzigen Computer im Haus. Heute war sie zur Abwechslung mal ganz einverstanden mit Claires Schwatzhaftigkeit.

»Du bist ein Schatz«, erwiderte Claire. »Also, wie ist es, brauchst du Hilfe mit dem Internet, oder kommst du klar?«

Shelby nahm vor dem Bildschirm Platz. »Ich komm klar, danke.«

»Schrei einfach, wenn du mich brauchst.« Claire tätschelte Shelbys Schulter, dann ging sie zu ihrem Schreibtisch zurück, hatte aber erst wenige Schritte getan, als sie sich umdrehte. »Unser Drucker ist seit Kurzem blockiert. Druckt nur aufs Geratewohl. Ich muss Al deswegen Bescheid sagen; ich bin sicher, dass er ihn hinkriegt. Der Mann kriegt einfach alles wieder hin, weißt du?«

»Okay, Claire. Der Drucker. Hab's verstanden«, erwiderte Shelby zerstreut, denn ihre Aufmerksamkeit war von dem Monitor gefesselt, auf dem bereits eine Reihe Treffer für ihren Suchbegriff WILLIAM CHAMBERS JR erschienen waren. »Unglaublich«, murmelte sie. Sie lehnte sich zurück und klickte auf den ersten Eintrag: »William R. Chambers – (NNS) National News Source«, und las:

William Ryan Chambers Jr., auch genannt Will, ist ein amerikanischer Geschäftsmann und Junior-Abenteurer. Der Sohn von WILLIAM RYAN SR. und CHARLOTTE MASON CHAMBERS ist das Jüngere von zwei Kindern. Seine Schwester MARTHA CHAMBERS PALMERS ist eine aufstrebende Lyrikerin, die mit ihrem Mann Joseph Palmer und einer Tochter in South Carolina lebt. Chambers ist nicht verheiratet und gilt als einer der begehrtesten Junggesellen des Landes.

Na toll, dachte Shelby. *Er wird zum »begehrtesten Junggesellen« gekrönt und ich zum »Dorftrottel des Jahres«.* Kein Wunder, dass sie in ihrer Wachsamkeit nachgelassen hatte. Es war offenbar eine Spezialität von ihm, Frauen rumzukriegen. *Die hätten seinem Lebenslauf noch »Freizeitabenteurer und Schürzenjäger« hinzufügen sollen.* Obwohl sie den Computer am liebsten heruntergefahren hätte und aus der Bibliothek gestürmt wäre, saß sie wie gebannt vor dem Bildschirm. Shelby wollte mehr über die Spinne erfahren, in deren Netz sie sich verfangen hatte.

JUGEND UND AUSBILDUNG

Chambers besuchte bis zum Abschluss der zwölften Klasse eine Privatschule in Chicago, Ill., und machte sein Examen mit Auszeichnung an der Columbia University im Fach Kommunikationswissenschaft. Nach dem Studium ging er als Praktikant mit einem Fotografenteam von *National Geographic* nach Costa Rica, um dort eine Dokumentation über den Vulkan Arenal und den umgebenden Regenwald zu erstellen. Danach arbeitete Chambers in Chicago für eine städtische Jugendorganisation, unterstützte Hilfsprogramme für Kinder und kümmerte sich um die Beschaffung von Spendengeldern.

Chambers machte seinen Master in Betriebswirtschaft an der Northwestern University, bevor er bei Chambers Media eintrat. Man erwartet, dass er die Geschäftsleitung übernimmt, sobald William Chambers Sr. in den Ruhestand tritt.

Was hatte Ryan gesagt, womit er seinen Lebensunterhalt verdiente? Shelby wusste nur noch, dass er ihr ausgewichen war, sobald sie das Thema zur Sprache brachte. Sie waren beide in den Familienbetrieb hineingeboren worden, was für Ryan jedoch eher eine Belastung darstellte. Er hatte zwar erwähnt, dass er mit Medien zu tun hatte, aber Shelby hatte sich darunter etwas Kleineres vorgestellt, ganz sicher nicht einen Konzern. Warum hatte sie ihn nicht ausgefragt? Chambers Media hatte die Finger *überall* mit drin!

»Schon was gefunden?«, rief Claire hinter ihren Bücherstapeln.

»Ja, danke!«, erwiderte Shelby. »Steht alles hier drin, Schwarz auf Weiß.«

Ihre Gefühle trafen sie mit voller Wucht, wie ein heftiger Sturm über dem See: Wut, Selbstzweifel, Bewunderung, Neugier, Bestürzung. Wieder einmal fragte sie sich, welches Interesse dieser Mann an ihr hegen konnte. Wie sie es auch drehte und wendete, selbst wenn sie im Zweifel für sich plädierte, die Rechnung ging nicht auf.

»Wie läuft's?« Plötzlich stand Claire hinter ihr. Sie legte eine Hand auf Shelbys Schulter und spähte neugierig auf den Monitor.

»Meine Güte, Claire!«, rief Shelby und schlug auf die Tischplatte. »Du hast mich zu Tode erschreckt!«

»William Chambers, ja?«, sagte Claire, ohne Shelbys Erschrecken zur Kenntnis zu nehmen. »In echt sieht er viel besser aus, meinst du nicht auch?«

»Ach, tatsächlich?« Shelby schaute von Claire zum Bildschirm und zuckte zusammen. Sie hatte ein Foto angeklickt, das Ryan beim Überqueren einer Straße zeigte! Er sah lässig und gleichzeitig elegant aus, selbst in Jeans. Ein grauer Wollschal war zwanglos um seinen Hals geschlungen und in eine edle schwarze Lederjacke gestopft. *Überhaupt nicht meine Liga*, dachte sie.

»Hast du ihn gesehen, als er hier Urlaub machte?«, fragte Claire.

»Nein«, log Shelby seelenruhig, während sie sich mit der Hand durch die Haare fuhr.

»Und warum schaust du ihn dir jetzt an?«

»Ach, weißt du, ich hab den Artikel im *Herald* gelesen«, erklärte Shelby, um einen gleichgültigen Ton bemüht. »Und da wollte ich einfach sehen, ob's noch mehr Informationen über ihn gibt.«

»Hab den Artikel auch gelesen. Da stand, dass er sich hier kaum unters Volk gemischt hat.« Claire hatte keinerlei Skrupel, über Shelby hinweg nach der Maus zu greifen und noch mehr Fotos von Ryan auf den Monitor zu holen.

»Hab ich auch gelesen.« Shelby lehnte sich mit verschränkten Armen im Stuhl zurück, damit Claires Ellenbogen ihr keinen ungewollten Nasenstüber versetzte, während die Bibliothekarin mit der Maus hantierte.

»Ich hab ihn nur einmal gesehen, unten an der South Point Marina. Ich glaube, da war er bei der Bootsvermietung.« Claire schnalzte anerkennend, als sie auf ein Foto von Ryan stieß, auf dem er unglaublich toll aussah, an irgendeinem exotischen Strand, mit einem Surfboard unter dem Arm.

Shelbys Gedanken verirrten sich zu ihrem ersten Abend mit Ryan. Wie sie versucht hatte, ihn nicht anzugaffen, während er mit bloßem Oberkörper neben ihr auf den Felsen gesessen hatte. »Hast du mit ihm gesprochen?«, fragte sie Claire.

»Nein, aber ich hab gehört, wie er sich nach Charter-Booten für den Herbst erkundigt hat, also kommt er ja vielleicht wieder.« Endlich trat Claire vom Tisch zurück und grinste wie die Katze aus *Alice im Wunderland*. Es gefiel ihr, jemandem, der noch ahnungslos war, einen saftigen Happen Klatsch vorzusetzen.

»Ach, ich weiß nicht«, sagte Shelby. »Ich kann mir nicht vorstellen, dass er sich für seinen nächsten Urlaub ausgerechnet Bayfield aussucht.« Sie legte ihre Hand auf die Maus, dirigierte den Cursor in eine Ecke des Bildschirms und schloss die Seite. Ryan verschwand. Shelby stieß einen tiefen Seufzer aus, und als sie sich einigermaßen gefasst hatte, stieß sie sich vom Tisch ab und stand auf.

»Ich hatte es irgendwie gehofft«, sagte Claire ein wenig enttäuscht.

»Tut mir leid, Claire. Wie ich schon sagte, ich hatte einen schweren Tag. Und was ihn angeht, hast du vermutlich recht.« Sie schob ihren Stuhl unter den Tisch. »Wir sehen uns!«

Claires Lächeln kehrte zurück. »Darauf kannst du wetten.«

Sie beugte sich vor und rückte einen Stapel Computerbücher neben dem Bildschirm gerade. »Bis dann.«

Shelby ging rasch am Empfang vorbei, durchschritt das kunstvoll verzierte Portal und trat ins Freie. Sie fand es unglaublich, dass ein simpler Zeitungsartikel an der Wand des Lupine Hus Inn die Macht besaß, ihre Wahrnehmung von einem Menschen zu ändern, zu dem sie sich unbestreitbar hingezogen fühlte, den sie aber kaum kannte.

Was hatte er noch gesagt, bevor sie am letzten gemeinsamen Abend die Scheune verließen? *»Bei dir habe ich mich heimischer gefühlt als je zuvor«*, erinnerte sie sich. *»Ich kann dir heute Abend noch nichts versprechen, und ich weiß auch, dass du mich nicht darum gebeten hast, aber eines kann ich dir mit Gewissheit sagen: Hier ist unsere Geschichte noch nicht zu Ende.«* An jenem Abend waren seine Worte ein romantisches Versprechen gewesen. Heute erschienen sie Shelby leer, wie ein Text aus einem Theaterstück. Vielleicht hatte Ryan diese Worte schon viele Male gesagt, wenn er mit einer Frau flirtete – oder sie wieder loswerden wollte.

Shelby wusste, dass es einen Menschen gab, der ihr helfen konnte, über die Enttäuschung hinwegzukommen. Der einzige Mensch, der immer für sie da gewesen war: Als sie sich von ihrer Mutter im Stich gelassen fühlte, als es beinahe über ihre Kräfte ging, die Farm profitabel zu halten, oder als sie vor Kummer außer sich war, weil sie Jeff an den See verloren hatte. Shelby musste einfach seine Stimme hören. Trost in seiner Umarmung suchen.

Ihre Füße kannten den Weg, weiter die Main Street entlang bis zum Ufer. Sie würde ihren alten Freund John in seinem Geschäft an der Marina finden.

12

Brücke

Sehr modisch, in schwarzen Hosen, einem schwarzen Pullover und schwarzer Lederjacke, verließ Ryan sein Apartmenthaus auf dem North Lake Shore Drive in aller Frühe, noch ehe die Wecker der meisten Bürger Chicagos geklingelt hatten. Er legte sich einen Wollschal um, schwang seinen Mono-Rucksack über die Schulter und stieg auf sein Hybrid-Bike. Nach ein paar Blocks wünschte er, er hätte nicht auf Handschuhe verzichtet, denn obwohl die Morgensonne – die sich in den Scheiben der Wolkenkratzer, den Pfützen und den Chromleisten der Autos spiegelte – ihm Wärme vorgaukelte, fror er im Septemberwind, denn es war über Nacht empfindlich kalt geworden. Als er sein Rad vor der Konzernzentrale von Chambers Media auf den Bürgersteig schob, waren die Straßenlaternen bereits erloschen wie die Kerzen auf einem Kuchen.

Die Fassade des Kalksandsteingebäudes aus den 1920er-Jahren an der Ecke Michigan und Van Buren war saniert, doch abgesehen von den orangeroten Fensterverkleidungen und dem auffallenden CM-Zeichen in gebürstetem Nickel oberhalb der Pforte war die architektonische Einheit des Gebäudes gewahrt geblieben.

Ryan schob sein Rad durch die Pforte, dann hob er es hoch und schleppte es durch die frisch gebohnerte Lobby. Chambers Media mochte sich nach außen historisch geben, doch innen war das Gebäude ultramodern. Altes mischte sich mit Neuem: gedimmtes orangerotes Licht hinter alten Kranzprofilen, grelle moderne Kunstwerke über schokoladenbraunen Chesterfield-Sofas und eine Wand von Fernsehmonitoren, alle in der gebäudeeigenen Signatur von gebürstetem Nickel eingefasst.

»Morgen, Will«, grüßte der uniformierte Sicherheitsmann am Empfang, der auf das Ende seiner Schicht wartete.

»Wie läuft's, Mike?«, erkundigte sich Ryan wie so oft in der Vergangenheit.

»Ach, Sie wissen schon. Ruhige Schicht. Wie ich's mag.« Von Mikes Tennessee-Akzent war nur noch ein Hauch zu hören. Der Wachmann lehnte sich im Sessel zurück und dehnte seine Arme.

»Hatte Ihre Tochter nicht ein wichtiges Softball-Spiel gehabt, während ich fort war?«, fragte Ryan, setzte sein Rad ab und lehnte es gegen den Empfang.

»Klar. Mann, war ich stolz auf sie.« Mike strahlte. »Sie ist zwar die Kleinste in der Mannschaft, aber trotzdem *schnell wie der Blitz*. Wenn sie den Ball schlägt – was nicht oft passiert –, *bumm!*, dann flitzt sie durch die Bases wie ein Hase. Jetzt muss sie nur noch lernen, wie man den Ball *fängt*, tja … das bleibt abzuwarten.«

Ryan wusste, wie kompliziert es für Mike und seine Frau war, in verschiedenen Schichten zu arbeiten, aber sie kamen klar. Er wusste auch, dass Mike sofort nach Dienstschluss heimfahren würde. Ryan stellte sich vor, wie er an der Küchentheke Cornflakes aß und seiner Frau half, Lunchbrote in die Schultornister zu packen. Er beneidete den Mann um sein Leben.

»Wie läuft's bei Ihnen? Hab Sie ja wochenlang nicht gesehen, seit ich mit McMillian die Schicht getauscht habe. Haben Sie gewusst, dass die einen Jungen bekommen haben?«, fragte Mike.

»Das sind ja tolle Neuigkeiten. Sein erstes Kind.«

»Ja, ist aber auch schon wieder im Dienst. Also, wie war's – schöne Reise gehabt?«

Vor Ryans innerem Auge tauchte ein Bild von Shelby und den Nordlichtern auf. »Ja, bin mit Freunden im Norden gewesen«, erwiderte er, ohne Einzelheiten zu nennen. »Aber, hey, ich will Sie nicht aufhalten.« Er zog seinen Rucksack stramm und hob sein Rad wieder hoch.

»Schönen Tag noch«, sagte Mike, wobei er kurz nach der Sicherheitstür schielte, wann die Ablösung käme.

»Ihnen auch.« Ryan nickte Mike noch einmal zu, dann trug er sein Fahrrad zu den Aufzügen.

Während er in den Keller fuhr, wo er das Rad abstellen wollte, dachte er wieder an Shelby. Was sie wohl im Moment tat? Vielleicht frühstückte sie mit Olen und Ginny. Und rüstete sich für einen langen Erntetag. Sah nach dem Wetter. Er hatte gestern Abend überlegt, ob er sie anrufen sollte, sich ihre Zusicherung holen, dass alle seine Pläne zu einem guten Ende führen würden. Aber er hatte es dann doch nicht getan. Ryan hatte Bayfield vor sechs Wochen verlassen, ohne Shelby etwas von seinem Leben in Chicago zu erzählen, über seinen Entschluss, sein Leben zu ändern, von seinen Plänen, bei CM auszusteigen. Das war ja nichts, das er beiläufig – und unerwartet – am Telefon erwähnen konnte. Er musste es ihr persönlich sagen.

Doch das Wichtigste zuerst: sein Vater. Wenn es stimmte, dass Geschichte sich wiederholte, erwartete Ryan, dass William Sr. ihn niederschießen würde. Er hatte sich lange vor der Konfrontation gefürchtet, doch jetzt, da sie unmittelbar bevorstand, fühlte er sich durch seinen Entschluss seltsam gestärkt, alles hinter sich zu lassen. Wenn Bayfield und die Menschen dort ihn nicht beflügelt hätten, wie lange hätte er dann noch in diesem Gebäude ausgeharrt, wäre in seines Vaters Fußstapfen getreten, aus Loyalität der Familien gegenüber? Ein Jahr? Fünf Jahre? Ein Leben lang?

Ryan hatte nie wirklich zu CM gehört. Er war wie ein Delfin in einem Haifischbecken, und sein Vater wusste es. »Wachse über dich hinaus, Sohn«, pflegte William Sr. zu sagen. »Chambers Media liegt dir im Blut.«

Aus Ryans Sicht war der einzige Charakterzug, den er von seinem Vater geerbt hatte, das gemeinsame Interesse an Film. Tatsächlich gehörte es zu seinen schönsten Kindheitserinnerungen, mit den Eltern und der Schwester Filme anzuschauen. Sie hatten dann immer über den Plot und Darsteller, Spezialeffekte und die Bedeutung der Musik für die Gefühle der Zuschauer diskutiert. Das Licht. Die Kunst des filmischen Erzählens. Spannungserzeugung. Cliffhanger und die Auflösung von Spannung in Komik.

Doch damit waren die Gemeinsamkeiten bereits erschöpft. Beruflich zog William Sr. das bewegte Bild vor, während Ryan Standbilder liebte. Die Familie Chambers hatte den Gipfel des Entertainment Business erklommen, weil sie immer wieder neue Talente entdeckte, Programme für ein anspruchsvolles Publikum entwickelte und erfolgreiche Filmprojekte produzierte. Sie wusste auch, wie sie die Presse zu ihrem Vorteil nutzen konnte, selbst auf Kosten ihres Privatlebens.

Ryan besaß andere Talente. Er konnte mit einem einzigen

Foto eine Geschichte erzählen. Sich treu bleiben. Freude in Bilder bannen. Sich engagieren. Wahrhaftig sein. All dies war ein Spiegel dessen, wie er sein Leben zu leben versuchte.

»Ich höre auf, Dad.«

»Wie meinst du das, Will?«, fragte Ryans Vater zerstreut, während er einen Stapel Papiere auf seinem Mahagonischreibtisch durchblätterte. Obwohl Ryan einige Zoll größer war als sein Vater, kam er sich stets klein vor. William Sr. besaß eine Präsenz, die jeden in den Schatten stellte. Er war ein Mann mit Geld, erlesenem Geschmack und Einfluss, er war eine Macht. Hohe Wangenknochen und ein kräftiger Unterkiefer, stechende grüne Augen unter buschigen Brauen und rabenschwarzes Haar, das zurückgekämmt war und kräftig glänzte. Selbst an einem ruhigen Sonntagmorgen zu Hause war William Chambers Sr. untadelig gekleidet.

»Hast du heute einen Termin in der Stadt?«, fragte er ohne großes Interesse.

»Nein«, erwiderte Ryan und steckte seine linke Hand in die Tasche. In der anderen hielt er einen Briefumschlag, der an William Chambers, Sr., CEO, adressiert war.

»Wie bitte?« Sein Vater blickte ihn über den Rand der Schildpattbrille an, die auf seiner Nasenspitze saß.

»Ich gehe wieder nach Bayfield«, erklärte Ryan im gleichen emotionslosen Ton wie sein Vater. »Ich nehme mir noch eine längere Auszeit, um mich mit Fotografie zu beschäftigen.«

»Was genau soll das heißen, du gehst wieder nach Bayfield?«, fragte William Sr., nahm die Brille ab und legte sie auf die Papiere. »Sag nicht, dass du schon wieder Urlaub machen willst. Jesus, Will, du bist doch gerade erst …«

»Kein Urlaub«, fiel Ryan ihm ins Wort und ging entschlossen auf den Schreibtisch zu. »Dad, ich bin gekommen, um die Beförderung höflichst abzulehnen. Es gibt andere in der Geschäftsführung, die für den Job besser geeignet sind.«

»Soll das ein Scherz sein?« William Sr. lachte herablassend. Er richtete sich in seinem Ledersessel auf, legte die Hände auf den Tisch und verschränkte die Finger so fest miteinander, dass sie wie verknotet wirkten.

Ryan fuhr fort, seine Pläne zu erläutern. »Ich habe vor, mich ein paar Monate meiner Fotografie zu widmen – vielleicht auch länger. Das Städtchen und die Apostle Islands haben mich darauf gebracht, denn dort …«

»Mein Gott, was bist du für ein Narr!«, zischte William Sr. durch die Zähne. »Du willst deine Bildung, deine Möglichkeiten und deine Stellung wegwerfen? Und wofür? Für ein Hobby? Du hast hier Pflichten. Wie du sehr wohl weißt, hat der Aufsichtsrat meinen Vorschlag gebilligt, dich zum Senior-Vizepräsidenten in der Produktion zu befördern. Das ist endgültig beschlossen. Und jetzt tänzelst du kurz vor zwölf hier herein und kommst mir mit deiner Foto-Marotte … für den Rest deines Lebens?«

»Ich habe den neuen Angestelltenvertrag noch nicht unterschrieben, und du hast den Wechsel noch nicht offiziell bestätigt. Verdammt, du willst, dass ich eines Tages die Produktion leite, aber alle hier wissen, dass Maria Colton für die Position qualifizierter ist. Ich wäre doch nichts weiter als eine Galionsfigur für CM.«

»Das stimmt nicht. Du wirst hier gebraucht, und das weißt du auch. Diese … diese Fantasterei mit dem Künstlerdasein muss ein für alle Mal ein Ende haben.«

»Das ist keine Fantasterei.«

William Sr. lachte verächtlich, wobei er seine makellosen Zahnkronen entblößte.

»Es gibt einen Unterschied zwischen Fantasterei und Traum«, fuhr Ryan fort. »Oder hast du das vergessen?«

»Was zum Teufel soll das nun wieder bedeuten?«

»Du! Das alles hier!« Ryan umfasste mit einer Armbewegung das weitläufige, mit Mahagoni- und Ledermöbeln ausgestattete Büro. Der Boden war mit teuren, importierten Teppichen ausgelegt, es gab eine Bar, einen Schrank voller Designeranzüge und eine eklektische Kunstsammlung mit Werken von Chihuly, Warhol und Leibovitz. »Das ist deins, Dad. Du lebst *deinen* Traum. Aber es ist nicht meiner!«

»Es ist *unser* Traum. Dies hier gehört uns allen. Warum kannst du das nicht erkennen?« Ryans Vater schlug mit erschreckender Heftigkeit auf die Schreibtischplatte. »Ja! Es war immer unser Plan, dass du eines Tages CM übernimmst. Und jetzt willst du alles wegen dieser Kunstspinnerei über Bord werfen!« William Sr. erhob sich wie eine Gewitterwolke aus seinem Sessel; seine machtvolle Präsenz schien den Raum zu verdunkeln. Er wandte sich zu der Bildtapete hinter seinem Schreibtisch um, die eine Ansicht seines geliebten Lake Michigan zeigte, und presste die rechte Faust in die linke Hand, bohrte sie in seinen Handteller wie ein Baseballspieler, der seinen nächsten Wurf vorbereitet.

»Ich habe nie um all das gebeten«, erklärte Ryan. Er betrachtete die maßgeschneiderte Gestalt seines Vaters im Morgenlicht, das durchs Fenster hereinsickerte. »Seit Jahren versuche ich dir das zu sagen, aber du hörst mir ja nicht zu. Ich werde mich nicht mit einem Leben abfinden, das meine Familie mir vorbestimmt hat. Ich muss tun, was für mich richtig ist.«

Er atmete ein paarmal tief durch. »Ich erwarte nicht, dass du mich verstehst. Oder mich unterstützt … also gebe ich dir das.« Damit legte er den Brief auf den Schreibtisch. Als William Sr. das Rascheln vernahm, drehte er sich um. »Das ist meine Kündigung«, sagte Ryan. »Ich verlasse Chicago Ende der Woche. Alles ist schon organisiert.«

»Einfach so. Du lässt deine Pflichten im Stich, deine Wohnung, deine Verbindlichkeiten … alles!«, blaffte sein Vater, den Blick auf den weißen Umschlag geheftet. »Nur, damit du Fotos von einem gottverdammten See machen kannst.«

Ryan nickte. So sehr er darum kämpfte, seine Gefühle zu unterdrücken, spürte er doch die Anspannung in Schultern und Nacken und einen dumpfen, von den Schläfen ausstrahlenden Schmerz. »Es geht um mehr, und das weißt du.« Er steckte die Hände wieder in die Hosentaschen, diesmal um seine schweißigen Handteller zu trocknen.

»Glaub mir, ich weiß genau, worum es geht«, entgegnete sein Vater streng. Ryan hielt die Stellung, obwohl das Kind in ihm sich ducken und so schnell wie möglich davonlaufen wollte. »Du läufst wieder einmal davon, und ich will verdammt sein, wenn ich dich dabei noch unterstütze!«

»Bei allem schuldigen Respekt, Dad, als ich jünger war, hast du mich nicht unterstützt, also erwarte ich das jetzt auch nicht von dir«, sagte Ryan mit fester Stimme.

»Und stimmt das auch? Hör gut zu, Ryan, ich mag nicht bei jedem Schulfest und jedem Fußballspiel dabei gewesen sein, aber ich habe dich unterstützt.« Unvermittelt wurde sein Ton sanfter. »Ich habe hart gearbeitet. Ich habe diese Firma aufgebaut, um dafür zu sorgen, dass es meiner Familie gut geht. Ihr hattet die besten Schulen, die besten Reisen, die besten Möglichkeiten. Ich habe geglaubt – und glaube immer noch –, dass ich dir und deiner Schwester ein fürsorglicher Vater gewesen bin. Ich habe alles in meiner Macht Stehende getan, um euch ein gutes Leben zu ermöglichen.«

Vielleicht hätte er seinen Vater nicht so harsch angehen sollen. Wenn die Außenwelt ausgeschlossen war, wenn die Familie zusammen war, hatten sie zu viert schöne Tage erlebt. Doch leider waren es nicht so viele gewesen, dass Ryan und seine Schwester von einer glücklichen Kindheit hätten sprechen können.

»Und ich war stolz auf dich, weil du die Rolle annehmen würdest, die dir von Geburt an bestimmt war«, fuhr sein Vater fort. Von einem Moment zum nächsten verschwand die sanftere Seite, und Ryan war sogleich wieder auf der Hut. »Aber du bist noch nicht bereit, deinen Mann zu stehen, nicht wahr? Du möchtest lieber Kindervergnügen nachgehen, als ernsthaft zu arbeiten!«, knurrte William Sr., der die Fähigkeit besaß, zu schreien, ohne die Stimme zu erheben. »Du willst aufhören?« Er schnappte sich den Umschlag und einen roten Faserschreiber, dessen Kappe er hastig mit den Zähnen abzog. In großen Lettern schrieb er GENEHMIGT auf den ungeöffneten Brief. Dann spuckte er die Kappe aus und funkelte seinen Sohn an. »Und jetzt raus mit dir.«

Ryan drehte sich um und marschierte zur Tür.

»William!«

Ryan, der schon die Hand nach der Türklinke ausgestreckt hatte, blieb auf den wütenden Zuruf hin stehen, drehte sich aber nicht um.

»Ich hoffe, du weißt, was du tust, denn Gott ist mein Zeuge, dass ich nicht tatenlos zusehen werde, wie du die Firma und unsere Familie zum Gespött der Leute machst!«

Und nun ging Ryan wirklich. Er hörte, wie sein Vater gegen

einen kupfernen Papierkorb trat, dass es nur so schepperte. Mit leisem Klicken fiel die Tür hinter ihm ins Schloss. Ryan seufzte. Er wich den Blicken der leitenden Angestellten aus und ging mit langen Schritten zu den Aufzügen. Was immer er auch tat, er würde den Erwartungen seines Vaters niemals gerecht werden – ob in Chicago, in Bayfield oder an irgendeinem anderen Ort der Welt.

Sobald sich die Fahrstuhltüren geschlossen hatten, drückte Ryan den Knopf für das Untergeschoss und lehnte sich an das Geländer der hell erleuchteten Kabine. Dann holte er sein Handy aus der Tasche. Als er die kurze Nachricht an Brad und Pete eingab, spürte er die Entspannung in seinen Schultern wachsen.

Ryan @ 8:10
Hab's getan. Wenn irgendwas sein sollte,
wisst ihr ja, wo ihr mich findet.

13

Verletzungen

Es war das erste Oktoberwochenende, an dem Bayfields alljährliches *Applefest* seinen Höhepunkt erreichte. Die Main Street war voller Menschen, die hungrig geräucherte Truthahnschenkel, Popcorn und Würstchen verzehrten. Die klare, kalte Luft roch nach Kohlen und gebratenem Brot, brauner Butter und Zimt.

Und dann gab es natürlich die Äpfel. Tausende von Äpfeln. Karamellisiert und geviertelt. Kandiert und gewürzt. In Pies, Eisbechern, mit Streuseln und Bratwürsten. Fahrende Händler boten Apfelkocher, Schälmesser, Apfelausstecher und Schöpflöffel feil. Und inmitten des Trubels spielte die Band Big Top Chautauqua auf der Ladefläche eines Pickups.

Während Shelby die Ware für den Obststand der Meyers auslud, dachte sie über die Widerstandsfähigkeit des Apfels nach. Einst hatte man geglaubt, Äpfel dürften nicht aufrecht gelagert werden, weil der Stiel eines Apfels den anderen anbohren konnte. Heute hingegen wussten Apfelfarmer, dass selbst der leichteste Druck einen auf der Seite liegenden Apfel dauerhaft verletzte. Ein Apfel aber, der aufrecht gelagert wurde, konnte angestoßen und angerempelt werden und blieb dennoch unversehrt.

Die Aufregung, die seit Erscheinen des Zeitungsartikels über Will Chambers entstanden war, hatte sich sowohl in der Stadt als auch bei Shelby gelegt. Sie hatte ihren Stolz hinuntergeschluckt und ihr Leben mit hoch erhobenem Kopf und der Widerstandskraft eines unverletzten Apfels wieder aufgenommen.

»Wie viele Besucher dieses Jahr wohl kommen werden?«, rief Ginny Olen zu, während sie in einem Topf mit geschmolzenem Karamell rührte.

»Wo's jetzt schon so voll ist, würde ich sagen, am Wochenende vierzig-, vielleicht sogar fünfzigtausend«, antwortete Olen, der die Auslage ein weiteres Mal begutachtete. Der bescheidene Stand war im gleichen Rot wie ihre Scheune gestrichen und scheffelweise mit den Apfelsorten Honeycrisp, Haralson, Cortland und McIntosh bestückt. Obgleich keiner es aussprach, waren alle besorgt, ob die Ernte genug Gewinn abwerfen würde. Die wenigen Gewitter im August hatten nicht genug Regen gebracht, um den trockenen Sommer wettzumachen. Das Wetter hatte in allen Plantagen Opfer gefordert, Farmer im ganzen Land klagten über Ernteausfälle.

»Du hättest das Fest mal vor fünfzig Jahren erleben sollen: bloß eine Hand voll Apfelbauern, und die meisten Kunden kamen aus der Stadt«, sagte Ginny zu Shelby. »Stell dir nur mal vor, wie das erst an dem Tag aussehen wird, wenn du hier mit *deiner* Tochter stehst, Shel!«

Tochter? Shelby behielt ihre Gedanken für sich. *Ich hab kein Interesse an Heirat, und an Kindern – oder Enkeln –, die das Geschäft fortführen, schon gar nicht. Außerdem haben wir, wenn es so weitergeht, vielleicht nicht mehr viel, das wir vererben können.*

»Shel, kümmer dich mal um den Kunden da hinten, ja?«, sagte Olen zu Shelby, als sie Pie-Schachteln auf einem Tisch neben dem Stand stapelte.

»Aber sicher«, erwiderte sie. Der Mann stand bei den Ciderkrügen und hatte ihr den Rücken zugewandt.

»Kann ich Ihnen helfen?«, fragte sie und zog ihre Badgers-Kappe tiefer in die Stirn. Sie hob die Stimme, um die Gruppe zu übertönen, die in voller Lautstärke »Dueling Banjos« dudelte. »Wir haben auch Becher, wenn Sie den Cider kosten möchten …«

Shelby beugte sich vor und nahm die Plastikbecher von einem unteren Regalbrett. Da hörte sie die Stimme des Mannes.

»Ich nehme eine Tüte Honeycrisp«, übertönte er die dröhnende Musik. »Und eine Pie.«

»Okay!«, rief sie ihm über die Schulter zu. Sie griff in die Kisten hinter sich, um ein Schaff Äpfel herauszuholen, als er etwas hinzufügte. Jetzt fühlte sie, wie eine vertraute Saite angeschlagen wurde.

»Oder vielmehr drei«, sagte er.

Shelby wirbelte herum, die Tüte mit den Äpfeln an die Brust gepresst. »Ryan?«

»Hey«, grüßte er mit einem Lächeln. Shelby hatte sein Grübchen völlig vergessen.

»Was machst du denn hier?«, stotterte sie, stellte sich auf die Zehenspitzen und spähte über seine Schulter nach seinen Freunden. Aber er war anscheinend allein.

»Äpfel kaufen, was sonst?« Ryan nahm sich einen Apfel aus dem Korb, der zwischen ihnen auf der Theke stand und rieb ihn an seinem Zopfmuster-Pullover.

»Das verstehe ich nicht.«

»Ich wollte dich eigentlich zum Abendessen einladen«, erwiderte er vollkommen gelassen und biss krachend in den Apfel. Saft tropfte auf seine Hand.

»Abendessen.« Shelby hielt die Äpfel immer noch an den Körper gepresst und wechselte das Standbein. Sie warf einen Blick auf ihre Großeltern, die so taten, als hätten sie plötzlich schrecklich viel zu tun und Ryans unerwartetes Auftauchen gar nicht bemerkt. Aber sie waren grottenschlechte Schauspieler.

»Hast du Zeit?« Er saugte den Saft aus dem Apfel und biss aufs Neue hinein.

»Machst du Witze?«

»Ich wäre nicht den ganzen Weg von Chicago hergefahren, wenn ich Witze machen wollte.«

»Miss? Können Sie mir helfen?«, sagte ein Mann in rotem Flanellhemd und Jeansjacke. Er war in Begleitung zweier kleiner Jungen, die gierig die Karamell-Äpfel anstarrten.

»Ja, natürlich. Ich komme sofort«, sagte Shelby. An Ryan gewandt sagte sie: »Es ist gerade ein bisschen hektisch. Und ich … also, ehrlich gesagt hab ich nicht erwartet, dich wiederzusehen.« Sie schüttelte ungläubig den Kopf, dann stellte sie die Tüte mit den Äpfeln vor Ryan auf die Theke und wandte sich dem neuen Kunden zu.

»Heißt das, du willst nicht?« Ryan ging vor dem Stand entlang und blieb hinter den Söhnen des Kunden stehen. »Ich hätte dich nicht so überfallen dürfen.«

»Was? Nein, ich meine …«, stotterte Shelby, während ihre Hände Halt suchend die Thekenkante umklammerten. Prompt bohrte sich ein Splitter in die Haut. »Verdammt!« Sie riss die Hand hoch, um das Stückchen Holz zu mustern, das in ihrem pochenden Handteller steckte.

»Ich hätte nicht gedacht, dass du so reagierst«, sagte Ryan.

»Darum geht's nicht. Es ist … Ich weiß einfach nicht, was ich im Augenblick zu dir sagen soll.«

»Miss? Die Äpfel?«, ließ sich der Mann mit den Kindern vernehmen.

Shelby schenkte dem Kunden ein schwaches Lächeln und versuchte, ihre Stimme wieder unter Kontrolle zu bekommen. »Entschuldigen Sie … welche Sorte hätten Sie denn gern?«

»Zwei Karamell-Äpfel, und meine Frau hat mich gebeten, Kochäpfel zu besorgen«, sagte der Mann, während er besorgt die Auslage betrachtete. »Ich hab aber wirklich keine Ahnung, welche am …«

»Haralsons. Andere kommen da gar nicht infrage.« Shelby packte dem Kunden eine Tüte, während er nach seiner Brieftasche suchte und gleichzeitig seine Söhne davon abhielt, mit ihren Fingern in einer Pie herumzustochern.

»Du hast zu tun, wie ich sehe. Schlechtes Timing«, entschuldigte sich Ryan. »Ich möchte sehr gern mit dir reden. Wann bist du hier fertig?«

»Um fünf?«

»Kann ich dich irgendwo treffen?«

Der Mann zahlte seine Einkäufe und warf Ryan einen neugierigen Blick zu, bevor er mit seinen Söhnen im Gewühl verschwand.

»Mein Pick-up steht vor der Bibliothek.« Shelby spürte Hitze auf ihren Wangen und war nicht sicher, was die Ursache dafür war – nervöse Erwartung oder ungebändigte Wut.

»Dann sehen wir uns um fünf.« Ryan warf ihr das charismatische Lächeln zu, das er auf dem Zeitungsfoto gezeigt hatte. »Und … Shelby?«

»Hm?« *Bitte geh, bevor ich Dorftrottel etwas sage, das ich später bereue!*

»Es ist wunderschön, dich wiederzusehen.« Und damit verschwand Ryan in der Menge.

Shelby wusste nicht, wie lange sie da gestanden und ihm nachgeblickt hatte. Der Lärm des Apfelfests drang nur noch gedämpft an ihre Ohren, während Ryans Stimme in ihrem Kopf unentwegt widerhallte. *Von Chicago hergefahren … Hast du Zeit … Schön, dich wiederzusehen …* Sie war dermaßen in Gedanken versunken, dass sie zusammenzuckte, als sich liebevoll ein Arm um ihre Schultern legte.

»Shelby! Wie ist es bis jetzt gelaufen?«, fragte John. Er war gekommen, um am Stand auszuhelfen und trug bereits die Schürze mit der Aufschrift »Meyers Orchard« über seiner schwarzen Jacke. Er machte ein besorgtes Gesicht. Nachdem Shelby herausgefunden hatte, wer Ryan in Wirklichkeit war, hatte sie John alles erzählt. Und John hatte ihr wie schon so oft beigestanden. Wenn sie ihm nun erzählte, dass Ryan wieder in der Stadt war und sie sehen wollte, wusste sie ganz genau, was er sagen würde: *Renn weg*.

»John. Wie lieb, dass du gekommen bist!«

»Kein Problem. Alles in Ordnung?« Skeptisch betrachtete er ihre rechte Hand.

»Ein Splitter«, sagte Shelby wegwerfend. Sie drückte an ihrem Handteller herum, bis das Ende des bösen Splitters herausschaute und sie ihn herausziehen konnte. »Ich fass es einfach nicht – diese vielen Leute. Das werden ein paar verrückte Tage!«

»Deshalb bin ich ja hier.« John klang erfreut, während er sie umarmte und ihr ein Küsschen auf die Wange drückte. »Also, dann frisch ans Werk. Werden wir diese Äpfel los!«

John war immer so gut zu ihr. Zu gut. Er musste nicht seinen freien Tag opfern, um ihrer Familie zu helfen, trotzdem packte er beherzt mit an. Später hatte Shelby Gewissensbisse, weil sie eine Einladung zu einem improvisierten Abendessen bei ihm ablehnte. Stattdessen ging sie allein zu ihrem Pick-up.

Mit jedem Block, den sie zurücklegte, wurde Shelby beklommener zumute. Sie war wütend. Und neugierig. Und schmutzig. Sie wischte ihre Hände an den Jeans ab und hielt kurz an, um ihre Kappe abzunehmen und zwischen die Knie zu stecken, sich mit den Fingern die Haare zu kämmen und sie wieder zu einem unordentlichen Pferdeschwanz zu binden. Dann setzte sie die Kappe wieder auf. Da sie sonst nichts tun konnte, um sich präsentabler zu machen, setzte sie ihren Weg fort. Noch ein Block.

Dann sah Shelby Ryan. Sie hätte ihn gar nicht übersehen können. Er lehnte lässig an ihrem Pick-up, trug eine schwarze Sonnenbrille und eine leuchtend grüne Strickmütze, die ihm fast bis über die Augen ging. Ob die fünfköpfige Familie, die gerade an ihm vorbeiging, wusste, dass der Mann mit der lächerlichen Mütze Will Chambers war? Vermutlich nicht. Als würde man damit rechnen, dass Prince an einem ordinären Drive-In vorfuhr und einen Big Mac bestellte.

Ryan schaute der Familie nach, dann erst bemerkte er Shelby. Als er ihr ein paar Schritte entgegenging, machte sich ein Lächeln auf seinem Gesicht breit.

Bleib cool, ermahnte sie sich. *Lass ihn erst mal reden. Dann kannst du ihn immer noch stehen lassen*.

»Shelby!«, sagte Ryan und kam ihr mit ausgebreiteten Armen entgegen. Sie wich ihm aus und hielt auf den Wagen zu, dann versagten ihre Kräfte und sie musste sich an die Heckklappe lehnen.

»Hey, Ryan. Oder … soll ich William zu dir sagen?«

»Was?«

»William Chambers Jr., um genau zu sein«, sagte sie tonlos und verschränkte die Arme vor der Brust.

»Genau«, setzte er an. »Das.«

»Ja, das«, wiederholte Shelby. »Herzlichen Glückwunsch. Du hast mich schön hinters Licht geführt.«

»Das war nicht meine Absicht.«

»Mm.« Sie presste die Lippen zusammen. *Lass dich bloß nicht bequatschen*, ermahnte sie sich. »Also, was gibt's? Warum bist du hergekommen?«

»Um dich zu sehen.«

»Komm schon, wir wissen doch beide, dass das nicht stimmt.« Sie beäugte einen runden Kiesel neben ihrem Stiefel und kickte ihn über die Straße, sah ihm nach, wie er schlitternd und hüpfend auf die andere Seite gelangte. »Hör zu. Auf einer Lüge lässt sich nichts Bleibendes aufbauen. Das war also ein hundsmiserabler Start. Warum kommst du nicht auf den Punkt?«

»Shelby, ich …«, stotterte er.

»Hübsche Mütze übrigens«, fiel sie ihm ins Wort und starrte das leuchtend grüne Strickding an.

»Gefällt sie dir?« Er senkte den Kopf, damit sie lesen konnte, was darauf gestickt war: *Bis zum Kern verfault*. »Die konnte ich mir doch nicht entgehen lassen.«

Shelby musste gegen ihren Willen grinsen. Ryan sah einfach lächerlich aus. Und gleichzeitig attraktiv. *Und wie!* »Passt zu dir.«

»Ryan ist übrigens kein falscher Name«, sagte er. »Wenn ich ein Pseudonym benutzen will, dann wähle ich meistens Charlie.«

»Charlie?«

»Ist ’ne lange Geschichte. Worauf ich hinauswill ist, meine Freunde nennen mich Ryan. Meine Eltern nennen mich William. Und alle anderen Will.« Ryan knickte leicht ein und lehnte seine Hüfte an den Pick-up, damit er ihr in die Augen sehen konnte.

»Aber ich war doch weder eine Freundin noch eine Bekannte. Hättest du dich dann nicht als William – oder Will – vorstellen können?«

»Auf keinen Fall.«

»Warum ...?«

»Weil du nicht meine Eltern bist, und weil ich wusste, dass du niemals in die Kategorie von ›allen anderen‹ gehören würdest.«

»Und warum das?« Shelby klopfte erregt mit der Stiefelspitze auf den Asphalt. »Weil ich ein Landei bin? Weil ich nicht das wöchentliche Klatschblatt abonniert habe, um über das *aufregende* Leben von Leuten wie dir zu lesen? Oder die Klatschseiten im Internet studiere? Ich wette, deine Freunde und du, ihr habt euch köstlich über mich amüsiert.«

»Verstehst du denn nicht?«, fragte Ryan. »Ich habe mich dir so vorgestellt, weil ich von Anfang an wusste, dass du etwas Besonderes bist.«

»Ach so.« Shelby war nach ihrem Ausbruch erschöpft. Und nach der harten Arbeit roch sie bestimmt wie eine alte Socke. *Oh ja, und ob ich etwas Besonderes bin.*

»Das mit dem Namen tut mir leid«, fuhr Ryan fort. »Du hast recht. Ich hätte von Anfang an ehrlich zu dir sein sollen. Auch darüber würde ich gern mit dir reden.«

Motorengeräusche und gedämpfte Musik mit dröhnenden Bässen kamen über den Hügel und unterbrachen ihr Gespräch. Ein silberner Jeep hielt neben Shelbys Pick-up.

Die hintere Tür wurde geöffnet, und zwei junge Mädchen stolperten hinaus.

»Danke fürs Mitnehmen, JT. Wir sehn uns!«, rief das Mädchen mit den schwarzen Locken.

»Bis später, Leute!«, antwortete die Stimme eines jungen Mannes aus dem Jeep, dann warf das zweite Mädchen die Wagentür zu, und der Jeep schoss den Hügel hinunter.

Shelby, die immer noch an Ryans Beweggründen zweifelte, starrte auf ihre dreckigen Stiefel mit den leuchtend roten Schnürsenkeln.

»Darf ich dich etwas fragen?«, begann Ryan erneut. »Mal ehrlich, hättest du dich mit mir abgegeben, wenn du gewusst hättest, wer ich bin?«

Den Blick immer noch gesenkt, dachte Shelby über seine Frage nach und schüttelte schließlich den Kopf. Wenn sie Bescheid gewusst hätte, wäre sie nie dem Rat ihres Großvaters gefolgt und hätte Ryan im Inn getroffen.

Plötzlich hatte sie das Gefühl, beobachtet zu werden. Und tatsächlich, als sie den Kopf hob, standen die beiden Mädchen vor einem Haus und starrten Ryan an. Sie hatten ihn erkannt.

Ryan war ihrem Blick gefolgt. »Können wir nicht irgendwo hingehen, wo wir ungestört sind?«, fragte er leise. Er schob eine Schulter vor und stupste sie leicht an. Shelby stupste zurück. Doch als er einen Kuss auf ihr Haar drücken wollte, wich sie zurück. *So leicht kommst du damit nicht durch, Chambers.*

Mit einer zärtlichen Miene, die ihr den Wind aus den Segeln nahm, flüsterte er so leise, dass die gaffenden Mädchen es nicht hören konnten: »Also, wie ist es? Gehen wir essen?«

»Du hast mir eine Menge zu erklären«, zischte sie zurück.

Ryan hatte Shelby gebeten, einfach seinem Wagen zu folgen, ohne ihr das Ziel zu nennen. So hatte sie genug Zeit für Bedenken, bevor sie an der South Point Marina außerhalb der Stadt ankamen. Shelby blieb einen Moment im Wagen sitzen und überlegte, warum sie sich darauf eingelassen hatte. Warum er zurückgekommen war. Und warum sie mitgekommen war, obwohl sie immer noch ihre Arbeitskleidung und eine liebliche Staubschicht trug. *Das war ein Riesenfehler.*

Sie sah, wie er ausstieg und etwas vom Rücksitz nahm.

Ich sollte den Wagen anlassen.

Ryan kam auf sie zu.

Den Rückwärtsgang einlegen.

Er hielt einen kleinen Matchbeutel in der Hand, der Shelby vage bekannt vorkam.

Und machen, dass ich wegkomme.

Jetzt stand er genau vor ihrer Fahrertür und bedeutete ihr, das Fenster herunterzukurbeln.

Hau ab.

»Geht's dir gut?«, fragte er durch die geschlossene Scheibe.

»Ging nie besser«, erwiderte Shelby und kurbelte die Scheibe hinunter.

»Ich hoffe, es stört dich nicht, dass ich dir ein paar Sachen mitgebracht habe, damit du dich ein bisschen frisch machen kannst. Natürlich nur, wenn du willst.« Shelby wollte protestieren, aber er ließ sie nicht zu Wort kommen. »Ich weiß, was du denkst, also lass es mich erklären. Ich bin gestern schon angekommen und sofort zu euch gefahren. Ich hätte natürlich zuerst anrufen sollen, aber ich wusste ehrlich nicht, was ich dir sagen sollte. Also habe ich beschlossen, dich zu überraschen und das Risiko einzugehen. Ginny hat mir gesagt, dass ich dich heute auf dem Fest finden würde.«

»Du bist zum Haus gekommen? Ich glaub's einfach …«

»Kann ich zu Ende erzählen?«, unterbrach er sie.

Shelby lehnte ihren Kopf an die Kopfstütze und hörte zu.

»Als ich Ginny um Erlaubnis bat, dich heute Abend auszuführen, da sagte sie …«

»Was?«, platzte Shelby heraus und setzte sich kerzengerade auf. »Du hast sie um Erlaubnis gebeten? Und was ist mit *meiner* Erlaubnis?«

»Sie hat gesagt, es könnte sein, dass du wütend auf mich bist. Es hätte irgendwas mit meinem Ruf zu tun.«

»Ist ja toll«, brummte Shelby, verschränkte die Arme vor der Brust und lehnte sich zurück.

»Sie meinte, wenn ich dich überreden könnte, mit mir zu essen, was sie auch unwahrscheinlich fand, dann würdest du dich bestimmt vorher frisch machen wollen. Deshalb hat sie dir die Tasche gepackt. Das war ihre Idee.« Ryan reichte ihr die Tasche durchs Fenster. »Der Waschraum für Frauen ist gleich hinter dem Eingang«, sagte er und deutete auf das Clubhaus der Marina. Es war ein bescheidenes, einstöckiges Häuschen, weiß und blau gestrichen und von Immergrün umrankt. Vor drei Jahren hatten die Besitzer ein öffentliches Lokal und ein Sonnendeck angebaut, das bei den Mitgliedern des Jachtclubs großen Anklang fand.

Shelby nahm die Tasche und platzierte sie erst mal auf ihren Schoß, während sie überlegte. Sie hatte sich ihrer Großmutter anvertraut, und Ginny wusste, dass sie sich von Ryan gedemütigt und betrogen fühlte. Hatte Ginny ihr, als sie die Tasche packte, sagen wollen, sie sollte Ryan eine zweite Chance geben? Nachdenklich rieb sie immer wieder mit dem Daumen über den Griff der Tasche. »Wo essen wir denn?«

Auf Ryans Gesicht zeichnete sich Erleichterung ab. Er erklärte, dass er eine Vierzig-Fuß-Jacht mit Namen *Spindrift* gechartert und ein Essen vorbereitet habe, das sie an Bord einnehmen könnten.

»Wann hattest du Zeit, ein Boot zu mieten?« Doch dann fiel Shelby ein, dass Claire Dollins ihr erzählt hatte, Ryan habe jemanden an der South Point Marina getroffen.

»Schon vor einer Weile«, erklärte er, ohne näher darauf einzugehen. Er machte Shelby die Wagentür auf und reichte ihr die Hand.

»Dann hast du also nicht vor, lange zu bleiben.«

»Warum sagst du das?« Er warf die Wagentür zu.

»Die meisten Boote sind schon auf dem Trockendock.« Shelby hängte sich den Matchbeutel über die Schulter. »Die *Spindrift* wird bestimmt auch in ein oder zwei Wochen aus dem Wasser geholt. Du hast also nicht mehr viel Zeit.«

»Ich habe so viel Zeit, wie ich brauche.« Mit einem schelmischen Grübchengrinsen fügte er hinzu: »Fürs Erste.«

14

Vergebung

»Fühlst du dich besser?«, fragte Ryan, als Shelby zum Boot kam. Er nahm ihr den Matchbeutel ab, warf ihn in die offene Plicht und half ihr dann an Bord.

»Ich muss zugeben, dass es guttat, die Klamotten loszuwerden.« Während Shelby sich auf einer der gepolsterten Bänke niederließ, konnte Ryan nicht umhin, den rosigen Schimmer auf ihren Wangen zu bemerken, und wie gut ihr ein Turtleneck-Pullover, eine Kapuzenjacke und ausgeblichene Jeans standen, die ihre Kurven perfekt zur Geltung brachten. »Dumm nur, dass meine Haare immer noch nach Grillwurst stinken.«

Ryan beugte sich vor, griff nach einer Strähne und atmete ihren Duft ein. »Hm. Apfel und Bratwurst. Köstlich«, neckte er. »Du könntest schwimmen gehen.«

»Genau. Weißt du, wie kalt das Wasser ist?«

»Erinnerst du dich an unser erstes Date? Als ich reingesprungen bin, um den Jungen zu retten?«

»Natürlich, aber abgesehen von deinem Heldenmut würde ich es wohl kaum als Date bezeichnen.«

»Wohl eher nicht. Ist auch besser so. Das Wasser ist so kalt, dass ein Mann danach glatt zwei Oktaven höher singen könnte!«, rief Ryan, der die kurze Holzleiter zur Kajüte hinunterturnte, um eine Flasche Wein zu holen. Mit einem befriedigenden »Plopp« löste sich der Korken aus der Flasche. »Das war natürlich ein Scherz!«, rief er zu ihr hinauf. »Aber bist du nicht an die Kälte gewöhnt, weil du hier aufgewachsen bist?«

»An diesen See gewöhnt man sich nie!«, rief Shelby zurück. »Man lernt höchstens, Respekt vor ihm zu haben.«

Als Ryan einen Moment später aus der Kajüte kletterte, hatte er die offene Flasche und zwei Gläser dabei.

»Hast du Durst?«

»Das hängt davon ab. Bleiben wir hier oder fahren wir raus?«

»Ich nehm das mal als Ja, weil ich lieber mit dir Wein trinken möchte, als im Dunkeln dieses Boot zu segeln«, erwiderte Ryan. Er schenkte ein und reichte Shelby ein Glas, dann stieg er wieder nach unten, um das Essen zu bereiten.

»Schläfst du heute Nacht an Bord?«, rief sie nach unten.

»Das hab ich vor«, erwiderte Ryan aus der winzigen Kombüse, wo er geschäftig mit Tellern klapperte und Schubladen aufzog.

»Wäre ein Zimmer in der Stadt nicht bequemer? Und vor allem wärmer?«

»Bietest du mir eins an?«

»Nein.«

»Achtung!« Überraschend kam eine karierte Wolldecke aus der Kajüte geflogen. Als Ryan wieder an Deck kam, trug er ein Tablett mit Crackern, geräuchertem Lachs aus dem See, Käse, Oliven und einem zerteilten Apfel, den er bei Shelby gekauft hatte. »Greif zu«, sagte er, dann knipste er eine Campingleuchte auf der gegenüberliegenden Sitzbank an und setzte sich neben sie. Sie spürten die zunehmende Kälte, als die Sonne weiter sank.

Shelby wickelte die Decke eng um ihre Schultern und zog die Beine unter sich, dann streckte sie die Hand nach ein paar Apfelschnitzen und ihrem Weinglas aus. »Das kommt mir merkwürdig bekannt vor«, sagte sie in neckendem Ton. »Ist das nicht fast das gleiche Essen, das du mir bei dem Picknick am Strand serviert hast?«

»Ich bin kein sonderlich guter Koch, fürchte ich.« Ryan lächelte in Erinnerung an die Nacht unter den Nordlichtern. »Aber ein Mahl wie dieses kann ich jederzeit im Handumdrehen zusammenstellen.«

Er ließ den Wein im Glas kreisen, hob ihn an die Nase und roch das Bouquet: Tabak, Vanille und Beeren. Es kam ihm richtig vor, jetzt und hier auf dem See zu sein, weit weg von CM, und in Gesellschaft dieser eigenartigen, unberechenbaren und unglaublich anziehenden Frau. Wenn Shelby sich doch nur entspannen, das Zusammensein mit ihm wieder genießen könnte!

»Wie ist der Wein?«, fragte er.

»Perfekt.«

»Es ist ein Tempranillo.«

»Es ist Rotwein.«

»Siehst du? Das ist genau das, was ich an dir so mag«, sagte Ryan. »Du siehst die Dinge, wie sie sind.« *Einschließlich mir.* Er hob sein Glas und stieß mit ihr an.

Shelby ließ ihren Blick über die kleine, verlassene Marina schweifen und trank noch einen Schluck, bevor sie Ryan fragte, warum er ausgerechnet im Oktober ein Boot gemietet habe.

»Ich suche schon eine ganze Weile nach einem Boot. Ich würde gern im Frühling eins kaufen. Also habe ich beschlossen, dieses Dufour ein paar Tage lang zu testen, bevor es zu kalt wird.« Ryan schnitt eine Scheibe Käse ab und nahm sich eine Handvoll Cracker. »Segelst du auch?«

»Ich bin eher Passagier. Aber früher bin ich oft mit einem guten Freund auf dem See gewesen. Ich weiß gerade genug, um den zweiten Steuermann zu spielen«, erwiderte Shelby. »Möchtest du so ein Boot haben?«

»Vielleicht. In Chicago habe ich ein Beneteau und segle, so oft es geht, auf dem Lake Michigan. Im Jachtclub dort gibt es einen Mann, der ein ähnliches Boot hat. Ich bin einige Male mit ihm draußen gewesen, habe es aber noch nie allein gesegelt.« Er beugte sich vor, um eine Scheibe weißen Cheddar abzuschneiden. »Dieser Bootstyp ist für lange Strecken gebaut, dabei aber bequem und leicht zu segeln. Und das Aussehen gefällt mir. Ich kann's kaum erwarten, morgen auf den See zu kommen.«

»Bist du jemals auf dem Lake Superior gesegelt?«

Ryan schüttelte den Kopf, während er die Wurst aufschnitt.

»Dazu kann ich nur sagen, achte darauf, dass dein Funkgerät und deine Instrumente einwandfrei funktionieren, nimm eine Schwimmweste und eine aktuelle Seekarte mit, und behalte den Himmel im Auge«, warnte sie.

»Danke, Robinson«, sagte Ryan neckend, wobei er sah, dass sie die Decke fester um ihre Beine wickelte. »Ist dir kalt? Möchtest du lieber unter Deck gehen?«

»Nein, nein, mir geht's gut«, gab sie zurück und streckte schon die Hand nach den Wurstscheiben aus. »Ich hab auf einmal einen Bärenhunger. Danke, dass du all die guten Sachen gekauft hast.«

So plauderten sie, aber Shelby blieb verschlossen. Ryan wollte ihr so vieles erzählen: über seine Fotografie, seinen Plan, für die nächsten Monate ein Cottage zu mieten, von der Auseinandersetzung mit seinem Vater und seinem Entschluss, CM zu verlassen. Wie viel sie ihm bedeutete. All das wollte er ihr sagen. Aber er fand nicht die richtigen Worte. Also warf er sich Oliven in den Mund und spuckte die Kerne über die Reling ins Wasser.

»Stilvoll«, meinte Shelby, dann tat sie es ihm nach.

»Wollte nur einen guten Eindruck machen.«

Hie und da blitzte das gute Einvernehmen vom vergangenen August auf. Der leise Humor. Der neckende Ton. Aber etwas fehlte. Auf dem Apfelfest und auch hier auf dem Boot lächelte Shelby entweder gezwungen oder verhalten. Zwischen ihnen herrschte eine nervöse Spannung, und sie schien die Wolldecke wie einen Schild zu benutzen – wie eine Barriere, die ihn auf Abstand hielt. Doch Ryan war nicht den weiten Weg von Chicago hergekommen, um mit leeren Händen dazustehen. Er musste sich Klarheit verschaffen.

»Du bist wütend«, sagte er schließlich.

Shelby schien eher daran interessiert, ein Käsestück zu schneiden, als ihm zu antworten.

»Es liegt nicht nur daran, dass ich dir meine Herkunft verschwiegen habe, stimmt's?« Er wartete, bis sie ihn ansah. »Ich hätte anrufen sollen.«

Shelby hielt seinen Blick fest und erwiderte beiläufig: »Ich habe keinen Anruf erwartet.« Sie führte den butterzarten Brie an ihre Lippen und biss hinein.

»Was ist es dann?« Ryan versuchte, in ihrer Miene zu lesen.

»Ich verstehe es einfach nicht.« Shelbys Stimme klang ruhig und fest. »Ich wundere mich, was dich ausgerechnet nach Bayfield gezogen hat. Es muss doch eine Million anderer Orte geben, die für einen Mann deiner … Stellung interessanter wären.«

»Ich habe schon mal versucht, dir das zu erklären. Es ist ganz einfach: Ich bin wegen dir zurückgekommen.«

Sie hob das Weinglas an den Mund, nippte jedoch nicht, sondern nahm einen tüchtigen Schluck. Und noch einen. Sie wartete ein wenig, setzte das Glas ab und fragte schlicht: »Warum?«

»Warum nicht?«, gab er verblüfft zurück.

»Die Sache ist die«, begann sie. »Wir hatten eine schöne Zeit. Eine wirklich schöne Zeit. Aber wir führen ganz unterschiedliche Leben. All das hier, dass du auf dem Applefest aufgetaucht bist, dieses tolle Boot, der Wein … für mich ist das nicht das Normale. Das ist nicht mein Leben.«

»Wenn ich dir vielleicht erklären …«, setzte er an, aber Shelby fiel ihm ins Wort.

»Verstehst du denn nicht? Ich weiß jetzt, wer du bist, und das ändert alles«, beharrte sie. »Du führst ein aufregendes Leben – ein öffentliches Leben. Ich dagegen schleppe Äpfel auf einem schäbigen Marktstand. Sorry, das passt einfach nicht zusammen. Sieh dich um, Ryan. Diese Stadt ist nicht glanzvoll. Und ich bin es auch nicht.«

»Eigentlich …«, setzte Ryan zu seiner Verteidigung an.

»Und um deine vorige Frage zu beantworten: Ja, ich *bin* wütend, weil du mich getäuscht hast.« Ihre Stimme wurde erregter, sie stach mit ihrer Gabel auf eine Forelle ein. »Ich war verrückt genug, nach wenigen Tagen zu glauben, dass ich dir vertrauen könnte. Und dann lese ich von dir in der Zeitung und muss erkennen, dass du mich die ganze Zeit belogen hast!«

Ryan begriff, dass er sie jetzt nicht stoppen konnte. Und nach dem Aussehen der zerfetzten Forelle zu schließen, hielt er es für das Beste, Shelby fortfahren zu lassen, ohne ihren Gabelzinken zu nahe zu kommen.

»Ich war wohl einer der wenigen hier, die dich nicht erkannt haben. Ha! Kannst du dir das vorstellen? Eigentlich hab ich überhaupt nichts über dich gewusst, bis ich im Internet nachgeschaut habe«, fuhr sie mit ungläubigem Kopfschütteln fort, während sie die Gabelzinken in ein unschuldiges Stück Cheddar bohrte. »Meine Güte, es gibt Hunderte von Seiten über dich, hast du das gewusst? Natürlich hast du das gewusst. Und willst du auch wissen, wie oft mein Name in einer Internet-Suche auftaucht?«

»Ich glaube nicht, dass das so wichtig ist«, entgegnete er sanft. Im August hatte Shelby erwähnt, dass sie sich kaum für die sozialen Medien interessierte, und das Internet nur dann benutzte, wenn es unbedingt notwendig war. Ryan vermutete, dass ihr Name durchaus auf den Seiten der Lokalpresse erwähnt wurde, oder auf der Webpage von Meyers Orchard. Doch das war für Shelby nicht wichtig. Und für ihn auch nicht.

Sie legte ihre Gabel hin und wandte sich dem See zu. Aus ihren nächsten Worten meinte er Selbstzweifel herauszuhören. »Ich werde so gut wie nie erwähnt.«

Ryan war vor weniger als achtundvierzig Stunden unangekündigt nach Bayfield gekommen, ohne sich auch nur einmal zu fragen, wie Shelby darauf reagieren würde. Er war egoistisch gewesen. Er hatte einfach angenommen, alles werde sich zum Besten wenden. Alles werde einfach sein. Es war ein Fehler gewesen, ihre Bedürfnisse nicht über die seinen zu stellen. Ryan dachte scharf nach, was er als Nächstes sagen sollte. »Es tut mir leid«, begann er und rutschte ein Stück näher an sie heran.

Sie streckte ihm eine abwehrende Hand entgegen, und Ryan verharrte.

»Ich bin nicht der Mann aus den Medien. Wenn ich erkannt werde, ob hier oder sonst wo, bin ich für die meisten Leute eine Enttäuschung. Ich bin nicht klug genug. Groß genug. Oder interessant genug«, gestand er. »Wenn ich nicht erkannt werde, gibt mir das ein Gefühl der Freiheit. Es geht um den Unterschied zwischen dem Mann, für den man mich hält, und dem, der ich wirklich bin.«

Shelby hatte die Hände im Schoß verkrampft, doch nun entspannte sie sich. Und auch die Falten zwischen ihren Brauen schienen sich zu glätten. Ermutigt fuhr Ryan fort: »Aber bei dir war alles anders. Als wir uns begegneten, hast du nicht gewusst, wer ich war … und du wolltest es auch gar nicht wissen!«

»Du irrst dich, ich …«, sagte sie und wandte sich ihm zu.

»Shelby, du hast mich abblitzen lassen.«

Sie wollte etwas sagen, presste dann aber die Lippen zusammen und veränderte ihre Haltung, um sich die Decke über ihre Schultern zu ziehen.

»Und tust es *immer noch*«, fuhr Ryan fort und deutete mit einer beredten Geste auf die Entfernung zwischen ihnen. Er trank einen Schluck Wein und sah an Shelby vorbei auf die Wellenbrecher und das Tor der Marina mit den roten und grünen Positionslichtern. Der See war schwarz, abgesehen von einem schmalen Streifen Dunkelrot, der vom Sonnenuntergang übrig geblieben war. Die Leinen schlugen gegen den Mast der *Spindrift*, während die Jacht in jeder Welle träge hin und her schaukelte. »Ich bin nicht auf einen Kurzurlaub hergekommen«, erklärte Ryan schließlich. »Ich wollte eine Pause in mein Leben legen. Ich brauche etwas.«

»Was brauchst du?«

»Eine neue Art zu leben. Ich brauche Raum.« Ryan überlegte kurz. »Neue Menschen.« Sein Blick fand ihren. »Wir fingen doch gerade erst an, einander kennenzulernen, und ich wollte nicht, dass es schon wieder zu Ende war. Das habe ich schon im Sommer vor meiner Abreise gewusst. Aber es war ein Fehler, dass ich es so lange für mich behalten habe.«

Ein Schauer lief sein Rückgrat hinunter. Er fröstelte und steckte die Hände unter die Arme. Es wurde zu kalt, um noch länger draußen zu sein, und er wusste, dass das Gespräch seinem Ende zuging. Ryan hoffte nur, dass es gut enden würde, spürte aber, dass sie jeden Moment aufstehen und gehen konnte.

»Ich war auch nicht ganz ehrlich zu dir«, sagte Shelby unvermittelt. »Ich weiß gar nicht, wie ich es dir sagen soll, aber … ich kann nicht backen.«

»Was?«, fragte Ryan, während er sich gegen einen neuen eisigen Windstoß wappnete.

»Es ist wahr. Ich kann nicht backen. Damals, in Boots' Laden, hab ich dir vorgeflunkert, ich hätte die Pies selber gebacken, aber das war gelogen.« Sie machte einen kläglichen Versuch, ernst zu bleiben. »Denn wenn ich neue Leute kennenlerne, erkennen sie mich sofort, interessieren sich aber nur für die Frau, die auf den Fotos im Hofladen zu sehen ist. Sie sehen nur das Mädchen von der Apfelplantage und nicht mich, wie ich wirklich bin.«

Erleichtert heuchelte er Mitleid. »Ich kann mir vorstellen, wie schwer das für dich sein muss. Wie schaffst du es nur, ein Gefühl für die Normalität zu behalten?«

»Mit Touristen herumblödeln hilft meistens. Besonders mit Fotografen«, erwiderte sie scherzhaft. »Die krieg ich am leichtesten rum.«

Trotz der Herzlichkeit ihrer Vergebung durchlief Ryan ein neuerlicher Kälteschauer.

»Du zitterst ja.«

»Macht nichts.«

»Ich hab noch Decke übrig.« Sie lüftete einen Zipfel der Wolldecke, in die sie sich gehüllt hatte.

»Da wir jetzt absolut ehrlich sind … Ich frier schon seit einer halben Stunde und dachte, du würdest es nie merken«, gab Ryan zähneklappernd zu. Er rückte näher an Shelby heran und zog einen Teil der Decke über sich und saß dicht neben ihr. Spürte ihren warmen Körper an seiner Seite.

»Eines hast du mir aber noch nicht gesagt – wie lange willst du bleiben?«

Ryan neigte den Kopf, bis sein Mund nur noch einen Hauch von ihrem Ohr entfernt war. »Das hängt davon ab«, erwiderte er leise.

»Wovon?« Shelbys Stimme war nur ein Flüstern.

Ryan tastete unter der Decke nach ihrer Hand. Als ihre Finger sich ineinander verflochten, schmolz die Kälte dahin. »War es ein Fehler, dass ich wiedergekommen bin?«, flüsterte er. Er sehnte sich danach, sie zu küssen.

»Vielleicht«, sagte sie, drehte den Kopf und sah ihm in die Augen.

»Bist du immer noch wütend?«

»Dir sei verziehen.«

Ryan grinste und zog sie an sich. Vergebung. Versprechen. Veränderung. Es war befreiend, seinen eigenen Kurs zu bestimmen, fern von der Familie Chambers und den Augen der Öffentlichkeit. Er drückte seine Lippen zärtlich auf Shelbys kühle weiche Wange. Er hörte sie langsam ausatmen und spürte, wie sie sich an ihn schmiegte. Sanft schob er ihr die

Haare hinters Ohr und bedeckte ihren Hals mit zarten Küssen. Als sie eine Hand an seine Wange legte, küsste er sie auf den Mund und schmeckte die Süße von Äpfeln und Wein. Ryan vergaß die Kälte, während sie alle ihre Missverständnisse unter Küssen begruben.

Unter der Decke der sternenreichen Oktobernacht erkundeten sie ihre Möglichkeiten.

15

Sturm

»Tja, was sagt man dazu?«, meinte Nic, als sie und Shelby sich an einen ruhigen Ecktisch in Bayfields einziger Kaffeestube, dem Spill the Beans, setzten. »Will Chambers ist wieder in der Stadt.« Die zierliche Person mit dem lauten Mundwerk und dem Hang zu Klatsch und Tratsch lechzte nach Details. »Du musst mir *alles* haarklein erzählen. Lass bloß nichts aus.« Nics Hand glitt in ihre Stofftasche, und Shelby wusste, dass ihre Freundin nach Zigaretten suchte, obwohl sie das Rauchen im Juli aufgegeben hatte. Die Hand kam unverrichteter Dinge wieder zum Vorschein, Nic packte ihren Kaffeebecher mit beiden Händen und schlürfte gierig. Der Kaffee war schwarz. Kein Zucker. Nic pflegte zu sagen, Süßstoffe seien was für Weicheier.

»Viel gibt's da eigentlich nicht zu erzählen«, meinte Shelby, während sie reichlich Zucker in den Milchschaum ihres Cappuccinos rührte. »Er ist vor ein paar Tagen angekommen. Hat beim Applefest vorbeigeschaut und Hallo gesagt. Und jetzt wohnt er auf einer Jacht an der South Point Marina.«

Shelby liebte ihre Freundin, wollte ihr aber beileibe nicht alles erzählen. Ryan hatte vor, eine ganze Woche an Bord der *Spindrift* zu verbringen. Danach würde er wieder in dem Cottage wohnen, das er mit seinen Freunden im August gemietet hatte. Während Shelby arbeitete, hatte Ryan kaum einen Menschen gesehen, war mit dem Dufour-Boot gesegelt und hatte bei seinen Fotos vom See mit Blendeneinstellungen und Objektivfiltern experimentiert. Shelby glaubte nicht, dass außer ihrer Familie, Boots und dem Mädchen von der Marina jemand von seiner Rückkehr wusste. Und jetzt natürlich Nic. Aber das war nicht erstaunlich – Nic schien immer zu wissen, was gerade im Städtchen passierte.

»Wie lange will er bleiben?«

»Das weiß ich nicht genau«, erwiderte Shelby und leckte den Löffel ab, bevor sie ihn auf die Untertasse legte. »Eine Weile.«

»Eine Weile. Was soll das heißen? Eine Woche? Einen Monat?« Nic trommelte aufgeregt mit den Fingernägeln auf die Tischplatte. »Das ist doch total wichtig!«

Shelby feixte hinter ihrem Kaffeebecher, bevor sie einen Schluck nahm. Sie genoss die Ungeduld ihrer Freundin.

»Er ist wegen dir zurückgekommen, stimmt's?« Nic nickte wissend. »Heilige Scheiße! Will Chambers!«

»Er will hier ein bisschen arbeiten.«

»Jesus. Meinst du, ich bin von gestern? Hallooo, du redest mit *mir!*«, rief Nic so laut, dass drei Kunden im Café die Köpfe drehten.

Shelby warf einen Blick über die Schulter. Dann hob sie ruckartig die Hand, um Nic zum Schweigen zu bringen.

»Oh, okay, hab schon verstanden.« Nic wurde übertrieben dramatisch. Sie senkte ihre Stimme und beugte sich weit über den Tisch, als führten sie ein konspiratives Gespräch. »Du hältst das alles hübsch geheim, wie? Eine heimliche Romanze?«

»Wohl kaum«, brummte Shelby und rieb mit dem Daumen über den Griff ihres Tonbechers.

»Komm schon, du brennst doch darauf, mir alles zu erzählen …« Nic hatte ein unnatürlich süßes Lächeln im sommersprossigen Koboldgesicht.

Shelby versteckte sich hinter ihrer Tasse.

»Warte mal 'ne Sekunde.« Nics Augen leuchteten auf. »Du stehst auf ihn!«

»Ich kenne ihn doch kaum«, sagte Shelby mit leichtem Kopfschütteln.

»Das ist es! Oh, mein Gott, Shelby – du stehst wirklich auf ihn, was?«

»Ernsthaft, Nic, kannst du bitte ein bisschen leiser sprechen?«

»Hast du's John schon erzählt?«, flüsterte Nic.

Shelby zuckte zusammen. Sie hatte John seit dem Nachmittag am Apfelstand nicht mehr zurückgerufen. Wenn er sich meldete, überließ sie Ginny den Hörer, und die richtete aus, dass er jedes Mal besorgter klang. Und beharrlicher. »Ich sollte vielleicht mal bei ihm im Laden vorbeischauen.«

»Er wird es nicht auf die leichte Schulter nehmen, weißt du?«

»Weiß ich. Nach allem, was ich ihm von Ryan erzählt habe, wird John mich für verrückt erklären, dass ich ihm eine zweite Chance gebe.«

»Aber es geht um sehr viel mehr.«

»Was? Was meinst du damit?«

Wieder beugte Nic sich vertraulich vor. »John wartet darauf, dass du Jeff endlich hinter dir lässt und merkst, dass es ihn gibt. Der Mann ist seit einer Ewigkeit an dir interessiert!«

»Das ist nicht wahr.«

»Willst du wissen, warum er aus der Fassung geraten wird? Weil er eifersüchtig ist.«

»John?« Shelby legte betroffen eine Hand an die Stirn. *John?*, wiederholte sie bei sich, versuchte zu verstehen. »Woher willst du das denn wissen? Du und John, ihr könnt euch ja nicht mal im gleichen Zimmer aufhalten. Woher willst du wissen, was er fühlt?«

»Shelby, du weißt, dass ich dich mag. Aber jetzt mal im Ernst, manchmal bist du verdammt ahnungslos.« Nics Stuhl knarrte, als sie sich zurücklehnte und die Hände hinter dem Kopf verschränkte. »Seit Jeff tot ist, hast du gelebt wie ein Automat. Wird allmählich Zeit, dass die alte Shelby zurückkehrt, findest du nicht auch?«

Zuerst krieg ich das mit Ryan nicht mit. Und jetzt auch noch John?, dachte Shelby. *Bin ich wirklich so ahnungslos? Und wenn ja, was hab ich dann noch verpasst?*

»Zeit, die Scheuklappen abzulegen, Freundin«, neckte Nic.

»Ich hätte nie daran gedacht, dass er … Echt jetzt? John?« *Wir haben echt viel Zeit miteinander verbracht, vor allem in diesem Jahr. Und ich liebe ihn von Herzen. Aber nicht so, wie ich Jeff geliebt habe.*

»Du wirst das mit John schon noch klären. Er ist ja kein kleiner Junge mehr«, beschwichtigte Nic. »Aber zurück zu dem interessanteren Thema: Was sollen wir mit Will-Schrägstrich-Ryan machen?«

»*Wir* machen gar nichts.«

Nic seufzte. »Na schön. Was wirst *du* machen?«

»Ich weiß es nicht genau.« Während Shelby über die Frage nachdachte, rieb sie wieder mit dem Daumen über den warmen Kaffeebecher. »Die Sache ist die, ich glaube eigentlich nicht, dass er viel mit Leuten wie mir zu tun hat.«

»Mit was für Leuten denn?« Nic zog eine Braue hoch und legte einen Finger an die Nase. »Mit der Mafia von Chicago?«

»Natürlich nicht.« Shelby musste lachen. »Mit den Leuten, die von Paparazzi verfolgt werden, mit denen hat er zu tun.«

»Ach, die zählen doch gar nicht«, sagte Nic mit einer wegwerfenden Geste. »Wann siehst du ihn wieder?«

»Eigentlich schon heute. Er hat mich gefragt, ob wir segeln gehen – über Nacht.« Shelby versuchte, gelassen zu wirken, aber die bloße Vorstellung machte sie nervös. Gestern Abend hatte Ryan gesagt, dass er mehr Zeit mit ihr verbringen wollte, aber die Öffentlichkeit wollte er immer noch meiden. Als sie nachhakte – weil es hier ohnehin keinen Menschen kümmerte –, hatte er nur den Kopf geschüttelt und gebeten, sie solle ihm einfach vertrauen.

»Also machst du's, oder? Ich meine, du *musst* einfach!«

»Wie soll ich mich denn freimachen? Meine Familie mitten in der Erntezeit allein lassen?« Shelby schüttelte den Kopf. »Das wäre unverantwortlich. Ich bin nicht wie du. Ich habe Pflichten.«

»Wie bitte? Also, erstens habe ich dank der Nachfrage eine Menge Verpflichtungen. Ich setze bloß meine Prioritäten anders als du«, entgegnete Nic. »Und zweitens bist du eine verdammte Idiotin, wenn du dir das entgehen lässt. Die Farben des Herbstes, eine schnuckelige kleine Jacht, ein umwerfend schöner Mann … Es wäre verteufelt romantisch! Du musst das Leben mal ein bisschen genießen, Shel. Komm schon, lass mich einmal deine Stellvertreterin im Leben sein!«

»Was soll denn das heißen? Ich lebe ja auch nicht stellvertretend für dich.«

»Das meinst auch nur du. Ich hab doch gesehen, wie du mich beneidet hast, als ich zum Sturgis-Motorradrennen gefahren bin.« Nic schüttelte mahnend einen Finger vor Shelbys Nase. »Da hast du dir auch gewünscht, hinten bei Hank auf der Harley zu sitzen – Wind in den Haaren, coole Lederjacke, Käfer zwischen den Zähnen!«

»Du kennst mich ja so gut«, sagte Shelby kichernd.

»Also ist es beschlossen!«, verkündete Nic, schoss von ihrem Stuhl hoch und griff nach ihrem Mantel. »Hier ist der Plan. Ich vertrete dich auf der Farm und treibe deine Großeltern nach besten Kräften in den Wahnsinn, während du mit Mr Wonderful segeln gehst. Lass uns deine Sachen packen!«

Es sollte ein lockerer Törn werden. Ryan und Shelby setzten zur Mittagszeit die Segel und verbrachten einen geruhsamen Tag auf dem Wasser. Shelby übernahm hin und wieder das Ruder, wenn Ryan Aufnahmen von den Inseln machte, die mit flammend rotem und goldenem Herbstlaub geschmückt waren. Am Abend ankerten sie in der Julian Bay vor Stockton Island. Für das Abendessen wich Ryan von seiner üblichen Picknickkost ab und brutzelte Steaks auf einem Grill, den er am Heck ausklappte, und sie teilten sich eine Flasche Wein. »Ich hab 'nen Roten mitgebracht«, sagte er augenzwinkernd, ohne dabei wie ein Angeber zu klingen. Es war ein ruhiger Abend, kein anderes Boot ankerte in der Bucht. Ohne Ablenkung, Druck oder Heuchelei gelang es ihnen rasch, einander näherzukommen.

»Bist du morgen einer Tour um Devil's Island herum gewachsen?«, fragte Ryan in neckendem Ton. Er hielt Shelbys Hand und zeichnete mit seinem Finger die Linien auf ihrem Handteller nach, wie ein Kapitän eine Seekarte. »Wir können in der Nacht vor Bear Island ankern, und vor Sonntagabend bringe ich dich nach Bayfield zurück.«

»Und was ist, wenn wir es bis Devil's Island schaffen und dort in eine Flaute geraten?«, fragte Shelby ernsthaft. »Und das ist nicht das Einzige, was passieren kann. Das Wetter auf diesem See ändert sich oft im Handumdrehen, besonders, wenn eine Kaltfront über die Inseln zieht. Dann wollen wir ganz bestimmt nicht vor Devil's Island sein.«

»Ich hab vor einer Stunde den Wetterbericht im Seefunk gehört. Man rechnet da unter allen Umständen mit gutem Wetter. Windgeschwindigkeit fünf bis zehn Knoten. Perfekte Bedingungen«, versicherte Ryan. »Ich würde zu gern ein paar Fotos von den Höhlen an der Nordküste von Devil's Island machen.« Er umschloss ihre Hände so zärtlich, dass Shelbys Furcht sofort besänftigt wurde. »Was meinst du?«

Shelby zögerte. Auf der Fahrt nach Norden, Richtung Devil's Island, würde es nur den gnadenlosen See geben, der sich bis weit hinter den Horizont erstreckte. Es gab mehrere Gründe, Ryans Ansinnen abzulehnen; diese Wasser waren trügerisch, die Temperatur konnte plötzlich abfallen, das Wetter am Lake Superior ließ sich nie mit Sicherheit vorhersagen, auch wenn der Bericht Positives vermeldet hatte.

Während die Stimme der Vernunft zur Ablehnung mahnte – *Schlag ein anderes Ziel vor. Egal welches!* –, riet eine andere Stimme, die auf sonderbare Weise der Nics ähnelte, das Wagnis einzugehen. *Hab nicht so viel Angst vor dem Leben. Sei* einmal *mutig!*

»Na klar«, willigte sie ein, schaute auf ihre ineinander verschlungenen Hände und dann in seine Augen, die vor kindlicher Erwartung leuchteten. »Machen wir.«

Als Shelby und Ryan am nächsten Morgen zu Devil's Island segelten, war der Himmel klar und der Wind ruhig. Sie machten stetige sechs Knoten unter vollen Segeln. Vor der Insel angelangt, bargen sie die Segel und ankerten ein Stück vor der Küste in Wasser, das so klar war, dass sie den leicht welligen, sandigen Seeboden erkennen konnten. Shelby saß auf Deck und schaute Ryan zu, der mit dem Dingi in die Höhlen ruderte, verschwand und wieder auftauchte und ihr mit überschwänglichen Gesten seine Begeisterung kundtat.

Als der Fotograf zufrieden war und an Bord zurückkehrte, lichteten sie den Anker und segelten an der Ostseite von Devil's Island entlang. Nach knapp einer Stunde spürte Shelby plötzlich einen Temperaturabfall, der sie bis ins Mark frösteln ließ. Instinktiv schaute sie zum Himmel empor.

»Ryan? Schalte von Kanal Sechzehn auf den Seewetterbericht um«, sagte sie ernst, während sie nach Westen über die dichten Bäume der Insel spähte. Sie spürte, dass sich hinter der Insel etwas Bedrohliches zusammenballte. Und über dem See würde es rasch an Stärke zunehmen.

Eine monotone, computergenerierte Männerstimme gab die Wetterwarnung durch. »Doppler-Radar zeigt eine Reihe schwerer Gewitter an. Bildung von Wasserhosen möglich. Segler können anhaltende Winde von fast dreißig Knoten erwarten, böig auffrischend bis zu fünfzig Knoten, Hagel, vier bis sechs Fuß hohe Wellen, Blitze und Starkregen. Bootsfahrer sollten umgehend einen sicheren Hafen ansteuern. Die Stürme werden Duluth, Herbster, Port Wing und Bayfield treffen, sie bewegen sich in Richtung Ost/Südost, mit einer Geschwindigkeit von fünfunddreißig Meilen pro Stunde.« Noch während die Stimme den Wetterbericht herunterleierte, sahen Shelby und Ryan eine gewaltige, grünlich-schwarze Wolkenmauer über Devil's Island auftauchen.

»Oh. Mein. Gott«, keuchte Shelby im Angesicht des schlimmsten Sturms, den sie jemals auf dem See erlebt hatte. Wie ein Goliath, der sich über David erhebt, nahm die Wolke an Höhe und Breite zu. Obwohl das Gewitter fast schon über ihnen war, war es unheimlich still, abgesehen von den schrillen Schreien der Möwen, die vor dem drohenden Sturm flohen.

Einen Augenblick lang war Shelby vor Angst wie erstarrt, unfähig, einen Gedanken zu fassen …

»Shelby, wir müssen hier weg!« Ryans Stimme brachte sie mit einem Schlag in die Wirklichkeit zurück. »Der Motor nützt uns bei dem Wetter nichts. Am besten bergen wir das Vorsegel und ziehen ein Sturmgroßsegel auf«, sagte er eindringlich. »Der Sturm ist gleich da. Keine Chance, ihm zu entkommen. Du musst einen sicheren Platz für uns finden!«

»Stimmt!« Sie mussten vor dem Sturm fliehen, Und Bayfield war zwanzig Meilen entfernt. Da Devil's Island keine geschützten Buchten hatte, waren ihre Möglichkeiten begrenzt. *Denk nach!*

»Verdammt! Das ist ein Monster«, hörte sie Ryan unterdrückt fluchen, während er wie wild an den Leinen arbeitete.

Verdammt!, dachte auch Shelby, während der Sturm sich drohend hinter ihnen aufbaute. Es begann zu schütten, als hätte der Himmel sämtliche Schleusen geöffnet. Sie musste die Ruhe bewahren. Ryan war ein erfahrener Segler, und sie kannte sich auf den Apostle Islands aus. Sie hatten eine Chance. *Denk nach!*, ermahnte sie sich, während sie ihre Rettungsweste enger schnallte. *Wir können es schaffen!* Sie überflog die Seekarte, während sie das flappende Geräusch hörte, als Ryan die Segel barg. Shelby drückte ihren Finger fest auf die Karte, um sich ihren bisherigen Kurs einzuprägen. Sie schaute sich rasch um und orientierte sich, dann brüllte sie Ryan ihre Anweisungen zu, laut genug, um sich in dem

Wolkenbruch und dem heulenden Wind verständlich zu machen. »Okay! Halte den Kurs. Wir müssen zur Südostspitze von Rocky Island. Da ist eine kleine Bucht, wo wir vielleicht ankern können. Das ist so ziemlich die einzige Möglichkeit!«

»Verstanden!«, schrie Ryan zurück, während er in seiner Hast über die Decksluken stolperte.

»Bevor der Sturm über uns ist, zieh diesen Sicherheitsgurt an und hak dich am Strecktau ein.« Sie reichte ihm den Sicherheitsgurt und legte sich selbst den anderen an. Falls Ryan protestieren wollte, so belehrte ihn ein Blick auf ihr Gesicht eines Besseren.

Die Wolkenmauern glitten über sie hinweg wie ein Phantom, das jedes Restlicht aus dem Himmel vertrieb. Als Wasser und Himmel schwarz wurden, schaltete Ryan die Positionslichter ein. Shelby fand seine Konzentration beruhigend. Ryan sah unerschütterlich und stark aus. Sie vertraute ihm, dass er sie hier herausbringen würde.

Als die Gewalt des Sturms die *Spindrift* traf, krängte sie stark nach Backbord. Shelby wurde von den Füßen gerissen und stieß sich den Kopf an einer der Bänke. Unten in der Kajüte hörte sie die Tür klappern, Bücher zu Boden fallen, und das laute Klirren des Geschirrs in der Kombüse.

»Shelby!« Ryan wollte ihr zu Hilfe kommen, aber sie bedeutete ihm, am Ruder zu bleiben.

»Ist nichts passiert!« Sie schaffte es, wieder aufzustehen, obwohl das Boot jetzt von den kalten, kabbeligen Wellen umhergeschleudert wurde. Shelby spürte einen scharfen, brennenden Schmerz am Mund.

»Du blutest!«, übertönte Ryan das Geheul des Sturms. »Sicher, dass du okay bist?«

Shelby berührte ihre anschwellende Lippe mit den Fingerspitzen. Sie schmeckte ihr metallisches, salziges Blut, aber für Sorgen war jetzt keine Zeit. »Es geht mir gut!«, schrie sie zurück, dann duckte sie sich instinktiv und hielt sich fest, während eine Welle über das Dollbord auf der Steuerbordseite spülte.

Sie selbst war in einem relativ geschützten Bereich der Plicht und machte sich Sorgen um Ryan, der den Elementen schutzlos ausgeliefert war. Shelby sah, wie er den Gurt enger um die Taille schnürte und mit aller Kraft das Steuerrad hielt, um der Wucht des Sturms standzuhalten. Mit jeder weiß schäumenden Welle hob sich das Heck, was dazu, führte, dass sich der Bug gefährlich tief ins Wasser bohrte.

Obwohl sie Fahrt machten, schien es, als kämen sie kaum gegen die sich türmenden Wellen voran, von deren Kämmen die Gischt horizontal absprühte. Die Sicht war so schlecht, dass die Inseln hinter einem Regenvorhang verschwanden und Ryan und Shelby sich zur Orientierung auf die Anzeigen im Boot verlassen mussten. Hände und Füße waren in der eisigen Nässe taub geworden. Der Wind peitschte ihre Haare und kreischte in ihren Ohren.

In diesem Augenblick zuckte ein Blitz wie ein Stroboskop über den Himmel, gefolgt von einem so durchdringenden Donnerschlag, dass Shelby seine Vibration spüren konnte. *Lieber Gott*, betete sie und versuchte, ihre wachsende Angst zu bezwingen. Blitze konnten das Wasser treffen und davon abprallen. Und wenn das direkt neben einem Boot geschah, und dessen elektrische Anlage … sie mochte gar nicht daran denken.

Während sie und Ryan mit dem Sturm um die Wette rasten, stießen Erinnerungen in ihrem Kopf zusammen, wie die Wellen, die gegen den Bootskörper der *Spindrift* schlugen.

Jeff. Ganz allein auf dem Lake Superior. Auf der Cadence. *Hatte er Angst gehabt? Oder war er zu aufgeregt gewesen, um Angst zu empfinden? Hatte er Schmerzen erlitten? Dieser gottverdammte See!*

Shelby hörte Ryans Stimme und drehte sich um. Da stand er am Ruder wie ein Fels, das nasse schwarze Haar klebte ihm am Gesicht und seine durchnässten Kleider flatterten im Wind. Er bat sie, das Steuer zu übernehmen.

»Wir schaffen das!«, versicherte er, während sie sich langsam zu ihm vorkämpfte, geduckt und an allem Halt suchend, was sie auf den schrägen, nassen Planken fand. Als sie das Steuerrad übernahm, drückte Ryan ihr einen raschen Kuss auf die Wange. »Halte uns auf Kurs zur Südspitze von Rocky, während ich die Großschot fiere.« Und er eilte zur Backbordseite, um die Leinen nachzugeben.

Shelby lächelte tapfer, dann neigte sie den Kopf und spuckte Blut aufs Deck, das sogleich vom prasselnden Regen fortgewaschen wurde. Sie spürte die Erschütterungen und den Zug des Steuerrads in ihrer Hand und packte mit voller Kraft zu. Die brauchte sie auch, um das Ruder gegen mehrere tausend Tonnen Wasserdruck auf Kurs zu halten. Mit brennenden Muskeln und wild klopfendem Herzen wandte sie den Blick lange genug vom Bug ab, um nach Ryan zu schauen. In diesem Augenblick wechselte der Wind jäh die Richtung und bauschte das Großsegel.

»Shelby, du musst zurück in den Wind steuern. JETZT!«, befahl Ryan, der die Winsch kurbelte und sich der Krängung des Schiffs entgegenstemmte, um nicht umgerissen zu werden.

Shelby sah hilflos zu, wie der Metallbaum des Großsegels wie ein Baseballschläger quer über die Plicht fegte. »*Jeff!* Pass auf!«, schrie sie in Erinnerung an die Tragödie, die sie die letzten drei Jahre verfolgt hatte. Ryan duckte sich und ließ sich gerade noch rechtzeitig fallen, sodass der Mastbaum über ihn hinwegfegte und über die Wellen schlingerte. »Oh, Gott! Bist du verletzt?« Shelby wagte nicht, das Steuer loszulassen, weil das Boot die Richtung wechseln und kentern konnte.

»Scheiße!«, fluchte er und hievte sich hoch. Sein Gesicht war rot, seine Augen im strömenden Regen nur noch Schlitze.

»Ryan?« Shelby packte das Steuer so fest, dass ihre Handknöchel weiß hervortraten, während ihre Augen zwischen Ryan und dem Bug, der durch die anbrandenden Wellen schnitt, hin und her gingen. »Bitte sag, dass du okay bist!«

»Geht mir auch nicht besser als dir!«, rief er und musterte ihre geschwollene Lippe, ihre entsetzte Miene. Dann fing er an zu lachen. Zuerst leise, dann immer lauter. Aus vollem Halse. Trotz ihrer Angst – oder vielleicht gerade deswegen – fand Shelby sein Lachen ansteckend. Mit Tränen in den Augen und schmerzendem Kiefer stimmte sie ein.

Wenn man ihr vor einer Woche erzählt hätte, dass sie in einem gefährlichen Sturm in der Nähe von Devil's Island in Gesellschaft von William Chambers Jr. auf einem Boot feststecken würde, hätte sie es nicht geglaubt. Und dass sie dabei sogar lachte wie ein Kind auf der Achterbahn? Das wäre ihr grotesk vorgekommen.

»Komm jetzt, Meyers«, sagte Ryan, kurbelte an der Winsch und holte den Mastbaum wieder herein. »Sehn wir zu, dass wir hier wegkommen.«

16

Glück

»Wer ist Jeff?«, fragte Ryan, als sie aneinandergekuschelt in der teakholzgetäfelten Kajüte der *Spindrift* saßen, die in einer geschützten Bucht von Rocky Island vor Anker lag. Der Sturm war vorübergezogen und in einen stetigen Regen übergegangen. In der engen Kajüte fühlten sie sich sicher. Sie hörten den Regen aufs Deck trommeln und in Böen auf das Wasser prasseln. Obwohl sie nahe an der Küste ankerten, spülten immer wieder Wellen über die Bullaugen und trübten die Sicht.

»Vorhin, als der Baum mich fast von Deck gefegt hätte, hast du mich Jeff genannt.«

Shelbys Unterlippe war auf der einen Seite leicht angeschwollen, an ihrem Kiefer bildete sich eine grünlich-blaue Prellung, ihr halb trockenes Haar war zerzaust. Doch in Ryans Augen war sie noch nie so schön gewesen.

»Hab ich das?« Shelby schaute ihn fragend an und zog die Beine unter sich.

Ryan nickte. Er wollte keine große Sache daraus machen, war aber trotzdem neugierig, wessen Name Shelby in dem dramatischen Augenblick entfahren war. Er warf die Decke von den Beinen und ging an die Pantry, um Kaffee aufzusetzen.

»War mir gar nicht bewusst …«, hörte er Shelby murmeln, während er Wasser in die Edelstahlkanne füllte.

»Ein Freund von dir?« Ryan zündete einen Propangasbrenner an und stellte den Kessel mit vernehmlichem Klappern darauf. Da er den Gasgeruch widerlich fand, stieß er das Bullauge in der Pantry auf und stopfte ein Handtuch in den Spalt, um die Regentropfen aufzufangen. Die kalte Luft im Gesicht war erfrischend.

»Er ist ein Exfreund«, erwiderte Shelby, dann korrigierte sie sich: »*War* ein Freund.«

»War?« Ryan drehte sich zu ihr um.

»Er starb vor ein paar Jahren. Wir waren noch auf dem College.« Sie wirkte sehr verlassen, wie sie da an einem Zipfel der Wolldecke zupfte.

»Shelby, ich weiß nicht, was ich sagen soll.« Ryan setzte sich wieder zu ihr und legte den Arm um ihre Schultern. Shelby schloss die Augen und lehnte sich an seine Brust. »Es tut mir so leid.«

»Mir auch.« Sie legte ihre Hand auf seine.

»Darf ich fragen, wie es passiert ist?«

»Er, ähm …«, stammelte sie. »Er ist bei einem Bootsunglück ums Leben gekommen.« Sie lächelte zwar, aber Ryan wusste, wie verrückt ihr das nach dem überstandenen Sturm erscheinen musste.

»Und deshalb hast du mich …«

»Hab ich wirklich seinen Namen gerufen?«

Ryan nickte.

»Ich kann mich gar nicht erinnern.«

Ryan sah sie an. Tränen glitzerten in den Winkeln ihrer geschlossenen Augen. Er wollte sie nicht bedrängen, also saß er still neben ihr und starrte durch die Bullaugen in den Regen hinaus. Das Boot wiegte sich sacht wie eine Hollywoodschaukel. Ryan fühlte den Frieden dieser Stille, in der engen Kajüte und unter der Berührung ihrer warmen Hand.

Da zerstörte ein schriller Pfiff den friedlichen Moment. Ryan sprang hastig auf und stolperte zum Herd. Kaffee und Satz sprühten durch die Kannentülle wie ein schlammiger Geysir. Hastig trug Ryan die Schweinerei zum Spülbecken, achtete darauf, dass er sich nicht verbrannte.

»Hast du etwa das Kaffeepulver direkt in die Kanne gegeben?«, fragte Shelby belustigt.

»Macht man das nicht so?« Er zog das regenfeuchte Geschirrtuch aus dem Bullaugenspalt und wischte den verschütteten Kaffee auf.

»Nicht, wenn man eine einfache Kaffeekanne benutzt«, kicherte Shelby und wischte sich mit dem Handrücken die Tränen ab. »Hast du gedacht, es wäre eine französische Cafetière?«

»Nein«, erwiderte er. Er war froh, dass es ihm, wenn auch um den Preis eines kleinen Kaffeemalheurs, gelungen war, Shelby aufzuheitern. »Ich koche Kaffee immer so.«

»Ach, tatsächlich?«

»Okay, vielleicht nicht ganz so«, gab er zu. »Aber nur Geduld, ich glaube, da ist noch was zu retten.« Er zog eine Schublade auf und wühlte, bis er ein kleines Sieb fand. Nicht sonderlich elegant goss er den körnigen Kaffee aus der tropfenden Kanne durch das Sieb in zwei Becher. Dann holte er eine Tupperware-Dose mit Zucker und eine Halblitertüte Milch aus dem kleinen Kühlschrank und hielt ihr beides hin. Shelby nickte lächelnd. Nachdem er umgerührt hatte, brachte Ryan die beiden Becher an den Tisch.

»Achte einfach nicht auf die kleinen Körnchen, die obenauf

schwimmen«, sagte er verlegen. Shelby hob die Decke an, damit er wieder zu ihr schlüpfen konnte.

Sie fischte die schwarzen Körnchen heraus, die sich am Tassenrand angesammelt hatten, und nahm vorsichtig einen Schluck. »Erstaunlich.« Sie sah von der dampfenden Tasse auf. »Gar nicht mal so übel. Du lernst das noch.«

»Wenn es dir nichts ausmacht, Kaffeesatz aus deinen Zähnen zu pulen«, sagte Ryan und fuhr sich mit der Zunge übers Zahnfleisch. Er trank ein paar Schlucke Kaffee. »Möchtest du über ihn sprechen?«

»Weißt du, was komisch ist? Es vergeht eigentlich kein Tag, ohne dass ich an ihn denke, aber ich spreche selten von ihm. Die anderen auch nicht.« Sie hielt den Kaffeebecher krampfhaft zwischen den Händen. »Wir sind praktisch zusammen aufgewachsen. Wir haben dieselben Leute gekannt. Unsere Familien waren befreundet. Also schien es so, als würden wir alle gleichzeitig um ihn trauern, es war, als würden wir uns gegenseitig umarmen. Aber jetzt habe ich das Gefühl, dass keiner mehr über ihn sprechen will. Und eigentlich verstehe ich das nicht.«

»Ich verstehe, dass du ihn geliebt hast.«

»Ich liebe ihn noch«, gestand Shelby ohne Zögern. »Und ich werde ihn immer lieben.«

»Dann hatte er wirklich Glück.« Ryan meinte es ernst.

»Das mag jetzt vielleicht seltsam klingen, aber ich glaube, ihr hättet euch gut verstanden. Er hat das Outdoor-Leben ebenso geliebt wie du. Und er war ein hervorragender Segler. Er betete den See förmlich an. Mitte Mai hatten wir unser erstes Jahr an der Madison beendet, und als wir nach Hause kamen, konnte er es gar nicht abwarten, mit seinem Boot – der *Cadence* – rauszukommen. Wie groß ist *dieses* Boot?«

»Vierzig Fuß.«

»Seins war viel kleiner. Und ein bisschen abgetakelt. Er und seine Eltern haben es, so gut es ging, gepflegt, aber durch den See, die Witterung und sein Alter hat es mit den Jahren schrecklich viele Dellen und Kratzer bekommen. Und obwohl Jeff ständig daran repariert hat, hat sein Boot nie so toll ausgesehen.« Sie blickte sich in der Kajüte um, als sähe sie die *Spindrift* zum ersten Mal.

Ryan nickte. Er wollte, dass sie weitererzählte.

»Die *Cadence* war gerade erst für die Saison an den Liegeplatz gebracht worden, und Jeffs Eltern hatten noch gar nicht richtig mit der Frühjahrsüberholung begonnen – also mit der Reinigung, der Wartung des Motors und einigen kleineren Reparaturen und dem Austauschen einzelner Teile. Jeff hatte es aber so eilig, dass er nicht prüfte, ob die Schwimmwesten schon an Bord waren. Seine Eltern haben sie über den Winter immer in den Keller gelegt, und dort lagen sie noch. Es sah Jeff gar nicht ähnlich, so etwas zu vergessen …« Ihre Stimme wurde leiser, und sie starrte in ihren Kaffeebecher. »Er ist sofort losgesegelt. Und normalerweise wäre ja auch alles glattgegangen. Aber dann zog ein Sturm auf. Nachher hieß es, Jeff hätte zwei Probleme gehabt: ein altes Boot und keine Rettungsweste an Bord.«

»Was ist geschehen?«, fragte Ryan einfühlsam. Er ahnte zwar bereits, wie die Geschichte ausgehen würde, spürte jedoch, wie wichtig es für Shelby war, sie bis zum Ende zu erzählen.

»Der Sturm, in den Jeff geriet, war ähnlich wie der heutige – er kam einfach aus dem Nichts«, fuhr sie fort. »Jeff war immer so gewissenhaft, verstehst du? Er hat den Wetterbericht gehört, er wusste, wie man unter schwierigen Bedingungen segelt ...« Sie stellte den Becher hin und legte die Hand auf die Augen. Ryan nahm sie in seine Arme.

»Deshalb wollten wir es zuerst nicht glauben.« Sie lächelte tapfer, obwohl ihre Stimme zitterte. »Jeff wäre der Letzte, von dem man erwartet hätte, dass er auf dem See in Schwierigkeiten geriet.«

»War das auch vor Devil's Island?«, fragte Ryan teilnahmsvoll.

Shelby holte tief Luft. »Nein. Es sollte nur ein Tagestörn werden, er wollte um Madeline herumsegeln. Die Küstenwache sagte, er wäre in dem Kanal zwischen Michigan Island und Madeline gewesen und hätte auf Big Bay zugehalten. Aus einigen Spuren, die vom Boot geborgen wurden, hat man geschlossen, dass der Mastbaum über das Deck fegte und Jeff am Kopf traf. Er ist über Bord gegangen.«

»Und als der Mastbaum mich beinahe ...?«

»Da hab ich seinen Namen gerufen?«

»Ja«, sagte Ryan leise. »Wo haben sie ihn gefunden?«

Shelby schüttelte den Kopf. Nun brach sie doch in Tränen aus. Denn Jeffs Leiche war nie gefunden worden. Mit dieser Eigenart von Lake Superior war Ryan bereits vertraut. Er war der kälteste und tiefste der Großen Seen, und es hieß, dass er seine Toten nicht wieder hergab. Wer in ihm versank, wurde vielleicht nie mehr gefunden. Ryan war wütend auf sich, weil er Shelby in Gefahr gebracht und dadurch die alten leidvollen Bilder wieder heraufbeschworen hatte.

»Es tut mir so leid. Du wolltest nicht nach Devil's Island, aber du hast es trotzdem getan. Mir zuliebe. Ich hätte gestern Abend auf dich hören sollen, als du mich gewarnt hast, wie gefährlich das Wetter zu dieser Jahreszeit sei – besonders vor Devil's Island, das den Elementen schutzlos preisgegeben ist.

Ich hätte wirklich auf dich hören sollen. Du kennst den See viel besser als ich, und ich habe die Gefahr einfach nicht ernst genommen.« Er drückte seine Lippen auf ihren Scheitel. »Es wird nicht wieder vorkommen.« Dann rieb er ihre Schulter und strich ihr tröstend über die Haare.

Ein Bild trat vor Ryans Augen. Bei ihrer Begegnung auf der Apfelplantage hatte Shelby eine rote Baseballkappe getragen. Und Ryan glaubte sich zu erinnern, dass sie die Kappe auch auf dem Applefest getragen hatte. »Die Kappe, die du so gern trägst … die von den UW Badgers?«

Shelby hob den Kopf und sah ihn an. Tiefe Traurigkeit stand in ihren braunen Augen. Da wusste er, dass es Jeffs Kappe gewesen war. Auf diese Weise fühlte sie sich immer noch mit Jeff verbunden. Ryan stellte keine Fragen mehr. Er verstand.

»Siehst du seine Familie noch?«

Shelby trocknete sich die Augen und atmete tief durch. »Sicher, aber nicht sehr oft.« Ihre Stimme hatte die alte Kraft wiedergewonnen.

»Weil sie dich zu sehr an ihn erinnert?«

Er spürte, wie sie sich in seinen Armen entspannte. »Im Gegenteil. Ich sehe sie sehr gerne. Ich will die Erinnerung an Jeff niemals verlieren«, erklärte sie. »Jeffs älterer Bruder ist wenige Monate danach Vater geworden. Der Junge heißt Benjamin und hat ganz erstaunlich blaue Augen. Wie sein Onkel Jeff. Wenn ich ihn sehe und in den Arm nehme … dann fühle ich mich besser.«

Noch ein Bild kam Ryan vor Augen. Der Moment, als er Shelby von West Bay Outfitters weglaufen sah. *Vorher hatte ich sie gar nicht richtig wahrgenommen,* dachte er. *Erst als ich sie mit dem kleinen Jungen sah*. Während Shelby im

Gedenken an Jeff den kleinen Jungen umarmt, hochgehoben und kichernd im Kreis herumgewirbelt hatte – da hatte sie Ryan den Atem geraubt.

17

Apfelplantage

Es war Anfang November, und der Wind trieb Wolken in mannigfaltigen Grautönen über Lake Superior. Eisige Windstöße fegten vom See in den Ort. Passanten hüllten sich eng in ihre Mäntel und stemmten sich mit verschränkten Armen dem Wind entgegen. An Verandatreppen und Grünstreifen sammelte sich trockenes Laub. In den Hauseingängen thronten mit müden Augen und erschlaffendem Grinsen noch die Kürbislaternen von Halloween. Und die Strohpuppen, die man zum Fest sorgfältig aufgerichtet und eingekleidet hatte, wirkten mittlerweile ein wenig zerlumpt – die Hüte schief, die Jacken halb von den Schultern gerutscht –, und aus den Nähten quoll Stroh, das zusammen mit dem Laub vom Wind fortgeweht wurde.

Aber auf den Feldern und Plantagen oberhalb der Stadt, wo die Farmer dem Ende der kargen Ernte entgegensahen, blies der Wind nicht so stark. Die Familie Meyers hatte mit Unterstützung einiger angeheuerter Erntearbeiter wie wild geschuftet, um die verbleibende Ernte noch vor dem Frost einzubringen. Der Hauptteil der Arbeit war getan. Und heute war Sonntag. Den würde man gemütlich am Herdfeuer verbringen, während auf dem Ofen ein Topf Wildreissuppe kochte.

Ryan und Shelby verließen das Haus, warm eingepackt für

einen flotten Spaziergang. Die Bäume, vor wenigen Wochen noch voll belaubt und mit Äpfeln behangen, bildeten jetzt nur noch Gehölze mit knorrigen Zweigen. Auf allen Wegen lag Laub. Shelby schnallte ihre Badgers-Kappe enger und zog den Reißverschluss ihrer Jacke hoch. Ein Windstoß wirbelte die Blätter zu ihren Füßen auf, und sie roch den Duft der Heimaterde. Das holzige Aroma der herbstlichen Ernte war verflogen und hatte dem Geruch nach trockenem Laub, feuchter Erde und verrottendem Grün Raum gegeben. Es war das natürliche Ende einer Jahreszeit.

Während die Apfelplantage in Winterschlaf sank, blühte die Beziehung zwischen Shelby und Ryan auf. Mittlerweile hatte Ryan sich an seine neuen Lebensumstände angepasst und ging völlig in seinem Werk auf. Die beiden verbrachten so viel Zeit wie möglich miteinander. Doch trotz der Nähe, die Shelby zu Ryan spürte, hatten sie manche Themen nicht angesprochen. Der Gedanke, dass Ryan eines Tages nach Chicago zurückkehren musste, lauerte stets in ihrem Hinterkopf. Ihre Überzeugung, dass er nur vorübergehend in Bayfield weilte und ihre Leben nur auf Zeit miteinander verbunden waren, ließ ihre Beziehung so flüchtig erscheinen wie die Frühlingsblüten an einem Apfelbaum. So schwer der Abschied auch fallen mochte, war es doch ein gewisser Trost zu wissen, dass er eines Tages kommen würde. Darauf konnte sie sich einstellen. Eine Beziehung, deren Ende vorauszusehen war, war viel besser als eine, die in einer Tragödie endete.

Doch an diesem kalten Novembertag war Ryan an ihrer Seite und würde sie so bald auch nicht verlassen. Also beschloss Shelby, endlich die Fragen zu stellen, die sie bislang für sich behalten hatte. Über seine Familie. Ryans Antworten konnten nichts an der Situation ändern, würden ihr aber vielleicht helfen zu verstehen, warum er Zuflucht in dieser kleinen Stadt am See gesucht hatte.

»Ich weiß, ich hab das schon mal gesagt, aber Olen und Ginny geben mir wirklich das Gefühl, als wäre ich bei ihnen daheim«, sagte Ryan, während sie Hand in Hand dahinschritten. »Sie haben mehr getan, als mich in eurem Haus willkommen zu heißen. Es ist eher so, als *gehörte* ich dazu. Sie behandeln mich wie ein Familienmitglied.«

»Ich glaube, ich weiß, was du meinst«, stimmte Shelby zu. »Sie hatten kein leichtes Leben, aber es war immer von Liebe erfüllt. Zwischen den beiden gibt es ein unzerreißbares Band, das mir immer ein Gefühl von Sicherheit verliehen hat. Ich glaube, es wirkt sich auch auf die Art aus, wie sie mit dir und anderen umgehen.«

Ryan nickte. Sein Blick war nach vorn gerichtet, auf die Steine und Reifenspuren unter den Apfelbäumen.

»Was ist mit deinen Eltern?« erkundigte Shelby sich wie nebenbei und hoffte, dass sie dieses Mal eine Antwort erhalten würde. »Führen sie eine gute Ehe?«

Ryan sah sie stirnrunzelnd an. »Meine Eltern?«, fragte er, dann richtete er den Blick wieder auf den Weg. »Das nehme ich doch an. Es hängt allerdings davon ab, was du unter einer guten Ehe verstehst.«

Shelby dachte einen Moment nach, bevor sie die nächste Frage stellte. »Wie lange sind sie verheiratet?«

»Etwas über dreißig Jahre.«

Es entsprach nicht Shelbys Charakter, in jemanden zu dringen, aber ihre Geduld war zu Ende, und sie wollte es wissen. Sie stellte ihre Frage noch einmal, was zur Folge hatte, dass Ryan das Gesicht verzog und die Zähne zusammenbiss. Sie gingen weiter. Shelby wartete geduldig, bis seine Miene sich entspannte. Da wusste sie, dass er endlich bereit war, sich ihr anzuvertrauen.

»Sie sind sich in Moms Abschlussjahr an der Uni begegnet«, begann Ryan. »Dad ist fünf Jahre älter als sie – er hatte damals schon seinen ersten Job, als Journalist in Boston. Sie haben sich durch gemeinsame Freunde der Familie kennengelernt.« Er kickte einen Stein vom Weg, dann gestand er: »Dass sie einander kennenlernen sollten, war geplant.«

»Wirklich?« Shelby sah einen Stein auf dem Weg liegen und kickte ihn aus Solidarität ebenfalls weg.

»Meine Großeltern, sowohl von Mutter- als auch von Vaterseite her, bewegten sich in den gleichen Kreisen, aber es war eher eine Geschäftspartnerschaft als eine Freundschaft. Dads Eltern haben die Familie meiner Mutter zu einer Weihnachtsfeier in ihrem Club eingeladen. Meine Großeltern haben Dad ermutigt, Mom zum Tanz aufzufordern, und da hat es dann gefunkt, schätze ich. Im darauf folgenden Dezember haben sie dann geheiratet. Mom sagt immer, dass ihre Hochzeit eines der gesellschaftlichen Glanzlichter in jenem Jahr war.«

»Sie muss ja auch glänzend gewesen sein.« Die wenigen Hochzeiten, die Shelby erlebt hatte, waren in Hinterhöfen, Gemeinderäumen oder in Bayfields Bürgerzentrum gefeiert waren. Als ihre Freunde Abby und Luke Gordon heirateten, hatten sie das Ehegelübde an einem Strand auf Madeline Island gesprochen. Shelby war nie in einem Country Club oder bei einer eleganten Trauung gewesen, und schon gar nicht auf einem prächtigen Empfang, der in den Klatschspalten erwähnt wurde.

Sie zögerte, bevor sie weiterfragte, denn das Bild, das Ryan skizziert hatte, machte deutlich, wie verschieden ihrer beider Leben waren. Doch dann übermannte sie wiederum die Neugier. Sie wollte einfach alles über ihn wissen. »Und danach hat dein Vater seine Firma gegründet?«

»Nein. Zunächst haben alle erwartet, dass er bei seinem Vater oder seinem Schwiegervater arbeitete, wie es auch zwei meiner Onkel getan haben. Aber mein Vater weigerte sich. Er wollte etwas Eigenes aufbauen und scheute sich nicht vor dem Risiko.« Ein herabgefallener Ast versperrte ihnen den Weg; Ryan packte in die Zweige und zerrte ihn beiseite. »Meine Eltern waren beide jung und aus wohlhabender Familie. Sie hatten finanzielle Sicherheit und ein Netz möglicher Sponsoren«, fuhr er fort.

Shelby sammelte die Zweige auf, die von dem Ast abgebrochen waren, und warf sie an den Wegrand. »Also war er ungefähr in deinem Alter, als er …«, setzte sie an, hielt dann aber inne.

Ryan nickte. »Dad peilte die Medien an – Rundfunk und Fernsehen hauptsächlich. Er wusste, dass er Erfahrungen aus erster Hand benötigte, wenn er eine eigene Firma aufbauen wollte. Und genau das tat er zu der Zeit, als er meiner Mutter begegnete. Er arbeitete sich hoch, wenn man so sagen will, sammelte zunächst Erfahrungen im Zeitungswesen, ging dann zum Rundfunk. Unsere Familie ist nach Chicago gezogen, als meine Schwester und ich noch sehr klein waren. Dad war noch keine vierzig, da war Chambers Media bereits ein Erfolg.« Ryan brach unvermittelt ab und wandte sich Shelby zu. »Sorry, ich schweife ab.«

»Überhaupt nicht«, versicherte sie und nahm seine Hand.

»CM fing sehr klein an und sendete zunächst nur im Großraum Chicago«, sagte er, während sie ihre Wanderung wieder aufnahmen. »Es dauerte nicht lange, da hatte Dad bewiesen, dass er sowohl für den Journalismus als auch für das Unternehmertum begabt war, und die Firma wuchs rasch.«

»Lass mich das mal klarstellen«, unterbrach ihn Shelby. »Dein Vater ist nicht in die Fußstapfen seiner Eltern getreten, besteht aber jetzt darauf, dass du in seine trittst?«

»Bingo«, erwiderte Ryan mit gequältem Lächeln. »Er hat zwar immer betont, dass es meine eigene Wahl wäre. Aber wahrscheinlich ist ihm nie in den Sinn gekommen, dass ich mich gegen CM entscheiden könnte. Er hat mich als Nachfolger aufgebaut, damit ich übernehmen kann, wenn er in den Ruhestand geht.«

»Er hat dich *aufgebaut?*« Auch die Großeltern hatten sie von klein auf für die Arbeit mit den Äpfeln ausgebildet, aber irgendwie schien das nicht das Gleiche zu sein. Oder doch?

»Er hat mich im Geschäftlichen unterwiesen, seit ich denken kann. Und in jüngster Zeit hat er den Druck noch erheblich verstärkt. Mehr möchte ich darüber eigentlich nicht sagen.«

»Rein theoretisch gesprochen: Wäre es nicht möglich, dass du in der Firma arbeitest und dich trotzdem deiner Fotografie widmen kannst?« Shelby hatte in letzter Zeit oft an Kompromisse gedacht, wenn sie versuchte, die Zukunft von Meyers Orchard und die Erwartungen, die sie als Studentin gehabt hatte, gegeneinander abzuwägen. Aber sie hatte es ja nicht einmal geschafft, an die Uni zurückzukehren, um doch noch ihren Abschluss zu machen!

Ryan blieb abrupt stehen und ließ ihre Hand los. Seine Miene machte Shelby deutlich, wie unverstanden er sich fühlte. »Nein! Wie könnte ich? Die Fotografie hält mich von dem Medienrummel fern. Durch sie fühle ich mich mit dem *Leben* verbunden«, erklärte er mit erhobener Stimme und umfasste mit einer Geste ihre Umgebung. »Wenn ich für CM arbeitete, würde ich all das nicht sehen! Ich kann nicht meine Träume opfern, um mein Leben als Befehlsgeber hinter einem Schreibtisch zu fristen!«

Seine Reaktion war sehr heftig. Shelby hob ihre offenen Handflächen, um ihn zu beschwichtigen. »Aber was wäre, wenn der Mann hinter dem Schreibtisch gute Leute einstellte? Wenn er seinen Einfluss nutzte, um Träume wahr werden zu lassen, die andernfalls nur Träume bleiben würden? Nicht nur für sich, sondern auch für andere«, argumentierte sie. »So wie ich das sehe, läufst du vor deinen Möglichkeiten davon. Du bist in ein privilegiertes Leben hineingeboren worden.« Sie legte ihm eine Hand auf den Arm. »Das ist kein Problem, Ryan, sondern ein Segen, aber du bist im Moment wohl zu verbittert, um das zu erkennen. Statt vor CM davonzurennen, könntest du die Firma für etwas nutzen, das dir wichtig ist.«

»Kunst ist dir also nicht wichtig genug?«

Shelby schüttelte nur den Kopf und ließ ihre Hand sinken. Seinen bitteren Ton bemerkte sie nicht. »Natürlich ist Kunst wichtig. Das habe ich damit nicht sagen wollen.«

»Was weißt du schon über Big Business, Shelby? Oder das Leben, das sich außerhalb deiner kleinen gemütlichen Farm abspielt? Du hängst an diesem Land, als wäre es eine Schmusedecke!«, sagte er so zornig, dass Shelby außer Fassung geriet.

Offenbar hatte sie einen Nerv getroffen, und er schlug nun zurück. Dann aber sagte sie sich, dass ihr Verlust, wenn Ryan Bayfield verließ, nichts war im Vergleich zu dem Verlust, den er erleiden würde, wenn er blieb und dadurch seine Möglichkeiten vergab. Es war eine Bestätigung ihrer früheren Gedanken: Ryan konnte nicht ewig in Bayfield bleiben.

»Deine Familie hat eine erfolgreiche Firma aufgebaut, die die Wahrnehmung der Menschen gestalten kann, den kulturellen Wandel beeinflusst und den Zeitgeist spiegelt«, sagte sie ein wenig einfühlsamer und achtete sorgfältig auf seine Reaktion.

»Jesus, Shelby, als wenn das alles so einfach wäre«, brummte er und rieb sich den Nacken.

»Ich fände es einfach ganz schrecklich, wenn du Verpflichtung mit Chance verwechseln würdest. Wenn du in die Firma deines Vaters eintrittst, heißt das nicht automatisch, dass du fortführen musst, was er begonnen hat. Sieh es doch mal so: Mit dieser Firma hast du eine Plattform, um zu den Menschen zu sprechen. Du wärst der Mann hinter der Kamera – was du sowieso liebst – und könntest die Themen teilen, die dich berühren.«

»Shelby, du verstehst einfach nicht, wie …«

Sie ignorierte seinen Widerstand und fuhr fort: »Trotz deiner Stichelei über mich und die Farm – die ich dir verzeihe – muss ich kein mit allen Wassern gewaschener Stadtmensch sein, um zu wissen, was richtig oder falsch ist. Wenn du einen Sinn in deinem Tun findest, wird dein Geschäft blühen. Und wenn du dir treu bleibst, wirst du nicht zum Abklatsch deines Vaters.«

»Na schön. Wo wir gerade dabei sind, richten wir den Scheinwerfer doch mal eine Minute auf dich«, sagte Ryan bissig. Zu spät begriff Shelby, dass ihre Wahrheitssuche sich als Bumerang erweisen konnte. »Wie steht's denn um *deinen* Lebenstraum, Shelby?«

»Hier geht's nicht um mich.« Trotzig bohrte sie ihre Hände in die Jackentaschen.

»Da du meine Situation so brillant zu analysieren weißt, muss ich mich fragen, ob du nicht vielleicht auch mit einem inneren Konflikt lebst?« Ryan verschränkte die Arme vor der Brust und schauderte im kalten Wind, der vom See über die Klippen wehte. »Ich und CM. Du und diese Farm. Ich glaube, wir sind uns ähnlicher, als dir bewusst ist.«

»Glaube mir, Mr William Ryan Chambers der *Zweite*, wir haben überhaupt nichts gemeinsam«, erklärte Shelby kategorisch. »Es wird kalt, ich gehe zurück.« Als sie sich umdrehen wollte, hielt er sie auf.

»Hey, warte.« Das klang wieder nach dem Ryan, den sie kannte und liebte. Dennoch entzog sie sich ihm. »Es tut mir leid«, sagte er. »Ich wollte nicht so gemein sein. Aber du hast etwas gesagt, das ich nicht hören wollte.«

Shelby stand da, unter den Apfelbäumen, sah ihm forschend ins Gesicht und entdeckte eine neue Verletzlichkeit an Ryan.

»In Wahrheit wünschte ich, dass ich deinen Optimismus besäße«, gestand er.

Instinktiv fasste sie den Rand ihrer roten Kappe und zog sie tiefer über die Augen. Sie wusste nicht, wohin ihre Beziehung führen würde, aber sie beschloss, nicht davor wegzurennen. Feiglinge flüchteten. Ihre Mutter war geflüchtet. Aber Shelby war nicht wie ihre Mutter. Sie würde aushalten – bis zum Ende.

»Gehen wir noch ein Stück?« Er bot ihr wie ein Gentleman seine Hand. »Bitte?«

Shelby akzeptierte sie und ging schweigend neben Ryan her. Sie wusste, dass sie beide über den Fehdehandschuh nachdachten, den sie einander hingeworfen hatten.

Wildgänse auf dem Weg in ihr Winterquartier zogen mit ihren typischen Rufen über sie hinweg. Sie flogen so tief, dass Ryan und Shelby ihre Flügel rauschen hörten. Das half ihnen, ihr Schweigen zu brechen.

»Was liebst du an diesem Ort am meisten?«, fragte er.

»Ich könnte dir erzählen, was du erwartest: dass ich hier aufgewachsen bin, dass es mir im Blut liegt, dass ich es liebe, etwas wachsen zu sehen und so weiter. Stimmt auch alles. Ist aber nur ein Teil der Wahrheit.« Sie reckte sich, um die letzten gelben Blätter zu berühren, die wie lockere Zähne an einem Zweig hingen. »Wenn ich hier draußen bin, spüre ich die Verbindung mit etwas Größerem.«

»Spirituell gesehen?«

»Gott, ja auch, aber ich meinte damit eigentlich die Apfelbäume. Sie erinnern mich an eine Familie.«

»Familie?« Ryan legte den Kopf schief und betrachtete sie neugierig.

»Du hast mich gefragt ...«

»Aber wie das? Erklär's mir.«

»Stell dir vor, dass jeder Baum, den du hier siehst, eine Familie verkörpert. Manche sind neu gepflanzt, während andere schon Jahre in dieser Erde wachsen und tief in ihr verwurzelt sind.« Shelby zeigte auf eine Reihe junger Bäume, nicht allzu weit entfernt von ihnen. »Siehst du die dort? Die wir im letzten Frühjahr gepflanzt haben? Das sind Setzlinge. Neuankömmlinge in der Gemeinschaft.«

»Okay ...«

»Du musst bedenken, wie lange ich schon hier lebe, wie viel Zeit ich also hatte, um darüber nachzudenken.« Zum ersten Mal nach ihrer hitzigen Diskussion über Träume und Verpflichtungen wurde ihr Gesicht von einem Lächeln erhellt.

»Die Bäume erinnern mich daran, wie Familien bestimmte Eigenschaften an die nächste Generation weitergeben. Jede Generation ist eine neue Ernte.«

»Ich habe dich gar nicht so poetisch eingeschätzt«, sagte Ryan und zog seinen Kragen höher, um sich gegen die Kälte zu schützen. »Was kommt als Nächstes?«

»Interessiert's dich wirklich, oder willst du mich nur bei Laune halten?« Sie hatten sich wieder in Bewegung gesetzt.

Ryan streckte die Hand aus und zog spielerisch am Schirm ihrer Kappe. »Es interessiert mich.«

»Okay. Also, nehmen wir diesen Baum.« Shelby ließ Ryans Hand los, um ein paar der letzten eiskalten und überreifen Äpfel von dem Baum zu pflücken. »Ein einziger Baum, aber keiner seiner Äpfel gleicht dem anderen.« Sie gab Ryan einen Apfel, und er rollte ihn sanft zwischen den Händen. »Manche Äpfel sind nicht so stark wie andere. Wenn ein Sturmwind bläst, können sie dem Druck nicht standhalten und fallen zu Boden. Andere hingegen kämpfen und bleiben so lange am Baum hängen, bis sie das geworden sind, was sie werden konnten – wie diese beiden«, sie zeigte auf die Äpfel, die sie gerade gepflückt hatte. »Andere wiederum haben eine tolle Farbe oder eine tolle Zeichnung.«

»Ich erinnere mich, dass Olen einmal etwas Ähnliches sagte … Er hat, glaube ich, gesagt, dass seine Äpfel von außen vielleicht nicht besonders viel hermachen, aber innen wären sie wunderbar.« Damit biss er krachend in seinen Apfel.

»Den Spruch hat er von mir geklaut.«

Ryan lachte und wischte sich süßen Saft vom Kinn. »Was kannst du mir noch über diese spezielle Ernte erzählen?«

»Jetzt machst du dich wirklich über mich lustig!«, rief Shelby und stimmte in sein Lachen ein, während sie so tat, als wollte sie ihm einen nicht ganz perfekten Apfel an den Kopf werfen.

»Hey! Vorsicht!« Ryan duckte sich und hielt schützend die Hände vors Gesicht.

Shelby ließ ihre Hand sinken und biss in den Apfel, statt ihn nach ihm zu werfen. »Was soll ich sagen, ich liebe meine Familienbäume eben«, sagte sie mit vollem Mund.

»Was ist nun aber mit dem Kerl, der aus einer tief verwurzelten Familie stammt und stark genug ist, um mit guten wie mit schlechten Zeiten fertig zu werden, aber trotzdem vom Baum fallen will?«

»Keiner von uns kann wählen, woher er kommt, aber wir können entscheiden, wohin wir gehen«, sagte Shelby schlicht. Es klang, als habe sie das Problem gelöst, während sie in Wahrheit sowohl sich selbst als auch Ryan zu überzeugen versuchte.

»So einfach geht es im Leben nicht zu.«

»Warum sagst du das?« Shelby biss noch einmal von ihrem Apfel ab und leckte sich den Saft von den Lippen.

»Nichts«, erwiderte er mit einem Achselzucken. »Vergiss es.«

»Darf ich ganz ehrlich sein?«

Ryan schleuderte seinen halb gegessenen Apfel unter den nächsten Baum, wo er zwischen die anderen rollte, die in einem Laubhaufen verfaulten.

»Du betrachtest die Dinge von der falschen Seite«, sagte Shelby.

»Ach ja?«

»Du wurdest in eine Familie hineingeboren, die dir finanzielle Sicherheit, ein sicheres Zuhause und eine ausgezeichnete Erziehung und Möglichkeiten bot.«

»Vergiss das Beste nicht«, sagte Ryan mit mehr als einer Prise Sarkasmus. »Prestige.«

»Mach mal halblang. Du stellst es so hin, als wärst du ein Opfer. Warum dein Renommee und die Öffentlichkeit nicht für dich arbeiten lassen, statt vor beidem zu fliehen? Warum benutzt du deine Bekanntheit nicht, um etwas Gutes zu schaffen, etwas, worauf du stolz sein kannst?«

»Ich habe nie behauptet, ein Opfer zu sein.«

»Aber du hast es angedeutet.« Shelby warf ihren Apfel ebenfalls in den Laubhaufen. »Die meisten Menschen arbeiten ihr ganzes Leben lang, ohne auch nur annähernd zu erreichen, was du bereits hast. Ich verstehe einfach nicht, wie jemand, der so stark ist wie du – der so gut ist wie du –, diese Möglichkeit nicht nutzt.«

»Ich höre, was du sagst, aber bedenke, dass du, wie ich vorhin schon sagte, gar nicht so anders bist. Wir sind beide mit unserem Familienunternehmen verbunden. Ich will aber nicht *deren* Lebenstraum fortführen. Ich will an jedem Tag meines Lebens etwas machen, das *mir* wichtig ist. Ich will etwas durch mich selber bewirken und nicht in ihre Fußstapfen treten. Willst *du* das denn?«

»Willst du jetzt wieder alles umdrehen?«

»Du findest, ich soll mich selber betrachten. Ich bitte dich lediglich, das Gleiche zu tun. Willst du dein ganzes Leben hier verbringen? Oder willst du dir eines Tages etwas Eigenes aufbauen?«

Es hatte eine Zeit gegeben, als Shelby ein Leben außerhalb ihrer Heimatstadt wollte. Doch diesen Traum hatte sie aufgegeben, ebenso wie das Andenken an Jeff nach seinem Tod. Ihre Heimat war hier. Meyers Orchard sollte ihre Vergangenheit, ihre Gegenwart und Zukunft sein. Zumindest hatte sie sich das in den vergangenen Jahren immer wieder gesagt.

Doch jetzt, während sie Ryan ansah, kamen ihr Zweifel. War die Apfelplantage wirklich ihre Heimat? Oder war sie nur ihr Rückzugsort vor dem Leben?

»Was erwartest du von deinem Leben?«, fragte er erneut und trat mit ausgestreckter Hand auf sie zu. Über Ryans Zukunft zu reden war leicht gewesen. Aber über sie selbst? Shelby wich ein paar Schritte zurück und fand sich unter einem Dach aus Zweigen wieder. Ryan kam jedoch unbeirrt weiter auf sie zu und stellte die Fragen, die Shelby sich selbst nicht stellen wollte. *Was mache ich aus meinem Leben? Warum wohne ich immer noch in dem Haus meiner Kindheit? Warum entscheide ich mich immer für Sicherheit?*

Shelby machte winzige Schritte rückwärts, bis sie nicht mehr weiterkam. Sie stand mit dem Rücken gegen den Baum und spürte die raue Borke und die beschnittenen Zweigstummel durch ihre dicke Jacke.

Ryan zog unter den niedrig hängenden Zweigen den Kopf ein und betrat den geschützten Platz unter dem Baum. Dicht vor ihr blieb er stehen. Er streifte einen Handschuh ab und schob Shelby eine Haarsträhne hinters Ohr, legte dann die Hand an ihre Wange. Ihre kalte Haut erwärmte sich unter seiner Berührung.

»Wenn es dein Traum ist, das Leben fortzuführen, das deine Familie für dich begonnen hat, dann nur zu«, sagte er leise. »Aber wenn du mehr willst, dann hab keine Scheu davor, die Wurzeln auszureißen und deinem Traum zu folgen. Das ist es, was ich zu tun versuche, Shelby. Das ist der Grund, warum ich hier bin.«

Sie schaute in das Zweigdach hinauf. Eben war ihr eine

Selbsterkenntnis gekommen, die einzugestehen ihr peinlich war. Nach einem Moment des Nachdenkens sah sie ihm in die Augen. »Ich bin vierundzwanzig«, sagte Shelby mit brüchiger Stimme, die kaum mehr als ein Flüstern war. Ryan neigte sich zu ihr, um ihre Worte zu verstehen. »Ich habe schon vor Jahren zu träumen aufgehört, und jetzt ist die einzige Zukunft, die ich mir vorstellen kann, mit diesem Land verbunden.«

Ryan schlang einen Arm um ihre Taille und zog sie an sich. Er duckte den Kopf unter den zerfransten Schirm ihrer Kappe und berührte sie mit der Nase, leicht wie ein Schmetterlingsflügel. Er war Wärme, Stärke und Zärtlichkeit zugleich. Er war alles, was sie brauchte.

Shelby genoss die Zärtlichkeit dieses Mannes, der im August auf der Plantage aufgetaucht war. Sie schloss die Augen und spürte, wie er ihr langsam die Kappe vom Kopf zog. Als ihre Haare schwer auf ihre Schultern herabfielen, schnürte ihr Traurigkeit die Kehle zu. Shelby schaute auf und schluckte, um die Tränen zurückzuhalten. Ryan hielt ihren Blick fest, während er Jeffs Kappe in der Hand hielt. Für ihn bedeutete sie vermutlich nichts, für sie jedoch alles.

Sein warmer, weicher Mund traf ihre Wange, nicht ihre erwartungsvollen Lippen. Shelby hielt den Atem an. Er legte ihr die Hand ins Kreuz und zog sie an sich. Shelby nahm sein Gesicht in ihre Hände und küsste ihn voller Leidenschaft.

Später am Abend, als Ryan ins Cottage zurückgekehrt war, blätterte Ginny in der Küche in Rezepten, um passende Gerichte für die Feiertage zu finden, während Shelby und Olen im Wohnzimmer saßen. Wäre es wärmer gewesen, hätten sie sich in die Scheune zurückgezogen. Denn ohne dass Olen ein Wort sagen musste, wusste Shelby, dass er »etwas bequatschen« wollte.

Olen ließ sich in seinen Lieblingssessel sinken. Als er sich gemütlich zurücklehnte, stöhnten die Sprungfedern in dem alten Möbel. Shelby hatte sich auf dem Sofa zusammengerollt, das mit den Jahren von einem lebhaften Rot zu einem fleckigen Rosa verblichen war. Sie legte den Kopf zurück und schloss die Augen. Der Tag war anstrengend gewesen. Bevor sie Ryan begegnet war, war alles so einfach gewesen. Shelby mochte ihren vorhersagbaren Tagesablauf. Sie konnte sich auf ihn verlassen, so wie sich ihre Großeltern auf sie verlassen konnten.

»Also … willst du mir was drüber erzählen?«, fragte Olen, nachdem er seine Füße auf den Fransenhocker vor seinem Sessel gestellt hatte, wobei er die durchgescheuerten Fersen seiner leuchtend orangeroten Thermosocken zur Schau stellte.

Shelby hielt die Augen geschlossen. »Worüber?« Sie hatten den Großeltern den Beinaheunfall auf dem See gebeichtet. Ryan hatte die volle Verantwortung dafür übernommen und die Hauptlast von Olens sorgenvoller Standpauke abgekriegt.

»Über die Wirkung, die dieser junge Mann auf dich hat«, sagte er schlicht. Ihr Großvater schien die unheimliche Fähigkeit zu besitzen, ihre Gedanken lesen zu können.

»Ich mag ihn«, erwiderte Shelby.

»Ich würd mal sagen, das beruht auf Gegenseitigkeit«, meinte Olen. »Ist einigermaßen klar, dass ihr beide einander glücklich macht. Und ob's nun hilft oder nicht, deine Großmutter und ich mögen ihn auch.«

»Das ist schön.« Shelby hörte Regentropfen aufs Dach trommeln und drehte sich zum Fenster. Draußen war es stockdunkel, nur in der Ferne zuckten gelegentlich Blitze. *Wird wahrscheinlich heute Nacht Schnee geben*, dachte sie. Dann wanderten ihre Gedanken zur *Spindrift* zurück, wo sie in Ryans Umarmung vor dem Regen geborgen gewesen war.

»Aber daran denkst du grade nicht, oder?«

»Nicht wirklich«, erwiderte Shelby und wandte sich wieder Olen zu. Sie nahm eines der bestickten Sofakissen auf ihren Schoß.

»Also, was ist los?« Olen verschob seine Füße auf dem Hocker, schlug die Knöchel übereinander und wackelte mit den Zehen, um die Knitterfalten aus seinen Socken zu bekommen.

»Das Problem ist, dass … es kompliziert wird. Denn er muss irgendwann zurück nach Chicago. Und sein Leben dort ist für mich unvorstellbar.«

»Und?«

»Mein Leben ist hier.« Sie strich mit den Fingern über die weiße Fransenkante des Kissens. »Also muss ich mich fragen, was für einen Sinn das Ganze hat? Eines Tages, bald schon, werden wir getrennte Wege gehen.«

»Ich verstehe.« Olen überlegte kurz, und Shelby konnte spüren, dass er sie aufmerksam beobachtete. »Legen wir das Problem mal einen Augenblick beiseite und reden über was anderes. Worüber du und ich in den letzten Jahren schon oft geredet haben.«

Na toll. Jetzt geht das wieder los. »Ich möchte aber im Augenblick nicht darüber sprechen.«

Olen ignorierte ihren Einwurf. »Hast du noch mal drüber nachgedacht, wieder aufs College zu gehen? Nur noch ein Jahr, und du hättest deinen Abschluss.«

»Ich dachte, das hätten wir bereits ausgiebig besprochen, Grandpa.«

»Ich weiß, aber deine Großmutter und ich haben uns gedacht …«

»Hör auf. Das hatten wir doch alles schon mal. Ich bleib euch für alle Zeiten erhalten.«

Olen rutschte ein wenig im Sessel herum. Seine Stimme bekam einen väterlichen Ton. »Man weiß ja nie. Eines Tages beschließt du vielleicht, dass du was anderes ausprobieren möchtest. Neue Orte sehen. Dass du dein Leben mit jemandem teilen willst?« Er zog die Augenbrauen hoch, als eine stumme Aufforderung, dass sie sich ihm mitteilen sollte.

»Raffiniert.«

»Du weißt, dass wir dich lieben. Aber hier ist der Clou … wir *brauchen* dich nicht.«

»Aber ich …«

»Hör zu, Honey. Die Farm ist unser Leben, immer schon. Das Land, der Ort, ja sogar der See; für dieses Leben haben wir uns entschieden«, betonte er. »Wenn es auch deine Wahl ist, würden wir uns freuen. Wir haben ein wunderbares Leben hier, und ich weiß, dass das für dich ebenso gilt. Aber wenn dein Herz nicht wirklich dran hängt, dann musst du mir versprechen, dass du einen anderen Weg einschlägst. Und solltest du dich jemals dafür entscheiden, die Farm zu verlassen, dann tu es mit hoch erhobenem Kopf, weil du weißt, dass wir dich von ganzem Herzen lieben und unterstützen.«

Bevor Shelby darauf antworten konnte, kam Ginny mit einem Kochmagazin ins Wohnzimmer. »Ich brauche eure Meinung«, sagte sie, legte die Zeitschrift auf den Couchtisch und schlug die Seite auf, in der als Lesezeichen ein weißer Briefumschlag steckte. »Wegen des Thanksgiving Dinners …

Sollen wir mal die Maisbrotfüllung mit Kastanien nach Südstaatenart versuchen? Oder die italienische Brotfüllung mit Wurst und Schalotten?« Elf Monate im Jahr war Ginny eine traditionelle Midwestern-Köchin, aber vor Feiertagen wurde sie wagemutig und probierte gern mal etwas Neues aus.

Olen sagte »Maisbrot«, während Shelby für »italienisch« stimmte.

»Ihr zwei seid mir eine rechte Hilfe«, meinte Ginny kopfschüttelnd. Sie holte den Brief aus der Zeitschrift und reichte ihn Shelby. »Sorry, Shel, der ist gestern für dich gekommen, und ich hab völlig vergessen, ihn dir zu geben.«

Shelby wurde schwer ums Herz, als sie die geknickte Marke und ihren Namen und ihre Adresse in violetter Tinte sah.

Liebe Shelby,

Es heißt, du hättest einen tollen neuen Freund. Wie schön für dich. Versteh mich bitte nicht falsch, aber ich muss gestehen, dass ich ein bisschen erstaunt war. Nach Jeffs Unfall dachte ich, du hättest ein für alle Mal die Flinte ins Korn geworfen. Du warst ja so fertig! Hast nicht gegessen, die ganze Zeit geheult und bist von der Uni abgegangen. Ich hab damals nichts dazu gesagt, denn das hättest du bestimmt nicht vertragen, mit deiner schwachen Persönlichkeit. Es hat viel besser zu dir gepasst, daheim bei den Großeltern zu bleiben, als deinen Abschluss zu machen. Du bist wie ein niedlicher, gut erzogener Hundewelpe, der sich niemals weit von seinem Haus entfernt.

Stell dir also meine Überraschung vor, als ich rausbekam, dass dieser junge Mann aus einer so berühmten Familie kommt! Junge, Junge. Wie die Mutter, so die Tochter! Vielleicht bist du ja doch für ein besseres Leben geschaffen. Ich muss ihn unbedingt kennenlernen. Ich meine, Thanksgiving wäre dafür der perfekte Anlass. Wäre das nicht nett? So eine kleine Familienzusammenführung.

Alles Liebe, Mom

18

Bilder

Von: wchambers
An: wrc_charlie
Betreff: Persönlich

William,

Es ist mir zur Kenntnis gelangt, dass du dich mit einer neuen jungen Frau eingelassen hast. Was du in deinem Sabbatjahr tust, geht selbstverständlich nur dich etwas an. Soweit es allerdings das Ansehen der Familie und die Zukunft von CM betrifft, geht es mich dann doch durchaus auch wieder etwas an.

Es wäre nicht klug, dich mit jemandem zu verbinden, der nicht in unsere langfristigen Ziele passt, und gewiss nicht zu deiner Rückkehr zu CM. Es schmerzt mich, das sagen zu müssen, aber deine Handlungsweise enttäuscht deine Mutter und mich in zunehmendem Maße. Es ist an der Zeit, dass du die Kamera einpackst und nach Chicago und zu deinen Verpflichtungen zurückkehrst.

Wie du weißt, ist die Jahreshauptversammlung auf den 15. Januar angesetzt. Ich erwarte, dass du bis dahin zurückgekehrt bist, damit wir deine neue Stellung in der Firma offiziell bestätigen können und du eine Rede vor den Aktionären hältst. Enttäusche mich nicht, dann werde ich unsere Meinungsverschiedenheit vergessen.

William R. Chambers
Vorstandsvorsitzender
Chambers Media

Pete @ 9.12

Bin gestern Abend bei Sutton's deinem Dad über den Weg gelaufen. Er hat wg. dir und S. gefragt. Pass bloß auf. Er ist stinkwütend.

William Chambers
Postfach
Bayfield, WI

Lieber William,

danke für deinen Anruf. Freut mich zu hören, dass es Dir gut geht. Ich möchte Dich aber dringend bitten, Dein Projekt zu beenden und wieder nach Hause zu kommen. Möchtest Du nicht Thanksgiving zu uns kommen? Wir geben eine reizende Dinnerparty für ein paar Gäste aus New York. Deine Schwester und ihre Familie können dieses Jahr nicht dabei sein. Du würdest uns ungemein glücklich machen, wenn Du über die Feiertage bei uns wärst.

Alles Liebe, Mutter

»Nachricht von zu Hause?«, fragte Shelby. Sie kniete auf dem Plüschteppich, der in Ryans Cottage vor dem prasselnden

Kamin lag. Sie hatte rosige Wangen und war sich offenbar gar nicht bewusst, wie schön sie in Noppensocken, verwaschenen Jeans und einem unglaublich weichen weißen Pullover aussah. Ein babyblauer Schal war lässig um ihren Hals geschlungen. Wie immer spürte Ryan in ihrer Gegenwart tiefen Frieden.

»Nichts Interessantes«, antwortete er aus der Einbauküche, die sich an das gemütliche Wohnzimmer anschloss. Ryan saß an dem Kieferntisch, den er zu einem provisorischen Schreibtisch umgewandelt hatte, an dem er Kontaktabzüge archivierte, Fotos bearbeitete und mit dem Leben außerhalb der Wände seines gemieteten Ferienhäuschens in Verbindung blieb. Ryan hatte den ganzen Tag an der Fotoserie gearbeitet, die er im Oktober aufgenommen hatte. Vor einer Stunde war Shelby in einer Wolke von Schnee und mit vollen Einkaufstüten hereingeplatzt und hatte Leben ins Haus getragen. Im Austausch dafür, dass sie das Abendessen kochte, hatte Ryan eingewilligt, ihr etwas von seiner Arbeit zu zeigen.

Er hob den Blick vom Computer zum Küchenfenster, das von einem zarten Frostgitter umrahmt war. Träge rieselte der Schnee vor der Scheibe. In der intimen Welt des Schnees, der die ganze Umgebung in eine weiße Decke hüllte, fiel es ihm schwer, sich auf seine Arbeit zu konzentrieren und nicht auf die Frau vor dem Kamin.

»Kann ich sie jetzt sehen?«, fragte Shelby voller Erwartung.

»Sorry, aber so leicht kriegst du mich nicht rum. Erst das Essen, dann darfst du Bilder angucken«, neckte Ryan sie.

»Da liegen Sie aber falsch, Mr Chambers«, entgegnete Shelby. »Willst du wohl sofort mit deinem Kram aufhören? Das Warten macht mich ganz rappelig!« Sie stand auf, um das Feuer zu schüren, das über veraschten Scheiten nur noch schwach glühte. Shelby nahm den Schürhaken, stocherte in den Scheiten herum und legte dann ein frisches auf. Ryan schaute erneut von seiner Arbeit auf, als er das Klirren des Werkzeugs und das Prasseln der aufspringenden Funken vernahm. Er atmete den Geruch des Holzfeuers ein, der durch das Cottage zog. Nun war er bereit.

»Okay, Shel, dann schau mal«, sagte er lässig, obwohl sich ihm vor Aufregung der Magen umdrehte. Waren die Aufnahmen gut genug? Würde sie glauben, dass er Talent besaß? Er war auf ihr Lob erpicht.

Shelby grinste breit, stellte den Schürhaken neben den Kamin und schob den Ofenschirm vors Feuer. »Das ist ja so aufregend … die große Enthüllung …« Begierig kam sie zu ihm, legte ihm von hinten die Arme um die Schultern und beugte sich vor, um das erste Foto anzuschauen. Es war in einer Höhle auf Devil's Island aufgenommen, an dem Morgen, bevor sie von dem Gewitter überrascht worden waren. Ryan hatte einen Sonnenstrahl eingefangen, der in die dunkle Höhle fiel und unter der Wasseroberfläche einen hoch gewölbten, rostfarbenen Stein beleuchtete.

Shelby seufzte hingerissen. »Wunderschön.«

Ryan schmolz an der Wärme ihrer Wange dahin. Er klickte auf das nächste Bild. Es zeigte die Gewitterwolke, die über Devil's Island dräute. Ein Lichtblitz hob ihren nördlichen Rand hervor; es sah geheimnisvoll und beeindruckend aus. Ryan hatte die Aufnahme gemacht, kurz bevor sie vor dem Sturm geflohen waren. Shelby drückte ihm aufmunternd die Schultern.

Ein weiterer Mausklick offenbarte ein Bild in Schwarz-Weiß: eine Nahaufnahme von Ginnys Händen. Sie hielten ein altes Nudelholz, die Griffe vom Alter glatt poliert, die Walze vom Fett zahlloser Pasteten dunkel verfärbt. Ryan hatte den scharfen Kontrast zwischen den alten Händen und dem weichen, mehlbestäubten Teigfladen eingefangen. Ein schlichtes Bild. Aber es erzählte eine Geschichte.

»Ryan. Die sind … gut … *wirklich* gut.« Shelby küsste ihn hinters Ohr und löste damit eine Hitzewelle aus, die ihn von Kopf bis Fuß durchströmte.

Ihr Lob und der Zauber, den sie auf ihn ausübte, machten es Ryan fast unmöglich, sich auf die Bilder zu konzentrieren. Er atmete tief durch und klickte auf das nächste Foto, einen Bildausschnitt, der wiederum ein Händepaar zeigte. Frauenhände hielten einen runden Becher vor einem runden Schwangerschaftsbauch. Das natürliche Licht, das durch ein Fenster hereinfiel, ließ den aufsteigenden Dampf aus der Tasse aufleuchten, er stieg in zierlichen Spiralen nach oben, wie ein engelhaftes Wesen, das das Ungeborene beschützte. Shelby erkannte in der Frau sofort Rachelle Yaeger, die Besitzerin des Spill the Beans.

»Großartig«, flüsterte sie Ryan ins Ohr, dann bedeckte sie seinen Nacken mit aufreizenden Küssen.

Ryan klickte weiter, sah aber kaum noch auf den Bildschirm. Er schloss die Augen, weil ihn das Verlangen nach ihr verzehrte. Jedes Lobeswort eine Zärtlichkeit. Jedes Kompliment ein Kuss.

Er stand auf und legte seine Hände um ihre Taille, zog sie mit einer geschmeidigen Bewegung an sich. Er kam ihr so nahe, dass ihre Lippen sich beinahe berührten. »Ich danke dir«, sagte er mit stockender Stimme. Von seinen Gefühlen übermannt, blinzelte er die Tränen fort.

»Du hast eine Gabe, Ryan«, sagte Shelby, nahm sein Gesicht in beide Hände und sah ihm tief in die Augen. »Du hast eine Gabe.«

Das Wort »Danke« reichte nicht annähernd, um die Wirkung ihrer Existenz auf sein Leben und seine Selbstachtung zu beschreiben. Aber von »Liebe« wollte Ryan nicht sprechen, obwohl er sie über alles liebte. Liebe würde alles nur komplizierter machen. Liebe würde Shelby von allem entfernen, was ihr lieb und teuer war. Liebe würde sie in das Rampenlicht der Familie Chambers befördern und ihres Privatlebens berauben. Ja, er liebte sie, mehr, als sie sich vorstellen konnte. Doch ein tief sitzender Instinkt hielt ihn davon ab, es auszusprechen, denn er wollte sie vor dem Leben, wie er es kannte, beschützen.

Stattdessen *zeigte* er ihr seine Liebe. Er strich mit den Fingerspitzen ihren Rücken hinauf und an ihren Armen hinunter. Dann nahm er sie bei der Hand und führte sie ins Wohnzimmer. Im Schein des Feuers löste er den blauen Schal von ihrem Hals und ließ ihn zu Boden fallen. Seine Hände glitten unter ihren Pullover und streichelten ihren geschmeidigen Körper. Dann zog er ihr den Pullover behutsam über den Kopf und ließ ihn ebenfalls fallen. Shelby hob anmutig die Arme und ließ sich den Spitzen-BH von den sanft gerundeten Brüsten lösen.

Ryan zog Pullover und Unterhemd über den Kopf und warf beides beiseite. Er verlor sich im Anblick ihrer seidenweichen, weißen Haut, auf der das Feuer schimmerte. Shelby knöpfte ihre Jeans auf und entledigte sich anmutig ihrer restlichen Kleider. Sie war nackt, strahlend und noch liebreizender, als er es sich vorgestellt hatte. Sein ganzes Wesen verlangte nach ihr. Dann war sie es, die ihre Finger über seine Brust und seinen Bauch gleiten ließ, sie fasste seinen Gürtel und zog ihn zu sich. Als seine Hände ihren warmen Rücken streichelten und er sie küsste, seufzte sie leise.

Und während der Schnee das stille Cottage im Wald immer tiefer einhüllte, wusste Ryan, dass dort, wo Shelby war, stets Heimat für ihn sein würde.

19

Dankbar

»Ich entschuldige mich jetzt schon für alles, was meine Mutter sagen oder tun könnte, wenn es dir unangenehm ist, dich wütend macht oder total schockiert«, sagte Shelby am Thanksgiving Day zu Ryan, während sie unruhig in der Meyerschen Küche auf und ab lief. Sie bedauerte es bereits, ihre schwarzen Wollslacks und einen Zopfpullover angezogen zu haben. »Ist dir nicht warm? Gott, ist das heiß hier!« Fahrig zog sie die Kramschublade vom Küchenschrank auf und suchte nach einem Haargummi. *Warum hab ich mir heute überhaupt die Haare gewaschen?*, brummelte sie innerlich und steckte ihre Haare zu einem losen Knoten auf. Sie hatte keine Zeit mehr zum Umziehen und starb fast vor Hitze.

»Immer mit der Ruhe, Shelby. Alles wird gut«, versuchte Ryan sie zu beschwichtigen. Er legte ihr die Hand auf die Schulter und schob die Schublade wieder zu. »Vielleicht solltest du mal 'ne Minute rausgehen und dich im Schnee abkühlen.«

»Das sind bloß die Nerven«, sagte Ginny, die damit beschäftigt war, Pastetenteig zwischen zwei Lagen Wachspapier auszurollen. Sie schaute über die Schulter und bat Ryan, einen Zestenschäler aus dem Besteckfach zu holen.

Ginny unterwies Ryan in der Kunst des Pie-Backens, und

obwohl Shelby den Anblick der beiden herzerwärmend fand, war sie doch viel zu nervös, um ihn zu genießen.

»Entspann dich, Liebes«, sagte nun auch Ginny. »Deine Mutter wird sich schon zu benehmen wissen. Schließlich ist Feiertag, und wir haben einen besonderen Gast.« Sie stieß Ryan in die Seite, der ihr statt des Zestenschälers einen Gemüsehobel gebracht hatte.

»Da bin ich mir nicht so sicher«, entgegnete Shelby und krempelte die Ärmel auf.

»Shel, ich hab in meinem Leben schon mit vielen merkwürdigen Menschen zu tun gehabt, da werde ich auch mit deiner Mom klarkommen.« Er wischte sich mit dem Unterarm Mehl von der Wange. Ryan hatte Shelby erzählt, wie viel Spaß die Arbeit mit Ginny in der Küche machte, denn bei seiner Mutter hatte es so etwas nie gegeben. Charlotte Chambers machte das, was ihr an Kochkünsten fehlte, durch die Beauftragung von Mietköchen und Caterern wett, mit deren Hilfe sie Perfektion inszenierte.

»Mh-mh«, machte Shelby zerstreut. Sie stand am Küchenfenster und hielt Ausschau nach dem weißen Familien-Pick-up. Der Schnee lag nicht hoch und war bereits von den Räumfahrzeugen des Countys geräumt worden. Ihre Mutter sollte um neun Uhr fünfzig auf dem Flughafen Duluth eintreffen, also mussten sie jetzt schon auf der County Road J sein. Sie überlegte, worüber die beiden auf der Zweistundenfahrt reden würden. *Ob Grandpa das aushält?* Sie würde es in dem Moment wissen, in dem er das Haus betrat: Ob es einen Hoffnungsschimmer gab, dass Jackie sich benehmen würde – oder ob sie bereits Schläge ausgeteilt hatte.

Hinter sich hörte sie das lebhafte Geplauder von Ryan und ihrer Großmutter, aber sie war viel zu nervös, um dem Worten einen Sinn zuzuordnen. Die Uhr tickte. Das Warten war quälend. *Warum war ich so verrückt, ihrem Vorschlag zuzustimmen? Warum habe ich zugelassen, dass Ryan sie ertragen muss? Wessen Idee war das überhaupt?*

Shelby wandte sich vom Fenster ab und sah Ryan an. Es war wunderbar, dass er die Feiertage mit ihrer Familie verbrachte. Shelby war ihm unendlich dankbar. Aber auch wenn er in Ginnys gelber Paisley-Schürze hinreißend aussah, würde der Tag bestimmt in einer Katastrophe enden. Er war noch gar nicht bereit für eine Person wie Jackie. Sie konnte selbst einen Satz wie »Reichen Sie mir doch mal die Cranberries« wie eine Beleidigung klingen lassen. Shelby wäre nicht überrascht, wenn Ryan fluchtartig den Tisch verlassen und nach Chicago verduften würde. Sie würde ihm daraus keinen Vorwurf machen können.

»Komm vom Fenster weg, Shelby. Jetzt machst du *mich* nervös«, sagte Ginny, die das Zimtglas aus der Gewürzschublade fischte. »Komm her, Liebes. Sieh doch nur, was für ein toller Pie-Bäcker dein Freund geworden ist.«

»Freund?«, flüsterte Ryan Shelby mit einem Augenzwinkern zu. Warum musste er nur so verdammt charmant sein? *Der arme Kerl hat keine Ahnung, was auf ihn zukommt. Aber immerhin wird das ein Thanksgiving, das er so schnell nicht vergisst.*

»Wir sollten vielleicht ein Zeichen vereinbaren, Ryan«, sagte Shelby und trommelte mit ihren kurzen Fingernägeln auf den Rand des Spülsteins. »Du weißt schon, wenn es unerträglich wird, gibst du mir ein Handzeichen oder so, dann weiß ich Bescheid, dass es dir bis hier steht. Dann hauen wir einfach ab.«

»Wie wär's mit dem Peace-Zeichen?«, schlug er vor und

hielt ihr Zeige- und Mittelfinger in der entsprechenden Bewegung entgegen. Dann wies er mit dem Daumen gen Boden. »Oder wäre das besser?«

»Vielleicht pfeifst du uns einfach aus, mein Lieber. Das sollte doch jeder verstehen«, sagte Ginny augenzwinkernd und hob ihren zimtbestäubten Mittelfinger. »Da käme endlich mal Leben in die Bude, nicht wahr?«

Während Ginny und Ryan weiter scherzten und die Pies ihrer Vollendung entgegensahen, wandte Shelby sich wieder dem Fenster zu und starrte auf die eisbedeckte Zufahrt. Während sie nervös auf ihrer Unterlippe kaute, erinnerte sie sich an ein Thanksgiving vor langer Zeit, als sie sieben Jahre alt war. Wie heute hatte Jackie beschlossen, die Familie über die Feiertage mit ihrer Anwesenheit zu beehren, und war gerade noch rechtzeitig eingetroffen, um Shelby in einer Tanzaufführung der Kirche zu bewundern. »Du bist ja eine richtig kreative Tänzerin, Shelby«, hatte sie ein wenig spöttisch zu ihrer kleinen Tochter gesagt. »Nicht jedes Mädchen wäre so mutig wie du, dass es sich keinen Deut um die Choreografie schert, sondern seine eigenen Schritte tanzt, während die anderen hübsch in der Reihe bleiben. Du bist wirklich ein komischer kleiner Vogel!«

Oder der Nachsatz in einem auch ansonsten enttäuschenden Brief, den die dreizehnjährige Shelby erhalten hatte: »Zerbrich dir nicht dein hübsches Köpfchen über die Mathezensur. Solche Probleme zu lösen übersteigt deine Fähigkeiten.«

Oder jener Anruf, Jahre später, als Jackie ihre heranwachsende Tochter gefragt hatte: »Warum um alles in der Welt hast du dich von diesem netten Brett getrennt?« Und das zu einem Zeitpunkt, als Shelby immer noch geschockt war, weil sie auf dem Rücksitz des dreckigen Gran Torino des »netten

Brett« gesessen hatte, der ihre Hand mit Gewalt in seine offene Hose zwängte, während sein Freund am Steuer saß und einer dunklen Waldstraße folgte. »Ich habe gehört, dass er zu den beliebtesten Jungs eurer Schule zählt. Denk doch nur, was das für dein Standing bedeutet hätte!«

Der Anblick von Olens Pick-up, der von der Straße bog und knirschend über die vereiste Zufahrt fuhr, riss Shelby aus ihren trüben Erinnerungen. Wie der Blitz zog sie sich vom Küchenfenster zurück. Am liebsten wäre sie ins Wohnzimmer geflohen und hätte dort im Schutz der Vorhänge nach draußen gespäht, wie sie es als Kind getan hatte. Stattdessen folgte sie Ginny zur Haustür, um die Ankömmlinge zu begrüßen.

Jackie fegte ins Haus wie ein Showgirl, das im Backstage-Bereich seine Fans begrüßt. Sie trug Leggings, kniehohe Lacklederstiefel, eine Paillettentunika und ein Bolerojäckchen aus Kunstpelz. Aus ihrem Ausschnitt stieg ein durchdringender Geruch nach Jasmin auf. Ihr Haar hatte die gleiche Farbe und Beschaffenheit wie Shelbys, aber Jackies Locken sahen wie auf Draht gewickelt aus und waren mit Spray fixiert.

Shelby ballte die Fäuste und spürte, wie ihr Mund trocken wurde.

»Mutter!«, kreischte Jackie, breitete die Arme aus und verteilte Luftküsschen, während sie überall schneeige Fußtapfen hinterließ. Olen kam ins Haus und zog einen überdimensionalen, pinkfarbenen Rollkoffer mit schneeverkrusteten Rädern hinter sich her. Sein gezwungenes Lächeln verriet Shelby alles, was sie wissen musste. *Auf Gefechtsstation*, sagte sie sich und holte tief Luft.

Sie spürte Ryan neben sich, der sich die Schürze abband. »Sieht doch ganz harmlos aus«, flüsterte er, dann legte er ihr schützend den Arm um die Schultern.

Der leckere Duft von Thymian, Zitrone, gebratenem Truthahn und Muskatnuss erfüllte das Haus. Der Tisch war liebevoll gedeckt. Alle hatten Ginny bei der Zubereitung der Lieblingsgerichte geholfen. Alles wirkte wie eine bilderbuchreife Feiertagsszene – bis Jackie Ryan entdeckte. Mit kokett-dreister Miene rauschte sie auf ihn zu und drückte ihm unvermutet einen Kuss auf den Mund.

Ryan fuhr zurück, Ginny klappte der Unterkiefer herunter, Olen stolperte und warf den pinkfarbenen Rollkoffer um. Shelby verging der Appetit.

»Wie haben Sie unsere Shelby eigentlich kennengelernt, Ryan?«, fragte Jackie mit gewinnendem Lächeln, während sie versuchte, eine Portion kalter Butter auf ihr warmes Brötchen zu streichen. »Ich darf Sie doch Ryan nennen? Oder ziehen Sie William vor?«

»Ryan ist okay«, antwortete er und warf Shelby einen Blick zu.

»Jackie, ich hab dir doch längst erzählt, wie die beiden sich kennengelernt haben«, sagte Olen, während er eine Gabel Kartoffelpüree zum Mund führte.

Jackie schnitt ein Stück von der Rollenbutter ab. »Ach Dad, du weißt doch, wie wir Mädels sind: Wir lieben tolle Liebesgeschichten!«, schnurrte sie.

Und Shelby hatte den Eindruck, als ob ihre Mutter tatsächlich mit den Wimpern klimperte, als sie Ryan ansah.

»Lass sie doch in Frieden essen«, meinte Olen und nickte Shelby beruhigend zu.

»Nein, nein, ist schon in Ordnung«, sagte Ryan zu jedermanns Erstaunen. Unter dem Tisch nahm er Shelbys Hand. »Mir macht das nichts aus.«

»Siehst du, Dad?«, sagte Jackie zu Olen, der es vorzog, ein Stück Truthahn in die Sauce zu tunken, statt seine Tochter anzusehen.

Ryan erzählte in schlichten Worten von ihrer zufälligen Begegnung vor Boots' Geschäft, von seinem ersten Besuch auf der Apfelplantage, und wie er nach Bayfield zurückgekehrt war, um sich seiner Fotografie zu widmen. Je länger er sprach, umso mehr entspannte sich Shelby. Und jedes Mal, wenn Jackie einen ihrer Giftpfeile abschoss, agierte Ryan als Schutzschild und schirmte Shelby ab, indem er mit entwaffnendem Lächeln Antwort gab.

»Nun sagen Sie mal, Ryan, was haben Sie mit unserer Shelby vor?« Jackie beugte sich vor und strich mit dem Finger anzüglich über seinen Arm. Ryan bog sich von ihr weg, während Olen seine Gabel fallen ließ.

»Herrgott noch mal!«, polterte er.

»Jackie!«, schalt Ginny.

»Entspann dich, Mutter.« Jackie verzog ihren glänzenden Lipgloss-Mund zu einem spöttischen Grinsen. »Wir unterhalten uns doch bloß ganz freundschaftlich, nicht wahr, Ryan? Ich bin doch nicht zu neugierig?«

Olen schob seinen Stuhl zurück und nahm die Weinflasche, die an seinem Ende auf dem Tisch stand. Er ging zu Ryan und schenkte ihm ungefragt nach. »Was Jackie damit *sicherlich* sagen will, ist, wie glücklich wir sind, dass ihr zwei euch so gut versteht, und dass wir zusammen Thanksgiving feiern.« Er ging mit der Flasche in der Hand um den Tisch herum, und als er bei Jackie angelangt war, fasste er sie hart an der Schulter und flüsterte vernehmlich »Es reicht!«

»Eigentlich, Dad, habe ich das *eben nicht* gemeint. Eine Mutter hat doch wohl das Recht zu erfahren, ob es irgendwelche längerfristigen Pläne gibt«, gurrte Jackie, schob Olens Hand fort und ignorierte seinen Befehl. »Da ich von meiner Tochter ja kaum etwas *höre*, dachte ich, ich ergreife die Gelegenheit beim Schopf und informiere mich *hier und jetzt* über den neuesten Stand.« Sie wandte sich wieder an Ryan und sah ihn erwartungsvoll an, während Olen zu seinem Platz zurückging. Dort angekommen, schenkte er sich selber großzügig nach.

Shelby wechselte einen Blick mit Ginny, die eine Braue hochzog und diskret ihren Mittelfinger über die Tischkante hob. *Das Zeichen*. Shelby schüttelte den Kopf und legte die Hand auf den Mund, um ihr Lächeln zu verbergen. *Sie sind auf meiner Seite*. Durch den stummen Zuspruch gestärkt, konnte sie die Szene aus einer anderen Perspektive betrachten und beinahe Mitleid mit ihrer Mutter haben. Vielleicht benahm Jackie sich deswegen so schlecht, weil sie sich wie eine Wildkatze fühlte, die in die Ecke gedrängt war und nur mit gespreizten Krallen nach vertrauten Menschen schlagen konnte. Vielleicht fühlte sie sich eingesperrt. Abgetrennt von den anderen. Und sie wusste nicht, dass sie mit ihnen leben konnte, wenn sie ihre Krallen einziehen würde.

Und dann überraschte Shelby alle, auch sich selbst, indem sie Jackie ansah und ihr Glas hob. »Einen Toast auf meine Mutter«, begann sie. Alle hoben leicht beklommen die Gläser. »Obwohl wir voneinander getrennt leben, haben wir gewisse … Verbindungen … die uns zusammenhalten. Ich bin dir dankbar, denn die Entscheidungen, die du für dein Leben getroffen hast, haben großen Einfluss auf meines gehabt. Ich bin sehr dankbar dafür, dass ich bei Gran und Grandpa leben darf, in dieser gewöhnlichen Stadt, wo ich außergewöhnlichen Menschen begegnet bin, zum Beispiel Ryan. Dafür werde ich ewig dankbar sein.«

Alle schauten von Shelby zu Jackie, deren dünnes Lächeln erloschen war.

»Cheers!«, rief Ginny und stieß mit dem Großvater an.

»Cheers«, fielen die anderen am Tisch widerstrebend ein, stießen an und tranken, ohne zu wissen, was als Nächstes kommen würde.

Jackie verzog die Lippen zu einem gezwungenen Lächeln und trank hastig, während sie ihre Tochter nicht aus den Augen ließ. »Wie nett und sentimental von dir, Shelby«, sagte sie schließlich, schob ihren Stuhl zurück und stellte sich mit erhobenem Glas in Positur. »Und deshalb will ich auch einen Toast ausbringen.«

»Jackie, *bitte*!«, flehte Ginny. »Setz dich.«

»Entspann dich, Mutter«, sagte Jackie, dann wandte sie sich an die Tischrunde. »Ist doch bloß ein harmloser kleiner Toast. Immerhin passiert es ja nicht alle Tage, dass Shelby einen Mann einlädt, damit er ihre Mutter kennenlernt, und schon gar nicht einen mit Ryans beeindruckendem Stammbaum. Lasst uns also aufs Neue die Gläser erheben. Auf das glückliche Paar – möge Ryan weiterhin in unserem Städtchen einen Zufluchtsort finden, und möge Shelby sein Interesse an ihr wachhalten, indem sie ihre kostbare Unsicherheit vor ihm verbirgt.«

20

Andenken

Später am Abend, als der Tisch abgedeckt war und die Spülmaschine summte, tranken Ryan und Ginny in der Küche Kaffee, während Olen Jackie ins Wohnzimmer geführt hatte, wo er sie ins Gebet nahm. Shelby hatte einen Augenblick für sich und schlüpfte durch den Korridor in ihr Zimmer. Dort waren ihr Antikbett mit passender Kommode, ihr aufgeräumter Schreibtisch und ihre Truhe mit Bauernmalerei.

Vor dem Bücherregal blieb Shelby stehen. Einst hatten darin Märchen- und Kinderbücher gestanden, jetzt enthielt es eine Sammlung von Romanen sowie Fachbücher und Zeitschriften von der Uni, schon viel zu lange unbenutzt.

Mitten in der Sammlung steckte ein dünnes, in rotes Leder gebundes Tagebuch. Auf dem altersschwachen Buchrücken stand in zierlicher Goldschrift: *Mein Tagebuch*. Danach hatte Shelby ganz gewiss nicht gesucht, doch nach so vielen Jahren flehte es geradezu um Aufmerksamkeit. Sie kniete sich vor das Bücherregal und zog das Tagebuch heraus. Das Schloss war beschädigt, der Schlüssel schon lange verloren gegangen. Aber die Seitenränder leuchteten immer noch golden.

Vorsichtig schlug Shelby die erste Seite auf. Und dort las sie in der unsicheren Handschrift der Sechsjährigen ihre eigenen Gedanken.

ich Hab meinE MoMMy geTrofen. sie is nIcht wie Gran. oder johns MoMMy. meiNe is trauRich. sie Macht mich auch trauRich. Ich hab glauBt sie is Unser fräunDin. I hab eiNe neue fräunDin. meinE pUpe. Ich hAb sie un gran un grapa lib. Aba meiNe neue MoMMy nich. Sie sol nach hauSe gen. Dann sin wia nich mer trauRich.

ales libe shelby

Shelby stiegen Tränen in die Augen, während sie weiterblätterte. Zwischen den Einträgen gab es zeitliche Lücken, in denen ihre Handschrift besser und ihr Vokabular umfangreicher geworden war, und jedes Mal hatte sie neue Erinnerungen hinzugefügt. Geburtstagsfeiern. Buchstabierwettbewerbe. Wie sie mit John auf der Plantage herumgetollt war. Ihre erste Begegnung mit einem Hitzkopf namens Nic. Aber das stets wiederkehrende Thema waren die bitteren Formulierungen aus den Briefen ihrer Mutter, die Shelby immer daran erinnerten, dass sie ein ungewolltes Kind war.

Shelby stand mit dem Tagebuch in der Hand auf und ging zu ihrem Schrank. Sie holte einen Tritthocker heraus, stieg darauf und zog eine Schachtel vom obersten Brett hinter ihren Pullovern. Dann ging sie wieder zu ihrem Bett, setzte sich im Schneidersitz darauf, öffnete die Schachtel und breitete den Inhalt auf ihrem blauen Duvet aus.

Zwei Karten für ein Footballspiel der Dodgers. Ein paar Valentinskarten. Jeffs Karikatur eines Chemielehrers aus der zwölften Klasse, der ein stümperhaftes Experiment vorführte. Shelby musste immer noch grinsen, wenn sie die Zeichnung betrachtete. Ausgefranste Freundschaftsbänder. Sorgsam gefaltete Briefe, die von einem dünnen orangeroten Band zusammengehalten wurden. Und eine Aufnahme von ihnen beiden an Bord der *Cadence*. Sie lachten wie die Hyänen über etwas, an das Shelby sich nicht mehr erinnern konnte.

Jeff war Shelbys Kindheit gewesen, ihr bester Freund, ihre Liebe und einst auch ihre Zukunft. Während sich die Tränen in ihren Augen sammelten, hielt sie jeden Gegenstand voll bittersüßer Erinnerung eine Weile in der Hand, bevor sie ihn in die Schachtel zurücklegte. Dann rutschte sie vom Bett und nahm das letzte Erinnerungsstück in die Hand, das seit dem Unfall Nacht für Nacht neben ihrem Bett lag: Jeffs Badgers-Kappe. Sie schloss die Augen, ließ die Tränen strömen und presste die Kappe an ihre Brust. Die Erinnerung an ihn war so lebendig wie immer, aber der Schmerz war leichter zu ertragen. Shelby hob die Kappe an die Nase und schnupperte. Jeffs Geruch war schon lange verflogen. Sie strich mit den Fingern über den fadenscheinigen Schirm, dann hob sie die Kappe an ihre Lippen und legte sie in die Schachtel zurück. *Ich werde dich niemals vergessen.*

Bevor sie den Deckel schloss, nahm Shelby ein letztes Mal das Tagebuch zur Hand und strich mit den Fingern über den Einband. Auch diese Erinnerungen sollte sie allmählich hinter sich lassen. Auch wenn die Erfahrung, sich von der eigenen Mutter nicht geliebt zu fühlen, immer ein Teil von ihr sein würde, musste sie sich nicht länger davon verfolgt fühlen. Shelby würde von nun an selbst in Jackies Nähe stark sein. Das schuldete sie dem kleinen Mädchen, das unter dem Weihnachtsbaum geweint hatte, damit es das wahre Glück fand.

Eine halbe Ewigkeit nach Jeffs Unfall spürte Shelby endlich, wie ihr früheres Ich endlich zurückkehrte. Sie konnte sich allmählich eine mögliche Zukunft außerhalb von Bayfield vorstellen, um ihre Ängste, Zweifel und ihr tief eingewurzeltes Gefühl der Verpflichtung hinter sich zu lassen.

Shelby stellte die Schachtel an ihren Platz im Schrank zurück. Sie hegte Dankbarkeit für den Menschen, der sie dazu gebracht hatte, wieder zu träumen. Es war der Mann, der mit ihrer Großmutter in der Küche saß. Der Mann, in den sie sich verliebt hatte.

21

Scheideweg

»Was wirst du jetzt machen?«, fragte Brad, während Ryan am Computer saß und durch seine Bildergalerie scrollte. Er war stolz auf die Fotos, die er in den letzten Monaten gemacht hatte. Tatsächlich übertraf die komplette Sammlung seine Erwartungen. Einige Aufnahmen mussten noch nachbearbeitet werden, und Ryan wollte auch noch ein paar Winterbilder schießen, aber im Grunde war seine Arbeit in Bayfield abgeschlossen. Also hätte er sich freuen sollen, stattdessen fühlte er, dass er an einem Scheideweg stand.

»Ich sollte wohl nach Hause fahren«, sagte er in den Hörer, während er weiter Bilder abspulte. Bei einer Aufnahme von Shelby und Ginny im Haus der Meyers hielt er inne. Er hatte sie ohne ihr Wissen von der Küchentür her aufgenommen, Stunden vor Jackies Ankunft. Vom Fenster über dem Spülstein fiel Sonnenlicht in die Küche und erhellte ihre lachenden Gesichter. Es war eine seiner Lieblingsaufnahmen von jenem Wochenende.

»Und Shelby verlassen?« Brads Worte blieben in der Luft hängen.

»Ich bin schon länger geblieben, als ich eigentlich vorhatte, und habe hier nicht mehr viel zu tun. Ich möchte die Fotos ausdrucken und rahmen lassen. Und schauen, ob ich sie jemand in der Stadt vorlegen kann«, gestand Ryan seinem Freund. »Ich weiß doch auch nicht, Brad. Was würdest du denn an meiner Stelle tun?«

»Komm zurück nach Chicago. Und bring Shelby mit«, sagte Brad zuversichtlich. »Mach dir keine Sorgen wegen deiner Familie. Sie werden sie lieben.«

»Es ist nicht meine Familie, die mir Sorgen macht.« Ryan stand vom Tisch auf und ging zum Küchenfenster. Er schaute hinaus und staunte über den vereisten See und die Eisplatten, die sich wie riesige Glasscheiben am Ufer türmten. »Selbst wenn sie bereit wäre, ihre Stadt zu verlassen, gibt es immer noch das Problem mit dem Chambers-Lebensstil, Brad. Dem kann ich sie nicht aussetzen, wie du dir sicher vorstellen kannst.«

»So, wie du sie beschrieben hast, halte ich sie für taff genug, um mit dem verrückten, öffentlichen Leben deiner Familie fertig zu werden«, sagte Brad.

»Da wäre ich mir nicht so sicher.«

»Liebst du sie?«

Schweigen hing in der Leitung, während Ryan die Frage bedachte. »Ja«, sagte er schließlich, fuhr sich mit der Hand durch die Haare und rieb sich den Nacken. »Ich liebe sie.« Es zu denken war eine Sache, es auszusprechen fühlte sich wie eine Verpflichtung an.

»Also, ich werd nicht mehr«, sagte Brad so süffisant, dass Ryan zusammenzuckte. »Hätte nicht gedacht, dass dir das jemals passieren würde! Ryan Chambers. Bis über beide Ohren verknallt.«

»Sachte«, warnte Ryan.

»Wo ist das Problem?«

Ryan legte seine Hand auf die kalte Scheibe und sah die

Eisblumen in der Wärme schmelzen. »Das Problem ist, dass ich es ihr nicht sagen kann.«

»Warum nicht, zum Teufel? Geht es ihr nicht genauso?«

»Ich glaube schon. Vielleicht. Ich bin mir nicht sicher.«

»Ich weiß ja auch nicht, Ryan. Ich würde einfach ehrlich zu ihr sein. Spring über deinen Schatten!«

»Aber sie hängt so an ihrer Familie – und an diesem Ort. Ich will sie nicht zwingen, eine Wahl zu treffen. Ich kann sie nicht bitten, ihr Leben von Grund auf zu ändern. Und vor allem will ich sie nicht in den Rummel um meine Familie hineinziehen.«

»Und dass du nach Bayfield ziehst, steht außer Frage?«

Ryan überlegte kurz, bevor er antwortete. »Ja«, sagte er. »Das würde ich nicht machen.«

Während Brad ihm weitere Möglichkeiten aufzählte, kratzte Ryan zerstreut an den Eisblumen herum. Statt Weihnachten mit seiner Familie in Chicago zu verbringen, wollte er bei der Familie in Bayfield bleiben, die er liebte. Wie es weitergehen sollte, würde er sich danach rechtzeitig überlegen.

»Ich sehe Shelby nicht als eine Frau, die ewig auf dich wartet«, schloss Brad seine Ausführungen.

Ryan hörte, wie Brads kleiner Sohn im Hintergrund zu schreien anfing. »Sorry, Mann, ich muss Schluss machen«, sagte Brad in gehetztem Ton.

»Gib Holly und dem Kleinen einen Kuss von mir, ja? Sag ihr, dass ich euch bald besuchen komme.«

»Ich nehme dich beim Wort.« Bevor er auflegte, fügte Brad noch hinzu: »Unterschätze Shelby nicht. Wenn du sie wirklich liebst, wirst du wissen, was zu tun ist, wenn der richtige Zeitpunkt gekommen ist.«

22

Ungeziefer

Wie die Wildtiere im nördlichen Wisconsin hielt auch die Familie Meyers in der kalten Jahreszeit Winterruhe. Dennoch gab es Aufgaben – auch wenn im Dezember nicht mehr viel zu tun war –, wie zum Beispiel die Beobachtung der gefrorenen Erde, da Schädlinge vor allem im Winter die Borke ruhender Bäume befielen. Und da die Meyers Biofarmer waren, bestand ihre erfolgreichste Methode der Ungezieferbekämpfung darin, dessen natürliche Fressfeinde zu fördern.

An einem ruhigen Freitagnachmittag, als die meisten Einwohner Bayfields gemütlich vor dem Kamin saßen, erschien eine Fremde in der trübe beleuchteten Kleinstadtbar auf der Main Street. Avery Martin war wie eine Wanderratte in die Stadt gekommen, um mit witternder Nase und scharfem Auge Informationshäppchen über William Chambers Jr. zu finden.

Aber zu Ryans Glück machte Nic die Reporterin ausfindig, bevor diese Gelegenheit bekam, sich in einen besonders saftigen Happen zu verbeißen.

Der Schnee fiel in dichten Flocken, als Shelby beim Spill the Beans anlangte. Nic hatte sie dringend gebeten, sich mit ihr zu treffen. Die Fenster des Cafés leuchteten golden und waren mit Tannengirlanden geschmückt, in denen silberne Kugeln steckten. Schon bevor sie die blaue Tür ganz geöffnet hatte, roch Shelby das nussige Aroma von Kaffee.

Bei ihrem Eintritt läutete ein zierliches Glöckchen über der Tür. Sie klopfte Schnee von ihrer Jacke und sah sich im Café um. Da Nic am fernsten Fenster saß und ihre Nase in die Tageszeitung von Duluth steckte, beschloss Shelby, erst einmal zu bestellen.

»Hey, Shelby, wie geht's denn so?«, fragte Rachelle Yaeger, Besitzerin des Cafés und Modell für eines von Ryans Porträts. Sie rieb sich den unteren Rücken und machte ein Hohlkreuz, um die Belastung zu lindern, die der Schwangerschaftsbauch darstellte. Rachel war eine zierliche Person mit einer wilden Haarmähne und sah einer Zwergin aus dem Bildband ähnlich, der bei den Meyers auf dem Couchtisch lag. Und wie eine Zwergin fühlte sich Rachelle in ihrem kleinen Haus am wohlsten, das meistens nach geschmorten Pilzen und Holzfeuer roch. An diesem Morgen sah sie besonders gesund aus; sie hatte runde, rosige Wangen, grüne Augen und geschwollene Finger.

»Hey, Rachelle«, grüßte Shelby.

»Cappuccino?«, fragte Rachelle, während sie die Theke mit einem feuchten Handtuch abwischte.

»Aber sicher«, erwiderte Shelby und linste in die Auslage mit den Backwaren, wobei sich ein schelmisches Lächeln auf ihr Gesicht stahl. »Und einen Blaubeer-Muffin. Das wäre dann mein Mittagessen.«

»Darauf wette ich.«

Wieder schielte Shelby zu Nic. Merkwürdig, dass die Freundin nicht sofort aufgesprungen war und losgequasselt und eine dramatische Geschichte nach der anderen zum Besten gegeben hatte! Da Nic unerschöpfliche Energien besaß und normalerweise kein Interesse an Tagesgesprächen hatte, war es umso befremdlicher, dass sie still in der Ecke saß und die Zeitung las.

»Ist sie schon lange hier?«, erkundigte sich Shelby.

»Ähm, eine Stunde vielleicht?«, meinte Rachelle. »Sie wollte einen schwarzen Kaffee, dann hat sie die Zeitung genommen, sich dort ins Eck verzogen und seitdem nicht mehr gerührt. Hm … sieht ihr nicht ähnlich, oder?«

»Überhaupt nicht.«

Nachdem Shelby bezahlt und sich für den Kaffee bedankt hatte, ging sie zu Nic, die sich immer noch angelegentlich ihrer Lektüre widmete.

»Steht was Interessantes drin?« Shelby zog den Stuhl ihr gegenüber heraus und setzte sich.

»Heute nicht, aber da braut sich was zusammen«, brummte Nic und legte endlich die Zeitung beiseite.

»Was soll das heißen?« Shelby rückte näher an den Tisch heran.

Nic sah sich verstohlen um, dann legte sie die Unterarme auf den Tisch und beugte sich vor. »Hank und ich waren gestern Abend im Captain's. Wir haben an der Bar gesessen, da geht eine Frau an uns vorbei. Sie bestellt ein Bier und setzt sich in eine Ecke. Dann baut sie ihren Laden auf.«

»Was soll das heißen, baut ihren Laden auf?«

»Du weißt schon, Laptop, Handy, das ganze Programm. Und sie beobachtet die Leute. Es sah so aus, als würde sie auf jemanden warten«, sagte Nic. »Sie hat eine merkwürdige Stimmung verbreitet. Hank ist es auch aufgefallen.«

»Okay. Und?«, fragte Shelby, die nicht wusste, worauf das

alles hinauslief. Sie fing an, das Papierförmchen von ihrem Muffin zu lösen.

»Als dann Boots und seine Frau kamen, war sie auf einmal total aufgekratzt.«

Shelby brach ein Stück von ihrem Muffin ab und steckte es in den Mund. »Jetzt sag bitte nicht, dass du die arme Frau den ganzen Abend beobachtet hast.« Sie wischte sich einen Krümel von der Unterlippe.

»Hör doch erst mal zu. Sobald die beiden sitzen, geht diese Frau zu ihnen, tut total lässig, verstehst du?«

»Hast du mich hierher zitiert, weil Boots mit einer Fremden geredet hat? Ich verstehe nicht, was mich das …«

»Ich habe ihre Frage aufgeschnappt, Shel.«

»Und?« Shelby hob die Tasse an den Mund.

Nic zeigte mit dem Finger auf ihre Freundin. »Sie hat nach *dir* gefragt.«

»Wie bitte?« Sie verschüttete vor Schreck Kaffee auf ihre Serviette.

»Sie wollte wissen, was zwischen Ryan und dir läuft.«

»Ryan? Wer war sie denn?« Nervös brach Shelby einen weiteren Bissen ab. »Und warum sollte sie kümmern, was wir tun?«

»Ich denke, dass sie Reporterin ist, Hon.« Nic tippte mit dem Finger auf die gefaltete Zeitung. »Sie ist an einer Story dran, aber nicht für diese Zeitung. Ich hab sie komplett durchgesehen, und weder du noch Ryan werdet erwähnt.«

»Aber warum denn nur?« Shelby verarbeitete ihren Muffin nervös zu kleinen Kügelchen, die sich auf ihrem Teller stapelten. »Wozu?«

Mit einer seltenen Anwandlung von Zärtlichkeit griff Nic über den Tisch und nahm Shelbys Hand. »Vielleicht solltest du Ryan danach fragen.«

»Warum? Ich glaube nicht, dass er was davon weiß«, sagte Shelby.

Nic zuckte die Achseln. »Ich würd drauf wetten, dass er weiß, was da los ist.«

Shelby entzog Nic ihre Hand und schob ihren Stuhl zurück. Sie wusste, wie viel über Ryan geschrieben wurde. Er hatte ihr zahllose Geschichten über die Medien erzählt, die in seinem Privatleben herumstocherten, doch Shelby war so naiv gewesen zu glauben, dass so etwas hier oben im Norden nicht passieren konnte. Alle möglichen Erklärungen gingen ihr durch den Kopf, und sie wurde so nervös, dass sie aufstand und ihre Jacke von der Stuhllehne nahm. »Hast du diese Frau mit noch jemandem sprechen sehen?«, fragte sie, während sie hastig in die Ärmel fuhr. Sie sah aus dem Fenster und bemerkte erstaunt den heftigen Schneefall, der erst für den späteren Nachmittag vorhergesagt worden war.

»Nein. Sie ist ja nicht lang geblieben. Aber da ist noch etwas, das du wissen solltest«, sagte Nic behutsam.

»Noch etwas?«

»Ja, aber isst du den noch?« Und Nic zeigte auf die Muffinkrümel.

»Jetzt hör aber auf!«

»Okay, sorry! Als sie aus dem Captain's ging, hat ihr Handy geklingelt. Sie hat den Anruf angenommen, als sie direkt hinter mir stand, und da …« Nic schürzte die Lippen und geriet ins Stocken, während sie Shelbys Teller zu sich heranzog.

Shelby schloss den Reißverschluss und streifte hastig die Handschuhe über. Sie musste sofort mit Ryan sprechen. »Und …?«, drängte sie Nic.

»Vielleicht solltest du dich erst mal wieder setzen.«

»Nic!«

Sie schaute zu Shelby auf. »Ich habe gehört, wie sie sich bei John Karlsson für seinen Rückruf bedankte. Vielleicht solltest du mal bei deinem sogenannten *Freund* nachfragen.«

23

Signaturen

Wie fast jeden Sonntag lief bei den Meyers der Fernseher, und Olen hatte es sich in seinem Sessel gemütlich gemacht, um das Footballspiel zu sehen. Obwohl Ryan als Chicago Bears-Fan aufgewachsen war, feuerte er – unter Olens Dach und im Land der Green Bay Packers – mit Leidenschaft die Grün-Goldenen an. Die beiden Männer hatten in den letzten Monaten unerwartet tiefe Freundschaft geschlossen. Für Ryan war es ein Segen, in einem richtigen Zuhause willkommen zu sein. Und was Olen anging, so wusste er nach vielen Jahren in einem reinen Frauenhaushalt ein bisschen mehr Testosteron durchaus zu schätzen.

Als Ryan im Farmhaus angekommen war, um das Mittagsspiel zu schauen, hatte Olen gesagt, dass Shelby im Städtchen sei und bald zurückkommen werde. Und wie aufs Stichwort kam sie gerade nach dem Anpfiff zur Tür hereingeschneit.

»Shelby! Bist ja früh zurück«, rief Olen aus seinem Fernsehsessel, ohne den Kopf zu wenden. »Es schneit ja wie verrückt! Gut, dass du rechtzeitig gekommen bist, wir werden heut noch richtig Dresche beziehen.«

»Die Schneepflüge räumen, es ist also noch nicht so schlimm.« Shelby schüttelte ihre Jacke aus und wischte sich den Schnee aus den Haaren, dann hängte sie ihre Sachen auf und kam ins Wohnzimmer.

»Wenigstens ein toller Tag für Football«, sagte Olen und griff in die Schale mit Kartoffelchips auf seinem Schoß.

Ryan erhob sich und begrüßte Shelby mit einem Kuss. »Setz dich. Das Spiel hat grade angefangen.«

»Eigentlich ... kann ich dich mal eine Minute allein sprechen?«

»Klar«, sagte Ryan, während Olen einen Hurraruf losließ. Sofort war seine Aufmerksamkeit wieder von der Mattscheibe gefesselt. »Komm schon – komm schon – komm schon!«, rief er und bog sich nach rechts in Nachahmung des Quarterbacks, der in einem raschen Sprint an der Seitenlinie an seinen Gegnern vorbeikommen wollte. »Fast ...«

»Nix! Vergeigt.« Olen ließ seine Hände schwer auf die Knie fallen und lehnte sich wieder zurück.

»Entschuldige bitte«, sagte Ryan mit jungenhaftem Grinsen zu Shelby, die hinter der Couch stand, die Hände tief in den Taschen ihrer Jeans vergraben. »Du wolltest mit mir sprechen.«

Sie nickte und bedeutete ihm, ihr in die Küche zu folgen. »Sind gleich wieder da, Grandpa«, rief sie Olen zu. Der murmelte etwas Unverständliches, weil er den Mund voller Chips hatte und seine ganze Aufmerksamkeit auf die Zeitlupenwiederholung gerichtet war.

Als sie allein waren, lehnte Shelby sich an die Arbeitstheke und sah Ryan an.

»Ist was?«, fragte er, die Arme locker vor der Brust verschränkt.

»Ich war mit Nic im Café«, begann Shelby. »Sie glaubt, dass eine Reporterin in der Stadt ist.«

»Eine Reporterin.« Ryan hatte gewusst, dass es nur eine Frage der Zeit sein würde. Erstaunlich, dass es überhaupt so lange gedauert hatte.

»Sie hat mitbekommen, wie die Frau Boots ein paar Fragen stellte.«

Ryans Hände ballten sich, von Shelby unbemerkt, zu Fäusten. »Was für Fragen?«

»Nic war ziemlich sicher, dass sie sich nach mir erkundigt hat – und nach dir.«

Ryan schaute aus dem Fenster über dem Spülstein. Der Schnee fiel nun so dicht, dass es aussah, als ob der Himmel aufgebrochen wäre. »Hat Nic ihren Namen mitbekommen?«

»Nein.« Shelby verlagerte ihr Gewicht auf das andere Bein und beobachtete Ryan.

»Irgendeine Ahnung, für welches Blatt sie schreibt?«

»Das hat sie wohl nicht erwähnt.«

»Sollte aber nicht schwer rauszufinden sein.« Während er auf das weite Land rings um das Farmhaus schaute, verspürte Ryan fast so etwas wie Dankbarkeit, dass er bis jetzt in Ruhe gelassen worden war. »Hat Nic noch jemanden erwähnt, mit dem diese Reporterin gesprochen hat?«

Shelby senkte den Blick. »Nur Boots und seine Frau.«

»Boots kommt mir nicht vor wie ein Mensch, der zu viel quatscht.« Ryan nahm ein Glas aus dem Hängeschrank und füllte es mit frischem Quellwasser aus dem Hahn. »Er beschützt dich nämlich.« Er trank mehrere große Schlucke.

»Da gibt es noch etwas, das du wissen solltest.« Shelby wartete, bis er sie wieder ansah. »Nic ist sich ziemlich sicher, dass die Frau später auf ihrem Handy von John angerufen wurde.«

»Na toll.« Ryan trank aus und wischte sich mit dem Handrücken den Mund ab. Dann stellte er das Glas neben das Spülbecken.

»Ich kann mir einfach nicht vorstellen, warum John mit einer Reporterin reden sollte«, sagte Shelby. »Und warum ist sie überhaupt hergekommen? Wir machen hier oben doch keine Schlagzeilen. Kein Mensch schert sich um uns.«

»Vielleicht schreibt sie einen Enthüllungsbericht über den Apfelanbau oder eine Winterreisegeschichte über Lake Superior«, sagte Ryan mit schwachem Grinsen.

»Eher unwahrscheinlich, oder?« Sie erwiderte sein Lächeln. »Aber vielleicht ist es gar nichts. Nic kann auch alles falsch verstanden haben. Ich meine, dass du hier oben arbeitest, ist doch keine Schlagzeile wert, oder?«

»Absolut nicht.« *Aber nichts, was sie in den letzten Jahren über mich geschrieben haben, war im Grunde eine Schlagzeile wert.*

»Und es sieht John oder einem anderen gar nicht ähnlich, etwas Schlechtes über mich zu sagen. Oder über *uns*.«

Ryan beugte sich vor und gab ihr einen Kuss. »Ich kriege raus, wer sie ist. Hoffentlich ist sie nicht gekommen, um Unruhe zu stiften. Manche Journalisten neigen dazu, unverhältnismäßig zu übertreiben.« Er stemmte die Hände in die Hüften und schaute hinaus auf den Schnee, der sich in Wehen hinter dem Haus der Meyers türmte. Es blieb nicht mehr viel Zeit, bald würden die Straßen unpassierbar sein. »Es tut mir schrecklich leid, dass du da mit reingezogen worden bist.« Er nahm Shelby in seine Arme und küsste sie tröstend auf die Stirn.

»Und was machen wir jetzt?« Sie erwiderte seine Umarmung und barg ihren Kopf an seiner Brust.

»Ich spüre diese Reporterin auf.« Widerwillig fügte er hinzu: »Und du musst John anrufen.«

Auch ein heftiger Schneesturm konnte die Spuren einer Reporterin aus der Stadt in einem kleinen Ort wie Bayfield nicht verwischen. Es war leicht gewesen, Avery Martin in dem einzigen Motel, das über Winter geöffnet hatte, aufzustöbern – sie davon zu überzeugen, ihre Story in dem landesweiten Wochenmagazin aufzugeben, hingegen nicht.

»Hören Sie, ich mache nur meinen Job«, sagte Avery, als Ryan sie in der leeren, trübe beleuchteten Motellobby traf. »Wenn mein Herausgeber mich in die Wildnis schickt, um ein paar Gerüchten nachzugehen, dann kehre ich bestimmt nicht mit leeren Händen in die Redaktion zurück.«

Wie sich herausstellte, war sie eine aufstrebende Journalistin, die gewiss keine Story fallen lassen würde, die ihrer bis jetzt nicht gerade glänzenden Karriere gehörigen Aufschwung verleihen konnte. Und obgleich Ryan seine Beziehungen zu Bayfield herunterzuspielen versuchte, zeigte sich Avery unbeirrt.

»Ich versteh schon«, sagte er leise genug, damit die neugierige bebrillte Frau hinter der Rezeption ihn nicht hören konnte. »Aber Sie verstehen nicht, dass in diesem Städtchen niemand auf eine Erwähnung in Ihrer Zeitschrift Wert legt. Und *ich* schon gar nicht.«

»Darf ich das so zitieren?«, fragte Ms Martin gerissen lächelnd, während sie in ihrer übergroßen Ledertasche nach einem Notizblock kramte.

Ryan schüttelte den Kopf. »Mag sein, dass ich nach Neujahr wieder in Chicago bin. Warum geben Sie mir nicht Ihre Karte? Dann können wir uns dort unterhalten.«

»Das wird nicht nötig sein. Entweder wir reden jetzt oder ich muss mich allein auf meine Quellen beziehen. So oder so bringen wir die Story am Weihnachtswochenende. Vielleicht kommen Sie sogar auf den Titel.«

Dazu gab es nichts mehr zu sagen. Wenn er in Wut geriet, würde er alles nur noch schlimmer machen. Ryan zog ohne ein weiteres Wort den Reißverschluss seiner Jacke hoch und wandte sich zum Gehen. Bevor er an der Tür war, rief ihm die Reporterin nach: »Hören Sie, Sie brauchen sich keine Sorgen zu machen. Es ist doch bloß eine Liebesgeschichte, nicht wahr? Nichts geht über eine gute Liebesgeschichte zur Weihnachtszeit.«

Zwei Wochen später saß Ryan in seinem schwach erleuchteten Schlafzimmer auf der Bettkante und wartete darauf, dass Shelby aufwachte. Als sie die Augen aufschlug, starrte sie ihn verblüfft an, denn er war bereits angekleidet und trug seinen Wintermantel und die Strickmütze. Sie streckte die Hand nach dem Wecker aus, räusperte sich und fragte, wie spät es sei.

Ryan beugte sich über sie und küsste sie. »Fröhliche Weihnachten.«

»Fröhliche Weihnachten«, murmelte Shelby verschlafen, setzte sich auf und rieb sich die Augen. »Du bist aber früh auf. Gehst du raus?«

»Nein, ich bin grade zurückgekommen.« Ryan knipste die Nachttischlampe an und reichte ihr ein Hochglanzmagazin.

Shelby nahm ihm die Zeitschrift ab und blinzelte, um ihre Augen an das Licht zu gewöhnen. »Was ist das?«

»Ist heute früh gekommen. Boots hat mich vor dem Laden getroffen, um mir ein Vorausexemplar zu geben. Morgen geht sie in den Verkauf«, sagte er über die Ausgabe von *Signature*, in der ein kurzer Artikel und eine Fotostrecke über sie beide erschienen waren.

»Zu Weihnachten? Die bringen das über die Feiertage?«

»Was soll ich sagen? Ist eben Saure-Gurken-Zeit«, versuchte Ryan einen lahmen Scherz.

»Du bist ein schrecklich schlechter Lügner.«

»Ehrlich, es ist nicht so schlimm«, versuchte er Shelby zu beruhigen. »Und auch nicht besonders viel.«

»Es ist aber eine landesweite …«

»Aber keine glaubwürdige.«

»Sag bitte nicht, dass John mich belogen hat – dass er sich wirklich geweigert hat, mit der Frau zu sprechen«, murmelte Shelby mit wachsender Unruhe und griff nach der Zeitschrift.

»Er wird zwar nicht wörtlich zitiert, aber …«, sagte Ryan, doch er fing sich gerade noch rechtzeitig. »Lies es einfach in Ruhe. Wenn du fertig bist, komm ins Wohnzimmer. Ich zünde den Kamin an. Und setze Kaffee auf. Dann lass uns darüber reden.« Er schob eine verirrte Haarsträhne beiseite und küsste Shelby. Dann ließ er sie allein, damit sie mit dem bitteren Gefühl Bekanntschaft schließen konnte, Gegenstand der Klatschpresse zu sein.

Sein Augapfel
Farmerstochter schnappt sich William Chambers Jr.
von Avery Martin

Als einer von Amerikas begehrtesten Junggesellen im letzten August Urlaub machte, dürfte es nicht nur die atemberaubende Landschaft von Lake Superior gewesen sein, die ihn anzog. Während seiner Reise knüpfte William Chambers Jr.

diskrete Verbindungen zu Shelby Meyers, einer Apfelfarmerin in Bayfield, Wisconsin.

Auch wenn Chambers und Meyers sich verschwiegen geben, wurde bestätigt, dass ihre Romanze voll erblüht ist und dass Chambers derzeit in dem malerischen Städtchen lebt.

»Sie schauen ab und zu rein, bleiben aber ansonsten für sich«, sagte Morrie O'Neil, die Besitzerin des Bayfield Chocolate & Bread Shoppe. »Ist aber sonnenklar, dass sie ganz heiß aufeinander sind.«

Während die Einwohner des Städtchens sich kaum dazu äußerten – ein ungewöhnlicher Schutz der Privatsphäre des Paares –, bestätigte Meyers' Mutter nur zu gern, dass ihre Tochter in der Tat »eine sehr enge Beziehung« zu Chambers unterhält.

»Sie ist bis über beide Ohren verliebt, und dieses Gefühl ist absolut gegenseitig«, sagte Jackie Meyers, als ich sie in ihrem Haus in Alhambra, Kalifornien, anrief. »Ich habe ihn zu Thanksgiving kennengelernt, und er ist so hinreißend und erfolgreich, wie ich ihn mir vorgestellt hatte. Es macht eine Mutter wirklich stolz, wenn ihre Tochter solch einen Fang an Land gezogen hat.«

Wird Shelby Meyers die Frau sein, die den prominenten Chicagoer einfängt? Ihre Mutter würde darauf wetten. »Bestimmt ruft sie mich demnächst an, damit wir das perfekte Brautkleid aussuchen!«

Signature konnte zwar die Bestätigung bekommen, dass Chambers schon seit Anfang Oktober in Bayfield weilt, Chambers selbst lehnte es jedoch ab, sich über seine Beziehung zu Meyers zu äußern, da jegliche Einmischung weder von dem Paar noch den Einwohnern seiner neuen Heimat gutgeheißen würde.

Laut Informationen von Chambers Media wird erwartet, dass William Chambers Jr. auf der jährlichen Aktionärsversammlung seine neue Stellung im gehobenen Management antritt.

Zeigt sich da etwa ein Riss im Chambers-Imperium? Ist eine Farmerin aus einer Kleinstadt auf dem besten Wege, Chambers Herz – und sein Vermögen – für sich zu gewinnen? Die Zeit wird es zeigen.

24

Bloßgestellt

Da Kälte Shelby und ihren Großvater unmöglich im Haus halten konnte, war es nicht überraschend, dass die beiden an einem Morgen, als die Temperatur unter fünfzehn Grad minus lag, durch den Hafenpark spazierten.

Während sie und Olen, warm eingepackt in Thermowäsche, Parkas und Wollpullover, durch den Schnee stapften, dachte Shelby darüber nach, was sich seit dem *Signature*-Artikel vor ein paar Wochen verändert hatte. Die Stadt hatte kollektiv nach Luft geschnappt; nicht nur, weil die Zeitschrift unerlaubt in Shelbys und Ryans Privatleben eingedrungen war, sondern weil nun Fotos ihrer geliebten Heimatstadt in einem landesweiten Magazin zu sehen waren. Das war in den Augen der Bayfielder sehr viel bemerkenswerter als Shelbys Liebesleben.

Da es Ryan nicht gelungen war, Avery Martin von ihrer Story abzubringen, wusste Shelby, dass er sich für den darauf folgenden Mediensturm verantwortlich fühlte. Alles, was einmal privat gewesen war, wurde nun ins Licht der Öffentlichkeit gezerrt. Jeder Ort, an dem sie gewesen waren, wurde zur Schau gestellt. Journalisten und Fotografen waren im Januar Avery Martins Spur nach Norden gefolgt, und Shelbys Familie wurde obendrein mit lästigen Ferngesprächen bombardiert.

Da Shelby kaum je online ging, blieben ihr diese Reportagen erspart. Aber die Stories erreichten sie dennoch. Viele wohlmeinende Freunde und Nachbarn schickten Zeitungsausschnitte mit handgeschriebenen Zusätzen wie »Hast du das gesehen?«, »Dürfen die das behaupten?« oder sogar »Stimmt das wirklich?«. Je weiter die Story sich verbreitete, desto stärker schien Ryan sich zurückzuziehen.

»Das ist doch ein guter Platz«, verkündete Olen, als sie an die schneebedeckte Bank gelangten, wo sie mit Ryan an ihrem ersten Date im August gesessen hatte.

Sie wischten mit den Handschuhen den Schnee fort, dann ließen sie sich auf der Bank nieder. Olen lehnte sich mit einem tiefen Seufzer zurück und holte eine schwarze Thermosflasche aus der Leinentasche, die Ginny ihnen am Morgen gepackt hatte.

Plötzlich richtete er die Augen auf eine Gruppe Kiefern am Rande des Parks. »Hey, Shel, sieh jetzt nicht hin, aber …«

»Was?« Sofort schaute Shelby in die Richtung.

»Ich glaube, da ist jemand hinter den Bäumen«, flüsterte Olen.

»Ernsthaft?«, stöhnte sie und beugte sich vor, um zwischen den schneebeladenen Ästen etwas zu erkennen.

»Schhh!« Er streckte den Arm aus und zog sie zurück. »Nicht hinschauen!«

»Was ist denn in dich gefahren?«

»Da drüben. Auf drei Uhr«, raunte er verschwörerisch.

»Was …«

»Paparazzi!« Amüsiert von seinen Mätzchen grinste er breit, dann fing er an zu lachen. »Bist eben eine Berühmtheit geworden. Da kann man nie vorsichtig genug sein. Musst halt ständig aufpassen.«

»Was bin ich froh, dass sich wenigstens einer darüber amüsiert«, sagte Shelby und grinste mit dem grauhaarigen Komiker um die Wette.

»Darauf kannst du einen lassen.« Olen klemmte die Thermosflasche zwischen seine Knie, schraubte den Deckel auf und sah dem Dampf nach, der sich in der kalten Luft auflöste. Olen atmete das würzige Aroma des Kaffees ein, während er Shelby einen Becher einschenkte. Sie mochte es, dass er den Kaffee schon vorher süßte und Milch hineingab. »Es geht doch nichts über das Vergnügen, am See zu sitzen und einen guten Kaffee zu schlürfen, Shel. Hier gehör ich hin«, sagte er mit Blick auf die schneebedeckte Eisfläche und den leuchtend blauen Himmel.

Shelby hielt den Becher mit beiden Händen und spürte die Wärme durch ihre dicken Handschuhe. »Mir geht's genauso.«

Olen schraubte den Deckel wieder auf die Flasche und steckte sie in die Tasche zwischen seinen Füßen. »Und nun sag mal, wie geht's dir?«

»Gute Frage«, sagte Shelby und überlegte, während sie den ersten Schluck nahm. »Mal sehen … ich spüre, dass Ryan im Aufbruch ist. Seitdem er sein Projekt beendet hat, ist er rastlos geworden. Du weißt ja, wie's hier im Winter zugeht. Alles macht zu. Ich glaube, er langweilt sich und will nach Hause«, sagte sie kleinlaut. »Und dazu die Anrufe, die ja besonders für Gran schlimm waren. Ach ja, und meine liebe Mutter hat schon wieder eine Story an die Medien verkauft. Aber abgesehen davon geht's mir super.«

»Hm«, murmelte Olen, während er den Becher hob und den Dampf fortblies. »Könnte schlimmer sein.«

Shelby zog sich die Mütze mit den Wollknötchen tiefer

über die Ohren. »Ach ja? Wie könnte es denn noch schlimmer kommen?«

»Deine Mutter könnte wieder herziehen und uns alle zu einer dieser beschissenen Reality Shows anmelden.«

»Weißt du was, Grandpa? Im Moment würde ich ihr das zutrauen, so aberwitzig es auch klingen mag!«

Gemeinsam mit dem Großvater zu lachen fühlte sich richtig gut an. Mit ihm in dem verlassenen Park zu sitzen brachte die Erinnerung an die besonderen Momente zurück, die sie zusammen verbracht hatten. Reden. Witze machen. Und manchmal auch schweigen. Aber immer mit dem Gefühl einer Bindung, die tiefer war als der See.

»Ich weiß, dass es schwer war für euch beide, aber zumindest war die Berichterstattung wohlwollend«, meinte Olen.

Shelby zog die Augenbrauen hoch.

»Okay, überwiegend wohlwollend.« Olen griff in die Tasche und zog eine Butterbrottüte mit Oreo-Keksen heraus. »Ihr beide seid ja keine Neuauflage von Bonnie und Clyde. Ihr steht nicht in der Zeitung, weil ihr ein Verbrechen begangen habt. Ihr seid nur zwei junge Menschen, die sich lieben.« Er öffnete die Tüte und hielt sie Shelby hin.

»Ja, sag das mal Ryan. Noch ein solcher Artikel, und er dreht durch.« Sie zog kurz den Handschuh aus, nahm einen Oreo und stopfte ihn sich in den Mund.

»Wie viele Artikel hat es denn seit dem ersten in *Signature* gegeben?« Olen wühlte mit Handschuh in der Tüte herum.

»Das weiß ich ehrlich gesagt gar nicht«, murmelte Shelby und hielt beim Kauen die Hand vor den Mund. Olen schaufelte sich ebenfalls einen ganzen Keks rein. »Du weißt doch, ich kenne mich mit Klatschblättern nicht aus.« Shelby spürte, wie es ihr kalt den Rücken hinunterlief, und in dem Versuch, ihre erfrorene Rückseite wiederzubeleben, zappelte sie auf der Bank herum und strampelte mit den Beinen. »Grandpa, findest du nicht, dass es allmählich kalt wird?«

»Eiskalt«, brummte er und trank seinen Kaffee aus.

»Dann lass uns nach Hause gehen.«

»Kann nicht«, sagte Olen. »Mein Hintern ist an der Bank festgefroren.«

Shelby schüttete die letzten Tropfen aus ihrem Becher in den Schnee, dann stand sie mit steifen Beinen auf. »Meiner auch!« Sie nahm Olens Hand, um ihm aufzuhelfen, dann bückte sie sich nach der Leinentasche.

Olen rieb sich die Hände, um sie warm zu bekommen. »Bist du immer noch böse auf John? Ich hab ihn ein paarmal gesehen. Er fehlt uns, Gran und mir.«

»Natürlich nicht. Nic hat geglaubt, dass er die Quelle für die *Signature*-Story war, aber als ich sah, dass er gar nicht zitiert wurde, bin ich zu ihm gegangen und wir haben darüber gesprochen. Du weißt doch, dass ich ihn lieb habe. Ich meine, wir sind schon unser ganzes Leben lang Freunde. Ich hätte wissen sollen, dass er mich niemals so hintergeht wie meine …« Ihre Stimme verebbte.

»Wie deine Mutter?« Olen nahm ihr die Tasche von der Schulter und bestand darauf, sie selbst zu tragen.

Shelby nickte, während sie in ihren eigenen Spuren durch den Park zurückgingen.

»Ich weiß einfach nicht, was in ihrem Kopf vorgeht«, brummte Olen. »Im Ernst, ich versteh nicht, wie sie's immer wieder schafft, einen zu enttäuschen. Es tut mir sehr leid, Liebes.«

»Das muss dir doch nicht leidtun.« Shelby nahm seinen Arm, wie sie es unzählige Male getan hatte.

»Ich weiß, wie schwer das für dich ist. Und für Ryan. Er macht gute Miene zum bösen Spiel, aber ich glaube, er fühlt sich für all das verantwortlich.«

Shelby erinnerte sich, wie verstört Ryan seit dem ersten Artikel am Weihnachtsmorgen gewesen war, und dass er praktisch genau dieselben Worte gebraucht hatte. Und schlimmer noch war, dass die Schlagzeilen verkündet hatten, Ryan habe sich verliebt, dabei hatten sie sich ihre Liebe bislang nicht mal gestanden.

»Kann ich irgendwas für dich tun?«, fragte Olen.

»Bleib einfach du selbst.« Shelby drückte seinen Arm.

Als sie aus dem Park auf die Straße treten wollten, hörten sie Motorengetöse, das von der gefrorenen Oberfläche des Sees widerhallte. Sie drehten sich um und sahen den rot-weißen »Windschlitten« an der Marina vorbeizischen. Sie blickten dem bootsähnlichen Fahrzeug nach, das sowohl auf Eis wie auch auf Wasser fahren konnte. Angetrieben von zwei gewaltigen Heckpropellern entfernte es sich rasch in Richtung Madeline.

»Merkwürdig«, meinte Shelby. »Ich dachte, die Eisstraße nach Madeline wäre inzwischen offen. Ist der See immer noch nicht richtig zugefroren?«

»Das glaube ich aber doch. Vielleicht war der Schlitten auch nur zur Reparatur hier. Aber da kommt mir eine Idee«, sagte Olen, während er mit Shelby zum Pick-up ging. »Weißt du, ich glaub, ich hab genau das Richtige, um Ryan von diesem Berühmtheitskram abzulenken.«

25

Eis

»Hör mal, Ryan, Shel und ich waren heute Morgen im Park, und da ist mir eingefallen, dass du seit Monaten hier rumhockst und noch nie auf dem Eis warst«, sagte Olen, ein kaltes Bier in der Hand. Mit der anderen wühlte er in einer Schale Erdnüsse herum, die auf dem Kiefernbeistelltisch neben seinem Fernsehsessel stand.

»Also, ich war schon einige Male mit der Kamera auf dem Eis, falls du das meinst«, sagte Ryan. Er saß auf dem Sofa und wandte sich zu Olen um, als das NLF-Playoff-Spiel von einem Werbespot unterbrochen wurde.

»Nein, ich hab vom Eisfischen gesprochen.« Olen knackte eine Schale und warf sich die Nuss in den Mund. »Also, was sagst du, bist du dabei?«

»Klar!«

»Gut. Genau das brauchst du nämlich jetzt. Damit du den ganzen Rummel mal vergisst.« Er hielt Ryan die Schale hin. »Willst du 'ne Nuss?«

Ryan schüttelte den Kopf. Olen zuckte die Achseln.

»Wir machen uns morgen in aller Frühe auf den Weg«, fuhr er fort. »Mein altes Schneemobil steht hinter Johns Laden. Wir packen unsere Ausrüstung drauf und fahren zu meiner ganz speziellen Stelle raus. Hab vor 'ner Stunde den Wetterbericht gehört, und es heißt, dass ein Sturm in unsere Richtung zieht, aber vor morgen Nacht ist er nicht da. Wenn wir also angeln wollen, ist morgen die beste Gelegenheit dazu. Kurz und schmerzlos.« Er lehnte sich im Sessel zurück, drehte den Kopf Richtung Küche und rief: »Ladys? Was würdet ihr morgen zum Abendessen von Forelle halten?«

»Boots hat diese Woche keine Forellen«, kam Ginnys prompte Erwiderung.

»Wer braucht denn Boots? Ryan und ich gehen Eisfischen!«

Ginny steckte den Kopf aus der Küche. »Aber es zieht doch ein Sturm auf.«

»Der kommt erst morgen Nacht. Wir sind mit Fisch zurück, bevor die erste Schneeflocke fällt.«

»Da solltest du dich lieber nicht irren«, sagte Ginny, bevor sie wieder zu Shelby in die Küche ging. Ryan hörte gedämpftes Murmeln, das nach Einwänden gegen das Vorhaben klang, verstand aber den Wortlaut nicht.

»Und, Liebes?«, rief Olen mit zuckersüßer Stimme. »Wenn du einen Augenblick Zeit findest, meine geliebte Gattin, könntest du mir vielleicht helfen, meinen alten Overall für Ryan rauszusuchen?«

Ein Stöhnen kam aus der Küche. Olen zwinkerte Ryan zu.

»Nix für ungut, Ryan, aber dein schicker Parka taugt nicht fürs Eis«, sagte er. »Du musst was von meinen alten Sachen anziehen. Und ich muss dich warnen, die sind kein bisschen schick. Wir müssen dir auch einen Angelschein ausstellen lassen.«

»Du bist der Boss«, sagte Ryan lachend.

Kurze Zeit später angelte sich Olen in der Halbzeitpause noch eine Handvoll Erdnüsse aus der Schale, dann nahmen sie ihr Bier und ihre jungenhafte Begeisterung in die Scheune mit. Dort suchten sie die Ausrüstung für den Ausflug zusammen, darunter Olens abgenutzten Eisbohrer, Eiskratzer, verschiedene Blinker und Bucktailjigs.

»Jetzt fehlt nur noch eins.« Olen klappte die Gefriertruhe auf und holte einen Plastikbehälter mit gefrorenen Köderfischen heraus. »Ich sag's dir ganz im Vertrauen: Ich weiß nicht, was mehr Spaß macht, das Angeln selber oder das Gesicht von Ginny, wenn sie morgens diese toten Fische auf ihrer sauberen Küchentheke findet. Die können nämlich erbärmlich stinken.«

»Ich kann mir vorstellen, dass sie zu stänkern anfängt«, sagte Ryan grinsend.

Das Eis entbot Olen und Ryan ein frostiges Willkommen, als sie am nächsten Morgen mit ungefähr zwanzig anderen Eisfischern loszogen. Eine silbrig-weiße Nebensonne – ein Widerschein der Sonne, der sich an Eiskristallen in der Atmosphäre brach – schuf einen leuchtenden Hof um die Sonne, die eben über den Inseln aufging. Wie vorausgesagt war es ein bitterkalter Tag.

Ryan half Olen, den Anhänger des Schneemobils mit ihrer Ausrüstung zu beladen, wobei er sich recht geschickt anstellte. Sein Gesicht leuchtete vor Freude, denn nun würde er eine neue Outdoor-Sportart mit einem Menschen ausprobieren, der den See in- und auswendig kannte. Eine Gruppe Eisfischer hatte sich am Seeufer versammelt, aber niemand schien Ryan, der in Olens Overall steckte und Wollmütze und Gesichtsmaske trug, zu erkennen. Oder vielleicht war es ihnen auch egal. Ryan konnte jetzt zwar sicher sein, dass er nicht frieren würde, aber an den Geruch nach altem Schweiß und Fischtran in den Klamotten musste er sich gewöhnen.

Die bunt zusammengewürfelte Gruppe Männer und Frauen bestieg ihre schwer beladenen Schneemobile, Pick-ups und Autos, von denen manche transportable Eishäuser schleppten, und entfernten sich unter Dieselgedröhn. Ryan setzte sich hinter Olen, dann sausten sie den anderen hinterdrein, wobei sie ein Bild wie eine Zigeunerhorde abgaben.

Sie nahmen die Eisstraße, eine vom Schneepflug freigeräumte Piste, die quer durch die Bucht von Bayfield nach Madeline Island führte und deren Ränder mit kleinen Tannen markiert waren. Auf Schildern am Weg stand in leuchtend roter Farbe: »Auf eigene Gefahr«. Doch zum Umkehren war es nun zu spät.

Immer wieder schwenkten Schneemobile von der Eisstraße ab. »Dauert nicht mehr lange!«, rief Olen Ryan zu. Und dann verließ auch er die Piste und hielt sich nach links, in Richtung Basswood Island. Unter den Kufen knirschte der verharschte Schnee.

Eine dünne Nebelschicht lag über dem Eis, waberte geisterhaft und lockte die Männer immer weiter hinaus. Das Schneemobil wirbelte Nebelfetzen hoch, die ein Stück aufstiegen und sich dann sanft wie eine Bettdecke auf das Eis senkten.

Mit der Sonne stiegen auch die abgelösten Eiskristalle und brachten in höheren Luftschichten den Wolken zusätzliche Feuchtigkeit. Die wunderschöne Szenerie ließ nicht ahnen, dass sich nur ein paar Meilen entfernt Sturmwolken zusammenballten. Doch das sollte Ryan erst merken, als es zu spät war.

Olen hielt an einer Stelle nahe der Südspitze von Basswood. Als sie über das Eis gingen, hörte Ryan von tief unten ein Ächzen und Stöhnen, das ihn an ein krängendes Schiff in der Dünung erinnerte. Die Stelle, die Olen gemeint hatte, war dem eisigen Wind ausgesetzt und schneefrei. Obwohl das Eis immens dick war, war es auch außerordentlich klar, ein Phänomen, das es nur am Lake Superior gab. Der Blick ins Eis erinnerte Ryan an einen Ausflug ins Aquarium von Chicago, wo ihn nur eine Glasscheibe von dem riesigen Eisbären auf der anderen Seite getrennt hatte. Die Sonne stand inzwischen so hoch, dass man sehen konnte, was unter dem Eis war. Und so hatte Ryan das Gefühl, auf Wasser statt auf Eis zu wandeln. Unter seinen Füßen sah er ein treibendes Blatt, Luftblasen, kleine Wellen und sogar einen träge dahingleitenden Fisch, der sie zu verhöhnen schien, noch bevor sie das erste Loch gebohrt hatten. Ryan überlief ein Schauder bei der Vorstellung, dass ihn lediglich eine fünfzig Zentimeter starke Eisschicht von fünfundvierzig Metern tiefer arktischer Kälte und dem sicheren Tod trennte.

»Gar nicht mal so übel«, sagte Olen einige Stunden später, während er grinsend die Ausbeute begutachtete. »Ein paar Seeforellen und ein bisschen Hering. Gar nicht zu reden von denen, die wir wieder reingeschmissen haben. Hast dir dein Abendessen redlich verdient, Ryan.« Zur Bestätigung klopfte er ihm kräftig auf den Rücken.

Der Himmel war den ganzen Morgen ruhig und gleichmäßig grau gewesen, doch nun wurde er rasch dunkel. In der Zeit, die sie brauchten, um die Leinen einzuholen und ihre Ausrüstung zusammenzupacken, frischte der Wind auf und der Schnee fiel in dichten, nassen Flocken. Olen und Ryan konnten nicht ahnen, dass, nicht weit entfernt auf der anderen Seite der Südspitze von Basswood, ein Stück Eis einbrach, was zur Folge hatte, dass heftig Wasser nach oben strudelte.

Wellen bildeten sich und lösten Erschütterungen unter dem Eis aus. Stück für Stück fraß die Kraft des Wassers die heitere glasähnliche Fläche auf, die Ryan den ganzen Morgen über bewundert hatte.

Olen wollte eben den Motor des Schneemobils anlassen, als er ein Ausrüstungsteil sah, das ungefähr viereinhalb Meter entfernt auf dem Eis lag. Wäre der Schnee in diesem Augenblick unverändert dicht gefallen, dann hätten sie das Teil gar nicht bemerkt, wären losgefahren und lange vor dem Sturm zu Hause gewesen. So aber ließ Olen Ryan beim Schneemobil und ging das vergessene Teil bergen.

Ryan nutzte die Gelegenheit und zurrte die Kühlbox hinten auf dem Schneemobil fest, als er ein ohrenbetäubendes Krachen hörte. Es klang, als ob eine riesige Glasscheibe zu Bruch gegangen wäre. Er fuhr herum und sah, wie das Eis sich aufwölbte. Es sah aus, als hole der See Atem, um seine eisigen Fesseln zu sprengen. Ryan wandte sich zu Olen herum. »Lauf! LAUF!« Er selbst atmete keuchend und spürte die kalte Luft in seinen Lungen brennen.

Vor Ryans Augen brach der Eisboden, der vorher so sicher und solide erschienen war. Der See erwachte. Wellen spülten über den Bereich gesplitterten Eises, der sich rasch vergrößerte.

Ryan startete den Motor des Schneemobils und wollte zu Olen preschen, doch es war bereits zu spät. Alles ging viel zu schnell. Ein Riss fraß sich durch das Eis und trennte sie voneinander. Ryan bremste scharf und sprang ohne nachzudenken vom Schlitten und über die Kluft. Doch statt zu Olen zu gelangen, schlitterte er an ihm vorbei. Ein weiteres Krachen erschütterte die Oberfläche. Eine Verschiebung fand statt. Die beiden Männer und das Schneemobil mit ihrem gesamten

Proviant befanden sich nun auf drei verschiedenen Eisschollen, von denen jede nicht breiter war als zweieinhalb Meter.

Wie Gewehrschüsse hallte es in Ryans Ohren, als sich immer mehr Stücke unter dem Druck des Wassers ablösten. Das Eis tanzte und schaukelte, schleifte und knirschte und trieb die beiden hilflosen Männer auf ihren Schollen weiter und weiter voneinander fort.

Auch die vielen Lagen Kleidung halfen nicht mehr gegen die Kälte. Ryan spürte, wie seine Gliedmaßen taub wurden, seine Haarspitzen waren steif gefroren. Olen musste es ebenso ergehen. »Alles okay?«, rief er.

»Das war wohl das Dümmste, was ich je in meinem Leben gemacht habe!«, tönte Olens Antwort. »Erzähl bloß Ginny nichts davon. Wenn wir diesen Schlamassel überstanden haben, wird sie mir das Fell über die Ohren ziehen!«

»Ich komme einfach nicht zu dir …« Ryan brach jäh ab, als er rechts von sich ein Kratzen und Platschen hörte. Gerade noch rechtzeitig drehte er sich um und sah, wie der See sein erstes Opfer in die Tiefe riss. »Shit! Das Schneemobil ist weg.« Er verlor allmählich den Mut.

Angesichts des Ernsts ihrer Lage und da er nicht zu Olen gelangen konnte, zermarterte er sich auf der Suche nach einem Ausweg das Hirn. Doch der Abstand zwischen seiner Scholle und der großen Eisfläche war viel zu groß, dass er hinüberschwamm, kam nicht infrage. Aber auf der Scholle konnte er sich auch kaum halten, denn die Wellen schaukelten sie heftig hin und her. Das Eis war glatt und rutschig, es war ein prekäres, unbarmherziges Rettungsfloß.

Doch dann, obwohl von dem Hunger nach Leben verzehrt, richteten sich Ryans Gedanken nach innen und er machte Bestandsaufnahme. Er dachte nicht an das, was er bislang erreicht, sondern an das, was er noch zu tun hatte. Sein Kopf füllte sich mit Bildern, die ihm bis zu diesem Augenblick zusammenhanglos erschienen waren. Hier, auf der dünnen Eisscholle, fügten sich seine Vorstellungen mit absoluter Klarheit zu einem Ganzen. Er dachte an seine Eltern. Er dachte an das Familienunternehmen und daran, was Shelby über die Nutzung von Möglichkeiten gesagt hatte, um anderen Menschen zu Veränderungen zu verhelfen. Er träumte, eines Tages Vater zu werden, und konnte sich die Gesichter seiner Kinder jetzt schon vorstellen. Und er dachte an Shelby. An ihre Schönheit. An ihre Widerstandskraft. Ihre Wärme.

Die Vision von einer Zukunft nach diesem Sturmtag versetzte Ryan in einen Rausch, wie er ihn nie zuvor erlebt hatte. Hier war, was er sein Leben lang gesucht hatte. Es hatte ihn nach Bayfield gebracht. Es war das, was er mit den Mitteln der Fotografie erkundete. Es war der Grund, warum er sich in Shelby verliebt hatte. Nun hatte er seine Bestimmung entdeckt. Ryan erkannte, dass es ein Leben gab, das wichtiger war als seins: Shelbys. Die Hoffnung, sein Leben mit ihr zu teilen, verlieh Ryan die Kraft, sich auf dem Eis zu halten.

»Ryan? Ich kann dich kaum noch sehen!«, drang Olens Stimme durch den Vorhang aus Schnee zu ihm durch.

»Ich bin hier! Alles wird gut, ich sehe dich!« Die Angst um Olen, den Shelby wie einen Vater liebte, drehte ihm den Magen um. Obwohl er ein ganzes Stück entfernt und die Sicht sehr schlecht war, konnte Ryan erkennen, dass Olen mit dem Gesicht nach unten auf seiner Eisscholle lag. Er schien Halt zu haben, wirkte aber vor Angst verkrampft. Die Männer fuhren fort, einander über den Abgrund aus Wasser zuzurufen. Es kam ihnen vor wie eine Ewigkeit. Sie versuchten, Ruhe zu bewahren. Zu überleben.

»Sieht nicht gut aus!«, überschrie Olen das Heulen des Windes. »Ich weiß nicht, wie lange ich mich noch halten kann!«

»Wir schaffen das!«, schrie Ryan zurück. Er starrte auf die riesige Fläche aufbrechenden Eises, wollte sich nicht eingestehen, wie schwer es einer Rettungsmannschaft fallen würde, zu ihnen herauszukommen. »Sie werden nach uns suchen!«

»Verdammt!«, fluchte Olen voller Sorge. »Da bricht es schon wieder!«

»Kannst du weiter nach links rutschen? Ist es da sicherer?« Ryan versuchte, sich ein wenig hochzustemmen, um Olen besser sehen zu können.

»Ich kämpfe hier, Ryan. Ich will verdammt sein, wenn ich mich nach all den Jahren von diesem See unterkriegen lasse!«, schrie Olen. »Oh, Gott!«

Voller Sorge, dass Olen aufgeben könnte, schrie Ryan ihm ein paar Worte der Ermutigung zu.

»Pass auf meine Familie auf.« Olens Stimme war immer noch laut, aber weniger wütend und ängstlich. »Sie brauchen dich.« Gehetzt gab er Ryan Anweisungen zu Versicherungen, Konten, Notfallgeldern. Olen hatte keine Angst um sich selbst, nur um seine Familie.

»Du darfst nicht aufgeben! Natürlich kann ich ihnen helfen, aber sie werden mich nicht brauchen. Weil du heute Abend wieder auf der Farm bist!«, beharrte Ryan und bemühte sich, die Panik in seiner Stimme zu unterdrücken. Die Entfernung zwischen ihnen betrug nun an die neun Meter, und es wurde zunehmend schwieriger, einander zu verstehen.

Ryan hatte jegliches Gefühl in den Fingern verloren, während der schneidende Schmerz in seinen Füßen verging und zu einer tauben Wärme wurde. Er sah den Umriss von Olens Körper auf dem Eis und wusste, dass auch seine Kräfte schwanden. Er drehte den Kopf zur Küste und suchte verzweifelt nach Anzeichen, dass Rettung auf dem Weg war.

»Siehst du die Lichter da hinten?« Ryan konnte nicht erkennen, ob sie von einem herannahenden Boot stammten oder aber Lichter von Bayfield waren, die von den peitschenden Winden verzerrt wurden und so die freundliche Illusion einer baldigen Rettung erzeugten. Aber diese Zweifel würde er Olen bestimmt nicht mitteilen.

»Olen?!« Er wünschte inständig, dass Olen sich bewegte. Ohne Erfolg. »Kannst du mich hören?«

Nichts.

»Sag bitte etwas …«

Doch keine Antwort erfolgte, außer dem geisterhaften Stöhnen unter dem erbarmungslosen Eis. »Die Helfer sind unterwegs!«, rief Ryan, um sich selbst Mut zu machen. »Die Helfer sind unterwegs«, wiederholte er leiser.

Er versuchte sich aufzusetzen, versuchte mit zusammengekniffenen Augen die Lichter jenseits des blendenden Schnees wiederzufinden, als urplötzlich eine mächtige Welle, auf der zerbrochene Eisplatten schwammen, seine Scholle mit solcher Wucht traf, dass Ryan das Gleichgewicht verlor. Als seine Scholle sich stark nach rechts neigte, rutschte er auf das schwarze Wasser zu.

Obwohl alles blitzschnell ging, schien sich die Zeit zu verlangsamen. Ryan wischte mit Händen und Füßen über die glitschige Fläche, versuchte eine Ritze oder Delle zu finden, an der er sich festhalten konnte. Verzweifelt krallte er die Finger ins Eis. Rutschte ab. Griff zu. Dann ertastete er irgendwo rechts eine tiefe Spalte und rammte seine Hand hinein, so tief es ging. Im gleichen Augenblick spürte er Wasser in seinen linken Stiefel dringen, denn sein Fuß hing über der Kante der Eisscholle im Wasser. Ryan schrie gegen den Sturm an und zog sich mit letzter Kraft wieder in die Mitte der Scholle. Vollkommen erschöpft klammerte er sich am Eis fest wie ein Kind an seiner Mutter.

»Olen?«, rief er wieder, schwächer jetzt. Er konnte den Kopf nicht mehr heben und in Olens Richtung schauen, horchte nur auf Antwort. Als er nichts vernahm, rief er einfach im Vertrauen darauf, dass Olen ihn hören konnte. Betete, dass Olen noch am Leben wäre.

»Ich bin in Shelby verliebt.« Er war ein Dickkopf gewesen, ein Narr, der seine Gefühle für sich behalten hatte. Doch in diesem Moment, gefangen im Schneesturm, konnte Ryan seine Liebe dem Mann gestehen, der Shelby am besten kannte. Obwohl er von Schnee bedeckt war und sein Stiefel allmählich von Eis überzogen wurde, fühlte Ryan Wärme. Die Schmerzen vergingen.

»Ich liebe sie!«, rief er schwächer, ein letztes Mal, erklärte seine Liebe dem Wind, den Gespenstern der französischen Entdecker, den Geistern der Ojibwa und den Matrosen, deren Schiffe von diesen Wassern verschlungen worden waren.

»Mach sie glücklich«, kam Olens Erwiderung mit kraftloser, doch entschiedener Stimme. Ryan war nicht sicher, ob er es wirklich gehört oder sich nur eingebildet hatte.

»Alles wird gut!« Seine Stimme versagte. *Er lebt. Gott sei Dank, er lebt.*

Und dann war er wieder allein in der Stille.

Kurz darauf sah er zwei Lichter, vom Schnee getrübt, der um ein Wasserfahrzeug wirbelte, das über die brodelnden Wellen und durch das Eis pflügte.

»Sie kommen. Sie kommen …«, flüsterte er heiser, doch er wusste, dass Olen ihn nicht hören konnte.

Nur noch eine kleine Weile. Halt durch.

Jetzt waren die Lichter deutlicher zu sehen: rot-orange, rot-orange ließen sie den Schnee wie Feuer aufflammen. Dann wurde ein Scheinwerfer direkt auf ihn gerichtet. Ryan hörte die gedämpften Rufe der Männer und das Surren der Propeller. Er musste seine ganze Kraft aufbieten, um den Kopf zu heben. Das Fahrzeug zu erkennen. Ein Boot. Nein, ein Windschlitten. Seine Sicht trübte sich. Aber er lebte. Er würde sie wieder in den Armen halten. Er würde alles in Ordnung bringen. *Ich bin hier*, dachte er. *Ich bin hier*.

Rettet Olen.

26

Schnee

Während Shelby und Ginny beklommen auf die Rückkehr der Männer warteten, wütete der Sturm. Schnee türmte sich höher und höher um das Haus. Er legte sich schwer auf die Zweige der Apfelbäume; manche hielten nicht stand und brachen unter der Last. Der heulende Wind schob ihn über der Einfahrt zu den absonderlichsten Gebilden zusammen.

Abgesehen vom Ächzen, Klappern und Stöhnen des alten Hauses, das dem Wetter standhielt, war es still. Shelby lief unruhig in der Küche hin und her und spähte immer wieder durch die Eisblumen am Fenster. Ginny saß still am Küchentisch, die Hände neben einer Tasse lauwarmem Tee gefaltet. Die Männer kamen nicht.

Vor einer Stunde hatten sie noch nervös zu rechtfertigen versucht, warum Ryan und Olen auf sich warten ließen.

»Sie wärmen sich wahrscheinlich noch 'n bisschen im Captain's auf, bevor sie nach Haus kommen«, hatte Ginny gesagt.

»Und denken sich bestimmt 'ne Ausrede aus, warum sie keinen einzigen Fisch gefangen haben«, hatte Shelby gescherzt.

Doch inzwischen war zu viel Zeit vergangen, und sie waren ernsthaft in Sorge.

Natürlich glaubten sie an Olen. Sein Wissen über den See und dessen Stürme war unerreicht. Und doch warteten sie verzweifelt, und ihre Stimmung verdüsterte sich im selben Maße wie das Wetter. Ginny hatte vorsorglich die Küstenwache angerufen und mit Marty Hudson, dem Diensthabenden, gesprochen. »Ich verstehe. Danke für eure Bemühungen«, sagte sie. Shelby beobachtete sie scharf und versuchte, einen Funken Hoffnung in ihren Augen zu entdecken. »Noch mal danke, Marty. Ja, ruf bitte an, wenn du was hörst. Bis dann.«

Ginny legte den Hörer auf, dann wandte sie sich an Shelby. »Wird schon nichts passiert sein, Liebes. Du kennst doch deinen Großvater«, sagte sie mit gezwungenem Optimismus, der Shelby an die vielen Male in der Vergangenheit erinnerte, wenn Ginny Rechtfertigungen für Jackies Versagen gefunden hatte. »Er muss sich einfach immer in die Nesseln setzen. Wenn sie zurückkommen, haben sie bestimmt was zu erzählen.«

»Und wieder zu erzählen.« Shelby versuchte zu lächeln.

»Und wieder und wieder zu erzählen«, versicherte Ginny mit Nachdruck. Sie breitete die Arme aus und zog Shelby an sich und drückte ihr einen Kuss auf die Wange, wie damals, als sie noch ein kleines Mädchen war.

Shelby gab es auf, hin und her zu laufen, und setzte sich auch an den Tisch. Und da sie nichts tun konnte, stemmte sie die Ellenbogen auf die Tischplatte, legte das Kinn auf die verschränkten Hände und schloss die Augen. *Lieber Gott, gib, dass ihnen nichts passiert ist.*

Das Telefon klingelte.

Ginny war vor dem zweiten Läuten am Apparat. »Marty«, sagte sie ruhig, während sie die Hand krampfhaft um den

Hörer schloss. Während sie dem Mann am anderen Ende lauschte, ruhten ihre Augen auf Shelby. »Verstehe … nein, wir schaffen das schon – ein Nachbar hat unsere Zufahrt kürzlich für uns geräumt. Wir sind schon unterwegs.« Sie nickte Shelby kurz zu, dann liefen sie auch schon zum Schrank in der Diele, während der Hörer des Wandtelefons an seiner Schnur baumelte.

»Was hat er gesagt?«, fragte Shelby, während sie nicht zueinander passende Handschuhe, Mützen und Schals anzogen – was immer ihnen gerade in die Hände fiel.

»Das sag ich dir im Wagen. Los jetzt!«, drängte Ginny, während sie hastig in die Stiefel fuhren. »Der verdammte Pick-up sollte besser anspringen«, knurrte sie, während sie die Haustür ins Schloss warf.

Zum Glück war die Zufahrt immer noch frei. Aber der Pick-up versank halb im Schnee. »Verdammt!«, fluchte Shelby. »Warte, Gran, ich hol die Schaufel!«, rief sie, während sie durch den Schnee in Richtung Scheune stapfte.

»Ich komme mit!«, rief ihre Großmutter, die sich ebenfalls durch den Sturm mühte.

An der Marina angekommen, trat Shelby voll in die Bremsen und brachte den Wagen schlingernd zum Stehen.

»Geh du vor, ich schaff's allein!«, drängte Ginny, die sich am Notgriff festklammerte.

Shelby zog dic Handbremse an, sprang aus der Fahrerkabine und lief auf einen Krankenwagen zu, dessen Licht den Schneesturm blau tönte. Plötzlich fiel ihr ein, dass sie ihrer Großmutter im tückischen Schnee helfen musste, und sie wollte zum Wagen zurückkehren. Doch Ginny schloss bereits zu ihr auf und überholte sie sogar.

»Komm schon!«, rief sie keuchend und eilte weiter.

Die beiden Frauen sahen sich auf dem Schauplatz um. Dort war das Boot der Küstenwache, die Rettungskräfte, blinkende Scheinwerfer, Fischer, Trucks mit Scheinwerferblenden zur Ausleuchtung … aber von ihren Männern keine Spur. Nur Ryans Wagen stand verlassen und eingeschneit auf dem Parkplatz. In der Eile hatte Shelby ihre Jacke nicht zugeknöpft und ihre Stiefel nicht zugebunden, und nun blähte sich die Jacke wie ein Segel, der schneidende Wind traf ihren Körper ungeschützt.

Die beiden Frauen stützten sich auf dem Weg durch den Tumult, um nicht auszurutschen. Ein Feuerwehrmann eilte herbei und bot Ginny eine helfende Hand. »Kommen Sie, hier entlang.« Er brachte sie zu einem Krankenwagen, und plötzlich eilten Sanitäter mit einer Trage herbei, auf der ein in Decken gewickelter Mann lag.

»Ryan!«, keuchte Shelby.

»Geh zu ihm.« Ginny drückte ihr die Hand.

Shelby lief zu der Trage. Ryans Augen waren geschlossen, er war unnatürlich blass. Unter dem Rand der Mütze drangen steif gefrorene Haare hervor. Und seine Lippen, die sie so oft geküsst hatte, seine weichen verlockenden Lippen, waren blau angelaufen und bebten.

»Hey«, flüsterte er heiser. Shelby sah, wie sich seine Hand unter der Decke bewegte.

»Schhh.« Sie legte ihre Hand auf seine.

»Gehören Sie zu ihm?«, fragte der Sanitäter aus dem Krankenwagen. Shelby nickte und trat beiseite, damit sie Ryan hineinschieben konnten.

Ginny kam und sah zu, wie die Rettungssanitäter Ryans Trage sicherten. »Oh, Gott sei Dank, er ist in Sicherheit.« Sie legte Shelby den Arm um die Taille. »Nun fahr schon mit. Er braucht dich, Honey.«

»Aber was ist mit dir? Und Grandpa?« Shelby drehte sich um, kniff die Augen zusammen und versuchte, im dichten Schnee eine zweite Krankentrage auszumachen, Zeugnis für eine weitere Rettung. Doch sie sah keine.

»Jetzt mach dir mal um uns keine Sorgen.« Ginny versetzte ihrer Enkelin einen aufmunternden Stoß. »Ich finde ihn schon. Und dann komme ich zu dir.«

»Miss, wenn Sie dann so weit wären … wir müssen!«, drängte einer der Sanitäter.

Mit Ryan mitzufahren bedeutete, ihre Familie im Stich zu lassen, und Shelby fühlte sich außerstande, diese Entscheidung im Bruchteil einer Sekunde zu treffen. Bis ein anderer Mann atemlos auf sie zukam und ihr die Entscheidung abnahm.

»Fahr ruhig, Shelby«, sagte John. »Ich hab gerade gehört, dass sie Olen reinbringen. Ich kümmere mich um Ginny.«

»Natürlich tust du das«, seufzte Shelby und hob dankbar eine Hand. Sie verdiente seine Freundschaft nicht. Seit Ryan nach Bayfield gezogen war, hatte sie John kaum gesehen, doch wenn sie ihn brauchte, war er für sie da und kam ihr wieder einmal zu Hilfe.

»Ich hoffe, er wird wieder«, sagte John ernst und schaute in Richtung Krankentrage. Dann drehte er sich um und geleitete Ginny wie ein Gentleman zum Eingang der Marina, wo noch mehr Scheinwerfer durch den Schnee blinkten.

Ein Rettungssanitäter ergriff Shelbys Hand und half ihr in den Wagen. Als sie auf den Klappsitz neben Ryans Liege sank, hörte sie ihn leise weinen. Instinktiv nahm sie seine unruhigen Hände und wünschte inständig, seine Körpertemperatur würde ansteigen. »Alles wird wieder gut«, versicherte sie ihm, während die Sanitäter sich abmühten, Ryans Vitalfunktionen zu stabilisieren und ihm ein Sedativum zu verabreichen.

»Olen …« Ryans Stimme brach.

»Gran und John sind bei ihm.« Shelby streichelte seine Hand und schaute aus dem Fenster. Sie wünschte, sie könnte sehen, was sich an der Marina abspielte. »Er ist so furchtbar kalt«, sagte sie besorgt zu dem Sanitäter, der Ryans Hypothermiedecke feststeckte.

»Keine Sorge, er wird es gut überstehen«, sagte der Mann. Er klang mitten im Chaos so gelassen, dass Shelby ihm sofort glaubte. »Er hat großes Glück gehabt.«

»Es tut mir so leid, Shel«, presste Ryan gequält hervor.

»Schhh … du musst dir keine Vorwürfe machen«, sagte sie tröstend und beugte sich so weit wie möglich zu ihm hinunter. »Ruh dich jetzt aus.«

»Ich konnte nicht … Wir hatten nicht genug Zeit …« Er zuckte zusammen und schloss die Augen.

»Zeit wofür?«, fragte sie sanft.

Der andere Sanitäter, ein breitschultriger Mann mit aufgesprungener rötlicher Haut und buschigen Brauen, sagte zu Ryan, er müsse unbedingt ruhig bleiben. Er hielt Ryans Handgelenk, um seinen Puls zu fühlen, und beobachtete gleichzeitig den Monitor. »Nun versuchen Sie mal, ganz tief zu atmen«, sagte er. »So ist's gut … schöne, tiefe Atemzüge.«

Shelby war jedoch klar, dass Ryan nicht zur Ruhe kommen konnte, bevor er etwas über den Unfall gesagt hatte. Vorsichtig wischte sie den geschmolzenen Schnee aus seinen Augenwinkeln.

»Ich bin nicht mehr an ihn rangekommen«, sagte er erstickt. Ein Schluchzen drang tief aus seiner Brust. Shelby schaute ihn mit erschrockenen Augen an, während das Sedativum zu wirken begann. »Es tut mir so schrecklich leid.« Sein Weinen wurde leiser, dann zeigte seine Miene einen Ausdruck des Friedens, und er schlief ein.

Eine Sanitäterin auf dem Fahrersitz rief: »Wir starten!« Ihr Pferdeschwanz wippte hin und her, während sie die Straße in beide Richtungen überprüfte, dann legte sie den Gang ein.

»Bitte anschnallen, es geht los«, sagte der Sanitäter, der immer noch eine bewundernswerte Ruhe bewahrte. Shelby hörte das knirschende Drehen der Räder auf dem Eis, dann griffen sie, und der Krankenwagen fuhr mit einem Ruck an. Sie fiel auf den Sitz zurück, während sie über eine Schneewehe holperten und mit heulenden Sirenen die Stadt verließen.

In den Tagen, die folgten, maßen sie die Zeit nicht nach den Zeigern der Uhr oder dem Datum im Kalender. Zeit war eine Abfolge von Momenten, manche würden erinnert, manche vergessen werden, doch alle waren von Schmerz erfüllt. Nur ganz früh am Morgen, wenn die Sonne ihre ersten Strahlen durch einen Spalt in den Vorhängen ihres Schlafzimmers schickte, fühlte Shelby sich klar. Das Licht stahl sich wie ein langer Finger durch den schwach erleuchteten Raum und berührte ihr Gesicht. Dann stand sie auf. Es war kein Traum gewesen. Es war wirklich geschehen. Er war fort. Und sie musste weiterleben.

Ihr geliebter Großvater war tot.

Irgendwie fiel es Shelby leichter, Zeit bei Ryan im Krankenhaus zu verbringen als zu Hause. In der kahlen Atmosphäre des Krankenhauses konnte sie sich von ihrem Schmerz ablenken, indem sie sich mit Ryan beschäftigte. Sie war dauernd in Bewegung, sprach mit den Ärzten über Unterkühlung und kleinere Erfrierungen, erleichterte ihm die Schmerzen, sorgte dafür, dass er es bequem hatte und schirmte ihn von den Nachrichten ab, in denen seine Name ständig im Zusammenhang mit »Eis«, »tragisch« und »Verhängnis« genannt wurde. Und trotz Ryans Protest rief sie regelmäßig seine Eltern an, um ihnen von den Fortschritten seiner Genesung zu berichten.

Nachdem Ryan aus dem Krankenhaus entlassen worden war, schien im Haus alles schwieriger zu werden. Dies war Shelbys neue Realität. Jedes Mal, wenn sie an der Scheune vorbeikam oder ihr Blick auf Olens leeren Sessel im Wohnzimmer fiel, stellte sie sich die letzten Augenblicke seines Lebens auf dem See vor. Wie ein abschreckender Film spielte sich die Szene wieder und wieder in ihrem Kopf ab.

Olen war in dem Moment, als die Rettungskräfte eintrafen, ins Wasser geglitten. Aber es war ohnehin zu spät gewesen. Sie fanden seinen leblosen Körper unter dem Eis. Falls es so etwas wie Gnade gab, dann bestand sie darin, dass der See – dafür berüchtigt, seine Toten nicht wieder herzugeben – ihrem Großvater zwar das Leben genommen, seinen Leichnam aber nicht behalten hatte.

Shelby und ihre Großmutter kümmerten sich um Olens Kremierung und Totenmesse, und sogar ihre Mutter flog aus Kalifornien an, um sie zu unterstützen. Ausnahmsweise einmal stellte Jackie die Bedürfnisse anderer über ihre eigenen. Ryan blieb bei ihnen, schlief auf dem Sofa und tat für die Meyers-Frauen, was in seiner Macht stand. Keiner von ihnen wollte allein sein, also mussten sie ihre Streitigkeiten begraben, um trauern zu können. Während der Zeit der Trauer herrschte ein gesegneter Waffenstillstand.

Während sie den Verpflichtungen einer trauernden Familie nachkamen – Freunde einladen, Olens Testament und andere Dokumente durchsehen, den Trauergottesdienst vorbereiten, einander trösten –, priesen Ryan und manch anderer die beiden Frauen für ihre Kraft.

Doch am Ende eines jeden Tages, wenn Shelby im Bett lag, fühlte sie sich zu Tode erschöpft. Wieder und wieder wurde sie von der Trauer wie von einer Welle überrollt. Stark, mächtig und unnachgiebig riss sie ihr den Boden unter den Füßen fort. Shelby klammerte sich an ihr tränennasses Kopfkissen. Sie rollte sich zusammen, schnappte nach Luft und versuchte den Wellen zu trotzen, die sie bei jeder bittersüßen Erinnerung an Olen heimsuchten. Mit der Erkenntnis, dass Erinnerungen alles waren, was ihr nun blieb.

In einer dieser Nächte, als sie alle anderen längst schlafend wähnte, vernahm Shelby ein leises Klopfen an ihrer Tür. Sie reagierte nicht. Da ging die Tür langsam auf. Shelby hatte keine Kraft mehr, den Kopf zu heben. Sie hörte die Dielen unter Ryans Gewicht knarren, als er leise zum Bett kam. Er hob stumm die Decke und legte sich neben sie. Shelby hieß seine Wärme willkommen, als er sich hinter sie legte und seine Arme um ihre Taille schlang. »Ich liebe dich, Shelby«, flüsterte er und küsste sie hinters Ohr. Sie wusste, dass auch er litt. Shelby nahm Ryans Hand und küsste sie, dann zog sie sie an ihre Brust und schmiegte sich in seine Umarmung. »Ich liebe dich so sehr. Es tut mir leid, dass ich so lange gebraucht habe, um es dir zu sagen.«

»Ich liebe dich auch, Ryan«, flüsterte sie. Und zum ersten Mal seit Olens Tod sank Shelby in einen erholsamen Schlaf.

27

Heimkehr

Ryan war so still wie die Schatten des Zwielichts, die durch die breite Fensterfront eindrangen. Tief in Gedanken versunken saß er auf der Bettkante in seiner Wohnung neben einem teilweise ausgepackten Koffer. Obwohl dies sein Zuhause war, fühlte er sich in dem exquisit ausgestatteten Domizil nicht mehr heimisch. Seine Heimkehr war in aller Stille erfolgt, und Ryan hatte gerade das Nötigste getan, um seine Wohnung wieder zum Leben zu erwecken. Die Vorhänge aufgezogen. Die Heizung aufgedreht. Die Post durchgesehen. Er war zurück und musste sein Leben weiterführen.

Vor einer Weile hatte er beim Auspacken die Karte von Olens Gedenkgottesdienst gefunden. Er konnte sich nicht entsinnen, sie eingepackt zu haben, und sie jetzt zu finden befremdete ihn. Als er die steife, gefaltete Karte in seinem Koffer fand, hatte ihn wieder das ganze Ausmaß der Trauer überfallen. Mit geschlossenen Augen hatte er sich aufs Bett sinken lassen.

Seine Gedanken kehrten zu jenem Nachmittag zurück. Er hatte dem Freund, den er an den See verloren hatte, Lebewohl sagen wollen. Stattdessen hatte er sich widerstrebend von allem verabschieden müssen, was er in Bayfield kennen und lieben gelernt hatte.

In den Tagen vor dem Trauergottesdienst hatte Ryan alles Erdenkliche getan, um Shelby zu trösten und den beiden Frauen bei den Vorbereitungen zu helfen, doch nichts, was er tat, schien zu genügen. Shelby entfernte sich immer weiter von ihm und schien seine Umarmungen nicht mehr willkommen zu heißen. Das, was er am meisten an ihr bewundert hatte – ihre Stärke –, führte nun dazu, dass sich ein Riss zwischen ihnen auftat. Shelby war so entschlossen, alles selbst in die Hand zu nehmen, dass sie seiner Unterstützung nicht mehr bedurfte.

Nach dem Gottesdienst hatten viele Freunde der Meyers respektvoll an die Tür geklopft und alle erdenklichen warmen Speisen von Tunfisch bis zu gebackenen Kartoffeln mitgebracht, dazu Blumen, Geschichten über Olen und tief empfundene Beileidsbekundungen. Es war schon spät, als der letzte Gast das Haus verließ. Ginny und Jackie waren zu Bett gegangen, und Ryan war zum ersten Mal an diesem Tag mit Shelby allein gewesen.

Als sie sagte, dass sie reden müssten, wusste er schon, dass er nicht hören wollte, was sie zu sagen hatte. »Ich habe über uns nachgedacht, schon eine ganze Weile. Ich meine, wirklich über uns nachgedacht – auch schon vor dem Unfall«, hatte sie gesagt, während sie neben ihm auf dem alten Sofa mit den Fransenkissen saß. »Ich glaube, dass du ein unglaubliches Talent besitzt. Deine Fotos sind wunderbar. Sie erzählen Geschichten und wecken Gefühle. Ich will, dass du sie auch anderen Menschen zeigst. Ich weiß, sie sind noch in der Bearbeitung, aber im Grunde bist du fertig mit deinem Projekt. Schon vor Wochen war dir klar, dass du eines Tages in die Stadt zurückkehren musst, um sie jemandem zu zeigen.«

»Shelby, warte mal …«, versuchte er sie zu bremsen.

»Ryan, du weißt, dass ich recht habe«, fuhr sie beharrlich fort. »Wenn du hierbleibst, verschenkst du eine Riesenchance. Du würdest nicht das erreichen, was du erreichen *solltest*. Ich halte dich bloß von deinem Erfolg ab.«

»Du hältst mich von gar nichts ab«, widersprach Ryan. Wieder hatte er das gleiche Gefühl der Hilflosigkeit wie auf dem Eis, als stünde er kurz davor, in das schwarze, erbarmungslose Wasser zu gleiten und zu versinken. »Komm mit mir, komm mit nach Chicago.« Seine eigenen Worte überraschten ihn.

»Ich kann nicht.«

»Dann bleibe ich hier.« Ryan kämpfte verzweifelt um das Weiterleben ihrer Liebe. »Ich kann bestimmt etwas tun, um euch zu helfen. Ich könnte mehr Saisonarbeiter einstellen, damit Ginny weiter hier leben kann, ohne sich Sorgen machen zu müssen, dass die …«

Doch Shelby schüttelte nur langsam den Kopf und legte eine Hand auf seine Brust. »Das kann ich nicht zulassen.«

»Warum denn nicht? Das verstehe ich nicht.« Wie schnell sich alles verändert hatte! Ryan hätte niemals geglaubt, eines Tages in eine solche Lage zu kommen, in einer Beziehung derjenige zu sein, der sich eine gemeinsame Zukunft vorstellen konnte. Trotz der Medien, Olens Tod und der ablehnenden Haltung seiner Familie konnte er sich eine Zukunft mit Shelby vorstellen. Er glaubte fest daran.

»Ich weiß dein Angebot zu schätzen, aber wir kommen schon klar«, sagte Shelby. »Und das mit Chicago ist … Ich bin nicht wie du. Ich gehe keine Risiken ein. Ich habe doch versucht, fern von Bayfield zu leben, aber mich macht das …« Sie wandte das Gesicht ab und zupfte an seinem Pullover herum, während sie nach den richtigen Worten suchte. »Ich gehöre hierher, weil ich hier gebraucht werde«, sagte sie schließlich und sah ihn mit einem Blick an, der ihm das Herz schwer machte. »Dich zu lieben reicht nicht aus. Eine Zukunft für mich in Chicago ist ebenso unwahrscheinlich wie ein Leben für dich in Bayfield.«

»Shel, wir haben gerade erst von deinem Großvater Abschied genommen. Du hast im Moment furchtbar viel um die Ohren – sein Tod, deine Mom zu Besuch und dazu noch die Arbeit in der Plantage. Jetzt ist nicht der Zeitpunkt, um sich Gedanken über die Zukunft zu machen.« Ryan legte seine Hand auf ihre und hielt sie fest. Er hoffte immer noch, sie umstimmen zu können. »Ich weiß, dass du es gar nicht so meinst.«

»Doch, genau so meine ich es. Es ist mir gerade jetzt klar geworden. Meinetwegen steht dein Leben still. Und ich liebe dich viel zu sehr, um das zuzulassen«, fügte sie mit unerschütterlicher Gewissheit hinzu. »Ryan, du musst heimkehren.«

Heimkehren. Was war denn seine Heimat? Chicago jedenfalls nicht. Nicht das Haus, in dem er seine Kindheit verbracht hatte. Oder sein Hochhausapartment am North Lake Shore Drive. Heimat war die entzückende, entschiedene, eigenwillige Frau neben ihm. »Du irrst dich. In Chicago gibt es nichts, was mir wichtiger wäre als das, was hier und jetzt geschieht.« Und damit rutschte er vom Sofa und kniete vor ihr, nahm ihr Gesicht in seine Hände. »Meine Heimat bedeutet mir nichts, wenn ich nicht mit dir zusammen bin«, flüsterte er. Er drückte seine Lippen auf ihre Wange, schmeckte ihre salzigen Tränen. Doch er erkannte auch, dass er kaum etwas tun konnte, um ihre entschlossene Haltung zu ändern. Alles, was er zu lieben gelernt hatte, entglitt ihm. Ryan lehnte seine Stirn gegen Shelbys, schloss die Augen und hoffte auf eine Lösung. »Bitte, Shel. Ich liebe dich.« Sein Mund glitt in zarten Küssen ihre Wange entlang zu ihren bebenden Lippen.

Ryan brach das Herz, als er hörte, wie sie ein Schluchzen unterdrückte, als sie ihm die Arme um den Hals legte und ihn an sich zog. Er küsste sie voller Inbrunst, um seiner Liebe Ausdruck zu verleihen – aber auch der Verzweiflung, die man nur dann spürt, wenn etwas Wunderbares zu Ende geht.

Jetzt, in seiner leeren Wohnung, während er mit dem Daumen über die scharfen Kanten der Gedenkkarte fuhr, fragte sich Ryan, ob er wirklich alles versucht hatte. Hätte er etwas anderes sagen oder tun können? Wenn Shelby doch nur glauben könnte, so wie Olen es getan hatte, dass Ryans Liebe genügte! Er sah sich in seinem geräumigen Schlafzimmer um, das in einem der oberen Stockwerke einer Luxusimmobilie lag, und wusste, dass er es nur zu gern aufgeben würde, um wieder mit Shelby in dem Cottage im Wald zu sein.

Ryan drehte die Karte um und betrachtete das Porträt auf der Rückseite. Es war ein Foto, das er Anfang November gemacht hatte, ein schlichtes Porträt von Olen, der vor der Scheune stand und die Sonne genoss. Ryan starrte auf das Foto und erinnerte sich an ihre kurze gemeinsame Zeit auf dem Eis. *Pass auf meine Familie auf*, hatte Olen ihn gebeten, während sie auf den Eisschollen um ihr Überleben kämpften. *Mach sie glücklich*, hatte er dann noch gesagt. Ryan liebte Shelby genug, um sie zu verlassen, wenn sie das wünschte. Aber hatte er nicht, indem er sie verließ, Olens Wünsche missachtet?

Er stand vom Bett auf und ging zum Fenster, die Gedenkkarte immer noch in der Hand. Ryan schaute hinaus auf den gefrorenen Lake Michigan, der im abendlichen Dämmerlicht von einem violetten Schimmer überzogen war und sich meilenweit in die Ferne erstreckte. Er fragte sich, ob er jemals fähig sein würde, diese große Wasserfläche zu sehen, ohne sich an den Unfall zu erinnern. Er legte seine Hand auf die Scheibe. Sie war so glatt und kalt wie Eis. Er hatte ein Versprechen gegeben. Er musste etwas tun. Aber was?

Sein Umzug nach Bayfield hatte mehr mit dem Bruch mit seiner Familie als mit seiner Fotografie zu tun. Das wusste Ryan. Aber er hätte niemals erwartet, dass der Abschied von Bayfield ihm das Herz brechen würde, weil er damit die Menschen verlor, die er liebte wie eine Familie – eine Familie, die seinen Segeln Auftrieb gab, und kein Anker, der ihn am Boden festhielt. *Du hast die Möglichkeit, die Wahrnehmung der Menschen zu ändern*, hatte Shelby ihm vor Monaten während eines Spaziergangs gesagt. *Lauf nicht vor deiner Verantwortung davon. Benutze deine Gabe, um die Geschichten zu erzählen, die dir wichtig sind.* Leidenschaft. Möglichkeiten. Familie. Die einem Sterbenden gegebenen Versprechen. Auch hier in Chicago musste es eine Möglichkeit geben, das Richtige zu tun.

Noch einmal schaute Ryan auf den See hinaus. Und in diesem Augenblick flammte der Funke der Inspiration auf, so stark wie damals, als er Shelby auf den Felsen sitzen sah. Er wusste nun, wie er das Richtige tun konnte.

Es hatte *Klick!* gemacht.

28

Übergänge

In jedem Jahr, das vergeht, sterben Menschen. Andere werden geboren. Freundschaften bestehen fort. Streitigkeiten werden begraben. Menschen verlieben und entlieben sich. Trotz allem schreiten die Jahreszeiten fort, in seliger Blindheit gegenüber dem Verstreichen der Zeit.

Und so schmolz das Eis, und der See führte Wasser, das Gras wurde neu geboren, und Blumen schmückten die Landschaft. Auf der Meyers-Farm brachte Shelby einen Tag nach dem anderen hinter sich, bis der Frühling schließlich dem Sommer wich und die Apfelplantage in voller Blüte stand und wieder voller Leben war. Shelby kümmerte sich um ihre Großmutter und um die Farm, und es genügte.

»Komm schon, steig ein!«, rief Nic hinter dem Steuer ihrer grünen Rostlaube, eines Jeep Wrangler-Cabrio, das wartend in der Auffahrt der Meyers stand. Ungeduldig trommelte sie aufs Lenkrad. »Trödel doch nicht so!«

Shelby zog am Griff und versetzte der Beifahrertür einen Tritt, worauf sich das Türschloss mit hörbarem Knacken entriegelte. »Wann lässt du endlich mal diese Tür reparieren?«, grummelte sie, während sie sich in das Vehikel zwängte.

»Ist nicht wichtig.« Nic nahm ihre Leinentasche vom Vordersitz und warf sie auf die Rückbank.

»Ich weiß, ich weiß, genauso wenig, wie das Verdeck zu reparieren, den Blinker zu ersetzen oder das Scheibenwischerblatt, das letzten Sommer abgefallen ist, und …« Shelby sah sich im Wagen um. »Ach ja, wie konnte ich nur den Reserveradhalter vergessen, der vor zwei Monaten ›verloren ging‹? Echt jetzt, du brauchst dringend ’nen neuen Wagen.«

»Ist. Nicht. Wichtig.«

Shelby schnallte sich an. »Und was ist *dann* wichtig?«

»Sofort die Biege zu machen.« Nic packte die Knüppelschaltung und legte den Gang ein. Die beiden Freundinnen hatten einen Tag frei, und Shelby war es gleich, wohin sie fuhren. Sie brauchte einfach mal etwas Abwechslung.

Sie schaute zu ihrer Freundin hinüber, der forschen jungen Frau mit der praktischen Lebenseinstellung. Wenn etwas funktioniert, dann behalte es. Wenn es kaputtgeht, reparier es oder kümmere dich nicht weiter drum. Ihr Jeep war das beste Beispiel für diese Maxime. Nic hielt das Aufklappen des Faltverdecks und das Einsetzen der Fenster bei schlechtem Wetter für »absolute Nerverei«. Shelby entsann sich noch gut an eine Fahrt mit offenem Verdeck in einem nächtlichen Platzregen. Ein pragmatischer Fahrer hätte am Straßenrand gehalten und das Verdeck zugeklappt. Nics Lösung bestand darin, mit fünfundsiebzig Meilen über die Straße zu brettern, damit der Regen aerodynamisch über das Fahrzeug hinwegfegte. Shelby war klatschnass und durchgefroren heimgekehrt. Doch statt sich darüber aufzuregen, hatte sie sich absolut beschwingt gefühlt.

»Little Sand Bay?«, fragte Nic, ohne es als Frage zu meinen. Zu dieser Tageszeit würden sie wahrscheinlich auf dem drei Meilen langen Strand allein sein. Dort war der Sand so fein, dass er förmlich unter den Sohlen quietschte.

Shelby nickte, und sie setzten die Fahrt schweigend fort – nicht weil sie einander nichts zu sagen hatten, sondern weil der Fahrtwind und das Klappern des alten Auspufftopfs jede Unterhaltung unmöglich machten. Shelby lehnte ihren Kopf an die Stütze, schloss die Augen und genoss die Sonne auf der Haut.

»Hast du was von Ryan gehört?«, brüllte Nic unvermittelt und warf Shelby einen raschen Seitenblick zu, bevor sie ihre Aufmerksamkeit wieder der Straße zuwandte.

»Was?«, schrie Shelby zurück, ohne die Augen aufzumachen.

»Ich hab gefragt, was mit Ryan läuft? Hast du schon mit ihm gesprochen?«

»Nein«, erwiderte Shelby lediglich. Sie setzte die Sonnenbrille auf, um ihre Augen vor den Haaren zu schützen, die ihr der Wind ins Gesicht peitschte.

»Warum nicht?« Wieder warf Nic der Freundin einen raschen Blick zu.

Shelby zuckte die Achseln und hielt die Hand hinters Ohr, Unverständnis mimend. Doch selbst das Dröhnen des Motors vermochte nicht, ihre innere Stimme zu übertönen: *Du hast ihn aufgegeben, weil du ein Angsthase bist*, flüsterte es.

Unvermittelt bog Nic von der Straße auf einen Feldweg mit langen Gräsern und lila blühenden Disteln ab und bremste scharf. Shelby streckte die Arme aus, um nicht durch die Scheibe katapultiert zu werden.

»Bist du verrückt geworden?!«, brüllte sie. »Was sollte das denn vorstellen?«

Nic stellte den Ganghebel auf Parkstellung und drehte sich zu Shelby herum. »Eigentlich lautet die Frage doch: Was stellst *du* dir vor?«

»Ich? Ich hab nicht versucht, uns umzubringen!«

»Hör mir mal eine Sekunde lang zu!«, blaffte Nic. Die beiden Freundinnen funkelten einander zornig an, ohne genau zu wissen, worüber sie eigentlich so wütend waren. Dann fuhr Nic etwas sanfter fort: »Ich wollte eigentlich bis zum Strand warten, um es dir zu sagen.«

»Was sagen?« Shelby ließ ihre Hände in den Schoß sinken. Der Ausdruck in den Augen ihrer Freundin gefiel ihr nicht. Was war das? Mitleid?

»Du machst einen Riesenfehler mit Ryan, und das weißt du ganz genau.«

»Das haben wir doch alles schon mal durchgekaut. Du weißt, dass ich …«

Nic hob wortlos ihre linke Hand. Und da war er: ein goldener Ring mit einem Diamanten, so zierlich und einmalig wie Nic selbst.

»Oh, Nic. Wie schön!«, staunte Shelby.

»Meinst du?« Nic betrachtete ihre Hand. Und dann machte sie Shelby sprachlos, indem sie ungewohnt sanft sagte: »Es ist nämlich so, wenn ich heirate und die Stadt verlasse, wer soll dann dafür sorgen, dass du wieder zu leben anfängst?«

Ryans Aufenthalt in Bayfield hatte Spuren hinterlassen. Das Städtchen hatte eine neue Form der Gastfreundschaft entwickelt, spezialisiert auf neugierige Touristen, die den Ort sehen wollten, in dem William Chambers Jr. eine Zeit lang die Liebe gefunden hatte. Der Lupine Hus Inn schmückte sich mit dem Zusatz, sein Lieblingsgasthaus gewesen zu sein. Die Dachgartenbar, wo Shelby und Ryan sich im August zum ersten Mal verabredet hatten, bot nun den »Chambers« an, eine Hausversion des »Manhattan«. *Seltsam*, dachte Shelby, als sie den Drink auf der Getränkekarte entdeckte. *Und dabei mag er gar keinen Bourbon.* Selbst die Pizzeria auf der gleichen Straße hatte sich in das Geschäftsmodell eingehakt und buk nun Pizzas mit Anspielungen auf Chicago.

Mehr Touristen waren sicherlich gut für die lokale Wirtschaft. Ladeninhaber konnten sich einen neuen Anstrich und schönere Schaufensterdekorationen leisten. An den Laternenpfählen der Main Street hingen Pflanzkörbe mit üppig wuchernden Grünpflanzen und Blumen . Und an sämtlichen Pensionen sah man »Besetzt«-Schilder im Fenster. Selbst Meyers Orchard hatte einen gewinnbringenden Sommer zu verzeichnen. Besucher kamen scharenweise, wahrscheinlich um mit eigenen Augen den Ort zu sehen, an dem »es passiert war«. Und Ginny achtete darauf, dass niemand den Hofladen ohne eine Tüte eingemachter Früchte oder gezuckerter Doughnuts verließ.

Schon seltsam, wie sich die Dinge manchmal entwickeln, dachte Shelby, als sie mit einem doppelten Kirscheis aus Sonny's Candy Shoppe kam. Sie leckte die rosafarbenen Tröpfchen ab, die an dem Papierhörnchen hinunterrannen, und machte sich auf den Weg zum Hafenpark. Nach dem langen Arbeitstag würde es guttun, ein bisschen auf der Bank zu sitzen. Und das Eis würde ihr Abendessen sein.

Shelby hatte ihre Ruhe. Sie musste sich nicht verstecken, das war unnötig. Schnell war klar, dass das Interesse der Medien fast ausschließlich Ryan gegolten hatte. Zu Shelbys Erleichterung – und zur großen Enttäuschung ihrer Mutter – war sie jetzt nicht berühmter als vorher. Wurde sie zufällig mal erkannt, dann bat man sie vielleicht, in einer Zeitschrift zu unterschreiben, in der sie und Ryan zusammen abgebildet waren, oder man schaute sie mit einem bedauernden Blick an, der deutlich besagte: »Das arme Mädchen, was will sie jetzt bloß anfangen?« Anfragen der ersten Art pflegte Shelby höflich abzulehnen, die anderen ignorierte sie. Insgeheim wusste sie jedoch nicht genau, welche ihr mehr zu schaffen machten.

Während Shelby im Park saß und ihr Eis genoss, schaute sie auf den See hinaus, der in ihrem Leben eine so große Rolle gespielt hatte. Ihre Gedanken wanderten zurück in ihre Kindheit und zu einer der frühesten Erinnerungen an ihren Großvater.

»Sie haben dieses Gewässer Lake Superior genannt, weil es der größte Süßwassersee der Welt ist. Und du, meine Süße, darfst darin spielen, wann immer du willst«, hatte Olen gesagt, als sie nicht weit entfernt von der Stelle, wo sie jetzt saß, auf einer Decke Eis aßen. Damals hatten sie mit unzähligen anderen Menschen auf das Feuerwerk gewartet, das zur Feier des Vierten Juli den Himmel über der Chequamegon Bay erhellen sollte.

»Dieser See hat die Herzen der Chippewa-Indianer in seinen Bann geschlagen. Sie haben ihn Kitchi-Gami genannt, das bedeutet ›großes Wasser‹.«

»Itchy-gummy?«

»Verdammt nah dran.« Olen hatte gelacht und war ihr zärtlich über die Haare gefahren. »Vor langer, langer Zeit sind französische Pelzhändler mit ihren Kanus den Ottawa River und den Lake Huron hochgefahren und am Ende auf dieses wunderschöne Binnenmeer gestoßen. Keiner hat vorher gewusst, dass es so ein schönes Fleckchen Erde gibt! Sie haben ihre Entdeckung groß gefeiert und verkündet, dass sie *Le Lac Supérieur* gefunden hätten, das bedeutet ›Oberer See‹. Und heute nennen wir ihn den …«

»… Lake Superior!«

»Das stimmt, Honey. Er ist *dein* See. Du kannst dich darauf verlassen, dass er kalt ist. Und schön. Und groß. Aber vor allem kannst du dich drauf verlassen, dass er immer für dich da sein wird.« Er beugte sich vor und küsste sie auf die Nasenspitze. »Genau wie Gran und ich.«

»Ist dieser Platz schon besetzt?«

Shelby drehte sich beim Klang der vertrauten Stimme um und schirmte mit der Hand die Sonne ab. »John.« Sie lächelte und rutschte ein Stück beiseite, um ihm Platz zu machen.

»Hey«, sagte er schlicht, ließ seinen Rucksack ins Gras fallen und setzte sich neben sie.

Shelby fühlte sich von John nie zum Reden gedrängt, wenn sie einfach das Schweigen genießen wollte. Er hatte das immer schon gewusst und respektiert, und heute war es nicht anders. »Eis?«, fragte Shelby und streckte ihm das Hörnchen hin. John legte eine Hand über ihre und leckte an der schmelzenden Köstlichkeit.

»Danke«, sagte er und ließ ihre Hand los. »Bist du okay? Ich hab dich von drüben beobachtet, und da hast du so ernst ausgesehen.«

»Hab bloß nachgedacht.«

»Willst du drüber reden?«

»Sie sind irgendwo da draußen – Jeff und Grandpa. Ich fühle es.«

John nickte und folgte ihrem Blick auf den See, auf seine Wellen, auf die Boote und die schwebenden Möwen.

»Findest du das verrückt?«, fragte sie.

»Gar nicht«, versicherte er, legte einen Arm um ihre Schultern und zog sie an sich.

Shelby lehnte sich bereitwillig an ihn. »Sie haben diesen Ort geliebt, nicht wahr?«

»Das stimmt.«

So saßen sie eine Weile und ließen das Eis hin und her gehen, bis sie am Papierhörnchen angelangt waren.

»Was machst du eigentlich hier?«, fragte Shelby, die es plötzlich merkwürdig fand, dass John so unvermittelt im Park aufgetaucht war.

»Wow, das kam jetzt aber plötzlich«, sagte er und setzte sich gerade auf. »Möchtest du vielleicht lieber allein sein?«

»Sorry, nein, gar nicht«, wehrte Shelby ab. »Ich wollte nur wissen, wie du mich gefunden hast?« Schließlich hatte sie keinem gesagt, dass sie in den Park wollte; und sie hatte auch Johns Wagen nicht vor seinem Geschäft gesehen. Sie hatte allerdings auch nicht sonderlich auf ihre Umgebung geachtet.

»Ich kam grade von der Fähre, da hab ich dich hier sitzen sehen. Hab mir gedacht, du möchtest vielleicht ein wenig Gesellschaft haben«, erwiderte er schlicht.

»Das stimmt.«

»Es geht aber nicht bloß um Olen und Jeff, nicht wahr?« Er beugte sich vor und sah ihr forschend in die Augen, die verschränkten Hände auf die Knie gelegt.

Shelby zuckte die Achseln und drehte das Papierhörnchen zwischen ihren Fingern.

»Ich weiß, was dich bedrückt, und ich weiß auch, dass alles wieder in Ordnung kommen wird«, fuhr John fort.

»Das weißt du?« John hatte nie über Ryan sprechen wollen, nachdem dieser nach Chicago zurückgekehrt war, und deshalb war Shelby ziemlich erstaunt, dass er nun selber darauf zu sprechen kam. *Sieht man es mir denn so sehr an?*, dachte sie. Dabei hatte sie sich alle Mühe gegeben, über Ryan hinwegzukommen.

»Klar. Nic und Hank verschwinden ja nicht für immer. Wart's nur ab. Hätte ja nie gedacht, dass ich das mal sagen würde, aber Nic ist 'ne verdammt gute Freundin. Dass sie heiratet, bedeutet doch nicht, dass eure Freundschaft zu Ende ist.«

Shelby seufzte. *Es hat nichts mit Nic zu tun*, hätte sie am liebsten gesagt, brachte es jedoch nicht fertig. Sie stand von der Bank auf und ging zum nächsten Abfalleimer, um das Papierhörnchen hineinzuwerfen. Sofort machte sich eine Menge dicker schwarzer Fliegen über die klebrige Hülle her. Die schmutzigen Insekten erinnerten Shelby an den wahren Grund, warum sie im Park Zuflucht gesucht hatte: Sie drückte sich vor dem Durcheinander, das sie daheim auf der Farm erwartete.

»Hab ich nicht recht?«, rief John ihr zu.

Shelby schüttelte den Kopf und drehte sich um. »Meine Mutter ist heute angekommen. Wir hatten seit dem Gedenkgottesdienst nichts mehr von ihr gehört.« Sie rieb sich verlegen den Nacken. »Schätze, ich wollte mich bloß dünnmachen, um das Unausweichliche aufzuschieben.«

Shelby musste es nicht näher erläutern. John kannte sie gut genug, um den Ernst der Lage zu erkennen. Er stand nun auch auf, hängte sich den Rucksack über die Schulter und ging auf sie zu. »Warum ist sie wieder da?«

»Jetzt, wo das Eis geschmolzen ist, werden wir Grandpas Asche über den See verstreuen. Diese Woche noch.« Shelby grub die Hände in die Taschen ihrer Jeans-Shorts und starrte zu Boden, während sie Grasbüschel kickte. »Gran und ich hatten eigentlich nicht erwartet, dass Jackie so schnell wieder hierherkommen würde, aber gestern hat sie aus heiterem Himmel angerufen und gesagt, sie wolle bei der Zeremonie dabei sein. Gran war natürlich überglücklich.«

»Und du?«

»Ich weiß nicht so recht. Sie war nie sentimental, also weiß ich nicht, ob ich ihren Motiven trauen kann. Aber immerhin war er ihr Vater. Vermutlich ist das der Grund.«

John legte eine Hand auf ihren Rücken und sah sie verständnisvoll an. »Soll ich mitkommen?« Er hob in einer komisch wirkenden Boxerpose die Fäuste und versprach: »Wenn sie dir Probleme macht, mach ich sie fertig.«

Shelby sah zu, wie John um sie herumtanzte und lachend in die Luft boxte. »Ja, das könnte mir gefallen«, sagte sie und deutete einen Kinnhaken an. John ließ den Kopf zur Seite fallen und griff sich ans Kinn, bevor er in gespieltem Schmerz vor ihren Füßen niedersank.

Vielleicht lag es an dem Druck, den die Rückkehr ihrer Mutter für Shelby bedeutete. Oder an der schlimmen Nachricht, dass Nic nicht bleiben würde. Oder an Johns beruhigender Gegenwart. Was auch immer der Grund war, jedenfalls nahm Ryan in ihren Gedanken nicht mehr den ersten Platz ein. Das allein genügte, um Shelby viel von der emotionalen Last zu nehmen, die sie mit sich herumschleppte.

Unter den weit ausladenden Ästen eines Ahorns blieb John plötzlich stehen.

»Was ist?«, fragte Shelby.

»Ich meine es ernst, weißt du?« John wandte sich von ihr ab, verschränkte die Arme und schaute auf den See.

»Was meinst du ernst?«, fragte sie, von seinem Verhalten verwirrt.

»Mit dir«, erwiderte er stockend. »Ich werde immer für

dich da sein, ob es darum geht, deiner Familie zu helfen oder dich bei der Arbeit zu unterstützen – immer.«

»Das weiß ich doch.«

»Ich glaube nicht, dass du das weißt, Shel.«

»John, sieh mich an.« Sie griff nach seinem Arm. Er drehte sich von ihr weg.

»Die Wahrheit ist, Shelby, dass ich *immer* für dich da war.«

»Bitte, sieh mich an.« Nun schaffte sie es, ihm die Hand auf den Arm zu legen, es war nur eine leichte Berührung. Johns Schultern sackten herab. »Ich verstehe nicht, was mit dir los ist. Was hast du denn?« Shelby ging um ihn herum, damit er sie anschauen musste. Als sie ihm endlich in die Augen sehen konnte, fand sie in seinem Blick sowohl Schmerz als auch eine Liebe, die sie nie zuvor bemerkt hatte.

»Ich weiß, dass du immer für mich da warst. Wir kennen einander seit einer Ewigkeit. Du bist einer meiner besten Freunde, John. Ich weiß, dass ich mich immer auf dich verlassen kann«, sagte Shelby, während ihre Hand immer noch auf seinem Arm ruhte.

John löste die verschränkten Arme und griff nach ihrer Hand. Er hielt sie zärtlich und trat einen Schritt näher. Schon unzählige Male hatten sie einander so an den Händen gehalten, doch auf einmal war es nicht mehr platonisch. Johns Hand fühlte sich wie elektrisiert an. Wärme stieg in Shelbys Wangen, und sie wusste nicht recht, was sie sagen sollte.

Nachdem Ryan nach Chicago zurückgekehrt war, waren sie sich wieder nähergekommen. Als John Shelby sagte, dass er sich um sie kümmern und ihr helfen wolle, das letzte Jahr zu vergessen, hatte sie ihm geglaubt. Als er versprochen hatte, alles zu tun, was sie glücklich machen könnte, war sie ihm lediglich dankbar gewesen. Doch hier unter dem Baum, aus nächster Nähe, gewannen seine Worte eine neue Bedeutung. John war im Begriff, alles zu verändern.

»Es geht um mehr als um Freundschaft, Shelby.« John strich über ihre Wange und ließ seine Hand hinter ihrem Ohr liegen. Erstaunt darüber, wie warm und zärtlich sich seine Berührung anfühlte, stockte Shelby der Atem. »Ich kann dir gar nicht sagen, wie oft ich dir schon gestehen wollte, was ich wirklich fühle.« Er legte die andere Hand um ihre Taille, und da sie nicht zurückwich, zog er sie näher heran. Shelby merkte erstaunt, dass sie den Wunsch hatte, ihn zu küssen. John war immer schon der beste Mann für sie gewesen – ein überraschender Gedanke. Sie atmete rascher und schlang die Arme um seinen Hals.

John verkörperte all das, was sie für ein gelungenes Leben brauchte: ihre kleine, geliebte Stadt, die glücklicheren Tage ihrer Kindheit, ihre Liebe zum See und seinen Inseln. Mit John an ihrer Seite würde sie Gran an ihrem Lebensabend versorgen und die Farm weiterführen können. Sie könnte denen etwas zurückgeben, die so viel für sie getan hatten. John war genau der Partner, den sie immer schon gebraucht hatte, mit einem Mal war Shelby sich dessen sicher. Er war Trost. Vertrautheit. Treue.

John war Heimat.

Seine Lippen waren weich und sinnlich. Er küsste sie sanft, nicht fordernd. Eine genießerische Erfahrung, die es wert war, dass sie so lange auf sie gewartet hatten. Da sie einander so lange kannten, fand Shelby, dass es einer der ausdrucksvollsten und ehrlichsten Momente ihres Lebens war.

Von John geküsst zu werden, war wie der erste Atemzug nach einem schrecklichen Sturm. Sein Kuss erfüllte ihr Herz mit Wärme und brachte sie ins Leben zurück.

Bevor sie den Park verließen, hielt John Shelby in seinen Armen, und sie barg ihren Kopf an seiner Brust. Zärtlich strich er ihr durchs Haar und gestand ihr seine Liebe. Aber auch wenn sie es wunderbar fand, der Gegenstand solcher Anbetung zu sein, konnte Shelby doch nicht umhin, sich zu fragen: *Ist die sicherste Wahl immer die beste? Wenn ich mein ganzes Leben an einem einzigen Ort verbringe – und selbst wenn es ein gutes Leben ist –, bringe ich mich dann nicht um die Chance, etwas Größeres zu erfahren?*

29

Gepäck

John hielt Wort nach seinem Liebesgeständnis im Park und begleitete Shelby nach Hause, damit sie Jackie entgegentreten konnte.

»Shelby! Wie schön, dich wiederzusehen«, gurrte ihre Mutter so gekünstelt, dass Shelby alles wehtat. Jackie kam mit ausgebreiteten Armen auf sie zu, neigte neckisch den Kopf und lächelte mit verzerrten Lippen, auf die pinkfarbenes Lipgloss gespachtelt war. Shelby ließ sich zwar umarmen, doch ihre Arme hingen schlaff am Körper, und sie wandte den Kopf von Jackies feuchten, glänzenden Lippen ab.

»Hey«, murmelte sie tonlos. Dann blickte sie über Jackies Schulter hinweg und entdeckte mehrere Umzugskartons sowie zwei pinkfarbene Koffer mit vergoldeten Griffen. Rasch machte sie sich los.

»Shelby, Honey, hast du schon das Neueste von Ryan gehört?«, fragte Jackie aufgeregt.

»Nein.«

»Ich hab am Flughafen ein paar Zeitschriften mitgenommen, und da war er auf dem Titelbild und sah so toll aus!«, schwärmte Jackie mit einem Hüftschwung, der ihr Synthetikkleid zum Zerreißen spannte. »Das Bild wurde in einem Restaurant aufgenommen, und im Artikel hieß es, dass er immer noch Single sei. Das hat doch was zu bedeuten, meinst du nicht auch?«

»Und das waren die tollen Neuigkeiten, die ihm eine Titelstory eingebracht haben?«, fragte Shelby. Sie gab sich keine Mühe, ihre Gereiztheit zu verbergen. »Dass er in Restaurants speist? Wow. So ein Müll!«

»Du musst deswegen nicht gleich ausfallend werden.«

»Mutter, du erinnerst dich doch bestimmt noch an meinen Freund John Karlsson.«

John trat vor, um Jackie die Hand zu schütteln. »Hallo, Mrs Meyers. Wir kennen uns ja noch von früher.«

»Warst du etwa dieser spillerige Junge mit der schlimmen Akne? Der während der Highschool-Zeit praktisch hier gewohnt hat?«, fragte Jackie von oben herab, dann schloss sie kurz die Augen und hob die Hand vor den Mund, um ein gelangweiltes Gähnen zu verbergen.

»Genau der bin ich«, erwiderte John mit bewundernswertem Selbstbewusstsein.

»Na, du hast dich ja richtig herausgemacht, das muss ich schon sagen.« Jackie gab einen leichten Schnalzlaut von sich. »Und, schmachtest du immer noch nach der da?« Sie wies mit dem Daumen auf Shelby. John aber parierte ihre Hiebe mit Gleichmut.

»So was in der Art«, sagte er und wechselte ein wissendes Lächeln mit Shelby. Dann nickte er ihr zu. Es war ihr verabredetes Zeichen, dass er die Stellung halten sollte, falls sie sich davonmachen wollte.

Shelby formte mit den Lippen ein »Dankeschön«, dann zwängte sie sich an Jackie und Jackies Gepäck vorbei und ging in die Küche zu ihrer Großmutter, die an der Küchentheke in einem Krug Limonade rührte.

»Was haben diese ganzen Kartons zu bedeuten?«, fragte sie leise.

»Ich wünsche dir auch einen Guten Tag.« Ginny rührte unbeirrt weiter. »Hast du einen schönen Tag in der Stadt gehabt?«

»Sieht mir ja nach 'ner Menge Zeugs aus.« Shelby lehnte sich an die Theke, sodass ihre Großmutter sie ansehen musste. »Sie bleibt doch bloß ein paar Tage, oder?«

»Setz dich erst mal.« Ginny nahm den Holzlöffel aus dem Glaskrug und legte ihn ins Spülbecken, dann wandte sie sich Shelby zu. »Ein Glas Limonade?«

»Nein, und ich will mich auch nicht setzen. Komm schon, Gran, was läuft hier?«

Ginny schaute zur Tür. »Ich finde, du solltest dich doch setzen.«

Shelby drückte ihren Rücken durch und verschränkte die Arme vor der Brust.

»Wie du willst«, meinte Ginny. »Ich tue es jedenfalls.« Sie nahm ein sauberes Glas aus der Spülmaschine, goss Limonade hinein und setzte sich an den Tisch. Während Shelby ungeduldig zusah und von einem Bein aufs andere trat, trank Ginny ein paar Schlucke. Die Eiswürfel klirrten gegen das Glas. Aus dem Wohnzimmer war Jackies gackerndes Lachen zu hören. Ginny seufzte tief. »Sie hat sich entschlossen, wieder nach Hause zu ziehen.«

»Was?! Sie will umziehen? Was soll das denn heißen?« Shelby musste sich mächtig anstrengen, um nicht laut zu werden. »Sie sollte so lange hierbleiben, wie es dauert, Grandpas Asche dem See zu übergeben. Das ist doch lange genug, oder?«

»Eigentlich ...« Ginny stockte. »Sie hat mir gerade gesagt, dass sie bleiben will.« Hastig nahm sie noch einen Schluck. »Für immer.«

»Sag jetzt bitte, dass du abgelehnt hast.« Shelby spannte die Arme an und ballte ihre Fäuste. »Das hast du doch, oder?«

Ginny stellte ihr Glas hin und strich mit den Händen über das glatte Holz der Tischplatte. »Ich habe ihr gesagt, dass sie zuerst mit dir sprechen muss.«

»Gut. Da kann sie reden, bis sie schwarz wird.« Shelby lief in der kleinen Küche auf und ab. Plötzlich fühlte sie sich in ihrem eigenen Heim, an dem Ort, der ihr immer einen sicheren Hafen gewährt hatte, wie in einer Falle. »Meine Antwort ist und bleibt Nein. Vier, höchstens fünf Tage, dann muss sie verschwinden. Wir haben dieses Jahr schon genug durchgemacht.«

»Shelby, du solltest aber wissen, dass sie uns bei der Arbeit helfen will«, sagte Ginny und schob ihren Stuhl zurück. »Und über eines müssen wir uns klar sein, seit Olen nicht mehr ist, können wir jede Hilfe gebrauchen.«

»Ja, ich wette, dass sie das möchte.« Shelby schluckte hart, um die aufsteigenden Tränen zurückzuhalten. *Wie kann sie es wagen? Nach so langer Zeit? Sie kommt mehr als zwanzig Jahre zu spät.* »Wir brauchen sie aber nicht, Gran. Wir brauchen sie einfach nicht!«

Bevor sie weitere Einwände vorbringen konnte, warf Ginny ihr den zärtlichen, fürsorglichen Blick zu, der Shelby noch stets getröstet hatte. »Ich weiß, dass es viel verlangt ist. Aber was sonst kann man antworten, wenn ein geliebter Mensch bittet, wieder nach Hause kommen zu dürfen?«

»Nichts für ungut, aber ich würde sie kaum als geliebten Menschen bezeichnen«, entgegnete Shelby.

Sie wandte sich zum Gehen, doch ihre Großmutter sagte: »Bleib bitte. Komm, setz dich. Wir müssen uns mal ernsthaft unterhalten.«

30

Fortschritt

Ryan saß einmal mehr in dem großzügigen Büro seines Vaters mit dem Mahagoni- und Ledermobiliar, dem spektakulären Blick auf Lake Michigan und der Glasskulptur von Chihuly. Obwohl schon seit Monaten in der Stadt, hatte er die Aussprache mit William Sr. bislang vermieden. Erst heute Nachmittag sollte es dazu kommen. Die Konfrontation hatte auf sich warten lassen, zum Teil wegen der Auswirkungen, die Ryans Ablehnung der Position bei CM hatte, aber auch wegen der vielen Vorbereitungen, die seine erste Ausstellung erforderte. Abgesehen davon hatte Ryan für seinen Vater ein neues Geschäftsmodell entwickelt. Zu viel hatte er zu tun gehabt, zu vielen Plänen musste ein solider Unterbau verschafft werden. Ryan hatte erst dann wieder bei CM vorsprechen wollen, wenn er ausreichend vorbereitet war, und bis vor Kurzem hatte er daran gezweifelt, ob es überhaupt jemals dazu kommen würde.

Als sie zu reden anfingen, wusste Ryan, dass er eine Menge zu verlieren hatte. Es war gut möglich, dass sein Vater seinen Vorschlag ablehnen würde, aber Ryan hoffte zumindest, dass er ihm seine Loyalität zugutehielt.

»Wie ich sehe, hast du dir eine Menge Gedanken gemacht«, sagte William Sr., nachdem Ryan ihm sein Angebot unterbreitet hatte. Er nahm seine Schildpattbrille ab und legte sie auf den Schreibtisch, dann lehnte er den Kopf gegen seinen Ledersessel und verschränkte die Arme vor der Brust. »Ich muss zugeben, dass ich das nicht erwartet hatte.«

»Danke, dass du mir zugehört hast. Die letzten Monate waren nicht gerade leicht.« Ryan entspannte sich ein wenig. Er war erleichtert, weil er es geschafft hatte, seinen Vorschlag zu unterbreiten. »Für keinen von uns.«

»Betrüblicherweise muss ich dir da zustimmen.« Die Falten auf William Sr.s Stirn wirkten nun nicht mehr wie eingemeißelt. Er rieb sich nachdenklich das Kinn. »Wenn es dich irgendwie tröstet, so muss ich gestehen, dass du dich in einer Weise verändert hast, die ich nie für möglich gehalten hätte, Ryan. Ich bin beeindruckt.«

Nach allem, was sich im Laufe der Jahre zwischen den beiden Männern abgespielt hatte, war das Lob seines Vaters wie ein unerwartetes Geschenk.

»Ich bin froh, dass wir so offen miteinander sprechen konnten. Ich wäre nicht hergekommen, wenn es nicht wichtig gewesen wäre«, sagte Ryan, während sein Vater zustimmend nickte. »Aber bestimmt hast du noch viel zu tun. Ich gehe jetzt besser.« Als Ryan aufstand, schoss sein Vater ebenfalls in die Höhe und begleitete seinen Sohn zur Tür.

»Eins hab ich noch vergessen zu erwähnen«, sagte Ryan, während sie das riesige Büro durchquerten. »Wie ich sehe, hast du auf der Aktionärsversammlung Maria Colton als neue VP der Produktion benannt. Eine gute Wahl!«

»Das ist nur vorläufig. Sie würde lieber nach New York versetzt werden«, erklärte sein Vater. »Dir ist doch hoffentlich klar, dass ich immer noch jemand anderen für den Posten im Auge habe. Allerdings nur unter der Voraussetzung, dass er ihn nicht als ›Galionsfigur-Position‹ betrachtet.« Der CEO und Gründer von Chambers Media sah seinen Sohn von der Seite an, dann verzogen sich seine Lippen zu einem unerwarteten Grinsen. »Ich bin sicher, dass Maria das zu schätzen wüsste«, fügte er an.

»Das bleibt abzuwarten.« Ryan erwiderte das väterliche Lächeln, während er die Hand nach dem Türknauf ausstreckte. Er dankte seinem Vater noch einmal und schritt auf die Fahrstühle zu. Als er in der Kabine war, lehnte er sich an den Handlauf und seufzte erleichtert, während sich auf seinem Gesicht ein zufriedenes Grinsen ausbreitete. Er holte sein Handy aus der Jacke und tippte eine kurze Nachricht an Brad und Pete:

Läuft!

31

Tagebuch

Während John Jackie ablenkte, saß Shelby am Küchentisch und wartete darauf, was ihre Großmutter ihr zu sagen hatte. Ginny holte einen Tritthocker, stellte sich auf die Zehenspitzen und tastete im obersten Schrankfach herum, in dem sie angeschlagene Blumenvasen und Sammeltassen hortete, die zwar hübsch aussahen, aber nie zum Kaffeetrinken benutzt wurden. Ginny schob eine Blechdose beiseite, griff dahinter und förderte eine Pappschachtel zutage.

»Was ist das?«, fragte Shelby.

»Etwas, das ich für dich aufgehoben habe. Kam zwar schon letzte Woche mit der Post, aber ich wollte den richtigen Zeitpunkt abwarten.«

»Für mich?«

Ginny stieg vom Hocker herunter und kam wieder zu Shelby an den Tisch. Sie hielt ihr die Schachtel hin. *»Für dich.«*

Shelby musste nicht erst auf den Absender schauen, um zu erraten, von wem die Sendung stammte. Die violette Tinte verriet den Absender.

»Das verstehe ich nicht«, sagte sie und rieb mit den Daumen über die scharfen Kanten der Schachtel. Sie scheute sich, sie zu öffnen. »Warum schickt sie mir ein Päckchen, wo sie doch ohnehin kommen wollte? Warum hat sie es mir nicht persönlich gegeben?«

»Du siehst vielleicht, dass es schon einmal geöffnet wurde. Sie hat mich, nachdem sie das abgeschickt hatte, angerufen und gebeten, es dir lieber nicht zu geben. Sie hatte wohl Bedenken. Aber ich hab es aufgemacht und danach ein langes Gespräch mit deiner Mutter geführt. Ein *gutes* Gespräch«, betonte Ginny und versuchte Shelby zu beruhigen, indem sie eine Hand auf ihre legte.

»Ich glaube nicht, dass das jetzt ein guter Zeitpunkt ist, Gran. John ist da und …«

»Ist schon in Ordnung, Honey. Ich gehe zu ihnen. Dann hast du ein bisschen Ruhe und kannst lesen, was deine Mutter dir geschrieben hat.« Bevor sie ging, gab sie Shelby einen Kuss auf den Scheitel. »Lass dir Zeit.«

Als Shelby den Deckel hochklappte, schnappte sie empört nach Luft. In der Schachtel lag, in weißen Zellstoff eingeschlagen, ein kleines rotes Buch, mit Goldaufdruck und einem zerbrochenen Schloss. *Wie kann sie es* wagen, *mein Tagebuch zu lesen!*

Vorsichtig hob Shelby das Tagebuch aus der Schachtel. Dabei fiel ein Brief heraus, der zwischen den Seiten gesteckt hatte.

Shelby,

du glaubst wahrscheinlich, dass ich in deinen Sachen herumgeschnüffelt hätte. Aber das stimmt nicht. Ich habe nur am Thanksgiving-Wochenende nach einem alten Pullover gesucht, und Dad meinte, er könnte in deinem Schrank sein. Er hat gesagt, du würdest manchmal meine alten Sachen anzie-

hen, was ich sehr lieb finde. Jedenfalls warst du ohnehin mit Ryan unterwegs, also habe ich selber danach gesucht. Und da hab ich dein Schatzkästlein gefunden, in dem auch das Tagebuch war.

Den Pullover habe ich übrigens nicht gefunden. Aber wahrscheinlich stand es geschrieben, dass ich stattdessen das hier finden sollte.

In Liebe, Mom

Zorn stieg in ihr auf. Wieder einmal war sie von ihrer Mutter verraten worden. Shelby war sicher, dass sie es genossen hatte, in den geheimsten Gedanken ihrer Tochter, den unschuldigen Sätzen eines Kindes zu wühlen, und das ohne einen Funken Reue.

In der Hoffnung, keine weiteren Anzeichen von Übergriffen zu entdecken, schlug Shelby das Tagebuch auf. Stattdessen fand sie kurze Briefe, Dutzende, sauber gefaltet und sorgfältig an bestimmte Stellen gesteckt. Shelbys erster Impuls war, sie alle zu zerreißen. Aber etwas hielt sie davon ab. Die Briefe waren säuberlich geschrieben. Sorgfältig platziert. Sie ähnelten so gar nicht dem früheren Geschreibsel ihrer Mutter.

Wider bessere Einsicht entfaltete Shelby den ersten Brief, der als Lesezeichen hinter den allerersten Eintrag am Weihnachtstag gesteckt worden war.

Liebe Shelby,

es hat mir immer leidgetan, wie ich mich an jenem Weihnachtsmorgen verhalten habe.

Ich war es, die dir damals die Puppe geschenkt hat, die Puppe, die du Polly genannt hast. Ich hatte gehofft, diese Puppe könnte den Anstoß dazu geben, dass wir miteinander reden, dass ich dir sagen kann, dass ich eigentlich deine Mutter bin. Deine Großeltern wollten mir dabei helfen.

Aber als ich gesehen habe, wie zärtlich du Polly im Arm hieltest, bin ich ausgerastet. Ich habe mich selber gehasst, weil ich nicht wusste, wie ich dich in den Arm nehmen sollte. Und statt mich meiner Unsicherheit zu stellen, habe ich meine Wut gegen dich gerichtet.

Ich hoffe, du kannst mir irgendwann vergeben.

In Liebe, Mom

Shelby wischte sich mit dem Handrücken über die Augen, bevor sie den Brief zusammenfaltete und in das Tagebuch zurücksteckte. Dann nahm sie den nächsten. Brief um Brief las sie die Gedanken ihrer Mutter. Die Briefe steckten hinter den Seiten, auf denen Shelby ihre Enttäuschungen, Ängste und Verunsicherungen festgehalten hatte, die sie durch Jackie erlitten hatte. Geburtstage. Ballettaufführungen. Preise bei Buchstabierwettbewerben.

Ihre Mutter bat für jedes einzelne Versäumnis um Verzeihung.

Als Shelby alle Briefe gelesen hatte, ließ sie den Kopf kraftlos in ihre Hände sinken und weinte. Diese Briefe enthielten all die Worte, die sie sich in der Vergangenheit von ihrer Mutter gewünscht hätte. Verdrängte Wut. Bedauern. Verantwortung. Stolz auf die Tochter. Liebe aus der Ferne. All dies stand in den Briefen, die zwischen die Seiten ihrer kindlichen Aufzeichnungen gesteckt worden waren.

Was erwartet sie denn? Was soll ich jetzt damit anfangen? Es ist zu spät. Und es ist nicht genug, dachte Shelby, während sie ihre Augen trocknete und sich vom Tisch erhob. *Gran mag ja bereit sein, sie zu Hause willkommen zu heißen, aber ich will verdammt sein, wenn ich ihr so leicht vergebe.*

32

Kirche

Olen hatte zwar selten den Gottesdienst in der Lutherischen Kirche an der Ecke Pine und Myrtle besucht, war aber ein gläubiger Mensch gewesen. An den meisten Sonntagen, während Ginny und Shelby die Predigt hörten und Lieder aus dem Gesangbuch anstimmten, war Olen mit Lou Olson und Bernie Cromwell auf Bernies Mainship-Trawler, der *Nimbus*, hinausgefahren. Auf diesen Ausflügen versuchten die alten Freunde alles zu erwischen, was mit einer Angelleine zu ergattern war. An Bord der *Nimbus* beteten sie um reichen Fischzug, priesen die Gottheit des Sees und brachen gemeinsam das Brot. Und ja, es war bekannt, dass sie sich eine Flasche Wein teilten – oder auch zwei. Oder vielleicht nur eine Kühltasche voll Old Milwaukee-Bier. Was auch immer es war, Olen pflegte zu sagen, dass er sich Gott niemals näher fühle als auf dem See.

Und deshalb wussten die Meyers-Frauen genau, wie mit Olens Asche zu verfahren war. Zuerst warteten sie auf die Eisschmelze. Dann kamen sie an einem sonnigen Morgen zusammen, um Olen in seine Kirche zu bringen.

»Morn, Morn, Ladys«, sagte Bernie, als die Frauen auf die *Nimbus* kletterten, die sanft an einem Anleger der South Point Marina schaukelte. Dass Shelby und Jackie kaum ein

Wort miteinander sprachen, versuchte Ginny mit gesteigerter Lebhaftigkeit wettzumachen. Sie trug ein lavendelfarbenes Sommerkleid und hielt einen Ködereimer aus Plastik in der Hand, in dem sich die Asche ihres Mannes befand.

Jackie wackelte auf lächerlich hohen, pinkfarbenen Keilabsätzen über das Deck, um sich zu setzen, während Shelby die Ärmel ihres leinenen Hemdblusenkleides aufkrempelte und Bernie half, die Leinen zu lösen und an Deck zu werfen.

Ginny sah sich um und fragte: »Warte mal, Bernie, wo ist denn Lou?«

»Sorry, Ginny, er konnte nicht«, sagte Bernie und legte die Heckleine ordentlich in einer Ecke der Plicht zusammen. »Darmgrippe«, fügte er mit saurem Gesicht hinzu.

Trotz ihrer Trauer konnte Shelby nicht umhin, Bernie zu bewundern. An jedem normalen Sommertag wäre er barfuß gewesen und hätte ausgefranste Khaki-Shorts, ein verblichenes T-Shirt und eine schwarze Wollmütze über seiner Glatze getragen. Heute jedoch trug er frisch gebügelte Hosen, einen marineblauen Blazer mit Messingknöpfen und ein Herrenhemd mit Krawatte. Abgesehen von seinen bloßen Füßen hätte man ihn für einen Offizier der *Queen Mary II* halten können.

»Der Ärmste.« Ginny schüttelte den Kopf und trommelte mit ihren Fingern auf den Rand des Ködereimers. »Im Moment geht das rum.«

Als Jackie das Trommeln hörte, drehte sie sich zu ihrer Mutter um. »Ich kann immer noch nicht fassen, dass du Dad in diesen ekelhaften Eimer getan hast«, sagte sie naserümpfend. »Das ist so respektlos.«

»Entschuldige bitte, *wer* ist hier respektlos?«, brummte Shelby vor sich hin, während sie sich ihrer Mutter gegenübersetzte.

»Was ist das überhaupt?«, fragte Jackie, hob eine Augenbraue und sah Shelby fragend an.

Shelby wandte den Blick ab, und Ginny fuhr fort zu trommeln. »Eigentlich hätte er es lustig gefunden«, sagte sie mit Blick auf den Eimer. »Wenn er schon Lebewohl sagen muss, dann möchte ich, dass er es lachend tut.« Sie betrachtete den Eimer und strich zärtlich mit der Hand darüber. »Außerdem ist es ja nicht so, als ob hier jemals Köder drin gewesen wären. Ich hab Olen extra einen neuen gekauft. Sogar in seiner Lieblingsfarbe!«

»Du machst es schon richtig, Mutter«, sagte Jackie mit einem höhnischen Ausdruck auf ihrem dick geschminkten Gesicht. »Ich bin sicher, Dad hätte *zu gern* miterlebt, dass sein Leben am Ende nicht mehr Raum beansprucht als ein Eimer Elritzen.«

Shelby wollte ihrer Großmutter eben zu Hilfe kommen, als Bernie sich einschaltete und sagte, dass es Zeit zum Ablegen sei. Er legte den Rückwärtsgang ein und manövrierte das Boot mithilfe der Bugstrahlruder, die er abwechselnd auf Steuerbord und Backbord einsetzte, geschickt aus dem Anleger. Als sie in langsamer Fahrt vorwärtsstampften, passierten sie die *Spindrift*, die Ryan damals gechartert hatte. Während Shelby die Jacht betrachtete, fühlte sie die Leere, die von dem Boot ausging. *Es ist schrecklich, dass sie wie leblos und einsam hier liegt*, dachte sie. *Sie sollte unter vollen Segeln auf dem See kreuzen, die Wellen bezwingen und mit dem Wind tanzen. Sie sollte lebendig sein!*

Als die *Nimbus* das Ende der Mole passiert hatte, nahm sie Fahrt auf. Sobald die frische Brise ihr das Haar aus dem Gesicht wehte, die Sonne ihre Haut wärmte und die Apostle Islands in Sicht kamen, wurde Shelby bewusst, dass sie seit dem Segeltörn mit Ryan nicht mehr auf dem Wasser gewesen war. Und wie sehr ihr der See gefehlt hatte.

»Also, Ladys, wo soll's hingehen?«, überschrie Bernie den Lärm des Motors. Jackie drehte sich von den anderen weg und starrte aufs Festland, während Shelby Ginny fragend ansah. Sie war erleichtert, als ihre Großmutter aufstand und zu Bernie an den Kapitänsstuhl ging.

»Ich vertrau dir, Bernie«, sagte Ginny, den Eimer mit den sterblichen Überresten ihres Mannes an die Brust gedrückt. »Du weißt, welchen Ort Olen wählen würde.«

Bernie griff neben seinem Stuhl nach seiner schwarzen Strickmütze, zog sie über den kahlen, sommersprossigen Kopf und grinste. »Und ob ich das weiß.«

Sie klopfte ihm dankbar auf die Schulter. Eine Stunde würden sie bis zu Stockton Island brauchen, der Lieblingsinsel der Meyers und der meisten einheimischen Bootsfahrer. Auf der Insel gab es malerische Wanderwege und einen Sandstrand, der einen Vergleich mit den Tropen nicht zu scheuen brauchte. Obwohl an den Wochenenden und Feiertagen für gewöhnlich mehrere Boote an Stockton ankerten, würde die Insel an einem Dienstag menschenleer sein.

»Weißt du noch, was Olen immer über Devil's Island gesagt hat, Ginny?«, fragte Bernie.

Ginny nickte grinsend. »Was hat der Teufel in der Mitte von diesem Himmel auf Erden zu suchen?«

»Genau. In diesem Himmel auf Erden«, erinnerte sich Bernie versonnen, während sein Boot über die sonnenüberglänzten Wellen Richtung Stockton schoss.

Die Frauen sprachen wenig auf der Fahrt durch das Archipel. Shelby wusste, dass ihr Schweigen weniger mit Olens Asche als mit der Unruhe zu tun hatte, die durch Jackies Rückkehr ausgelöst worden war. Als Shelby zum ersten Mal hörte, dass ihre Mutter beschlossen hatte, wieder auf der Farm zu wohnen, hatte sie sich vehement dagegen ausgesprochen. Doch nachdem sie länger darüber nachgedacht hatte, war sie in ihrer Ablehnung schwankend geworden. Sie lauschte dem lebhaften Geplauder ihrer Großmutter mit Bernie und fand, dass Ginny es nicht verdiente, in einem Haus voller Spannungen zu leben. Sie brauchte die Versöhnung mit ihrer Tochter. Was Shelby anging, so hatte sie jede Hoffnung auf eine innige Beziehung zu ihrer Mutter schon vor langer Zeit begraben. Auch wenn Ginny darauf beharrte, dass Menschen sich ändern konnten, und dass der Verlust ihres Vaters in Jackie eine tief greifende Änderung bewirkt habe, stand Shelby den Motiven ihrer Mutter kritischer gegenüber als jemals zuvor.

Wenn nur der Großvater noch da gewesen wäre! Er hätte gewusst, was zu tun war. Doch leider war die Achse ihres Familienrades nicht mehr da, und ohne ihn konnte Shelby sich nicht vorstellen, wie sie zusammenhalten und weiterkommen sollten.

Als sie die Insel erreicht hatten, kniete Shelby am Bug und gab Bernie Zeichen, sobald sich der Anker in den Seegrund gebohrt hatte und hielt. Nachdem der Skipper den Motor ausgestellt hatte, schaukelte das Boot in der Stille der Julian Bay vor Stockton Island. Shelby stand auf und beugte sich über die Reling. Aufgrund der guten Sicht im klaren Wasser konnte sie den dreikantigen Schaft des Ankers erkennen, der sich in fast zwölf Fuß Tiefe in den Sand gebohrt hatte. Sie lauschte den sanften Wellen, die gegen die Ruderanlage schlugen, und dem hohlen Glucksen des Wassers unter dem Bootskörper. Über ihnen kreisten zwei Möwen auf der Suche nach Futter. Da sie auf der *Nimbus* nichts entdeckten, das die Mühe lohnte, flogen sie weiter zum Strand.

»Okay«, sagte Ginny, erhob sich und strich ihr Kleid glatt. »Jetzt können wir wohl anfangen.«

Bernie war in die Kajüte gegangen und tauchte mit einem Strauß wilder Margeriten, Zinnien und weißer Hortensien wieder auf. »Vorher soll ich dir das hier geben, Ginny«, sagte er mit der Haltung eines Soldaten, der der Witwe seines gefallenen Kameraden die gefaltete Flagge überreicht. »Sind aus unserem Garten. Marylin hat sie für dich gepflückt.«

»Die sind wunderschön. Danke dir«, sagte Ginny und nahm den Strauß anmutig entgegen.

Bernie drehte sich zum Wasser, nahm die Mütze ab und hielt sie vor der Brust, dann warf er eine Margerite in den See. »Wir sehen uns, Kumpel«, sagte er feierlich, bevor er wieder in der Kajüte verschwand, damit die Familie ungestört war.

Die Frauen versammelten sich am Heck des Bootes um den offenen Ködereimer. Ginny hielt den Eimerdeckel in einer Hand und Bernies Blumen in der anderen. Shelbys Blick wanderte zwischen Großmutter und Mutter hin und her. Sie wartete darauf, dass jemand das Schweigen brach.

»Na schön, legen wir los«, sagte Ginny schließlich. »Wir wollen ja eine Zeremonie abhalten.«

»Ich rühre das nicht an«, sagte Jackie entsetzt und wich vor dem Eimer zurück. »Da sind ja Knochenteile drin! Ich hab gedacht, es wäre nur Asche. Warum sind da denn Knochen drin?«

»Das ist ganz normal«, versicherte Ginny.

»Es ist grausig.«

»Das ist dein Vater, Jackie«, schalt Ginny in rauem Flüsterton, als könne Olen sie hören. »Zeig ein bisschen Respekt.«

»Was soll ich tun, Gran?«, fragte Shelby. Sie wünschte sich, dass alles schon vorüber wäre, damit sie heimkehren, ihre Arbeit wiederaufnehmen und die Vergangenheit hinter sich lassen konnte.

»Shelby, nimm bitte die Blumen. Und du Jackie, hältst den Eimer hier auf dem Vorsprung fest«, sagte Ginny und reichte Shelby die Blumen. Jackie wirkte sichtlich angewidert, als sie vortrat und den Eimer vorsichtig mit den Fingerspitzen festhielt, wobei sie die kleinen Finger abspreizte. Ginny legte den Deckel hin und holte ein gefaltetes Blatt aus der Tasche ihres Kleides, wobei sie erklärte, dass sie für den Anlass ein Lieblingsgedicht ausgewählt hatte.

Der Wind frischte ein wenig auf, und das Boot begann auf den Wellen zu schaukeln. Da das Stehen beschwerlich wurde, knieten sie sich auf die Steuerbordbank wie Kirchgänger in der Bankreihe. Shelby war beklommen zumute. Sie hätte gern gesagt, wie viel schöner dieser Tag ohne die Anwesenheit ihrer Mutter verlaufen wäre. Sie wollte sagen, wie sehr sie ihre Mutter verachtete, weil sie keinerlei Respekt zeigte. Oder wie sehr sie sich wünschte, dass im vergangenen Jahr alles anders gekommen wäre. Sie wollte es laut hinausschreien! Damit ihre Mutter endlich einmal etwas merkte!

Doch sie hielt den Mund. Aus Rücksicht auf ihre Großmutter blieb Shelby so still wie ein Kind, dem man verboten hat, während des Gottesdienstes einen Mucks von sich zu geben.

»Ich danke euch, Mädels, dass ihr heute hier bei mir seid. Ich weiß, wie sehr es Olen freuen würde, uns alle hier zusammen zu sehen«, begann Ginny. »Statt eines Bibelspruchs habe ich etwas ausgesucht, das ich passender finde. Es ist ein Gedicht von Robert Frost. Dein Großvater hat ihn bewundert, aber er sagte auch, dass er sich ihm verbunden fühlte, weil Robert Frost Apfelfarmer war und die Anbausaison liebte, von der Blüte bis zur Ernte.«

Shelby nickte ihrer Großmutter ermutigend zu, während Jackie mit ihren Gloss-Lippen schmatzte, betontes Desinteresse an den Tag legte und sich ein Stück von ihnen entfernte, um sich hinzusetzen. Shelby übersah es und schaute auf den See hinaus. Ein Windstoß fegte übers Wasser und wirbelte kleine Wellen auf. Wie ein dunkles Phantom rauschte er am Boot vorbei und verschwand. Es war Zeit, Abschied zu nehmen.

»Das Gedicht heißt ›Nach dem Apfelpflücken‹. Okay. Los geht's.« Ginny holte tief Luft, sammelte sich und begann zu lesen:

»›Die lange Leiter ragt noch durch den Baum
zum Himmel auf,
ein Fass, das ich nicht füllte, steht
bei ihrem Fuß, und zwei, drei Äpfel hängen noch,
die ich vom Ast nicht nahm.‹«

Shelby hörte ein Schniefen und schaute ihre Mutter an. Jackie hielt eine Hand vor den Mund, um kein Geräusch laut werden zu lassen. Aber ihre lachenden Augen verrieten sie.

»›Doch Apfelpflücken ist für mich vorbei.
Essenz von Winterruh liegt auf der Nacht,
der Apfelduft: Ich spüre schon den Schlummer.‹«

Ginny wollte doch lieber auf der gepolsterten Bank sitzen, anstatt zu knien. Sie und Shelby kehrten also dem See den Rücken, während Jackie sich die Augen abtupfte und eine herrische Kinnbewegung zu dem Blatt machte. »Wie lang ist dieses Gedicht eigentlich?«

»Hm? Findest du es zu lang?«, fragte Ginny, ein wenig aus dem Konzept gebracht. »Mal sehen, vielleicht lasse ich einfach ein Stück aus …«

»Gran, es ist ein wunderschönes Gedicht. Hetz dich nicht«, betonte Shelby. »Lass dir Zeit.«

»Das macht doch nichts, Shelby. Mal sehen …«, murmelte Ginny und vertiefte sich in den Text. »Okay, ich mach einfach hier weiter.«

Aus Gründen, die Shelby nicht einmal ansatzweise verstehen wollte, schüttelte Jackie feixend den Kopf.

»Weißt du was, Gran? Es macht schon was!«, platzte Shelby heraus und erhob sich, baute sich vor ihrer Mutter auf. »Mom, könntest du nicht ein einziges Mal – einen Tag lang – damit aufhören? Musst du alles, was wir tun, in den Dreck ziehen?«

Jackie griff sich in gespieltem Entsetzen an die Brust. »Wie bitte?«

»Vor allem heute solltest du auf unserer Seite sein.«

»Auf eurer Seite?« Jackie lachte. »Aber Shelby, Darling, ich bin *immer* auf deiner Seite.«

»Das ist doch Scheiße!«, brach es aus Shelby hervor, am überraschendsten für sie selbst.

»Mädels!«, fauchte Ginny. »Denkt bitte dran, warum wir hier sind.«

»Tut mir leid, Gran, aber ich kann das nicht länger hinnehmen!«

Ginny beruhigte sich rasch. Mit sanfter Stimme sagte sie: »Denk an das Tagebuch, Liebes …«

»Bitte, komm mir jetzt nicht damit, Gran. Sie hat in meinen Sachen herumgeschnüffelt und meine geheimsten Gedanken gelesen … Ja, die Briefe waren nett!«, gab sie zu und streifte ihre Mutter mit einem raschen Blick, bevor sie fortfuhr. »Aber seien wir doch mal ehrlich. Sie kehrt heim, und wir schleichen umher wie auf glühenden Kohlen. Wie jedes Mal, wenn sie da ist. ›Wir dürfen Jackie nicht aufregen.‹ ›Du weißt doch, wie schnell Jackie wütend wird.‹ ›Sie bleibt doch nicht lange, also müssen wir es ihr schön machen.‹ Das ist doch einfach verrückt. Sie verdient das nicht!«

»Ach, wirklich?« Ginny schloss die Augen. »Müssen wir das ausgerechnet jetzt austragen?«

»Nur weiter, Shelby«, forderte Jackie ihre Tochter mit wütend zusammengekniffenen Augen auf. »Das interessiert mich sehr. Sag mir, was für eine schreckliche Mutter ich bin. Lass uns *wieder* hören, wie schwierig es mit mir ist. Das ist alles sehr aufschlussreich.«

»Was kümmert es dich, was ich denke? Du hast mich im Stich gelassen!«, schlug Shelby mit einer wütenden Stimme zu, die sie kaum als ihre eigene erkannte. »Reden wir mal Tacheles, ja, *Mutter?* Ich weiß, warum du zurückkommen willst. Du bist in Kalifornien gescheitert. Du bist in deinen Beziehungen gescheitert. Und du hast es mit mir verdorben!« Shelby hörte ihre Worte, fühlte sich dabei jedoch sich selbst fremd, als würde sie aus der Ferne beobachten, wie etwas kaputtging. »Willst du wissen, was ich glaube? Du denkst, du kannst dich bei Gran einschmeicheln, damit du sie dazu bringst, die Farm zu verkaufen und einen schnellen Gewinn für dich selber einzustreichen. Dein Zuhause verkaufen und alles auseinanderreißen, was von deiner Familie noch übrig ist? Das wäre für dich das Sahnehäubchen auf dem Kuchen!«

»Du hast dich verändert, weißt du das, Shelby?« Jackie wandte sich an Ginny. »So hast du sie also erzogen, Mutter? Dass sie nur noch Vorwürfe im Kopf hat?«

Ginny schüttelte den Kopf, während ihre Hände das Blatt mit dem Gedicht umklammerten. »Nein …«, murmelte sie.

»Gran hat mir beigebracht, stark zu sein«, sagte Shelby mit Nachdruck.

»Stark?! Und warum wieselst du dann wie ein Hündchen deinen Großeltern hinterher? Warum hast du so viel Angst davor, dein eigenes Leben zu führen? Mich hältst du nicht zum Narren, kleines Mädchen – ich bin auch in diesem Haus aufgewachsen. Aber im Unterschied zu dir habe ich die Kraft besessen, zu gehen. Hörst du, was ich sage? Du bist eingesperrt, und du weißt es nicht einmal. Ich bin dir bloß mit gutem Beispiel vorangegangen!«

»Genug!«, fuhr Ginny dazwischen, schnappte sich den Blumenstrauß, der neben ihr gelegen hatte, und schwenkte ihn in der Luft hin und her wie eine Fahne. Weiße Blütenblätter lösten sich und fielen zu Boden. »Wir sind hier zu Ehren meines verstorbenen Mannes, und ihr werdet jetzt *beide* ein wenig Respekt zeigen, verstanden?«

»Wach auf, Mutter«, sagte Jackie und verschränkte die Arme vor der Brust.

»Ich soll aufwachen? Wie sieht es denn bei dir aus, Jackie?«, schalt Ginny. »Bayfield zu verlassen, so wie du es getan hast, war kein Akt von Stärke. Ich liebe dich, aber ich muss dir sagen, dass du ein Feigling bist. Ich hätte nie gedacht, dass ich von einem Menschen einmal so enttäuscht sein könnte wie von dir, als du Shelby im Stich gelassen hast.«

»Gran, bitte ...« Shelby hatte allmählich ein schlechtes Gewissen, dass sie diesen Streit vom Zaun gebrochen hatte. Hätte sie doch nur den Mund gehalten!

»Aber das hat dir ja noch nicht gereicht, nicht wahr?«, fuhr Ginny fort. »Jahre der Vernachlässigung – Enttäuschungen über Enttäuschungen –, wieder und wieder hast du dein Kind von dir gestoßen! Dieser Kummer hat Shelby vernichtet. Und unsere ganze Familie.«

Die wütenden Stimmen klangen Shelby nur noch gedämpft in den Ohren. Sie konnte nicht länger zuhören. Sie wandte sich von Ginny und Jackie ab und richtete den Blick auf das glitzernde Wasser, das sie umgab. Sie stellte sich vor, wie herrlich es wäre, einfach zu verschwinden ... in den See zu tauchen und alles von sich abzuwaschen ...

»Willst du sehen, was Vernichtung ist?« Jackie sprang auf und versetzte dem Ködereimer einen Schlag, sodass er in hohem Bogen durch die Luft flog. Die graue Asche bildete eine Wolke, die langsam auf den See hinabregnete, während der Eimer klatschend aufs Wasser traf. Er dümpelte einen Moment lang, dann lief er voll. Dieser Behälter war so fragil wie die Wurzeln, die ihre Familie zusammenhielten.

Ohne sich zu besinnen, sprang Shelby vom Heck und tauchte mit dem Kopf voran durch den Aschenfilm, der wie Algen auf dem Wasser schwamm. Sie tauchte in die Tiefen des Sees. Das kalte Wasser ließ ihre Glieder taub werden und raubte ihr den Atem. Ihre Kleidung klebte am Körper und zog sie hinab.

Sie war den Stimmen entkommen. Sie hatte sich nun von allem befreit: von der Verachtung ihrer Mutter, von Grans Enttäuschung, von dem Kummer wegen Ryan, den Tröstun-

gen Johns, den Herausforderungen Nics und der Einmischung der Medien. Alle diese Stimmen verschmolzen zu einer lauten Kakofonie, bis sie – endlich – tief genug im eisigen Wasser war und nur noch den Schlag ihres Herzens und das gedämpfte Rauschen des Wassers wahrnahm.

Doch dann drang aus der Stille der Klang einer anderen Stimme an ihr Ohr, die, anders als der kalte See, voller Wärme und Fürsorglichkeit war. Shelby, obwohl allmählich durch die Kälte wie betäubt, hörte auf, mit Armen und Beinen zu strampeln, und trieb reglos im Wasser, um ihr zu lauschen.

Du bist geliebt worden, also kannst du gehen.

Grandpa.

Sie wollte in der Tiefe bleiben und Großvaters Stimme noch einmal hören. Er war hier. Shelby öffnete die Augen und sah Aschepartikel und kleine Knochenstückchen wie Schneeflocken von der Oberfläche herabrieseln. Sonnenstrahlen durchbrachen das Wasser, als wollten sie nach ihr greifen. Die Arme eines Großvaters, der seine Enkelin an sich zog, während der Schnee leise auf die Apfelbäume fiel.

Du bist geliebt worden, also kannst du gehen.

In diesem Augenblick, als sie vor Kälte zu zittern begann und ihre Lungen nach Luft schrien, wusste Shelby, was sie zu tun hatte.

Mit kräftigen Schwimmzügen kehrte sie zur Oberfläche zurück, tauchte unter gewaltigem Platschen auf, schnappte keuchend nach Luft. Mit einem Mal war ihr alles klar. Sie musste nicht von ihrer Mutter akzeptiert werden, um sich als ganzer Mensch zu fühlen. Sie musste sich kein Leben in Bayfield erfinden und die Farm weiterführen, nur um den Großeltern ihre Dankbarkeit zu beweisen. Und auch wenn sie John als Freund liebte, brauchte sie ihn nicht. All das konnte aus ihrer eigenen Kraft erwachsen. Während Shelby in den endlosen Wellen von Lake Superior schaukelte, fing sie an zu lachen. Es begann ganz leise und wurde zu einem befreienden, herzhaften Gelächter.

Zum ersten Mal in ihrem Leben wusste Shelby genau, was ihr Schicksal war.

»Shelby! Was ist denn in dich gefahren?«, fragte Ginny. Sie hatte ihren Arm gepackt und schüttelte sie leicht. »Shelby!«

Es war ein Traum.

»Jetzt ist sie wirklich durchgedreht«, konstatierte Jackie. »Wer starrt schon ins Leere und fängt mitten in einem Streit an zu lachen?«

Shelby schaute den orangeroten Eimer an, der immer noch auf seinem Platz am Heck stand. Auch seinem Inhalt war nichts geschehen. Ihre Wangen fühlten sich feucht an, aber sie waren nicht vom Seewasser, sondern von ihren Tränen gewaschen worden. Sie war in einen Tagtraum eingetaucht und mit dem Bewusstsein eines neuen Ziels an die Oberfläche zurückgekehrt.

»Ich würde wirklich gerne wissen, was du so witzig findest«, drängte Jackie.

»Gran, es tut mir leid. Ich weiß auch nicht, was mich geritten hat.« Shelby nahm Ginnys Hand. »Ich glaube, es spielt überhaupt keine Rolle, ob wir Grandpa den perfekten Abschied bereiten oder Fehler machen.«

Jackie schüttelte ungläubig den Kopf. »Worüber redet sie denn jetzt wieder, zum Teufel?«

»Weißt du was, Mom? Ich hab's mir anders überlegt.« Shelby fixierte ihre Mutter. »Mir ist es ehrlich gesagt egal, ob du auf meiner Seite stehst oder nicht. Das einzig Wichtige ist, dass du Gran unterstützt.«

»Was?!«

»Ich werde nicht länger auf den Tag warten, an dem du endlich meine Mutter sein willst. Das hab ich schon vor langer Zeit aufgegeben.«

Jackie hob erbittert die Arme und schaute zu Ginny. »Mutter, wie lange willst du dir das noch anhören?«

»Halt den Mund, Jackie.« Ginny hielt ihr die erhobene Hand entgegen, dann wandte sie sich wieder an Shelby. »Was wolltest du sagen?«

»Ich weiß, es klingt verrückt, aber ich habe das Gefühl, dass alles wieder in Ordnung kommen wird. Und ich meine, es ist an der Zeit, dass wir alles hinter uns lassen und weitermachen«, sagte Shelby.

In Ginnys Augen standen Tränen. Shelby wusste ganz genau, dass ihre Großmutter auch das gehört hatte, was sie nicht gesagt hatte. Nachdem sie ihre vor Aufregung heißen Wangen geklopft und sich geräuspert hatte, fragte Ginny in scherzhaftem Ton: »Und, was fangen wir nun mit der da an?« Sie zog die Augenbrauen hoch und deutete mit einer Kinnbewegung auf Jackie.

»Wenn du wirklich bleiben willst, musst du diese schicken Schuhchen gegen ein Paar Arbeitsstiefel tauschen«, sagte Shelby zu Jackie. »Und du musst auf der Plantage arbeiten und Gran unterstützen, wo immer du kannst. Wenn du sie schlecht behandelst oder das Familienunternehmen zu verkaufen versuchst, bist du weg vom Fenster – und wenn ich dich persönlich aus dem Haus schleppen muss!«

Jackie breitete hilflos die Arme aus. »Darf sie das so einfach?«, fragte sie Ginny.

»Sie darf. Und sie wird.« Ginny strahlte.

Shelby rechnete mit einer Retourkutsche ihrer Mutter. Stattdessen herrschte Schweigen auf dem Boot. Jackie starrte auf ihre Hände, die verkrampft in ihrem Schoß lagen. »Du hast keine Ahnung, wie das ist«, sagte sie schließlich.

»Was?«, fragte Shelby behutsam.

»Wenn du merkst, dass dein Leben nichts weiter ist als eine Reihe mieser Entscheidungen.« Jackie schaute zu ihrer Tochter auf und sagte Dinge, die Shelby vor Kurzem in den versteckten Briefen in ihrem Tagebuch gelesen hatte, aber sie hätte sich nie träumen lassen, dass sie einmal laut ausgesprochen würden. »Meine Eltern. Meine Karriere. Männer. Ich hätte das alles besser hinkriegen können«, gestand sie. »Und du hast recht, Shelby. Von allem, was ich falsch gemacht habe, war das Schlimmste, dass ich dich im Stich gelassen habe.«

»Jackie«, mahnte Ginny sanft.

Doch ihre Tochter fuhr mit zitternder Unterlippe fort: »Als ich wieder hier war, habe ich festgestellt, dass meine einzige richtige Entscheidung die war, dich von Mom und Dad aufziehen zu lassen. Sie haben dir geholfen, zu der Frau zu werden, die ich leider nicht geworden bin.«

Shelby atmete tief ein und spürte, wie die reinigende Luft des Sees ihre Brust erfüllte. Dann atmete sie ebenso lang und anhaltend wieder aus. Genoss den Augenblick. Fühlte sich stark und wie neugeboren. Sie ging zu ihrer Mutter und setzte sich neben sie. »Dann sag uns jetzt die Wahrheit. Warum bist du zurückgekommen?«

Jackies kehrte ihrer Tochter ein müdes, abgespanntes Gesicht zu. »Es war Zeit für mich heimzukehren«, weinte sie und rang die Hände. »Ich muss alles wieder in Ordnung bringen.«

»Das wird dauern.«

»Ja.«

»Wenn du darüber reden möchtest, bin ich bereit.« Als Shelby ihrer Mutter den Arm um die gebeugten Schultern legte, tupfte Jackie sich die Tränen ab und stieß einen bebenden Seufzer der Erleichterung aus. »Doch zuerst müssen wir Abschied nehmen.«

Darauf flüsterte Ginny ein inniges »Amen«, räusperte sich und fuhr mit Robert Frosts Gedicht fort.

»›… und sah bereits
die Form, in die mein Träumen floss.
Äpfel, übergroß, erscheinen und verschwinden,
an denen Stiel und Blüte
und jeder Sprenkel Rotbraun klar zu sehen ist.
Mein Spann bewahrt nicht nur den Schmerz,
er spürt den Druck des runden Leitertritts.
Ich fühl die Leiter schwanken mit dem Ast.
Und vom Verschlag im Keller hör ich noch
Das Rumpeln
Von Fuhre über Fuhre eingebrachter Äpfel.
Ich hab genug
Vom Apfelpflücken: Ich bin ermattet
von dieser großen Ernte, die ich selbst ersehnt.
Zehntausend Tausend Früchte waren anzufassen,
zu schätzen, abzulegen – nicht zu werfen.‹«

33

Inspiration

Leise rollte noch der Donner in der Ferne, während sich die Gewitterwolke vom River North Gallery District zurückzog. Derweil ein Sommerregen auf Straßenpflaster und Dächer prasselte, streiften mit Ausstellungsprospekten und Cocktails bewaffnete Kunstliebhaber und Freunde durch die weiß getünchte Galerie. Stimmen, Gläserklirren und das Getrappel zahlreicher Füße bildeten die Hintergrundmusik zu einem Jazzsaxofon, das aus den Deckenlautsprechern tönte. An der breiten Fensterfront schlugen schwere Tropfen ans Glas und fingen das Licht einer Straßenlaterne auf. Spätankömmlinge eilten zur Tür herein, schüttelten ihre Schirme aus und wischten sich die Schuhe trocken.

Ryan stand an der Fensterfront und unterhielt sich mit zwei Ehepaaren über ein Foto, auf dem zwei zierliche Arbeitsstiefel zu sehen waren, ausgetreten und mit roten Senkeln geschnürt. Die Frau saß auf dem Deck einer Fähre und stemmte die Füße gegen einen Anker samt rostiger Kette, die zu einer gewaltigen Spirale aufgetürmt war. »Ich hatte vorher noch nie eine Frau wie sie kennengelernt«, erzählte Ryan und lachte in Erinnerung an den fröhlichen Morgen, als er Nic an Bord der *Island Queen* fotografiert hatte. Während er das überlebensgroße Foto anschaute, hoffte er, dass auch die Betrachter irgendwann erkennen würden, wer hier das stärkere Element war: der Berg aus rostigem Eisen oder das Mädchen mit den Stiefeln.

Zwölf Stunden vorher, als er mit einer Tasse Kaffee und der morgendlichen *Times* in seiner Küche stand, hatte Ryan mit Erleichterung Josh Stones Artikel über die Ausstellung *Stammbäume – Eine Geschichte aus Bayfield* gelesen. Ryan hatte erwartet, dass Stone seiner künstlerischen Begabung gegenüber kritisch eingestellt sein würde, und der Rezensent hatte ihn auch nicht enttäuscht. Stone sprach seine ursprünglichen Zweifel schon im ersten Absatz an: »Die meisten Kinder, die ins Rampenlicht geboren werden, können ihr Auskommen bestreiten, indem sie sich an die Rockschöße ihrer Eltern heften, zeigen aber selbst wenig echtes Talent. Will Chambers jedoch hat mich eines Besseren belehrt.«

Im nächsten Absatz verglich Stone Ryans Arbeiten mit denen Craig Blacklocks, einem gefeierten Fotografen und unerschütterlichen Fan von Lake Superior. »Während Blacklock Muster, Farben und das Gefüge der Natur einfängt, richtet Chambers seinen Fokus auf die Menschen, die an den Ufern des Sees leben. Indem er dem Subjekt und seiner Umgebung gleich großen Raum lässt, porträtiert sein Werk auf wunderbare Weise eine Gegend im Oberen Mittelwesten, die noch viel zu wenig erforscht ist«, schrieb Stone. »Chambers Porträts zeigen eine erstaunliche Charaktertiefe. Der Betrachter fühlt sich gleichsam in eine Geschichte hineingezogen, die mit einem einzigen Foto erzählt wird.«

War schon die Besprechung eine Erleichterung gewesen, so traf dies erst recht auf die Reaktion der Besucher zu, die an diesem Abend zur Vernissage gekommen waren. Ryan bewegte sich langsam durch die Galerie und sprach mit den unterschiedlichsten Leuten, die sich vor den großformatigen Porträts versammelten. Seine Freunde Brad und Pete waren mit ihren Ehefrauen da und bewunderten eine Großaufnahme von Glorias Händen, die einen Mooskranz flochten, Beerensaft an den Fingern und Erde in jeder einzelnen Falte ihrer wettergegerbten Hände.

Die Chirurgin, die in der Wohnung unter Ryan lebte, stand mit ihrer Lebensgefährtin vor einer Fotografie, die den Titel *Erinnerung* trug. Händchenhaltend bewunderten die beiden Frauen das Bild von Jeffs Neffen Benjamin, den Ryan einige Male zusammen mit Shelby getroffen hatte. Die Aufnahme zeigte den See und davor das Kind, das sich mit einer Hand am Hemd seines Vaters festhielt und in der anderen ein kleines rotes Segelboot schwenkte.

»William, du erinnerst dich doch an unseren Anwalt Al Jackson«, sagte eine Freundin seiner Eltern, hakte ihn unter und führte ihn zu einem Bild von Ginny und Olen, die auf einem alten John Deere-Traktor durch ihren Apfelhain fuhren. Beim liebenswürdigen Geplauder mit dem Anwalt wies Ryan auf eine Reihe von Fotos der Plantage hin, der die Ausstellung ihren Namen verdankte.

Nachdem er die Unterhaltung mit Mr Jackson beendet hatte, entdeckte Ryan in der Menge seine Mutter, in einem maßgeschneiderten Sommerkostüm wie stets untadelig gekleidet. In einer unbewussten Geste ruhte ihre Hand auf dem Leib, während sie die Aufnahme von Rachelle und dem hauchzarten Dampf aus ihrem Kaffeebecher betrachtete, der den Schwangerschaftsbauch wie ein Schutzgeist umspielte.

Während sein Blick über die Menge schweifte, erkannte Ryan, dass es an diesem Abend um mehr ging, als sich auf die eigenen Füße zu stellen. Es drehte sich nicht nur um seine

Kunst. Natürlich war es ungeheuer befriedigend gewesen, Shelbys Rat zu befolgen, den sie ihm damals beim Spaziergang auf der Plantage gegeben hatte. Ryan hatte tatsächlich einen Weg gefunden, seine Gabe einzusetzen und etwas Eigenes zu erschaffen.

Aber an diesem Abend ging es nicht nur um ihn, sondern auch um einen Mann, den Shelby sehr geliebt hatte. Die Einnahmen der Ausstellung sollten nämlich in den Olen G. Meyers-Gedächtnisfonds einfließen, dessen Aufgabe es war, den Naturschutz im Apostle Islands Archipel zu fördern. Ryan hatte um Ginnys Einwilligung nachgesucht, bevor er den Fonds gründete, und zu seiner großen Erleichterung hatte sie ihm ihren Segen erteilt. Sie allerdings davon zu überzeugen, eine vom Fonds unabhängige Zuwendung anzunehmen, die ihr Sicherheit verschaffen sollte, falls ihr, Shelby oder der Farm etwas zustieße, war längst nicht so einfach gewesen.

»Es wäre mir lieb, wenn du Shelby nichts von der Zuwendung oder dem Fonds erzählen würdest«, hatte Ryan am Telefon zu Ginny gesagt. »Ich gebe dir mein Wort«, hatte sie voller Verständnis und Dankbarkeit geantwortet. Als Ryan an jenem Tag den Hörer auflegte, war er erleichtert, doch noch einen Weg gefunden zu haben, um das Versprechen einzulösen, das er Olen gegeben hatte.

»Starker Andrang heute Abend, William«, sagte der rotgesichtige Stellvertretende Programmdirektor von CM und klopfte Ryan begeistert den Rücken. »Mir gefällt die Vereinbarung, die Ihr Vater und Sie sich ausgedacht haben. Das wird einen sagenhaften Einfluss auf unsere Öffentlichkeitsarbeit haben.«

»Ich bin froh, dass Sie das sagen, Jerry.«

»Sie wollen also eine Serie über Kleinstadtgemeinden an den Ufern der Großen Seen produzieren?«

»Ja, und die Einnahmen werden direkt in den Naturschutz fließen«, sagte Ryan und suchte den Saal nach einem Menschen ab, der dem Mann die geschäftliche Seite des Projekts vorstellen konnte. »Ich hab mir gedacht, das wäre eine tolle Möglichkeit für CM, der Allgemeinheit etwas zurückzugeben.«

»Aber habe ich das Memo richtig gelesen … dass wir runde einhundert Prozent der Erlöse spenden …«, stammelte Jerry.

»Einen Moment, Jerry, Sie sprechen da einen interessanten Gesichtspunkt an«, unterbrach ihn Ryan und streckte die Hand nach einem teuren italienischen Leinenanzug aus, der just in diesem Augenblick an ihnen vorüberging. »Dad! Dich hab ich gerade gesucht.« Als William Sr. sich umdrehte und Ryan sah, erhellte ein Lächeln sein Gesicht. *Ich fass es nicht. Er scheint wirklich stolz auf mich zu sein.*

»Will, ganz toller Abend«, sagte sein Vater und hob anerkennend sein Glas Chardonnay. »Hab schon viele rote Punkte gesehen. Deine Werke scheinen sich rasant zu verkaufen.«

»Nett, dass du das sagst, Dad. Danke.« Ryan beeilte sich, seinen Vater ins Gespräch zu ziehen. »Möchtest du nicht mal kurz mit Jerry reden? Er hat ein paar Fragen zur Finanzierung unserer neuen Naturschutzserie.«

»Jerry!«, sagte sein Vater erfreut und klopfte dem Mann zur Begrüßung auf den Rücken.

Froh darüber, dass sein Vater sich mit den geschäftlichen Aspekten der Planung befasste, ging Ryan weiter.

»Wie in aller Welt haben Sie bloß die Aufnahme von dem Eis gemacht, das sich am Ufer auftürmt? Das sieht ja richtig gefährlich aus – und so kalt!«, sagte eine Frau mittleren Alters mit einem glänzenden schwarzen Bob, die offenbar schon leicht angetrunken war. Sie schnurrte geradezu, dabei war sie mindestens zwanzig Jahre älter als er. »Wie schafft man das nur, sich bei solchen Aufnahmen *warm* zu halten?«, gurrte sie, während sie ihren langen manikürten Fingernagel lasziv an seinem Arm emporgleiten ließ.

»Mit der Zwiebelmethode: eine Schicht über der anderen. Freut mich, dass es Ihnen gefällt«, sagte er höflich, entschuldigte sich kurz und strebte zur Bar. Gerade als er ein Glas Wein vom Barkeeper nehmen wollte, kam schon wieder jemand und legte ihm von hinten die Hand auf die Schulter. Es war Lance Middleton, der schlaksige Pressesprecher der Galerie, dessen Gesichtszüge so spitz waren wie seine weißen Stachelhaare.

»Was für ein Abend, Mann! Was für ein Abend!« Lance rückte seine modische schwarz gerahmte Brille zurecht. »Aber bevor du dir einen Drink schnappst, muss ich dir dringend jemand vorstellen.«

»Kann das nicht einen Moment warten? Ich könnte jetzt wirklich einen Schluck Wein gebrauchen.«

»Später. Na, nun komm schon, komm mit. Eine Käuferin ist sehr angetan von *Inspiriert*.« Lance meinte Ryans Lieblingsstück der Ausstellung, das in der hintersten Ecke der Galerie hing. Das er, wie er hoffte, niemals verkaufen musste. »Sie ist erst vor einer Weile gekommen und kann auch nicht lange bleiben. Bevor sie sich festlegt, möchte sie den Künstler persönlich kennenlernen. Zeit also, den berühmten Chambers-Charme anzuwerfen.«

Ryan stopfte die Hände in die Hosentaschen und folgte Lance widerwillig durch die Menge. Nach dem Hochgefühl, in das ihn der Erfolg seiner ersten Ausstellung versetzt hatte, stellte er fest, dass er sich überhaupt nicht auf den Verkauf seines Lieblingsbildes freute. *Bringen wir's hinter uns*, dachte er, und setzte eine geschäftsmäßige Miene auf. *Es ist doch bloß ein Abzug. Mir bleibt immer noch das Original.*

»Wer ist denn die Käuferin?«, fragte er Lance.

»Eine Ms Bucket«, erwiderte der und scheuchte Ryan an einer Reihe Fotos von der Meyerschen Apfelplantage entlang. Bäume. Äpfel. Blätter. Beinahe wäre Ryan schwindlig geworden. Plötzlich kam ihm ein Gedanke.

»Hast du gerade ›Bucket‹ gesagt?« Ganz deutlich stand ihm wieder jener Winterabend in seinem Cottage vor Augen. Es war bitterkalt gewesen und genau die richtige Witterung, um gemütlich auf dem Sofa am Kamin zu liegen und zu lesen. Er hatte seine Füße auf den Couchtisch gelegt, während Shelby sich der Länge nach auf dem Sofa ausgestreckt und ihren Kopf in seinen Schoß gebettet hatte. Als Ryan erzählte, dass er mitunter den Tarnnamen »Charlie Bucket« benutzte – eine Anspielung auf den jungen Helden aus *Charlie und die Schokoladenfabrik* –, hatte sie von ihrem Buch aufgesehen und ihn angelächelt.

»Genau«, meinte Lance und blieb stehen, bevor sie zu einer schlanken Frau gelangen konnten, die vor *Inspiriert* stand, einer riesigen Fotografie, die fast die ganze Wand einnahm. Die Frau trug ein Kleid im gleichen Blauton wie das Wasser auf dem Foto. Lance beugte sich vor und flüsterte hinter vorgehaltener Hand: »Ich glaube, ihr Vorname ist Carly.«

Ryan hörte kaum, was Lance sagte, denn ihm war das Haar der jungen Frau aufgefallen, das sanft auf ihre Schultern fiel. Die Frau zupfte an ihm herum und wäre bei der Bewegung fast auf ihren hochhackigen Sandalen umgeknickt. *Sie ist wirklich keine Cinderella*, dachte er mit einem Grinsen.

»Halt, nein, sie heißt Charley. Ms Charley Bucket«, setzte Lance mit gedämpfter Stimme hinzu. »Ich stelle dich vor.«

Ryan schüttelte nur den Kopf und wehrte ab. »Musst du nicht. Das mache ich schon selbst.« Vorsichtig trat er einen Schritt näher, ein ängstliches Zwicken im Bauch. *Shelby*, dachte er ungläubig. *Es muss Shelby sein*. Ihm blieb die Luft weg. *Nur die Ruhe*. Er rieb sich nervös die Hände, dann richtete er den Blick über Shelbys Schulter hinweg auf das gerahmte Kunstwerk.

Das Foto war vor einem knappen Jahr am Ufer von Madeline Island aufgenommen worden. Shelby saß auf einem Felsen, der auf den See hinausragte. Während sie gedankenverloren den Horizont betrachtete, hatte sie nicht gewusst, dass Ryan unter ihr in einem roten Kajak saß, nur eine kurze Strecke vom Ufer entfernt. In dem Augenblick, als er das Foto machte, hatte Ryan gewusst, dass er nach Bayfield ziehen würde – es war der Moment, der sein Leben unwiderruflich verändert hatte.

Er atmete langsam aus, tat die letzten Schritte, bis er neben ihr stand und gemeinsam mit ihr das Foto betrachtete. »Charley Bucket«, sagte er mit einem Lachen in der Stimme, weil sie Lance mit seinem Lieblingspseudonym an der Nase herumgeführt hatte.

»Ryan.« Als Shelby sich umdrehte und ihn ansah, wurde ihm bewusst, wie sehr er ihre warmen braunen Augen vermisst hatte. Hier standen sie, in der hintersten Ecke der Galerie, und wussten nicht recht, was sie sagen sollten. Ryan spürte, dass sie beide von der Intensität des Wiedersehens ergriffen waren. Er hatte Shelby immer schon schön gefunden, selbst in verwaschenen Jeans und Arbeitsstiefeln, aber heute Abend – in einem Kleid, mit frisiertem Haar, einem Hauch

Lippenstift und der zarten Silberkette mit dem Türkisanhänger, die sie von ihrem Großvater bekommen hatte – raubte sie ihm den Atem.

»Du hast es wirklich vollbracht«, brach Shelby das Schweigen und strich nervös mit dem Daumen über ihren Ausstellungs-Flyer. »Als ich deine Bilder sah, habe ich mich wieder daheim gefühlt – die Farm, die Menschen, der See. Ich bin sprachlos.« Er musste an sich halten, um sie nicht zu berühren. Shelby hob den Prospekt und deutete auf den Namen ihres Großvaters. »Und als ich dann das hier gesehen habe …«

Ryan räusperte sich, schaute auf das Faltblatt und sagte schlicht: »Er hat mir sehr viel bedeutet.« Tausend Worte der Anbetung gingen ihm durch den Kopf, aber er hielt sich zurück.

»Es ist unglaublich.« In ihrer Stimme schwang Trauer mit. »Er hätte sich hoch geehrt gefühlt.« Sie streckte ihm die Hand hin, doch dann, als hegte sie Bedenken, zog sie sie wieder zurück.

Ich würde alles geben, um sie zurückzubekommen. Ryans Herz klopfte wie wild, und seine Arme sehnten sich nach ihr. Er erinnerte sich an ihren ersten Kuss, an dem Abend in den Dünen, unter den Nordlichtern. Er wollte sie wieder küssen, aber sie war diejenige, die sich von ihm getrennt hatte. Er schluckte schwer. Er wusste nicht, warum sie gekommen war. Und so konnte er in seiner Unsicherheit nur nach der Wahrheit fragen.

»Es ist so schön, dich wiederzusehen. Du machst dir ja keine Vorstellung«, begann er. »Aber ich muss gestehen, dass ich nicht nur überrascht bin, sondern auch verwirrt. Warum bist du gekommen?«

Shelby machte einen zögernden Schritt auf ihn zu, griff

wieder nach seiner Hand, und jetzt verschränkte sie ihre Finger mit den seinen. Unter ihrer Berührung schmolz seine Nervosität dahin wie der Schnee im Frühling. »Es ist eigentlich ganz einfach. Bayfield fühlt sich nicht mehr wie Heimat an … wenn du nicht dort bist.«

Und jetzt bin ich heimgekehrt, dachte Ryan, während er seinen Arm um die vertraute Rundung ihrer Taille legte.

»Ich liebe dich, Ryan«, sagte Shelby.

Er spürte die Wärme ihres Körpers durch den seidigen Kleiderstoff.

»Sag es noch einmal.«

Sie kam seiner Aufforderung freudig nach, während er sie zärtlich an sich zog. Er flüsterte ihren Namen und schloss die Augen, während er mit den Lippen ihre Wange streifte. Als sie den Kopf zu ihm hob, konnte Ryan sie endlich auf den Mund küssen, und er spürte, wie sein Kummer verflog.

Erklärungen, Entschuldigungen – all das konnte warten. Sie würden neu anfangen. Im Augenblick war es Ryan genug, dass er von einer Welle der Freude davongetragen wurde, die ihn aus der Downtown-Galerie zurück in die friedlichen Gefilde des Sees versetzte.

»Hey, Ryan, entschuldige bitte«, mischte sich Lance ein. Er tippte Ryan zaghaft auf die Schulter, trat dann diskret ein paar Schritte zurück. »Hier ist jemand von der *Tribune*, der gerne ein Foto machen möchte …«

Ohne auf Lance zu achten, nahm Ryan Shelbys Kinn in die Hand und hob ihr Gesicht zu sich. Lance, die Zeitung oder wer auch immer zufällig in der Nähe sein mochte, waren ihm völlig egal. »Shelby Meyers, wenn du es mir erlaubst, will ich dich mein Leben lang lieben.«

»Äh, Ryan?«, vernahm er wieder Lances Stimme. Der Pressesprecher trommelte nervös mit einem zusammengefalteten Blatt gegen seinen Oberschenkel. »Ich will ja nicht stören, aber … die Zeitung?«

»Einen kleinen Augenblick noch, Lance«, sagte Ryan mit einem breiten Grinsen, das sich in Shelbys Miene widerspiegelte. »Ich habe noch etwas mit Ms Bucket zu klären.« Als sie in seinen Armen lag, drückte er seine Gefühle wieder mit einem hingebungsvollen Kuss aus. Und so umarmte Ryan seine Inspiration, umgeben von den Bildern ihrer Heimat und seiner Hoffnung.

Danksagung

Meinen ersten Roman zu veröffentlichen war ein Traum, der ohne die Hilfe vieler Menschen gar nicht zustande gekommen wäre …

Joëlle Delbourgo, meine Literaturagentin, eröffnete mir die Welt des Verlagswesens. Ihr möchte ich für Freundlichkeit, Fachwissen und unerschütterliche Unterstützung danken.

Martin Biro, meinem Lektor, für seine Begeisterung für mein Buch und seine aufschlussreiche Kritik, die *Die Zeit der Apfelblüten* zu einem starken Roman gemacht hat.

Dem fähigen Team bei Kensington Publishing für alle Anstrengungen, die es hinter den Kulissen unternahm, um den Stapellauf in Gang zu bringen.

Anne Greenwood Brown, die mir Rat und Ermutigung und stets ein fröhliches Lachen zuteilwerden ließ, während ich die Meilensteine auf dem Weg zur Veröffentlichung nahm.

Sarah Comber, Beth Djalali, Angela Johnson und Sarah Quickel für das Lektorat der ersten Fassungen und ihre aufmerksamen Kommentare.

Meinen Englischlehrerinnen, die mich die Liebe zur Literatur gelehrt haben und mich ermutigten, meine Stimme zu finden, allen voran Marcia Aubineau und Olivia Frey.

Der Midwest Writers Group, deren kritische Beratung in einem frühen Stadium mir den Anstoß gab, den ich brauchte.

Der Familie Erickson, auf deren Plantage in Bayfield ich

mich jahrelang nach Herzenslust umsehen durfte – und die Vorbild für Meyers Orchard war. Danke für euren Rat (und die tollen Cider-Doughnuts!).

Meinem wunderbaren Freundeskreis, der nimmermüde meinen Hochs und Tiefs beim Schreibprozess lauschte, wenn wir uns zum Kaffee trafen, spazieren gingen oder Mittagessen veranstalteten, die bis in den Abend hinein dauerten. *Cheers!*

Aber vor allem möchte ich den Menschen in meinem eigenen Baum danken …

Meinem Mann David, der lange bevor ich selbst daran glaubte, überzeugt war, dass aus mir eine Schriftstellerin würde. Deine Liebe hat mich stets inspiriert, und deine Unterstützung macht alles möglich.

Meinen Kindern Logan, Ethan und Kate, die meine Liebe zu Lake Superior teilen, mich stets ermutigt haben zu schreiben, die mir unendliche Unterstützung geben und für die das Schreiben eines Romans ebenso aufregend war wie für mich.

Meinem Bruder und meiner Schwägerin Erik und Libby Carson, die frühe Entwürfe gelesen und mir Ermunterung aus dem Süden schickten.

Meiner Großmutter Elizabeth Biorn für dein Lächeln und deine Güte und für die Ratschläge, die du mir an den Rand meines Manuskripts geschrieben hast.

Laurel March, Clyde und Debi March und der ferneren Familie für eure unglaubliche Unterstützung.

Teddy, weil du mir beim Schreiben die Füße warm gehalten hast. Guter Hund!

Und schließlich danke ich *Ihnen*, liebe Leser, weil Sie den Erstling einer unbekannten Autorin gekauft haben. Ich hoffe, Ryans und Shelbys Geschichte macht Ihnen genauso viel Freude beim Lesen, wie sie mir beim Schreiben bereitet hat.

Simona Ahrnstedt

Die Erbin

Roman

»Lesen! Lesen! Lesen!« *Cosmopolitan*

Eine Nacht. Ein Treffen. Eine Entscheidung.

Sie ist die Erbin einer großen schwedischen Familiendynastie, er ein Emporkömmling aus der Arbeiterschicht. Sie kämpft um die Anerkennung ihres Vaters, er hat nur ein einziges Ziel: ihre Familie zu zerstören. In einer Welt, in der nichts zählt außer Macht, Geld und Status, treffen Natalia und David aufeinander – zwei Menschen, die unterschiedlicher nicht sein könnten. Und deren Liebe unmöglich ist. Doch eine einzige Nacht lang sind sie keine Rivalen, sondern nur eine Frau und ein Mann, die alles vergessen, was zwischen ihnen steht. Und in dieser einen Nacht wird sich ihr Leben für immer verändern.

Band 1 der Serie
608 Seiten, broschiert mit Klappe
€ 14,99 [D]
ISBN 978-3-8025-9945-3

www.egmont-lyx.de

LYX
EGMONT